Le Voleur de Brume

SHANA ABÉ

Le Voleur de Brume

Traduit de l'américain par Cécile Desthuilliers

J'AI LU
POUR elle

Titre original :
The Smoke Thief
A Bantam book published by Bantam Dell,
a division of Random House, Inc., New York

À maman et à papa, pour toujours.

Un livre reste à l'état de rêve sans toutes sortes d'incitations et d'encouragements ; gloire à Wendy McCurdy, Annelise Robey et Andrea Cirillo, qui m'ont aidée à faire de ce rêve une réalité, et encore merci !

Un *umboogwa* spécial à Stacey, pour m'avoir consacré tout son temps. Idem pour Mandy !

Et, bien sûr, *domo*, *danke* et *gracias* à Darren, qui a compris tout cela.

Prologue

Imaginez un pays si chargé de magie que même l'air y soufflerait en volutes de brume aux tons de nacre, d'argent ou de saphir. Un pays où les arbres se courberaient sous le poids de leurs branches, dont tomberait une pluie d'aiguilles et de feuilles pour former à leur pied un tapis aux senteurs capiteuses. Un pays de hautes montagnes d'un blanc étincelant et de forêts profondes, dont émergeraient les tourelles d'un unique château bâti du plus lointain que remonte la mémoire. Un pays de diamants d'une eau limpide, extraits des entrailles de la terre pour orner les bosquets de guirlandes de mille reflets de glace et de feu.

Un pays où ne courrait aucune menue créature. Un pays tout en vallons étroits et en escarpements. Un pays si secret que les rayons du soleil, ne pouvant en pénétrer le cœur, répandraient leur lumière sur ses frondaisons, dont la verte luminescence recouvrirait les étendues sombres et silencieuses au-dessous, percées çà et là de rayons dont le pâle éclat de cristal révélerait les affleurements rocheux et les lits de feuillages.

Dans ce pays, le jaspe et le quartz rouleraient dans les torrents aux flots pailletés d'or pur, et des diamants par centaines se cacheraient au fond des mares sous un manteau de limon.

Imaginez qu'un peuple est né dans ce pays. Un peuple extraordinaire, unique habitant de ces bois. Ses représentants vivent et chassent loin du reste du monde, domptant la forêt, sculptant les montagnes de quartzite, bâtissant le château solitaire dont la froide splendeur se dresse sur les pentes les plus abruptes du pic le plus élevé.

Ils savent entendre les diamants dans le sol et chanter pour les nuages. Ils possèdent la maîtrise de l'esprit et de la métamorphose. Pétris de mystère et de magie, ils restent dans leur splendide solitude.

Jusqu'à ce que les Autres, jaloux, commencent à arriver… Alors, le peuple des montagnes et des bois défend son pays avec une férocité à faire voler le ciel en éclats.

Mais les hordes des Autres n'en finissent pas de déferler.

Imaginez le fracas des armes, le sang qui coule.

Du Septentrion, du Ponant, de l'Orient et de l'Occident – des quatre directions l'envahisseur arrive, souillant les ruisseaux, piétinant la terre, se ruant avidement vers le château et sa montagne.

Pour les derniers habitants réfugiés au sommet du pic, l'avenir est aussi clair et froid que la lueur des étoiles. Ils arrachent les diamants et le jaspe qui ornent les murs de leur forteresse, rassemblent leurs enfants et disparaissent dans les volutes de brume aux tons de nacre, d'argent et de saphir.

Néanmoins, dans leur fuite, ils n'emportent pas tous leurs diamants, et ils n'emmènent pas tous leurs enfants.

Et maintenant, imaginez… qu'ils ne sont pas des vrais gens.

Ils sont les *drakons*.

***

Pendant d'innombrables années, pas une âme ne franchit les grilles de la forteresse à l'abandon. Aucun sentier ne menait au sommet de la montagne ; tout n'était que sentes escarpées et raidillons abrupts. Depuis la vallée, les hommes et leurs fils contemplaient la fière citadelle avec avidité, s'émerveillant de sa majesté et de la noble indifférence dans laquelle elle semblait se draper. Bien des audacieux périrent en tentant d'escalader les glaciers qui enserraient le promontoire d'où elle surplombait le monde.

Il en aurait toutefois fallu plus pour apaiser la fièvre de conquête qui continuait de bouillonner dans le sang des hommes, irrités de voir tant de fabuleuses richesses leur échapper.

Un jour, enfin, certains d'entre eux trouvèrent le moyen de gravir la falaise. Des cordes furent fixées, des passages taillés dans la roche. Pas à pas, on se fraya un chemin.

Plusieurs vies furent nécessaires.

Qu'était-ce qu'un homme, face à l'immensité désertique à traverser ? Il y avait sans cesse de nouveaux combats à mener, de nouvelles moissons à récolter, des naissances et des morts, les saisons qui passaient... Désormais, c'étaient les Autres qui habitaient les bois. Ceux-ci n'entendaient pas les diamants sous leurs pieds, ils ne voyageaient pas sur les nuages. Fiers de leur conquête, ils disaient des résilles d'or qui scintillaient dans les lacs et ruisseaux que c'étaient les dernières pensées des dieux vaincus.

Cependant, la forteresse semblait chaque jour un peu plus hors d'atteinte. Tel un mirage, elle demeurait drapée dans ses brumes, infiniment belle et tentante avec les coulées de cristal clair qui s'échappaient en longues oriflammes de ses murailles, de ses remparts, de ses parapets de quartz.

Avec le temps, les créatures qui l'avaient autrefois bâtie devinrent une légende, la légende un mystère, le mystère une rumeur que colportaient, à peine audible, les gémissements du vent chantant leur grâce et leur férocité.

Les montagnes reçurent un nom, les Carpates, et le château sur le plus haut pic fut nommé *Zaharen*. Les Larmes de Glace.

Lentement, le temps faisait son œuvre. Parfois, le moellon d'une tourelle se descellait et dévalait la falaise dans un fracas de tonnerre. Dans la vallée, les villageois s'interrompaient dans leurs occupations et relevaient la tête en clignant des yeux. « Les dieux se réveillent », disait-on pour plaisanter, à demi rassuré.

Finalement, vint le jour où la voie des cieux fut tracée. Les Autres avaient atteint leur but. Les premiers à franchir les grilles du château n'étaient pas au bout de leurs peines : une surprise les attendait.

On avait toujours cru la place abandonnée.

Elle ne l'était pas.

***

Les montagnes des Carpates tracent comme un croissant de lune à travers l'Europe – ainsi que dans l'imaginaire des hommes – traversant les provinces, duchés et empires au mépris des frontières humaines. Leurs à-pics vertigineux où mugissent le vent et la tempête ne laissent pas de place à la faiblesse. Les plus fragiles sont balayés, les plus forts exaltés.

Là, dans ce royaume de l'hiver et de la neige, au cœur de ce pays de fleurs alpines, de fraîches clairières et de forêts opaques, sur les pentes de la plus inaccessible des montagnes, une noble lignée naquit.

Ses enfants n'étaient pas nombreux mais ils étaient fiers et dotés d'une beauté barbare.

Car l'héritage que les *drakons* avaient laissé derrière eux en quittant leur château était celui-ci : un seul garçon et une unique fille, qui avaient donné naissance à plusieurs générations, lesquelles avaient vécu, cachées dans les brumes, pour le tourment des Autres qui rampaient dans la vallée.

Peu à peu, ils avaient découvert les secrets de leurs ennemis. Ils avaient appris à *devenir* ceux-ci – prendre l'apparence des Autres, respirer, manger et parler comme eux, marcher de ce pas lourd qu'ils avaient – sans jamais dévoiler leur véritable nature.

Les premiers qui entrèrent dans le château tombèrent à genoux en les voyant, si beaux malgré leur pâleur émaciée, et si émouvants avec leurs sourires de bienvenue et leurs regards brûlant de quelque fièvre inconnue.

***

Les siècles passèrent. Le clan prospéra, s'attirant le respect de ses alliés comme de ses ennemis, étendant son emprise sur les bourgs et les cités, asservissant les habitants de toute la contrée. Forges et fonderies, commerces et mines, monastères et villes fortifiées... peu à peu, le pays entier tomba sous sa coupe.

Tandis que les frontières illusoires des pays se peuplaient d'hommes, le clan engendra des guerriers, puis des seigneurs. Il vivait reclus dans sa citadelle qui, accrochée tel un nid d'aigle au sommet de la montagne, scintillait de mille feux dans le soleil, et se transformait en palais de glace aux premières neiges.

Son noir secret restait enfoui au plus profond de son cœur.

Avec le temps, le clan acquit la fortune et la gloire. Son opulence ne provenait pas seulement des richesses dont regorgeaient ses montagnes bien-aimées, mais aussi de l'absolue loyauté de ses gens. Le clan habitait maintenant *Zaharen* depuis des temps immémoriaux. Il avait le contrôle exclusif de la route des cimes, des cols enneigés menant aux différentes cités, et de tout le pays, avec ses mines et ses fonderies, son clergé et ses guildes de marchands.

Les membres du clan seuls pouvaient entendre les diamants enfouis dans la roche, sentir le goût de l'or qui attendait au plus profond de la terre. Les Autres les avaient autrefois assiégés – à présent, ils les servaient. Ils les adoraient, les admiraient et les craignaient tout à la fois.

On appelait la famille les Zaharen, du nom de leur forteresse de glace et de cristal, et les légendes à leur propos allaient bon train. On affirmait qu'ils étaient bénis, et qu'ils étaient maudits. Qu'ils étaient entre les mains de Dieu, et entre celles du Diable. De temps à autre, des bribes d'anciennes légendes remontaient à la surface, et l'on murmurait que les Zaharen n'étaient pas ce qu'ils semblaient être. Le bruit courait qu'au cœur de la nuit, d'étranges silhouettes ailées se profilaient en ombres chinoises sur le ciel couleur d'encre, planant au-dessus des tourelles et des mâchicoulis, jouant dans les rayons de la lune.

Seuls les inconscients se risquaient à dire cela à haute voix : on ne bravait pas à la légère le courroux des Zaharen.

Cependant, en dépit de toutes les rumeurs qui couraient à leur sujet, les membres de la famille n'entendaient rien d'autre que le murmure des pierres. Peu à peu, le château s'emplit à nouveau de gemmes. Chaque mur, chaque passage dont on avait arraché les précieux ornements retrouva sa gloire d'antan.

Aux yeux des rares Autres admis dans la place forte, les pierres brutes qui déployaient leurs nuances spectrales sur les mosaïques des vastes salles luisaient d'un éclat mat, sauvage, un peu inquiétant. En revanche, sous la main des Zaharen, une subtile mélodie s'élevait du jeu des pierres enchâssées, qui emplissait leur cœur d'une enivrante douceur. De nouveau, les Larmes de Glace résonnaient d'un chant audible aux seuls *drakons*.

Un diamant, un seul, n'avait pas été incrusté dans les murs. On le gardait au plus profond d'une crypte, où il dormait depuis que les aînés des *drakons* s'étaient enfuis du pays. Aucun des Zaharen n'était autorisé à le toucher, bien que tous connussent sa force colossale, car ils pouvaient entendre son chant depuis les entrailles du château.

Cette pierre était appelée *Draumr*. Trop puissante pour être détruite, trop dangereuse pour être admirée – puisque la voir, c'était la désirer – elle était la seule chose dont le pouvoir surpassait celui du clan.

Les Zaharen, qui étaient avant tout d'excellents stratèges, avaient compris que ce diamant renfermait le secret de leur anéantissement. Même prononcer son nom était interdit.

***

Une vaste fortune ne manque pas d'inspirer de solides rancœurs, et les Zaharen comptaient parmi les familles les plus riches d'Europe. On disait que leur richesse surpassait celle de Rome, et que le pape, lors de son unique visite au château, en avait conçu une telle jalousie qu'il ne s'était résolu à partir que lorsque la plus jeune vierge du clan lui eut fait don d'une pleine poignée de diamants du plus pur éclat.

Celle-ci était une princesse, aussi belle que jalousement protégée. Elle était le diamant vivant de cette montagne, la muse de bien des poètes, et les fleurs naissaient sous ses pas. Combien de mortels avaient-ils franchi, au péril de leur vie, les cols enneigés à seule fin de poser leurs yeux sur elle ? Quant au pape, on dit que lorsqu'il effleura sa main froide et pâle en ce matin d'hiver, il en fut ému jusqu'aux larmes.

Fiancée à sa naissance, elle devait épouser l'année de ses quinze ans un cousin de sang noble. Or, la veille de son mariage, elle fut enlevée. On l'emporta de force vers la vallée et, avec elle, la seule chose au monde qui pouvait l'empêcher d'échapper à son ravisseur, et qui tiendrait sa famille à distance.

Draumr.
Le diamant qui rêve.

***

Ce fut le début de la chute des Zaharen.

La perte de la princesse vierge avait été un coup dur ; l'impossibilité dans laquelle on était de la retrouver le fut plus encore. Son ravisseur l'avait épousée et des enfants leur étaient nés. Le sang des Zaharen avait été souillé.

Ceux de ses cousins qui tentèrent de la reprendre et d'écraser le mortel qui les avait défiés disparurent les uns après les autres.

Les Autres ne comprirent jamais comment.

Cet homme n'était qu'un paysan, un laboureur. Autant dire rien ! Pourtant, il détenait la princesse et il possédait *Draumr*. Cela lui suffisait.

Ce que ni les chevaliers, ni les assassins, ni les bêtes féroces n'avaient pu faire, cet homme sorti de nulle part y réussit. Il parvint à diviser le clan le plus puissant qu'ait jamais porté cette terre.

Sans la férule des seigneurs *drakons*, les armées se perdirent dans le désordre et la corruption. Les cités prospères se vidèrent de leurs habitants. Des princes étrangers profitèrent de la faiblesse du clan et, peu à peu, *Zaharen* perdit de son influence. Ses frontières se réduisirent. Lorsque ses maîtres prirent la mesure du désastre, ils n'étaient plus qu'une poignée.

Et pendant ce temps, loin dans la vallée, leur descendance au sang-mêlé courait à demi nue par les bois et les champs, ensorcelée par la secrète mélopée du diamant qui rêve…

***

C'est la princesse qui rompit le sortilège, elle qui comprit un jour que sa vie valait moins que la survie de son clan et de sa descendance. Une nuit, elle plongea une dague dans le cœur du paysan et s'empara du diamant qui l'avait asservie.

Pendant des années, *Draumr* l'avait bercée de sa somptueuse mélodie. Il lui avait promis le ciel, une vie de douce rêverie.

Malgré sa résolution, elle n'eut pas le courage de détruire la pierre sacrée. Alors elle s'enfuit loin, très loin, et, serrant la puissante gemme dans sa paume, elle s'enfonça dans les entrailles de la terre.

Les montagnes des Carpates étaient sillonnées de galeries souterraines. À la recherche de cuivre, d'or ou d'argent, les hommes avaient creusé un formidable réseau de tunnels qui s'enfonçaient, toujours plus bas, dans l'épaisseur de la roche.

Elle choisit le plus profond de ceux-ci, afin que nul ne puisse la suivre.

Ni elle ni personne ne savait que les véritables racines des *drakons* s'étaient séparées des siècles auparavant, lorsque ses lointains ancêtres avaient déserté la citadelle accrochée au flanc de la montagne. Aussi ignorait-elle, lorsqu'elle prit son dernier souffle et, fermant les yeux, franchit l'ultime pas qui la séparait du néant, qu'elle n'était qu'un couplet du lied des *drakons*, et non son ultime note.

Alors que les derniers des Zaharen s'agrippaient aux lambeaux de leur gloire, les aînés des *drakons* se trouvaient à des milliers de lieues, par-delà les montagnes et les plaines, par-delà le vaste océan, préparant en grand secret leur renaissance.

Leur aventure ne faisait que commencer.

1

Chasen Manor, Darkfrith, comté de Durham, août 1737

Le très honorable Christoff René Ellery Langford, seigneur de Chasen, s'ennuyait ferme et il était bien décidé à le montrer. Assis de travers sur sa chaise, les jambes étendues devant lui, il détournait paresseusement sa tête blonde des conseillers réunis autour du vieux marquis dans le cabinet de travail paternel. Sa joue brunie par le soleil nonchalamment appuyée sur son poing, ses paupières mi-closes sur son regard vert ourlé d'épais cils brun-roux, il écoutait son père avec cet air d'ennui souverain propre aux adolescents et aux puissants de ce monde.

Kit, en vérité, était les deux. Âgé de seize printemps et unique héritier de sa lignée, il subissait ces réunions de travail comme une corvée à laquelle il ne pouvait se soustraire, aussi pénible soit-elle. Il n'y disait pas un mot et ne se donnait pas la peine de croiser le regard des autres. Lorsqu'il consentait à lever les yeux de ses hautes bottes de cuir, c'était pour contempler la vue qui s'étendait au-delà des fenêtres Tudor – les collines dans leur blonde parure d'été, les bosquets d'arbres centenaires, les bois à l'ombre fraîche…

D'une oreille distraite, il écoutait ce que le conseil semblait, depuis quelque temps, ressasser à toutes ses réunions. Il savait déjà, mot pour mot, ce qu'allaient dire les uns et les autres.

— La sécurité de la famille est une priorité absolue. Nous devons assurer notre pérennité !

Parrish Grady monopolisait encore le débat. Lorsqu'il avait une idée en tête, il ne renonçait jamais... Œil bleu porcelaine, langue acérée, il était l'aîné du conseil, et Kit commençait à le considérer comme une vengeance personnelle du destin contre lui. Qui, sinon le vieux Grady, possédait le don de transformer ces réunions hebdomadaires en palabres sans fin ?

De nouveau, le regard de Kit dériva vers les collines. Là-bas, un groupe de jeunes filles venait d'apparaître au détour d'un chemin – jupons blancs, tabliers à volants, chapeaux de paille dont les rubans dansaient dans le vent... Certaines portaient des brassées de fleurs des champs.

— Nous sommes d'accord sur ce point, Parrish. Personne ne met en cause cette priorité.

Celui qui venait de répondre n'était autre que le marquis, son père.

— Et n'oublions pas, insista Grady, qu'il nous faut une jeune femme de bonne souche !

— Sur ce point, rétorqua Rufus Booke, un jeune marié au ton insolent, je dirais que nous faisons de notre mieux. Vous devriez peut-être inspecter nos lits chaque soir pour vous en assurer ?

Kit ravala un éclat de rire. Le regard de son père se posa brièvement sur lui, avant de s'éloigner.

— *Aye*, nous avons besoin d'une jeune femme, acquiesça le marquis de Langford. Hélas ! il semble qu'elle nous fasse défaut, du moins pour l'instant. Plusieurs jeunes filles du clan arriveront bientôt à l'âge de la transformation. Espérons que l'une d'entre elles réussira enfin la Mue.

— Espérons ! répéta Grady d'un ton sarcastique. Voilà quatre générations qu'aucune de nos femmes n'y est parvenue. Qu'adviendra-t-il de nous si les hommes échouent eux aussi ?

Un silence grave accueillit ses paroles. Ce que Grady évoquait, la peur qui les tenaillait tous, c'était la perte définitive des Dons que possédait le clan. La fin de leurs pouvoirs.

— Nous ne pouvons contraindre notre destinée, dit le marquis en durcissant le ton. Tout le monde ici doit comprendre cela. Nous sommes ce que nous sommes. Notre souci, pour l'instant, est le périmètre de la forêt. Il y a eu des déprédations qui ne sont pas de notre fait. Des étrangers rôdent sur nos terres. Christoff a observé des traces de chevaux jusqu'à Hawkshead Point.

— Hawkshead ? Mais ce n'est pas chez nous ! Que diable ce garçon est-il allé faire là-bas ? Nous avons des lois ! Il a franchi la frontière !

De nouveau, Kit perçut le picotement familier du regard de son père qui se posait sur lui. Il y répondit par un imperceptible frémissement des lèvres.

— Pour l'instant, concentrons notre attention sur le sujet qui nous occupe, dit le marquis d'un ton conciliant. Hawkshead est une terre attenante aux nôtres ; si un étranger s'est aventuré aussi loin...

Les jeunes filles venaient de faire halte dans un vallon entre deux collines, la main sur leur chapeau pour l'empêcher d'être emporté par la brise. Les rayons du soleil jouaient dans leurs boucles aux reflets d'ambre, d'or, de blé mûr ou de cuivre. Quatre jolies filles de son âge, qui riaient et discutaient, au milieu de la prairie... L'une d'elles laissa tomber sa cueillette, que le vent d'août dispersa dans un joyeux désordre.

— Ce garçon est bien trop sauvage, même pour l'un d'entre nous ! s'exclama Grady en abattant son poing sur le bras de son fauteuil. Il faut le mater. Vous le savez aussi bien que moi, monsieur le marquis !

Kit continua d'observer les jeunes filles.

— Je vous remercie de vos suggestions, Parrish, mais je considère que la responsabilité de l'éducation de mon fils me revient entièrement.

— Mais si Christoff doit être le prochain Alpha…

Le marquis se leva de son siège.

— Il n'y a pas de « mais », siffla-t-il entre ses dents, et vous feriez bien de le comprendre sans tarder !

Un lourd silence tomba sur le cabinet de travail. L'un des hommes toussota pour s'éclaircir la voix, mais ne dit rien.

Dehors, les cueilleuses de fleurs s'étaient soudain figées. La fille aux cheveux de cuivre se tourna vers la direction d'où venait le vent, et les autres l'imitèrent. Kit les reconnaissait, à présent. Il y avait Fanny et Suzy, les filles du maréchal-ferrant, Liza, du moulin, et celle qui menait la petite bande, Mélanie. Mélanie au teint de rose et aux lèvres pleines comme un fruit mûr. Mélanie au sourire espiègle…

Que faisaient-elles donc ? Intrigué, Kit s'accouda sur son siège. Son regard scruta le ciel où couraient, très haut, des nuages de beau temps, les prairies qui s'étendaient à perte de vue, les bois… Tiens ? Une silhouette venait de se dessiner à la lisière de la forêt.

Encore une jeune fille.

— Il y a le problème des rôdeurs, dit une autre voix, celle de George Winston.

— *Aye*, les rôdeurs, reprirent les autres dans un murmure préoccupé, pendant que le marquis s'asseyait de nouveau.

La nouvelle arrivante venait de s'apercevoir qu'on l'avait découverte. Elle se tenait immobile elle aussi, contre le tronc d'un arbre. Elle était plus petite que les autres, nota Kit, en plissant les yeux. Et que sa main était pâle ! Qui était-elle donc ? Elle était tournée de telle façon qu'il ne pouvait voir son visage.

Tout doucement, elle s'écarta du tronc qui la dissimulait à demi et recula. Mélanie, pendant ce temps, tout en parlant à ses compagnes, était en train d'ôter son chapeau.

— … comme je le disais, poursuivait Winston. Nous ne pouvons prendre le risque de nouveaux accrochages avec des étrangers. Estimons-nous heureux d'avoir pu rattraper le fils Williams avant qu'il ne soit allé trop loin, mais la prochaine fois, il est à craindre que lui, ou un autre jeune inconscient, ne parvienne à s'échapper pour de bon. Je frémis à l'idée de ce qui aurait pu arriver s'il avait quitté le comté. Il faut que j'en touche un mot à ses parents. En ce qui concerne les gardes-chasses, je suis d'avis que…

La gamine au teint pâle avait encore fait un pas en arrière. Croyait-elle vraiment que les autres l'avaient oubliée ? C'était mal connaître Mélanie ! Toujours aussi lentement, elle continua de s'enfoncer dans le bois… et présenta son profil à Kit.

Il la reconnaissait, à présent ! C'était cette brunette efflanquée comme un chat sauvage, qui restait toujours à l'écart des autres et qu'il voyait parfois dans l'ombre, scrutant le groupe d'un regard méfiant… Comment s'appelait-elle, au fait ?

Kit fronça les sourcils en essayant de la situer parmi les ramifications des différentes lignées du clan. Il la croisait surtout en dehors du village, furtive silhouette au teint clair et à la chevelure sombre à peine entrevue entre deux bosquets, ou au détour d'un chemin de campagne. Elle semblait particulièrement timide – si le terme pouvait s'appliquer à l'un des membres du clan.

Mené par Mélanie, le groupe reprit sa marche en direction du bois. Aussitôt, la sauvageonne précipita sa retraite. Mélanie n'attendait que cela. Sur un signe d'elle, ses compagnes se mirent à courir.

Aussitôt, Kit se redressa sur sa chaise. Quatre contre une ? Ce n'était pas du jeu, d'autant que la proie était bien plus jeune que les chasseuses ! Celle-ci venait justement de disparaître de sa vue, poursuivie par les autres. Kit aperçut un instant les taches claires de leurs robes entre les troncs des premiers arbres, puis plus rien.

Le calme était revenu en bordure des bois – un calme trompeur, si Kit en jugeait à ce qu'il savait de

Mélanie. Elle n'aurait aucune pitié pour la fillette. Songeur, il croisa les jambes pour prendre une position plus confortable. À présent qu'il y pensait, il avait vu la petite brune assez fréquemment, ces derniers temps.

Toujours seule, et toujours silencieuse...

Si elle était futée, elle prendrait la direction de la rivière. Là, les autres perdraient la trace de son odeur, et elle pourrait...

— Christoff ? l'appela la voix paternelle, interrompant ses réflexions. Eh bien, mon garçon, écoutez-vous ?

— *Aye*, répondit Kit en prenant soin de mettre dans son intonation cette pointe d'impertinence qui ne manquait jamais d'agacer son père. Les frontières, les rôdeurs, la terrible menace qui pèse sur l'avenir du clan, etc.

— Je suis flatté de constater que vous vous intéressez à ce qui se dit ici, répondit le vieux marquis, les lèvres pincées. Peut-être alors aurez-vous une suggestion à nous faire au sujet...

Pour la première fois, Kit regarda ceux qui l'entouraient, prunelles délavées, poil blond-roux, visages tannés par le soleil.

— ... du choix de votre fiancée ? poursuivit son père d'une voix plus douce.

Kit allait répondre lorsque son regard fut attiré à l'extérieur. Dans un envol de jupons blancs, la brunette venait de jaillir du bois, ses longues mèches flottant au vent. Elle semblait hors d'haleine. Kit la vit changer de direction et s'élancer vers les pelouses qui déroulaient leur tapis de velours autour du manoir.

Il se leva d'un bond, suivi par une demi-douzaine de regards.

— Que diantre... Oh ! mais c'est... commença Parrish Grady.

— La fille Hawthorne, l'interrompit George Winston. La petite Clara... Clareta...

— Clarissa, rectifia Kit, se souvenant enfin du prénom de la gamine. Et Mélanie, ajouta-t-il, un peu sèchement en apercevant celle-ci et ses compagnes sortir à leur tour du bois, à la poursuite de la première.

Elles gagnaient du terrain, les diablesses ! La petite allait-elle leur échapper ?

— Oh ! la sang-mêlé ! Si ce n'est que ça... dit le marquis en reprenant sa place, le dos tourné à la fenêtre. Eh bien, messieurs, si nous poursuivions notre discussion ?

Kit demeura debout à la fenêtre, le regard rivé sur la fine silhouette qui fuyait à toutes jambes.

Elle était entrée sur la pointe des pieds par la porte de derrière mais, comme il fallait s'y attendre, sa mère l'avait entendue.

— C'est toi, Clarissa ?

— Oui, maman.

Elle aurait pourtant dû savoir qu'elle ne pourrait pas rentrer discrètement dans le cottage, même par la cuisine, sans qu'Antonia s'en aperçoive ! Celle-ci avait les sens bien trop affûtés pour se laisser duper. Ou peut-être était-ce le courant d'air qui l'avait alertée ?

— Que fais-tu, ma fille ?

— Ma toilette.

Plongeant ses mains dans la cuvette ébréchée, elle entreprit de les frotter et regarda le sang teinter l'eau d'une nuance rose. Puis elle prit un torchon et le passa sur son visage pour en essuyer la poussière et les vilaines traces rouges qui commençaient à sécher sur sa peau.

— Voudras-tu du thé, maman ?

— Volontiers, ma chérie.

Elle mit la bouilloire à chauffer et récupéra le thé encore humide qui avait servi pour le petit déjeuner, qu'elle remit dans la théière. Puis, non sans un regard prudent en direction du jardin pour s'assurer qu'on ne l'avait pas suivie, elle jeta l'eau sale par la porte de derrière et alla remplir la cuvette à la citerne.

La bouilloire commença à siffler. Près du géranium en pot posé sur le rebord de la fenêtre se trouvait le miroir d'étain poli qu'elle avait offert à sa mère pour la Noël, et qui était accroché au montant de bois par un ruban jaune. Elle pouvait y voir la cuisine tout en nuances grisâtres, ainsi que sa propre image. Son visage y apparaissait déformé, étiré en longueur, mais c'était mieux que le peu qu'elle pouvait en deviner dans le reflet des vitres.

Clarissa s'examina sans indulgence. Ses cheveux étaient tout emmêlés, ses coudes noirs de terre. Quant à sa tenue, son fichu blanc était déchiré et trois gouttes de sang maculaient son corsage. En se penchant un peu plus, elle vit que ses lèvres étaient rouges et tuméfiées.

— Clarissa ? Je crois que l'eau bout.

— Oui, maman.

Elle n'avait plus le temps de monter se changer. Époussetant sa robe de son mieux, elle ramena ses mèches en arrière pour les rouler en un chignon sommaire. Puis elle versa l'eau bouillante dans la théière qu'elle déposa sur le plateau avec les tasses, le miel et la crème, ainsi que le pain et le peu de beurre qu'il restait.

Rapidement, elle jeta un dernier regard au miroir. Elle avait déjà moins l'air d'une sauvageonne, mais elle était encore bien loin de ressembler à la jeune fille accomplie dont Antonia devait rêver !

Elle s'efforça de donner à son visage une expression innocente et étira les lèvres en un semblant de sourire. Voilà ce qu'elle pouvait faire de mieux pour soigner son apparence, songea-t-elle en prenant le plateau pour le porter dans la chambre de sa mère.

Antonia Hawthorne était assise dans son lit, sa chevelure couleur de cendre séparée en deux longues tresses, ses mains posées devant elle. C'était un bon jour : Clarissa entendait à peine le sifflement de sa respiration. Ses traits étaient tirés, mais ses yeux brillaient toujours du même éclat vif et alerte.

Clarissa vit sa bouche esquisser une petite grimace.

— Allons, bon ! dit sa mère en avisant sa tenue.

Clarissa déposa le plateau avec soin sur la table de chevet, en évitant de croiser son regard.

— Que s'est-il passé ?

Sa mère avait parlé d'une voix conciliante, mais Clarissa continua de détourner le visage et fit mine d'arranger les tasses sur le plateau.

— Clarissa Tess Hawthorne !

— Oui ?

— Je te demande ce qui t'est arrivé.

— Je suis tombée. En... en me prenant les pieds dans une racine.

— Vraiment ?

Clarissa regarda la théière d'un air innocent.

— Oui, dit-elle en versant l'infusion brûlante dans les tasses. Je n'ai pas fait attention... J'ai trébuché, et j'ai roulé par terre. C'était là où la colline descend en pente raide, juste après Blackstone Fell, tu sais ?

— Je vois, dit sa mère.

Clarissa lui tendit une tasse.

— C'est comme ça que cela s'est passé, dit-elle, à demi soulagée.

Antonia but une gorgée de thé.

— Mlle Mélanie était-elle là ?

— Pas du tout.

— Et les autres ?

— Non plus, répondit Clarissa en beurrant une tranche de pain avec un soin exagéré.

Manifestement, Antonia n'était pas dupe.

— Il faut les éviter, ma petite fille, dit-elle d'un ton las. Combien de fois devrai-je te le répéter ? Elles n'auront aucune pitié pour toi.

Clarissa ferma les yeux. Sa main trembla et une larme perla à sa paupière.

— Ce n'est pas ta faute… murmura sa mère.

La larme roula sur sa joue qu'elle ne tenta pas d'essuyer.

— … mais de la mienne.

Incapable de contenir ses pleurs, Clarissa laissa tomber le pain sur le plateau et porta les mains à son visage.

— Ma toute belle ! Viens dans mes bras.

En reniflant, Clarissa s'étendit sur le lit et se blottit contre sa mère, sans une pensée pour ses sabots crottés et son surcot taché de sang.

Antonia sentait l'onguent et le lilas. Dans sa poitrine, son cœur battait par à-coups, faibles et irréguliers. Clarissa sentit les mains de sa mère se poser sur ses cheveux pour dénouer son chignon maladroit et caresser ses mèches en désordre.

— Dis, maman… Elles ne m'aimeront donc jamais ?

— Non, ma chérie.

— Pourtant, j'essaie de leur ressembler.

— À quoi bon ? Tu es bien plus jolie que toutes ces petites brutes réunies. Tu es ce que la vie m'a donné de plus précieux, ma Clarissa. Je suis fière de toi, et ton père l'aurait été, lui aussi.

Les doigts d'Antonia s'immobilisèrent.

— Quand ceux du clan te regardent, c'est lui qu'ils voient. Un étranger, et non l'un d'entre nous.

— Nous ? demanda Clarissa, amère.

— Nous ! répéta Antonia avec une véhémence qui ne lui était pas coutumière. La moitié de ton sang est le mien, celui du clan. C'est ton héritage, et personne ne peut te l'enlever.

Une nouvelle larme coula des yeux de Clarissa. Contre sa joue, elle pouvait sentir l'étoffe, toute fine et usée par les ans, des fronces qui ornaient la robe de sa mère.

— Ne te mêle pas aux autres, reprit celle-ci. Reste à l'écart autant que tu le pourras. Un jour, tu seras une superbe jeune femme, et tu rencontreras un homme qui t'aimera pour ce que tu es, exactement comme cela m'est arrivé. Et n'oublie jamais ceci : quoi que te réserve l'avenir, tu auras toujours ta place ici, parmi le clan.

Un homme qui l'aimerait ? songea Clarissa, le cœur serré. Elle n'en voulait qu'un, mais il était peu probable qu'il la regarde un jour ! Car elle connaissait déjà celui qui dans ses rêves murmurait son nom, riait avec elle et la protégeait des autres d'un seul de ses sourires au charme irrésistible... et il n'était pas pour elle.

Ce n'était autre que Christoff, le jeune seigneur aux cheveux d'or, dont le regard émeraude emplissait son âme d'une pure joie chaque fois qu'il posait les yeux sur elle, ce qui n'arrivait pas souvent, elle devait l'admettre. Pas un garçon, dans le comté, ne pouvait rivaliser avec lui, Clarissa en était persuadée. Hélas ! c'était aussi l'avis de Mélanie, de Liza, des filles du maréchal-ferrant et de toutes les autres.

Clarissa le savait car, en dépit de ses douze ans, et bien que seulement la moitié du sang du clan coulât dans ses veines, elle possédait un don – un seul, mais de prix. Elle savait épier les autres. Elle excellait même à ce jeu-là, du moins y avait-elle excellé jusqu'à cet après-midi...

Étendue dans son lit, elle observait, par la croisée entrouverte, les étoiles à mesure qu'elles apparaissaient dans le ciel. Les constellations de Céphée et de Cassiopée étaient au firmament. Elle avait toujours aimé la nuit. C'était le moment où elle pouvait rêver, laisser son imagination l'emporter vers un monde idéal...

Ce soir, le rossignol lançait son chant depuis le laurier où il avait fait son nid, en notes plaintives et nostalgiques qui s'élevaient en une longue modulation avant de s'achever dans un trille rapide, telle l'eau roulant sur les galets d'un torrent de montagne.

Entre les rideaux à petits carreaux de sa fenêtre se profilaient les frondaisons des arbres fermant le verger à l'est. Le cottage avait été bâti par son grand-père, non loin du plus vieux et du plus gros pommier. Tous les printemps, au moment de la floraison, l'air embaumait le paradis.

Mais on était en été, et elle étouffait dans sa chemise de nuit en flanelle. Elle repoussa ses couvertures, en vain. Dehors, Céphée continuait de scintiller, et le rossignol de lancer ses trilles à l'assaut du ciel. Clarissa se leva et traversa la chambre pour s'appuyer à la fenêtre. La brise nocturne vint caresser sa gorge en une douce invitation.

En tournant la tête, elle pouvait entendre la respiration lente et régulière de sa mère qui dormait dans l'autre pièce. Comme toujours, Antonia était plongée dans un profond sommeil, sous les effets conjugués des médicaments qui l'assommaient et de la maladie qui l'épuisait.

En un tournemain, Clarissa se débarrassa de sa chemise de nuit et passa sa robe la plus sombre. La fenêtre était déjà ouverte ; elle n'eut qu'à l'enjamber avec l'aisance que donne une longue pratique et à sauter, pieds nus, sur l'herbe en contrebas.

Le rossignol suspendit aussitôt son chant. Clarissa s'immobilisa, l'oreille aux aguets. Sans doute l'oiseau faisait-il de même mais, quelques instants plus tard, son gazouillis s'élevait de nouveau dans l'air tiède de la nuit. Soulevant ses jupons à pleines mains, Clarissa s'élança dans l'obscurité.

La liberté ! Quoi de plus délicieux, de plus enivrant que de courir à toutes jambes à travers le verger, parmi les pommiers, les cerisiers et les poiriers dont les fruits reflétaient, comme autant de perles sucrées, la lumière de la lune ? Si elle prenait assez de vitesse, il semblait à Clarissa qu'elle s'envolait… Elle esquissa une série de bonds, ses lourdes tresses frappant son dos un peu plus fort chaque fois. Comme ce serait bon de s'élever dans les airs pour planer au-dessus des bois et des champs !

Ici, il n'y avait personne pour la juger, se moquer d'elle ou la pourchasser. Dans la nature, elle était à sa place. Unique, merveilleuse, et bien plus forte que ceux du clan. Elle était la princesse de ces lieux, une véritable reine ! Les autres filles enviaient sa puissance et sa beauté. Quant au beau Christoff... Oh, il l'aimait ! Il l'adorait ! Et ils s'envolaient ensemble, rien qu'eux deux, pour faire le tour du monde.

Peu à peu, sa course se ralentit et Clarissa finit par se contenter de marcher. Sous ses pieds, l'herbe avait la suavité du velours, et la terre était douce comme l'écume. La brise murmurait dans les arbres centenaires. Clarissa choisit une poire, juteuse et mûre à point. Elle huma avec délice la peau ambrée du fruit, inhalant ses arômes de miel et de soleil, avant d'y planter ses dents avec appétit.

Le jus du fruit picota douloureusement ses lèvres encore meurtries. Tant pis ! Rien ne devait gâcher cet instant de pur bonheur. Elle dévora la poire, puis jeta le trognon parmi les feuilles déjà tombées de l'arbre.

Depuis le sommet de Blackstone Hill, elle pourrait assister au lever de l'Étoile du berger. Elle y avait une cachette, un nid creusé au printemps par une biche, parmi les fougères et les broussailles. Elle avait observé patiemment la couche dans l'espoir que l'animal reviendrait, en vain. Aucune bête n'y était venue depuis des semaines. Puisqu'il était inoccupé, ce soir, il était à elle.

Après une courte promenade au clair de lune, Clarissa atteignit l'endroit et s'y lova. Depuis ce promontoire situé sur une avancée de la colline, la vue s'étendait sur presque toute la vallée, révélant les bois au feuillage sombre finement découpé et le ciel constellé d'étoiles. Ronde et pleine, la lune lançait ses rayons sur ce paysage féerique.

Clarissa roula sur le dos et, laissant son regard dériver paresseusement vers l'astre lunaire, y dessina en imagination le visage qui hantait ses rêves, celui d'un jeune homme aux mèches dorées qui lui souriait…

Elle ferma les yeux pour mieux savourer l'instant. La brise soufflait plus fort, à présent, portant avec elle les mille petits bruits de la forêt, le parfum d'humus des sous-bois et… Tiens ? Il y avait aussi un rire léger. Quelqu'un lui parlait. Christoff ? Mais oui, c'était bien sa voix ! Ivre de bonheur, elle l'écouta évoquer la blancheur de sa gorge, la douceur de ses lèvres…

Elle ouvrit les yeux.

La lune avait disparu derrière un nuage et le beau rêve s'était envolé. En soupirant avec nostalgie, elle s'assit et enleva un brin de mousse accroché à sa manche.

À ce moment, elle entendit de nouveau la voix de Christoff.

— Je ne peux pas rester plus longtemps, dit-il.

Clarissa sursauta et tendit l'oreille.

— Oh non ! Déjà ? répondit une autre voix sur un ton enjôleur. Nous avons la nuit devant nous, mon amour.

Clarissa porta une main à sa bouche pour retenir le cri qui jaillissait de ses lèvres. Mélanie ! Christoff et Mélanie, seuls sur Blackstone Hill !

Enfin, *presque* seuls.

Par chance, songea-t-elle, elle se trouvait sous le vent. Ils ne pouvaient sentir sa présence.

— Toi, peut-être, répliqua Christoff avec une pointe d'amusement. En ce qui me concerne, je dois être rentré à l'aube. Mon père n'a rien trouvé de mieux que d'organiser une nouvelle réunion autour de la table du petit déjeuner.

Par-dessus les buissons, Clarissa aperçut alors un couple enlacé, étendu sur l'herbe, à demi dévêtu. Les cheveux de Mélanie ruisselaient sur ses épaules en une cascade cuivrée, offrant un contraste charmant avec sa peau laiteuse. Christoff, qui avait ôté sa chemise, dévoilant son torse déjà musclé et tanné par le soleil, jouait distraitement avec les mèches d'or roux de sa compagne, s'amusant à en caresser les pointes de ses seins nus. En dépit de ses affirmations, il ne semblait guère pressé de s'en aller !

Clarissa ferma les yeux et plongea son visage entre ses mains. Une branche s'accrocha à sa natte et lui griffa le nez, mais elle n'y prêta pas attention.

— Reste encore un peu, supplia Mélanie avec des accents feutrés.

Clarissa se serait damnée pour posséder une telle voix !

— Je te promets... tu vas adorer.

— Ça, je n'en doute pas un instant, assura Christoff.

Il y eut un silence entrecoupé du murmure étouffé de baisers, et du son à peine audible de deux amants roulant dans l'herbe. Clarissa réprima un gémissement de dépit. Si seulement elle pouvait se boucher les oreilles aussi facilement qu'elle fermait les yeux ! Sous ses paumes, ses joues étaient en feu.

— Je ne peux vraiment pas rester, reprit Christoff, mettant fin à sa torture.

Soulagée, elle l'entendit se lever.

— Mais je te promets qu'on se retrouvera très bientôt, Mélie.

Clarissa écarta les doigts pour regarder. Mélanie, toujours étendue sur l'herbe, s'étirait langoureusement. Elle était à demi nue, et pas gênée pour un sou !

— Je ne vois pas ce que ton père a de plus intéressant à te proposer que... *ça*.

Christoff remettait sa chemise.

— Si j'ai bien compris, il veut me parler de mariage. Le mien.

— Voyez-vous ça ! Seriez-vous fiancé, monseigneur ?

— Pas encore.

— Alors tu le seras bientôt. Qui est l'heureuse élue ?

Tout en parlant, Mélanie avait levé haut une jambe au galbe parfait et faisait tourner son petit pied blanc dans les rayons de la lune.

— Tu ne peux épouser qu'une autre Alpha, et nous savons tous de qui il s'agit.

— Vraiment ?

Mélanie lui décocha un sourire aguichant en cambrant les reins. Aussitôt, Clarissa vit Christoff se figer, ses mèches blondes retombant sur ses épaules en une cascade d'or pur.

La brindille qui l'avait griffée s'était accrochée à ses cheveux et lui égratignait à présent le cou. Avec des gestes prudents, elle leva la main pour la dégager de sa natte.

— Tu pourrais avoir une surprise, dit Christoff, qui ne semblait guère convaincu par ses propres paroles.

— Je ne crois pas. Je suis la femelle dominante, et tout le monde le sait. De plus…

Mélanie émit un de ces rires de gorge si sensuels que c'en était indécent, avant de poursuivre :

— … J'ai des raisons de croire que tu apprécies mon charme.

La brindille se brisa avec un bruit sec entre les doigts de Clarissa.

Horreur ! Paralysée par la peur, elle ne trouva pas la force de se lever pour s'enfuir. De toute manière, il était trop tard. Vif comme l'éclair, Christoff avait déjà fondu sur elle. Il la souleva de force, projetant autour d'elle une volée de feuilles sèches.

— Qui va là ?

D'un seul bras, il la maintenait debout, la serrant sans pitié entre l'étau de ses doigts. Clarissa s'agita pour se libérer, sans résultat.

— Chris ? appela Mélanie derrière lui. Que se passe-t-il ?

Par-dessous ses sourcils froncés, le jeune homme darda sur Clarissa un regard perçant.

— Je… je me suis endormie, bredouilla-t-elle.

Enfin, il consentit à la relâcher. Elle n'osa cependant pas bouger.

— Encore toi ! s'exclama alors Mélanie qui venait de les rejoindre en serrant sa robe sur sa poitrine. Sale petite espionne !

— Pas du tout, dit Clarissa. Je n'espionnais pas...

— Tu t'obstines à ne pas comprendre ? menaça Mélanie en serrant le poing sur l'étoffe de son vêtement. Je vais t'apprendre à me suivre sans arrêt !

— Je ne te suivais pas et je n'espionnais personne ! Vous avez dû arriver pendant que je dormais. Quand je me suis réveillée...

La main de Mélanie s'abattit sur sa joue avec un claquement sonore.

— Bon sang, Mélie, laisse-la donc ! maugréa Christoff en s'interposant.

Clarissa tourna la tête en se frottant la mâchoire. Ses oreilles résonnaient du coup qu'elle avait reçu et un goût métallique lui emplissait la bouche. Elle saignait.

— Elle était là depuis le début, Chris ! Elle nous a vus !

L'espace d'un instant, Christoff posa sur Clarissa son regard émeraude que dissimulaient à demi ses boucles blondes. Il haussa les épaules avec désinvolture.

— Tu n'as donc pas entendu ? Elle vient de dire qu'elle dormait.

— C'est une menteuse !

— Je n'ai pas menti ! protesta Clarissa.

— Du calme, toutes les deux.

D'un geste prudent, Clarissa effleura ses lèvres ensanglantées.

— Je dis la vérité, affirma-t-elle en se redressant de toute sa hauteur pour toiser Mélanie. Si j'avais su que tu étais dehors ce soir, je ne serais pas venue là. Tout le monde dans le comté sait que tu amènes ici les hommes qui veulent bien de toi.

Elle se tut, effrayée. Elle n'en revenait pas d'avoir dit cela ! L'espace d'un instant, il y eut un silence tendu. Clarissa n'entendait plus que les battements de son cœur qui cognait furieusement dans sa poitrine. Derrière elle, une feuille se détacha d'un arbre et tomba avec une lenteur infinie.

Mélanie ouvrit la bouche. Christoff la fit taire en plaquant sa main sur ses lèvres.

— Suffit ! Pour l'amour du Ciel, Mélie, ce n'est qu'une gosse.

Il lança un nouveau regard en direction de Clarissa, et son expression se fit étrangement sévère, comme s'il hésitait entre colère et rire.

— Toi, rentre chez toi. File !

Comme un automate, Clarissa recula d'un pas, puis de deux, les yeux rivés sur Mélanie qui l'observait d'un air assassin, immobile comme une statue. Après avoir écarté la main de Christoff de sa bouche, elle bougea les lèvres pour former une phrase muette : *Toi, je t'aurai !*

— De toute façon, poursuivit Christoff en rentrant sa chemise dans son pantalon, qui se soucie de ce qu'elle peut dire ? Ce n'est qu'une gamine, et une sang-mêlé.

Lorsque Clarissa arriva au cottage, le rire moqueur de Mélanie résonnait encore à ses oreilles.

The Morcambre Courant

Samedi 28 mars 1742

Une rose d'Angleterre cueillie dans la fleur de l'âge

Mlle Clarissa Hawthorne, de Darkfrith, dans le comté de Durham, a disparu. On suppose que la jeune fille s'est accidentellement noyée dans les eaux de la Fier, sur les rives de laquelle elle avait l'habitude de se promener seule.

Un châle en popeline rose et un bonnet en dentelle ivoire ont été découverts non loin du lieu du drame. On a constaté des déchirures sur ses vêtements, qui pourraient avoir été causées par une bête féroce. On sait que la Fier et les bois environnants abritaient autrefois de nombreux loups et autres animaux sauvages, bien qu'une chasse énergique ait considérablement réduit leur nombre.

Clarissa, qui était le seul enfant de la veuve Hawthorne, devait fêter ses dix-huit ans le jour même de sa disparition.

Que cet événement tragique soit une leçon pour nos tendres roses d'Angleterre ! En ce début de printemps, la place des jeunes filles est au foyer, dont elles doivent s'occuper avec la grâce qui est leur apanage, afin de parvenir sans danger à l'âge du plein épanouissement de la femme.

2

Saint James' Square, Londres, avril 1751

Letitia, duchesse de Monfield, était au septième ciel. Sa soirée se déroulait à merveille ! Elle avait réuni des hôtes du meilleur monde et la conversation allait bon train ; on avait servi au dîner du homard, des figues rôties au miel et du vin d'Espagne ; elle avait un mari fraîchement pris au collet et point encore trop saoul. De plus, elle attirait les regards envieux des autres femmes, et plusieurs jeunes hommes des meilleures familles ne ménageaient pas leurs efforts pour monopoliser son attention.

Par-dessus tout – bonheur suprême ! – elle portait les joyaux des Monfield. D'un geste faussement négligent, elle passa la main sur les pierres. Le collier, le bracelet et les longues boucles d'oreilles ainsi que le diadème que lui avait apportés le duc en mariage étaient sur sa peau la plus sensuelle des caresses.

Pendant des semaines, elle avait paradé, ornée de ses bijoux, dans l'intimité de son boudoir, en rêvant à ce moment. Le grand soir était enfin arrivé : sa première véritable apparition dans la bonne société en tant qu'hôtesse ! Sa perruque aux boucles généreuses avait été conçue en fonction du diadème, afin de rehausser l'éclat des diamants sur son front pur. Quant aux saphirs, ils semblaient avoir été spécialement choisis pour mettre en valeur la nuance de ses yeux… À la lueur des bougies, elle le savait pour avoir longuement étudié son reflet dans sa psyché, les gemmes l'auréolaient d'un scintillement de gouttes de pluie dans les rayons du soleil.

— *Votre beauté m'aveugle, madame,* murmura dans la langue de Molière le comte de Lalonde, qui venait de se pencher vers elle.

Letitia réprima avec peine un gémissement de plaisir. L'accent du bel aristocrate résonnait à ses oreilles avec des froissements de soie sauvage.

— Madame la duchesse porte à son front toutes les étoiles du ciel, mais celles-ci ne sauraient éclipser l'éclat de son regard, ajouta-t-il en anglais.

Elle redressa la tête avec un sourire de triomphe. Elle avait choisi avec soin son favori pour la soirée, et celui-ci se montrait à la hauteur de ses attentes.

En dépit de sa jeunesse et de ses manières très continentales, le Français était l'homme le plus séduisant de l'assistance – bien plus, en tout cas, que son gros benêt d'Ambrose. Avec ses sourires charmeurs et ses prunelles de velours mordoré ombrées de longs cils noirs, il était le meilleur faire-valoir pour sa blondeur d'enfant et ses traits délicats.

Ils étaient nonchalamment assis dans des bergères devant les hautes fenêtres du salon de réception, l'élégance de sa robe de moire argentée à la dernière mode de Paris rehaussée par la luxueuse sobriété de son habit de satin aux tons sourds. Le couple parfait, songea-t-elle avec un soupir d'aise.

De la pointe de son éventail, elle tapota ostensiblement l'épaule de son sigisbée.

— Un peu plus de discrétion, mon ami, ou attention aux rumeurs.

Il s'adossa à son siège en baissant modestement les yeux. Qu'il était séduisant, avec son teint frais, son jabot de dentelle et ses regards pétillant de malice ! Elle était tombée sous son charme dès l'instant où ils avaient été présentés… voyons, une quinzaine de jours auparavant.

Deux semaines, pas plus ? Comme le temps avait passé vite ! Il faut dire qu'elle l'avait vu bien souvent. Au whist chez Sophia, à Vauxhall le mardi précédent, et lors de ce délicieux week-end chez Teresa, dans le Suffolk. À croire qu'il avait des vues sur sa personne. Ma foi, qui sait ? Si Ambrose continuait à s'enivrer ce soir…

— Pour rien au monde je ne voudrais ternir la réputation de madame la duchesse. Elle est aussi précieuse à mes yeux que la mienne.

— Je vous trouve bien présomptueux, monsieur.

— Un mot de vous, madame, et je suis parti.

Il lui lança de nouveau l'un de ces regards audacieux dont il avait le secret, tout en esquissant un léger sourire. Letitia porta son éventail devant son visage pour masquer son trouble. Ce garçon prenait un peu trop d'assurance. Certes, il était comte, mais elle ne devait pas oublier qu'elle était à présent duchesse.

— Vous n'en ferez rien ! C'est moi qui m'en irai.

Joignant le geste à la parole, elle se leva et s'éloigna dans un frou-frou de dentelle et de soie, tandis que les valets de pied inclinaient la tête sur son passage. Lorsqu'elle jeta par-dessus son épaule un dernier regard au comte, celui-ci souriait toujours.

— Beau brin de femme ! s'exclama un homme près de Lalonde.

Le comte se tourna vers le gentleman qui s'était approché de lui, monocle dans une main, verre de porto dans l'autre. Il se redressa et rajusta ses revers de manches.

— Si vous le dites, répondit-il, un peu distant.

— Moi ?

Son voisin porta son monocle à son œil pour examiner le comte.

— Mon cher, il n'est que d'ouvrir les oreilles pour entendre le flot de compliments que l'on déverse sur notre délicieuse hôtesse… et les yeux pour constater que, pour une fois, la rumeur est exacte.

Lalonde lui décocha un sourire carnassier.

— Soyez assuré que je n'y manque pas, monsieur.

De l'autre côté de la pièce, la belle Letitia le chercha du regard et aperçut les deux hommes qui conversaient, les yeux rivés sur elle. Aussitôt, elle pivota sur ses talons et s'éloigna.

— Quelle allure ! s'exclama le gentleman sans dissimuler son admiration. Sans compter qu'elle a sur elle quelques jolis cailloux qui ne font qu'ajouter à son charme...

Lalonde ne répondit pas.

— Cela dit, reprit l'autre après avoir bu une gorgée de porto, notre belle amie joue avec le feu. Vous avez entendu parler comme moi du fameux Voleur de Brume. Tout cela est absurde, mais sait-on jamais...

Cette fois, le comte chercha le regard de son interlocuteur.

— Absurdes, dites-vous ?

— Un homme qui se transforme en fumée ? À d'autres ! Un voleur, je veux bien, mais n'allez pas me raconter qu'il peut traverser les murs ou s'évanouir dans les airs... Diantre ! Si c'était le cas, je me dépêcherais d'engager ce particulier. Il m'aiderait à soutirer un peu d'argent à mon paternel !

Il ricana, le nez dans son verre.

— Non, croyez-moi, il ne s'agit que d'un vulgaire bandit. Un homme de basse condition, sans doute un laquais...

— Sans doute, répéta le comte d'un ton distrait.

Pendant ce temps la jolie duchesse faisait le tour de la pièce, traînant dans son sillage une nuée de bellâtres, et se dirigeait vers les hautes portes d'entrée. Le visage à demi dissimulé derrière son éventail, elle adressa au comte une œillade appuyée.

— À vous de jouer, mon vieux, dit le gentleman en faisant tourner l'alcool dans son verre. On ne fait pas attendre une dame.

Finalement, Letitia n'eut pas, ce soir-là, le loisir d'accorder un entretien privé au comte : celui-ci avait disparu juste après que l'on eut servi les desserts. Elle eut beau s'enquérir de lui, en toute discrétion bien entendu, personne ne put lui dire où ni quand il s'en était allé. Que c'était vexant !

Par chance, cette petite déception constituait la seule ombre au tableau car, pour le reste, la soirée s'était déroulée à la perfection. Elle était tranquille pour la nuit, Ambrose dormait déjà dans la chambre voisine. Seigneur ! Il ronflait même à faire trembler les murs !

Letitia renvoya sa femme de chambre, qui bâillait à s'en décrocher la mâchoire, ôta sa perruque et fit bouffer sa longue chevelure avant de s'installer sur son lit, noyé sous un flot de dentelle et de satin. Après un instant de réflexion, elle se releva et, traversant la pièce sur la pointe des pieds, alla fermer les portes, qu'elle verrouilla à double tour. Au cas où ce lourdaud d'Ambrose s'éveillerait au beau milieu de la nuit, animé par des appétits qu'elle n'était pas d'humeur à satisfaire...

Un silence que seuls brisaient par moments des ronflements en provenance de la chambre du maître des lieux tomba sur la demeure du duc et de la duchesse de Monfield. Les invités étaient tous partis et, lorsque l'horloge Queen Ann qui trônait dans le hall sonna deux heures et quart du matin, tout le monde, jusqu'aux plus humbles serviteurs, était couché.

C'est alors que, dans la lingerie plongée dans l'obscurité, deux yeux noirs aux reflets mordorés s'ouvrirent.

La porte de la petite pièce pivota sur ses gonds sans un bruit. Délesté de sa perruque et de ses escarpins, le comte de Lalonde s'engagea dans le couloir, uniquement chaussé de ses bas. Seuls le faible éclat de sa veste et l'étrange lueur dorée de ses iris sombres trahissaient sa présence.

En l'apercevant, deux souris se figèrent un instant avant de détaler. Les rayons de la lune se reflétaient derrière lui sur le parquet d'érable bien ciré, tandis que son ombre s'étirait en tournant autour de lui à mesure qu'il passait devant les fenêtres.

Le comte avait mémorisé avec soin le plan de la vaste demeure et l'emplacement de la chambre de la duchesse – une précaution bien inutile car le capiteux parfum de la dame lui indiquait le chemin, aussi sûrement que des marques à la craie sur le sol...

Arrivé devant sa porte, il marqua une pause avant de faire jouer la poignée avec délicatesse. Verrouillée. Ses lèvres s'étirèrent en un sourire léger, un peu ironique, que la duchesse aurait immédiatement reconnu.

La clé ne semblait pas être dans la serrure. Pour s'en assurer, il se pencha et regarda à travers. Puis il recula de quelques pas et commença à se dévêtir.

De longs cheveux noirs, une taille fine, une peau d'ivoire, des seins ronds... Peu à peu, la silhouette d'une femme apparut dans la pénombre.

Entendant un ronflement sonore déchirer l'air, celle-ci s'immobilisa puis, lorsque le duc retrouva une respiration lourde et régulière, continua de plier ses pantalons.

Avec soin, elle déposa la pile de ses vêtements à côté de la porte, revint se placer devant la serrure et prit une profonde inspiration.

Letitia avait profondément dormi. Elle n'avait fait qu'un seul rêve, mais si marquant qu'elle s'en souvenait nettement à son réveil. Dans son sommeil, elle avait vu de la fumée et du brouillard, dont elle sentait encore le froid sur son visage. Au début, elle avait cru s'être perdue, mais il ne s'agissait pas de cette sorte de brume. Celle-là était au contraire agréable et paisible. Letitia s'était levée et l'avait traversée d'un pas tranquille, jusqu'à ce que la brume prenne la forme d'une femme. Une femme très belle, étrangement familière, qui lui souriait. « Dormez », avait-elle murmuré et Letitia avait obéi.

Le soleil plongeait vers un horizon chargé de nuages, et ses chauds rayons enluminaient les arbres et les sentiers bordant la limite sud des jardins de Vauxhall. Des attelages passaient, tirés par des chevaux en sueur menés par des valets moites de transpiration. De jeunes vendeuses de fleurs passaient, leur panier sous le bras, en fredonnant des chansons à la mode. Dans un angle de la pelouse, un groupe de ramoneurs disputait une partie de *trap-ball* sans merci, qui valait à plus d'un de saigner du nez, tandis que flottait dans l'air une appétissante odeur de pâtés en croûte sortant du four.

Assises sur un banc, deux jeunes filles vêtues à la dernière mode devisaient gaiement.

— C'est ahurissant ! s'exclama la première en élevant un journal devant ses yeux pour déchiffrer les caractères dans la lumière déclinante.

La spectaculaire disparition des joyaux des Monfield faisait la une des cinq éditions du soir des journaux londoniens.

— En effet, dit la seconde en lissant les plis de sa jupe. Ils ne parlent même pas du bracelet ! Pourtant, il est tout à fait remarquable.

Sa compagne abaissa son journal.

— Tu sais très bien que ce n'est pas ce que je voulais dire, Tess.

— Alors je suppose que tu fais allusion à ce duel qui a eu lieu à minuit, et qui aurait opposé le duc au voleur, et que ce dernier aurait conclu par un coup de pied dans les régions inférieures de Sa Seigneurie ? C'est *cela*, qui est ahurissant. Qui pourrait avoir envie de toucher ce gros lard, même pour se défendre ?

— Tess ! s'écria son amie dont le regard gris, pétillant d'amusement, contredisait la voix sévère.

— Et d'ailleurs, il était bien plus tard que minuit. Je commençais à attraper de fichues crampes, dans ce petit réduit.

— Tess.

— Oui ?

— Une *lady* n'emploie pas ce langage.

Tess ouvrit son éventail en dentelle de la nuance exacte des abricots mûrs.

— Je ne suis pas une dame, Mim, dit-elle plus doucement.

— Si. Dans ton cœur, tu l'es. J'en connais plein qui n'hésitent pas à verser le sang pour faire… ce que tu fais. Pas toi. Tu ne le supporterais pas.

Tess referma son éventail en souriant.

— Que tu es romantique, ma chère ! C'est toi qui es une dame, pas moi.

— Moi ?

Mim s'assura d'un regard qu'on ne les entendait pas, puis, baissant la voix :

— J'suis qu'une fille des faubourgs, chérie, reprit-elle. Pas une *milady* !

— Mim du Faubourg ? Comme c'est charmant ! Enchantée.

— Moi de même… Tess de Nullepart. Car c'est bien ça, hein ? Motus et bouche cousue ! Tu ne me diras donc jamais d'où tu viens ?

Derrière ses moqueries, Mim cachait une véritable affection pour Tess. Celle-ci soutint son regard sans détourner les yeux, ses mains gantées sagement posées sur ses genoux. Ce n'était pas la première fois que Mim observait sa beauté un peu sauvage. Teint de porcelaine, cils et sourcils d'un noir d'encre, lèvres grenat… Pourquoi Tess s'obstinait-elle à se farder comme elle le faisait ? Tout en elle n'était qu'élégance racée et séduction presque magnétique.

Aussi belle que secrète, elle aurait fait une courtisane de premier ordre, songea Mim. Ce qui expliquait peut-être pourquoi elle excellait dans son art… Elles étaient proches, et pourtant elle ne connaissait même pas son nom. Pourquoi ne le lui disait-elle pas ?

— Ne sommes-nous pas amies depuis assez longtemps, maintenant ? insista Mim.

— Amies ?

— Disons, associées.

— De toute façon, tu as raison, Mim. Je ne suis de nulle part.

— Garce !

Tess leva les yeux au ciel et parut s'absorber dans la contemplation des nuages aux contours changeants.

— Comme tu voudras, grommela Mim en faisant claquer son journal pour le replier.

Puis, après quelques instants de silence :

— Voilà que tu recommences. Je me demande bien ce que tu cherches, là-haut.

— Des dragons, bien sûr ! répondit Tess d'un ton si naturel que Mim éclata de rire.

Elle suivit le regard de son amie.

— Celui-là ressemble plutôt à un lapin. Et l'autre, derrière les arbres, à une théière. Ou à un pot à chocolat. Enfin, c'est tout ce que je vois…

— Moi aussi. Viens, j'ai besoin de me dégourdir les jambes.

Elles se levèrent et, ayant rassemblé journal, ombrelles et éventails, se mirent en route sur le chemin dont le fin gravier crissait sous leurs bottines. Elles marchèrent en silence pendant quelque temps, croisant d'abord un jeune couple chaperonné par une petite bonne à l'air contrarié, puis deux dandys qui, tout en leur décochant des œillades, les saluèrent bien bas.

Comme Mim s'y attendait, Tess se comporta en vraie dame du monde : elle les ignora superbement.

— Au fait, madame Tess de Nullepart, une *lady* ne parle pas de ses jambes.

— Je ne connais rien de plus ennuyeux qu'une *lady*, rétorqua Tess.

— Hum... En général, c'est aussi ce que disent ces messieurs.

— Tu vois ? Je ne suis pas la seule.

L'allée décrivait à cet endroit un virage, au bout duquel se trouvait un groupe de nurses surveillant des enfants qui sautaient à la corde. Les ombres des jeunes femmes se trouvaient à présent devant elles – deux silhouettes mauves aux larges jupes marchant bras dessus bras dessous.

— Au fait... Je serais curieuse de savoir ce qu'il a de si remarquable, ce bracelet ? demanda Mim après un silence.

— Douze carats de diamants, dix-neuf de saphir. Ce qui se fait de mieux dans le genre.

— Hum... Je devrais pouvoir lui trouver un nouvel emploi.

— Je n'en attendais pas moins de toi.

— Seulement, il faudra désosser la parure. Surtout les grosses pierres.

— Je sais.

Le soleil venait de plonger derrière l'horizon, nimbant le ciel d'ombres veloutées, éclaboussant d'or mat les nuages au ventre violet.

— Pauvre duchesse ! dit Mim dans un soupir. Enfin, je suppose qu'elle en a d'autres.

— Elle en a. Franchement, je te le demande, ajouta Tess, les yeux perdus dans les nuées, *qui* porte un diadème pour une soirée ?

Le 17, Jassamine Lane, dans Bloomsbury, ressemblait à toutes les maisons sagement alignées dans cette tranquille artère. Ni la plus élégante ni la plus modeste de la rue, c'était une construction de brique rouge à pignon, typique de la classe moyenne, d'apparence relativement cossue. Elle avait des volets verts et quatre fenêtres étroites donnant sur la rue, identiques à celles de la plupart des autres demeures du quartier.

Peut-être son unique trait distinctif était-il sa porte, qui n'était pas en bois mais en acier peint, et façonnée de façon à épouser étroitement son encadrement sans laisser le moindre interstice sur son pourtour.

Il est vrai que les fenêtres étaient rarement ouvertes et les rideaux jamais levés, mais on pouvait mettre cela sur le compte de la suie qui noircissait le ciel de Londres, salissant tout ce qu'elle touchait.

Il est également vrai qu'on ne voyait pratiquement jamais l'occupante des lieux, mais on la disait âgée, ou infirme, ou peut-être un peu dérangée. Dans Bloomsbury, qui avait la – mauvaise – réputation d'être le quartier des gens de scène et artistes en tout genre, on n'était pas à une excentricité près.

Au moment précis où l'on allumait la dernière des lanternes de la rue, cette mystérieuse personne commençait justement à gravir les marches du numéro 17, après avoir répondu par un hochement de tête au joyeux « B'soir, m'dame ! » d'un vendeur de charbon. La porte d'acier se referma derrière elle avec un bruit étouffé.

Son sanctuaire, son havre de paix ! Tess avait acheté cette maison six ans plus tôt et, depuis lors, elle n'avait ménagé ni ses efforts ni son argent pour en assurer la sécurité. Depuis les fenêtres jusqu'aux portes en passant par la cheminée, chaque ouverture était dotée d'un double système de verrouillage. Elle avait mémorisé l'odeur de chaque pièce, ainsi que les craquements et grincements habituels des cloisons, des parquets et des marches. Cette maison était à elle, et à elle seule ; elle faisait corps avec elle, jusqu'au moindre de ses recoins et fissures.

En plus de la suie qui imprégnait l'air, Londres était une ville brumeuse. Bien des choses pouvaient s'y dissimuler. Tess en savait quelque chose…

Elle déposa son éventail et son réticule sur la console de l'entrée et fouilla des yeux l'obscurité. Unique concession de Tess à la discrétion dont elle entourait sa vie, sa maison était bien plus richement meublée que ne le laissait deviner son extérieur. Elle appréciait le luxe, comme en témoignait la décoration intérieure, riche en bois exotiques et étoffes de pays lointains, œuvres d'art introuvables et mobilier des meilleurs ébénistes.

La demeure, pour le moment, était plongée dans le noir. Tess n'éclairait pas sa maison comme on le fait d'habitude, mais en général, sa bonne prenait soin de laisser brûler une lampe à huile près de la porte d'entrée.

Tout en ôtant ses gants et son chapeau qu'elle lança sur une chaise, elle traversa le hall d'entrée. En passant, elle jeta un coup d'œil dans le petit salon. Il y faisait noir également. La seule source de lumière provenait de la salle à manger. Tess fit halte au seuil de cette pièce et laissa son regard errer sur la table d'acajou avec sa série de chaises assorties, puis sur le miroir au cadre mouluré qui surmontait la cheminée et dans lequel se reflétait à l'infini la flamme du chandelier.

Sur la table étaient disposées les cinq éditions du soir de la presse londonienne, ainsi que deux autres gazettes qu'elle n'avait pas encore lues. Elle s'approcha et, s'appuyant d'une main sur le bois luisant, les parcourut d'un rapide coup d'œil.

— Où est Sidonie ? demanda-t-elle distraitement, sans lever les yeux de sa lecture.

— Je lui ai donné sa soirée, répondit une voix dans son dos.

— Encore ?

— Nous n'avons pas besoin d'elle : je peux très bien me débrouiller seul.

Pivotant sur ses talons, elle chercha dans la pénombre la silhouette de son interlocuteur. D'une minceur extrême, il était plutôt petit pour ses douze ans. Avec sa tignasse fauve en désordre et ses prunelles ambrées, il lui faisait toujours penser à un jeune chien fou, ou à quelque créature nocturne tapie dans l'ombre d'un bois...

Contrariée, Tess croisa les bras sur sa poitrine.

— Elle n'est pas à ton service, Zane, mais au mien. Je te saurais gré d'accepter sa présence et son aide.

Elle inspecta le garçonnet en fronçant les sourcils.

— Où est ta nouvelle livrée ?

— Elle me gratte.

— Alors lave-la.

— J'ai pas...

— Je *n'ai* pas, rectifia Tess.

— ... eu le temps. Je suis sorti.

— Je le sais, mais je te demande de la porter, en particulier lorsque tu quittes la maison. Sinon, tu risques d'attirer l'attention sur toi. La bonne et le cuisinier portent leur tenue ; tu dois en faire autant. Nous sommes dans une bonne maison.

Le sourire qu'il lui décocha était tout innocence. Elle réprima un soupir mi-agacé, mi-attendri. Tous les soins capillaires et toutes les livrées du monde n'y feraient rien : Zane était un gosse des rues, toujours dépenaillé mais doté d'un esprit vif comme l'éclair. Elle n'en ferait jamais un petit lord !

Elle l'avait trouvé dans le caniveau par une froide nuit d'hiver, deux ans auparavant, agonisant dans une mare de sang, un couteau plongé entre les côtes. Elle l'avait dépassé, silencieuse comme l'air, mais il avait levé la tête vers elle et lui avait tendu la main.

Il l'avait vue.

Il avait trouvé son regard.

Et parce qu'il l'avait fait – parce que, aussi incroyable que cela paraisse, il en avait été capable – elle était revenue sur ses pas.

Des ennuis. Un paquet d'ennuis maigrichon à l'odeur un peu aigrelette – voilà quelle avait été sa première impression à son sujet. Elle n'avait pas besoin de cela. Pourquoi se mettre un peu plus en danger ? Elle l'était déjà suffisamment ! Si elle avait jusqu'à présent évité les principaux écueils qui guettent une jeune femme solitaire dans la grande cité, c'était en grande partie parce qu'elle avait appris à ne pas se mêler des affaires des autres. Du moins, pas plus que nécessaire...

Pourtant, dans cette ruelle puante, elle avait hésité. Elle s'était penchée sur l'enfant, avait examiné son visage livide, ses yeux luisants de fièvre et ses lèvres décolorées qui s'articulaient sur une prière muette.

Il l'avait *vue* !

Du bout des doigts, elle avait effleuré sa joue creuse et, sur une impulsion, elle avait décidé de l'emporter chez elle. Au moins, il ne mourrait pas dans le caniveau, s'était-elle dit.

Tess n'avait pas l'habitude d'agir sur des coups de tête. Chaque fois qu'elle l'avait fait, le cours de sa vie en avait été considérablement modifié. Zane n'avait pas fait exception à la règle.

Pour commencer, il s'était montré bien trop têtu pour mourir. Il s'était effondré sur son nouveau sofa, tachant de sang ses rayures jaune citron toutes pimpantes, et avait survécu.

Avec regret, Tess avait dû se séparer de son joli canapé. Zane, lui, était resté. C'était un chien perdu sans collier, d'apparence maladive et dénué de toute éducation. Sans compter qu'il était ordurier, maladroit, et poussait des cris d'orfraie quand elle tentait de lui faire prendre un bain.

Malgré tout, elle l'avait gardé chez elle. Tess savait ce que c'était que d'être petite et sans défense. Elle lui avait installé un lit sous les toits et lui avait assigné, pour la forme, quelques taches domestiques qu'il s'empressait de ne jamais accomplir.

Ainsi s'était scellée leur improbable alliance...

Il savait ce qu'elle était. Il n'avait jamais rien dit, ni posé de questions, mais il avait compris.

L'enfant et la jeune femme s'étudièrent longuement du regard dans la lueur vacillante de la flamme. Même dans cette lumière tamisée, il continuait de ressembler à un elfe affamé. Comment pouvait-il rester aussi mince, maintenant qu'il mangeait à sa faim ? Chaque jour, il engloutissait de quoi rassasier trois hommes dans la force de l'âge !

Zane désigna la table d'un coup de menton.

— Z'avez... *Vous avez* vu ce que j'ai trouvé ?

Tess hocha la tête et se tourna vers les journaux.

— Je les avais déjà lus.

— Pas celui-ci. Je l'ai fauché au Chien Tacheté. Il date de la semaine dernière mais j'ai pensé que l'annonce au dos, à droite, pourrait vous intéresser.

— Au moins, tu progresses en lecture.

— Et je me suis lavé la figure dimanche dernier, ajouta-t-il d'un ton vertueux.

Réprimant un sourire, Tess prit la gazette et la tourna pour chercher l'information dont parlait Zane.

Le diamant des Langford exposé au musée Stewart. Exceptionnel !

Elle crut que son cœur allait s'arrêter de battre.

Le diamant des Langford ? Ici, à Londres ?

Il devait y avoir une erreur ! Jamais le clan n'aurait...

— Alors, qu'est-ce que vous en dites, milady ? demanda Zane. Un diamant, rien que ça !

En levant les yeux, Tess croisa son reflet dans le miroir. Les boucles de sa perruque retombaient sur ses épaules en une cascade argentée, soulignant ses pommettes aux nuances d'albâtre et ses sourcils qui semblaient tracés d'un trait d'encre, sous lesquels brillaient ses prunelles plus noires que la nuit. La flamme de la bougie jetait un halo sur ce vivant portrait qu'encadraient les moulures de la glace.

— Dès qu'elle rentrera, tu demanderas à Sidonie de laver ta livrée, dit-elle, pensive, sans se retourner.

Puis, glissant le journal sous son bras, elle quitta la pièce d'un pas décidé.

3

Dans les terres vallonnées de Darkfrith, il existait un dicton. *Un baiser au ciel, un baiser au sol, et le monde entier prendra son envol.*

Tous les enfants du clan le connaissaient pour l'avoir maintes fois chanté. Ils grandissaient en le récitant, se fiançaient, se mariaient, et le transmettaient à leur descendance.

Quelqu'un, pourtant, semblait l'avoir pris au pied de la lettre.

Un fuyard.

— Le Voleur de Brume ! s'exclama Rufus Booke.

D'un geste théâtral, il posa le journal devant lui, avant d'ajouter :

— Notre homme est de retour.

La vaste salle à manger de Chasen Manor était presque vide, à cette heure tardive. Dans l'âtre, les braises léchées par les dernières flammes rougeoyaient doucement. Les serviteurs finissaient de débarrasser le couvert, et l'on entendait à peine le tintement de la vaisselle par-dessus leurs pas feutrés. Ils n'avaient cependant pas encore enlevé les plats disposés au bout de la table. Entre les restes de panais rôti et de faisan farci, étaient éparpillés plusieurs lettres et journaux, ainsi que des notes que Kit avait griffonnées de son écriture sèche et nerveuse.

Le nouveau maître de maison s'adossa à son siège en ramenant ses cheveux en arrière, avant de se souvenir, trop tard, que ses doigts étaient tachés d'encre.

Kit n'avait jamais supporté les perruques, poudres et autres ornements capillaires. Ici, à la campagne, personne n'en portait – du moins pas en sa présence. Cependant, il aurait eu bien besoin de rafraîchir sa coupe de cheveux, songea-t-il, vaguement agacé. Il s'en occuperait plus tard...

— Qu'a-t-il pris, cette fois ?

— Un diadème et un collier. Au nez et à la barbe du duc de Monfield !

Kit vérifia que la pointe de sa plume d'oie était correctement taillée.

— Tiens donc ! Alors je suppose que celui-ci a pu le voir ?

— Il le faut bien, puisqu'il affirme s'être battu contre le voleur. En duel, si j'ai bien lu.

De l'autre côté de la pièce, non loin de l'âtre, s'éleva un soupir irrité, et Kit eut toutes les peines du monde à ne pas en faire autant.

— Décidément, je ne m'habituerai jamais aux mensonges de la presse, maugréa-t-il.

Du bout du doigt, il fit tourner le journal de façon à pouvoir le lire à son tour.

— C'est effectivement ce que prétend Monfield, murmura-t-il, mais j'ai du mal à le croire. Si c'était le cas, il ne s'en vanterait pas. Les journalistes gobent n'importe quoi...

— Je me demande pourquoi vous vous en formalisez encore, marmonna George Winston, confortablement installé dans son fauteuil préféré devant la cheminée. Vous-même avez assez subi leurs inepties depuis que vous avez hérité du titre !

— Exact. Cela dit, j'ai toujours espéré que la presse finirait un jour par se réformer.

— Vous êtes un indécrottable optimiste, railla Rufus.

S'étant laissé tomber sans grâce sur un siège, ce dernier posa ses pieds bottés sur le bord de la table... avant d'intercepter le regard de Kit et de rectifier sa position.

— Vous êtes l'une de leurs proies favorites, reprit le conseiller. *Le marquis de Langford assistera au bal de Mme Unetelle. Le marquis de Langford a été vu au bras de lady Quelque-Chose. Le marquis de Langford se gratte le bas du dos...*

— Je n'ai aucun souvenir de ce titre-là, fit observer Kit sans se départir de son flegme.

— Oh ! ce n'est qu'une question de temps ! La presse vous adore ! riposta Rufus en croisant les mains sur son ventre.

— Elle adore surtout le sang frais.

— C'est bien ce que vous êtes, mon cher.

— Ce que *j'étais*, rectifia Kit en tapotant le gros titre qui barrait la une du journal. On dirait que j'ai été supplanté.

Le Voleur de Brume. Depuis que l'*Evening Standard*, trois ans auparavant, avait affublé le cambrioleur de ce surnom évocateur, Kit, et avec lui tout le conseil, suivait ses exploits avec intérêt. La logique voulait que la carrière de l'étrange personnage fût plus ancienne encore, mais malgré ses nombreux contacts à Londres et un bon nombre de pots-de-vin, Kit n'avait jamais réussi à en savoir plus sur l'individu. À croire que personne ne l'avait jamais vu ! Ce qui ne l'empêchait pas, au demeurant, d'être la mascotte de la presse, la terreur des plus fortunés... et le héros du peuple. De plus, l'homme était un esthète. Il ne prenait que des bijoux, et uniquement les plus beaux. Qu'en faisait-il ? Mystère. Nul ne les avait jamais revus.

Kit n'était pas dupe. Cet homme ne pouvait être que l'un des leurs, et il représentait le pire danger qu'ait affronté le clan depuis plus d'un siècle.

Pendant d'innombrables années, les siens avaient vécu sur ces terres dans la plus grande discrétion, reflet d'une autre époque, échos d'anciens sortilèges, enfants d'une magie depuis longtemps révolue.

Personne ne se souvenait plus des véritables origines du clan, qui se perdaient dans la nuit des temps.

Certains affirmaient qu'il était issu de Russie, ou de Roumanie, et qu'il était né au cœur de l'immense forêt qui enlace le pied des montagnes aux confins de l'Europe. D'autres prétendaient qu'il avait vu le jour au centre de la terre avant de jaillir à l'air libre et de s'élever dans les espaces infinis de la voûte céleste, parmi la lave en fusion et les diamants incandescents, et qu'il avait pris sa première inspiration au milieu des nuages.

C'était un peuple de chasseurs, à nul autre pareil. Un peuple de Brume, de flamme et de griffes. On l'appelait les *drakons*.

Puis les Autres étaient arrivés, les hommes mortels, et avec eux la persécution. Le clan avait dû fuir son pays, emportant avec lui ses derniers diamants, sa source vitale. Pourtant, quel que soit l'endroit où il avait tenté de s'établir, le clan, de chasseur, était devenu proie. On avait traqué ses membres sans merci. On les avait attaqués dans leurs foyers, surpris dans leur sommeil. On les avait brûlés, battus et torturés jusqu'à ce que, une à une, les légendes tombent à terre, transpercées.

Kit n'avait aucun mal à se représenter les massacres d'innocents, perpétrés par des mortels fous de peur et ivres de meurtre... Combien de fois, enfant, ces images avaient-elles hanté ses rêves ?

Ils avaient appris à vivre cachés. À s'interdire de muer et à marcher parmi les Autres, à vivre comme eux. Le secret était la clé de la survie, et les *drakons* y excellaient... à tel point que ceux d'entre eux qui étaient capables de réaliser la Mue – quitter leur enveloppe humaine pour prendre leur apparence animale, et inversement – se faisaient de plus en plus rares.

Après des siècles d'errance, ils étaient arrivés dans ce pays de vertes collines, au nord de l'Angleterre. Ici, les brumes caressaient encore la terre, les nuages et la fumée s'enlaçaient pour ne faire qu'un... Il y avait maintenant quinze générations que Darkfrith offrait au clan un havre où prospérer en toute quiétude et, depuis la mort de son père, la mission de Kit était de protéger sa communauté.

De nouveau, il parcourut l'article sous le titre composé en gros caractères. Un homme tout de brume qui traversait murs et fenêtres comme s'ils n'existaient pas, effrayant les petites bonnes et échappant aux agents de police, emportant avec lui les plus fins joyaux des beautés à la mode... Kit secoua la tête, pensif. Non seulement le Voleur de Brume était un *drakon*, mais s'il avait voulu narguer le clan, il ne s'y serait pas pris autrement ! Car l'homme montrait de moins en moins de prudence. Par goût de la provocation ?

De temps à autre, naissait un enfant qui ne supportait pas la vie de réclusion que menait le clan – les règles contraignantes du comté, son secret et son isolement, garants de sa grandeur et de sa puissance. Il n'en fallait pas beaucoup pour que celui-ci prenne le large... et ceux du clan devaient partir à sa recherche pour le ramener, de gré ou de force.

C'était précisément cette perspective qui avait aidé Christoff, dans son adolescence, à ne pas s'enfuir. La honte d'être capturé. L'humiliation d'un retour sans gloire. Avec le temps, le sentiment qu'il serait vain de vouloir échapper à son destin s'était imposé à lui.

Pourtant... S'il avait pu changer le cours des événements...

Dans la cheminée, une flamme plus vigoureuse que les autres s'éleva des braises avec un crépitement et projeta des étincelles autour d'elle.

Élevant le journal à la hauteur de ses yeux, Kit lut à voix haute la description que le duc avait dressée du voleur.

— *Le teint basané, assez grand et laid de visage, avec des cheveux noirs comme la suie et une écorchure à la joue.*

Il croisa le regard de ses deux compagnons.

— Connaissons-nous quelqu'un qui réponde à cette description ?

George et Rufus, comme un seul homme, secouèrent la tête négativement. Les membres du clan étaient blonds ou roux pour la plupart, certains châtains, mais jamais, au grand jamais, Kit n'avait vu d'homme aux cheveux noirs. Il s'en serait souvenu !

Une fois de plus, la presse mentait.

— La liste des familles est-elle achevée ? demanda-t-il à George.

— *Aye*. Nous avons réuni les noms de tous ceux qui avaient pu réussir à s'échapper pendant les quarante dernières années. Ils ne sont pas nombreux, croyez-moi. Six tout au plus, et tous ont péri. Quatre par le feu – vous savez, cet incendie qui a ravagé la taverne en 33 ? – un par noyade et le dernier à cause des... hum, des loups.

Kit arqua les sourcils, surpris.

— Des loups ?

— C'est du moins ce que dit son fils. L'homme s'appelait Stirling Jacob ; il avait l'habitude de partir chasser avant l'aube. Il a franchi la frontière plus d'une fois. On a retrouvé des ossements qui ne pouvaient être que les siens. Voilà toute l'histoire.

— Quel âge aurait-il, aujourd'hui ?

George réfléchit quelques instants.

— Je dirais... quatre-vingts ans, à peu près.

Par-dessus l'amas de papiers qui jonchait la table, Kit lui jeta un regard en biais.

— Vos instructions étaient de prendre en compte tous les cas, se défendit George. Elles ont été suivies à la lettre.

— Très bien, dit Kit avec un soupir de lassitude.

Reculant son siège, il se leva et fit quelques pas pour se dégourdir les jambes. Il avait beau examiner l'énigme sous tous les angles, il ne trouvait pas la solution.

— Et l'autre, celui qui s'est noyé... Que sait-on de lui, au juste ?

— Vous voulez dire, quel âge aurait-il ?

Kit acquiesça d'un hochement de tête et se tourna vers la fenêtre. Dans le reflet de la vitre, contre le noir de la nuit, il pouvait voir les braises qui rougeoyaient, la silhouette rondouillarde de sir George et celle, plus floue, de Rufus.

— Environ vingt-trois ans, dit le premier. Il est mort jeune.

— A-t-on repêché son corps ?

— Non. Enfin, pas entièrement. Il y avait sa main, qui portait encore sa bague…

— S'il vous plaît ! s'écria Rufus d'un ton dégoûté.

— … et son manteau, que l'on a retrouvé dans les roseaux, près d'Aberthon.

Kit réprima un geste agacé. Ils oubliaient quelque chose, mais quoi ? Un souvenir flottait à la lisière de sa pensée, qu'il ne parvenait pas à saisir. Cela concernait la rivière.

— Un homme peut vivre amputé d'une main, dit George, se méprenant sur son silence. Il peut aussi cambrioler.

Oui, bien sûr… Peut-être.

Kit ferma les yeux et concentra ses pensées sur ce qu'il savait du voleur. Cet homme jouait un jeu subtil avec la presse, et avec la loi… De quelle sorte d'individu pouvait-il bien s'agir ?

Il était intelligent, cela ne faisait aucun doute. Il avait trouvé un moyen de s'introduire sans se cacher dans les belles demeures de la haute société, de fréquenter ses bals et ses salons. Les *drakons* ne pouvaient se manifester dans les lieux où ils n'y voyaient pas suffisamment.

Il était rusé. Jusqu'à présent, on ne l'avait pas pris.

Il était provocateur. La presse avait fait de lui une célébrité, mais il continuait ses exploits.

Et chanceux. Il avait réalisé la prouesse à laquelle lui, Christoff, avait renoncé : il s'était libéré des chaînes de sa naissance.

— Je partirai demain, annonça-t-il sans se détourner des vitres obscures.

— Demain ? Mais c'est trois jours plus tôt que…

— Je sais compter, Rufus. Je veux être sur place avant la date indiquée dans la presse. Vous et les autres, vous partirez au moment prévu, avec le diamant.

— Le conseil… commença George.

— N'appréciera pas, je sais. Ils devront accepter, pourtant. De toute façon, je ne leur demande pas leur avis.

Encore une loi du clan. Nul ne pouvait quitter le comté sans la permission du conseil. Excepté, bien entendu, les Alpha.

Kit attendit sans se retourner, tout en écoutant les craquements du feu. Il entendit le raclement du siège de George sur le sol lorsque celui-ci se leva.

— *Aye*, monsieur.

— Pensez-vous vraiment que le piège fonctionnera ? demanda Rufus. Il ne suffit pas d'exposer le diamant au musée pour attirer notre Voleur de Brume.

— Cela suffira. Il ne viendra jamais jusqu'ici, mais à Londres, il est chez lui. Sur son terrain. Il ne pourra pas résister.

— Tout de même, objecta George. Faire sortir le diamant du comté, c'est courir un grand risque. Sur ce point, je suis de l'avis du conseil.

— Impossible d'utiliser une copie, vous le savez aussi bien que moi. Notre homme reconnaîtrait un faux au premier coup d'œil. Et nous serons nombreux, tandis qu'il sera seul. Le musée Stewart est assez vaste pour que beaucoup d'entre nous se glissent dans la foule des visiteurs.

— *Aye*, monsieur.

Derrière lui, les serviteurs, tous membres du clan, profitaient de ce qu'il s'était éloigné de la table pour ôter rapidement les derniers plats. Il pouvait voir leurs ombres se refléter dans la fenêtre, tels des spectres qui lui jetaient des coups d'œil furtifs avant de s'éclipser aussi vite qu'ils étaient venus.

En grandissant, Kit s'était habitué à ces regards où se lisait autant de crainte que d'admiration. Comme s'il était un être à part, au-dessus d'eux. Inaccessible.

Il songea à toutes les fois où il avait rêvé de s'enfuir pour quitter Darkfrith à jamais. Sous ses yeux, le ciel nocturne déployait ses milliards d'étoiles, comme autant de diamants qui n'attendaient que d'être cueillis par lui….

La vérité, c'est qu'il aurait tout donné pour être le fameux Voleur de Brume.

À grand-peine, il parvint à contenir la vague de jalousie et de regrets qui le submergeait.

— Il viendra, promit-il dans un souffle. Pour le diamant.

À sa place, j'en ferais autant.

Il se tenait, muscles bandés, sur le point le plus élevé du toit de Chasen Manor, aussi immobile que les gargouilles qui montaient une garde silencieuse aux créneaux de la haute bâtisse. Le vent nocturne soulevait ses cheveux, parcourant son corps nu d'une caresse glacée. Ici, les étoiles semblaient plus proches, mais elles ne l'étaient jamais assez.

D'une détente, Christoff se redressa et plongea dans le vide.

Pendant quelques instants, il tomba. C'était une impression terrifiante, à vous couper le souffle, à vous faire hurler d'épouvante.

Puis, à la dernière seconde, il Mua. Le sol qui semblait se précipiter vers lui devint flou, et le vent l'emporta haut, très haut dans le ciel.

Il était libre.

Bientôt, Kit survola le manoir qui paraissait à présent tout petit, loin au-dessous de lui. Peu à peu, les détails du paysage – les bois, les maisons, les points lumineux des foyers – se fondirent dans l'obscurité qui recouvrait le monde.

D'autres que lui seraient dehors par cette nuit sans lune, ses chasseurs, ses geôliers, mais il percevrait leur présence bien avant qu'ils ne devinent la sienne. Aussi continua-t-il de dériver, porté par les ailes du vent, hors d'atteinte.

Il savait chevaucher les courants mieux que quiconque, et la nuit n'avait pas de secrets pour lui. Il pouvait s'y mouvoir, se dissimuler dans ses replis d'ombre.

Kit avait dix ans lorsque le miracle s'était accompli pour la première fois : il avait supporté l'épreuve de la Mue. Il était le plus jeune du clan à y avoir survécu. Depuis, il avait saisi chaque occasion de s'esquiver. Comme ce soir, songea-t-il en s'enfonçant dans les profondeurs du ciel pour aller embrasser les étoiles…

L'élégante demeure de Far Perch, dans un quartier calme de Londres, paraissait à l'abandon. Kit avait beau s'y être attendu, le choc fut rude lorsqu'il découvrit les fenêtres sans rideaux et les marches du perron nues, sans la moindre fleur. Sa mère avait autrefois planté dans deux grands pots, de part et d'autre de l'entrée, des rosiers qui s'épanouissaient l'été en corolles rose corail au parfum capiteux et qu'elle taillait avec soin tous les hivers.

Comme c'était étrange ! Il avait oublié ce souvenir, jusqu'à cet instant. Il se rappelait à présent que son père avait arraché les buissons de fleurs après son décès. Les pots étaient vides, maintenant… Il n'y avait même pas une toile d'araignée dansant dans la brise.

Nostalgique, Kit fit courir son doigt sur le rebord de pierre calcaire, dont la blancheur faisait ressortir sa peau mate, puis il laissa retomber sa main, avant d'actionner de nouveau le heurtoir.

Personne ne répondit.

Kit avait gardé le personnel de maison engagé par son père autrefois – pas des *drakons*, car il n'était pas question de laisser des membres du clan aussi longtemps, seuls dans Londres – mais ceux-ci ne répondaient pas. La maison était trop grande pour qu'ils l'entendent. À moins qu'ils ne soient partis ?

Personne non plus n'était venu prendre son étalon – il avait dû le mener lui-même aux écuries, derrière le bâtiment principal.

Prenant la clé dans sa poche, Kit ouvrit la double porte.

— Il y a quelqu'un ? appela-t-il.

Ni le vieux Stilson ni sa femme ne se montrèrent. Par-dessus son épaule, Kit jeta un coup d'œil à l'élégante cour carrée entourée de murs et d'arbres, puis il entra dans le vestibule et referma les portes.

Il détestait Londres. La cité l'oppressait, avec son grouillement humain, ses usines, son ciel bas et lourd. En tant que marquis de Langford, il avait pourtant dû s'accoutumer à la vie en ville et à ses désagréments – le vacarme constant, les odeurs fortes, le tumulte de la rue... Il avait appris à supporter la présence des Autres, à leur sourire lorsqu'il le fallait, mais sans jamais se sentir à l'aise parmi eux. Comme lors de chacun de ses séjours ici, un jour ou l'autre, le courage lui manquerait. Il n'aurait alors qu'une hâte, prendre la fuite pour trouver un peu d'air pur. Hélas ! un tel endroit existait-il dans cet enfer ?

Lui et les siens ne pouvaient vivre en ville. Kit tenta de chasser le malaise qui s'emparait de lui chaque fois qu'il arrivait de Darkfrith. Londres, si brillante et si étouffante à la fois, était un mal nécessaire. Si tout se passait bien, il pourrait s'en aller dans une semaine.

Comment son père avait-il supporté cela aussi longtemps ? C'était lui qui avait fait bâtir cette demeure dans Grosvenor Square et lui avait donné son nom, dans ce qui avait sans doute été l'unique trait de fantaisie de toute son existence. Far Perch. Le nid d'aigle...

Le marquis n'avait jamais failli à ses devoirs, poussant le sens de l'abnégation jusqu'à servir le roi lorsqu'on le lui avait demandé. Refuser, avait-il alors expliqué à Kit, aurait éveillé les soupçons. Et le clan n'avait pas besoin de cela, n'est-ce pas ?

Pendant des années, Kit avait fait en sorte de ne pas revenir dans cette maison. Lorsque ses obligations l'amenaient à Londres, il séjournait dans des auberges ou dans des clubs, là où nul fantôme au doux sourire ne risquait de venir le hanter.

Le voyage, pour ne pas dire la mission, qu'il accomplissait cette fois était cependant d'une nature bien particulière. Au lieu de se faire discret, Kit devait afficher ouvertement sa présence. Aussi n'avait-il d'autre choix que de séjourner dans la maison familiale.

Pensif, il arpenta les vastes salles à l'abandon, ôtant les draps qui recouvraient meubles et canapés, soulevant d'épaisses nappes de poussière et de souvenirs...

Far Perch !

C'était ici, dans le petit salon bleu, que sa mère avait l'habitude de s'asseoir pour faire sa broderie, si belle dans ses dentelles et ses volants bien amidonnés, les sourcils froncés par la concentration, tandis que son aiguille volait sur son ouvrage.

Là, contre la balustrade du grand escalier, Kit s'était cassé une dent l'année de ses six ans en glissant sur les marches trop bien cirées.

Quant à cette chambre, c'était celle où son jeune frère avait vu le jour, avant de décéder quelques heures plus tard, emportant leur mère avec lui.

Et plus loin, le cabinet de travail de son père où luisaient doucement les riches nuances des tapis Kidderminster et du chêne poli, et dont les rayonnages étaient couverts de livres à la reliure intacte, à l'abri d'une vitre.

Le paradis d'un lettré...

Kit sourit à cette pensée et se tourna vers la fenêtre. Dehors, la lueur des lanternes tombait sur le sol de marbre, éclaboussant les murs d'une lumière spectrale. Far Perch semblait triste, comme affamé de chaleur et de vie.

Lui aussi, d'ailleurs, était affamé. Tout en arpentant le bureau de son père, il laissa sa main courir sur les lambris, savourant le jeu des veinures du bois sous ses doigts.

Avait-il bien fait de partir avant les autres ? N'aurait-il pas dû, au moins, avertir les Stilton qu'il arriverait plus tôt que prévu ? Ne serait-ce que pour leur donner le temps de retirer les housses qui couvraient les meubles...

La vérité, c'est qu'il avait eu envie d'avoir la maison pour lui tout seul, de rester un peu en tête à tête avec ses souvenirs, loin des regards curieux des siens. Et, accessoirement, de prendre de l'avance sur le voleur.

Six années s'étaient écoulées depuis la mort de son père, mais il lui semblait percevoir sa présence, comme si le vieux marquis était encore assis dans ce fauteuil, le dos bien droit, le sermonnant avec sévérité.

Protège le clan. Trouve le fuyard, et ne ménage pas tes efforts pour le ramener.

— Fais-moi confiance, murmura-t-il, les yeux rivés sur le bureau recouvert d'un drap blanc, tel un revenant sous son suaire.

Le vent fit bruisser le feuillage des arbres, attirant son regard vers la fenêtre. Au moins, songea Kit, les vitres paraissaient-elles propres. Il s'apprêtait à quitter la pièce afin de poursuivre sa promenade nostalgique lorsqu'il sursauta, tous les sens soudain en alerte.

Cela commença par une sensation de chaleur dans son cou, puis par un frémissement de ses narines. Une odeur de brume. De nuage... Relevant la tête, Kit se dirigea vers la baie vitrée, dont il écarta le rideau avec précaution. Une bouffée d'excitation monta en lui.

L'un des siens était là. Tout près de lui. Le fuyard ?

Il demeura dans l'ombre, aux aguets, fouillant l'obscurité d'un regard aigu. S'il pouvait mettre la main sur l'homme dès ce soir ! Le capturer ici, avant l'arrivée des autres !

Cela était trop beau. Il n'y avait personne, constata Kit, déçu. Rien qu'une femme qui passait lentement sur le trottoir, son ombrelle à la main, son valet en livrée trottant derrière elle.

— Oh, maman ! Qu'il est beau !

Dans son impatience, le petit garçon tira la manche de sa mère tout en bousculant la foule agglutinée près de la vitrine derrière laquelle était exposé le diamant des Langford. Sur son écrin de velours, la magnifique pierre précieuse scintillait de mille nuances pourpre, grenat, violine…

— Viens voir, mon petit bonhomme !

Joignant le geste à la parole, le père souleva l'enfant dans ses bras, s'attirant les regards mécontents de ses voisins.

On avait rarement vu un tel afflux de visiteurs au musée Stewart. Tout le monde voulait voir le Diamant des Langford ! Il y avait là des commerçants, des petites bonnes et des gens de la bonne société, tous au coude à coude pour avoir une chance de poser les yeux sur la fameuse pierre précieuse.

On avait beaucoup glosé sur cette merveille, le seul diamant coloré au monde – *plus grand que le sceptre royal ! plus lourd qu'une balle de cricket !* – mais à l'exception du marquis de Langford et de sa famille, personne au monde ne l'avait vraiment vu. Jusqu'à ce jour.

Le conservateur du musée, debout devant la vitrine, observait l'assistance avec un mélange d'épouvante et de jubilation, tout en priant, sans succès, les audacieux de garder leurs distances. Les gardiens venus en renfort, s'ils se montraient moins polis, se révélaient plus efficaces. Tapotant leur arme d'un air entendu, ils décochaient des regards de défi à ceux qui osaient trop s'approcher. Un groupe de marins recula prudemment.

Depuis le balcon qui surplombait la salle, Tess observait la scène. Vu d'en haut, et de si loin, le diamant des Langford luisait d'un agréable éclat, mais on n'en voyait guère plus. Personne, de là, n'aurait vu la différence avec une imitation correcte.

Personne, sauf elle.

Serrant nerveusement les mains sur la balustrade, Tess tenta de comprimer les sourds battements de son cœur. Il lui semblait que le diamant l'appelait. Elle percevait sa présence dans son sang, dans sa chair. Comme tous ceux de sa race, elle avait le pouvoir de se relier à la fabuleuse énergie qui rayonnait des pierres. Et celle-ci – quatre-vingt-dix-huit carats, en forme de goutte d'eau – était révérée des *drakons* depuis l'aube de leur création. Il avait même un nom. *Darko*. L'âme des *drakons*.

Ceux du clan étaient venus avec lui. Ils ne pouvaient être loin. Car c'était un piège, songea Tess, et un vrai ! Elle avait toujours su qu'ils reviendraient la chercher, tôt ou tard.

Le plus tard possible, avait-elle espéré.

Mais ils ne la tenaient pas encore...

Une goutte de transpiration roula le long de son dos. Une chaleur étouffante régnait dans la vaste salle du musée, mais pour rien au monde elle ne serait partie.

— Bon sang, je n'y vois rien ! grommela son plus proche voisin à son compagnon. Maudits touristes ! Allons-nous-en.

Elle se pencha un peu plus à la rambarde après leur départ, ses pieds glissés entre les montants de bois sculpté, sa jupe vert d'eau aplatie, malgré ses cerceaux, en une traîne de soie. Un courant d'air monta d'en bas, tiède mais bienfaisant. Tess poussa un long soupir, soulevant les boucles de sa perruque sur son front.

— Superbe ! s'exclama une voix féminine tout près d'elle.

La nouvelle arrivante imprima quelques mouvements paresseux à son éventail.

— Le spectacle vaut le déplacement. Par contre, je ne vois pas de marché pour un tel objet.

Sans détacher son regard du diamant, Tess acquiesça d'un hochement de tête. Elle n'était guère surprise de voir Mim au Stewart. Avec le temps, elle avait appris que rien n'attirait autant le monde interlope et celui des bas-fonds qu'un joli spectacle.

— Il est bien trop singulier, poursuivit Mim, les yeux rivés sur la pierre. Un diamant violet ? Même taillé, il attirerait l'attention.

— Exact.

— Et le musée est une vraie place forte. J'ai déjà mené mon enquête.

— Tout à fait mon avis.

Les coups d'éventail ralentirent.

— Sans parler du marquis, bien entendu. Est-il là, au fait ?

Tess s'obligea à desserrer ses doigts crispés sur la rambarde.

— Que veux-tu que j'en sache ?

— Il suffit de chercher les dames en pâmoison, railla Mim. J'ai déjà vu le beau Langford à Drury Lane, un soir qu'il sortait du théâtre. Pour une fois, la rumeur est exacte. Une crinière dorée, deux yeux vert émeraude qui vous transpercent jusqu'à l'âme… Je t'assure qu'on ne sort pas indemne de l'expérience. C'est le plus bel homme que j'aie jamais vu.

— Et le plus implacable.

— J'allais le dire. Tu ne voudrais pas contrarier un individu qui a déjà tué trois hommes en duel et en a envoyé deux à la potence pour avoir laissé traîner leur main dans sa poche !

— Certainement pas, assura Tess.

— « Un visage d'ange et un cœur de démon. » Qui a dit cela, au fait ? J'ai son nom sur le bout de la langue…

L'éventail s'immobilisa dans l'air, avant de se refermer avec un claquement sec.

— J'y suis ! La baronne von Zonnenburg. À l'époque où il l'a quittée.

Tess ne répondit pas.

— Je serais curieuse de savoir ce que tu fais là, ma chère, reprit Mim en se tournant enfin vers elle.

— Comme tout le monde, je suis venue voir une jolie pierre.

— Admire-la… avec les yeux, pas avec les mains. Conseil d'amie.

Sur ces paroles, Mim se fraya un chemin dans la foule de sa démarche souple et disparut. En contrebas, le petit garçon et ses parents furent poussés à l'écart de la vitrine. L'espace d'un instant, un éclat violine frappa le regard de Tess, puis quelqu'un lui boucha à nouveau la vue.

Elle se frotta les yeux pour en chasser la lueur si douce et si tentante, puis recommença à inspecter la foule à la recherche des membres du clan.

Le fuyard était là.

Christoff savait que son homme n'était pas loin ; il le devinait à l'atmosphère qui se chargeait d'électricité, à ce frisson si particulier qui vous parcourt juste avant que l'éclair ne déchire le ciel, libérant sa formidable énergie dans un craquement de minerai chauffé à blanc.

C'était la même vibration qu'il avait perçue à Far Perch, quatre jours plus tôt – un rayonnement qui différait un peu de celui des autres *drakons*, car il était tout à la fois plus puissant et plus subtil. Assurément, cet individu devait être doté de pouvoirs extraordinaires…

Kit avait perçu sa présence dès l'instant où celui qu'il recherchait avait franchi les portes du musée. La seule question, à présent, était de le localiser. Ses vigiles patrouillaient dans la vaste salle d'exposition, certains par deux, d'autres seuls, scrutant les visiteurs avec attention, tous leurs sens aux aguets. Eux aussi, avec leur solide flair, savaient que le voleur était là. Et eux aussi savaient que la chasse était sur le point de commencer.

Kit fendit la foule, répondant à ceux qui le saluaient, sans tenter de se cacher. De toute manière, cela n'aurait servi à rien. Ici, on le connaissait. Aussi laissait-il aux autres le soin de rester à l'affût.

George, Rufus, et avec eux tous les conseillers, arpentaient la salle, sur le qui-vive. Kit aurait tout donné pour être à leurs côtés au lieu de jouer les appâts, au même titre que le diamant. Il réprima un mouvement d'impatience. Quand l'hallali allait-il sonner ?

Du coin de l'œil, il aperçut un mouvement et leva la tête. Là-haut, sur le balcon ! Une dame gantée de blanc, vêtue d'une ample robe vert clair, avait posé les mains devant son visage. Se sentait-elle mal ? Bon sang, elle allait tomber ! Kit bondit vers l'escalier mais, au même instant, la femme parut se ressaisir. Soulagé, il vit sa main retomber.

Elle portait un chapeau à large bord orné d'une longue plume duveteuse qui masquait le haut de son visage et se recourbait pour caresser sa joue. Ses lèvres étaient d'un rose grenat, sa peau couleur d'albâtre, et elle portait une perruque de prix. Il ne pouvait voir ses yeux car elle regardait dans une autre direction.

Tiens ? Elle n'admirait pas le diamant. Elle devait bien être la seule ! songea Kit, amusé, en voyant qu'elle observait les portes d'entrée.

Suivant son regard, il aperçut sir George, qui faisait les cent pas, sanglé dans une redingote aux boutons de cuivre, très gentleman farmer. Ce dernier s'immobilisa en croisant le regard de Kit, puis il esquissa un pas vers lui d'un air interrogateur.

Kit se tourna vers la dame aux gants blancs. Tiens ? C'était lui qu'elle observait, à présent.

Des yeux aux profondeurs insondables, des sourcils délicatement arqués, un teint lumineux, des lèvres sensuelles... Une Aphrodite taillée dans le marbre !

Leurs regards se croisèrent... et, une fois de plus, Kit fut parcouru d'un long frisson presque magnétique.

Il lui sembla que l'air entre eux se mettait à vibrer.

Non. Ce n'était pas possible ! Se pouvait-il que le fuyard soit... une femme ?

Comme si elle avait lu dans ses pensées, elle se détourna de la rambarde et s'éloigna d'un pas tranquille, gracieuse silhouette aux couleurs d'écume se perdant dans la foule.

Kit tenta de la suivre, perplexe. Tout cela était incompréhensible. Il y avait donc une femme du clan à Londres ? Qui était-elle ? Certainement pas le voleur, puisque seuls les hommes pouvaient accomplir la Mue... Cependant, elle était l'une d'entre eux – cela ne faisait aucun doute. Comment était-elle arrivée jusque-là ? Pourquoi le conseil n'en avait-il pas fait mention ?

Le cœur battant, il tenta de la retrouver dans la foule. Des gens lui parlaient, le saluaient, mais il les voyait à peine. *Du calme ! Surtout, pas d'esclandre !* s'exhorta-t-il. Il répondit rapidement aux sourires qu'on lui adressait et poursuivit sa route, non sans s'assurer d'un coup d'œil par-dessus son épaule que George le suivait toujours.

L'escalier n'était pas trop encombré, car les visiteurs se massaient du côté de la rampe pour tenter d'apercevoir le diamant. Kit gravit les marches quatre à quatre, tous ses instincts concentrés sur l'énergie de la femme aux yeux noirs. Elle n'était pas loin... Il percevait sa présence...

Là ! Elle se dirigeait vers l'escalier du personnel. Elle n'irait pas loin. L'étroite porte qui y menait, il s'en était assuré avant l'ouverture de l'exposition, était verrouillée à double tour.

Un groupe de visiteurs passa avec une exaspérante lenteur. Kit la perdit de vue, la retrouva de nouveau. Elle venait de poser sa main gantée sur la poignée de la porte.

Nom de nom, il y avait trop de monde, ici ! Perdant patience, il accéléra le pas, écartant sans ménagement ceux qui le ralentissaient.

— Place, place !

— Tiens, c'est vous, Langford ? Faites attention où vous march…

— Oh ! le grossier personnage ! Avez-vous vu, Winifred ? Il m'a bousculé !

Elle s'était éloignée de la porte – heureusement toujours verrouillée – et avait repris sa progression, tournant de-ci de-là, à la recherche d'une autre issue. Elle n'en trouverait pas. Kit connaissait l'endroit comme sa poche.

Il ne put retenir un sourire de triomphe anticipé.

Il tenait sa proie !

Enfin, le dernier groupe qui les séparait se disloqua. La voie était libre ! Vibrant d'excitation, Kit s'élança. La femme s'arrêta puis se tourna vers lui. D'un bond, il la rattrapa et la saisit par le bras.

Il lui sembla que la terre se mettait à trembler sous ses pieds. Kit frémit et resserra sa pression autour du fin poignet de sa captive. Oh oui, elle était l'une d'entre eux ! S'il avait eu le moindre doute à ce sujet, il était à présent fixé.

La force qui vibrait sous sa peau était d'une intensité à couper le souffle.

Elle tenta de se dérober, avec cette prodigieuse vitalité qui n'appartenait qu'aux *drakons*, mais il tint bon. Alors, reculant d'un pas, elle leva ses yeux vers lui.

Kit tressaillit. C'était bien une fille du clan. Il émanait d'elle une énergie bien plus vive que celle des mortels et elle possédait la finesse de traits caractéristique des siens. Assurant sa prise sur son poignet, il la détailla d'un long regard intrigué. Elle était vêtue de soie et de dentelle, aussi élégante qu'une véritable *lady* pouvait l'être. Malgré son expression impassible, nota-t-il, ses yeux brûlaient d'une colère que rien ne semblait pouvoir apaiser.

Il laissa échapper un petit soupir surpris. Dieu qu'elle était belle !

Qui était cette femme ? Il connaissait chaque famille, chaque membre du clan, surtout ceux de sexe féminin ! Pourtant, son visage ne lui disait rien.

Quoique...

Le brouhaha du musée, la chaleur suffocante qui régnait ici, l'odeur lourde des corps mal lavés, tout s'atténua d'un coup, tandis qu'un souvenir longtemps oublié remontait à la surface de son esprit.

Une petite fille qui courait, seule, entre les arbres. Une adolescente terrorisée, cachée dans les broussailles sur la colline, par une nuit de pleine lune.

Puis les berges de la rivière Fier, où s'était noyé...

— ... le petit chat sauvage ? murmura Kit, incrédule.

— Plaît-il ?

Sa voix aussi trahissait ses origines. Chaude, feutrée, agréablement modulée, elle lui donnait le frisson.

— Clarissa.

En entendant son nom, elle laissa échapper une petite exclamation étouffée.

Quelqu'un le bouscula, s'excusa, mais Kit était aveugle et sourd au reste du monde. Son regard plongé dans celui de sa captive, il resserra davantage encore l'étau de ses doigts autour de son poignet si frêle. Combien de temps allait-elle lutter avant de comprendre qu'elle ne pouvait pas lui échapper ? Il se pencha un peu plus vers elle, proche à frôler sa poitrine qui se soulevait au rythme rapide de sa respiration, guettant sur son visage les signes de la reddition. Elle était sur le point de céder.

Une senteur capiteuse montait de sa personne, étrangement humaine, et pourtant pas désagréable. Un léger parfum de lis, à peine perceptible, mais suffisant pour éveiller en lui un trouble nouveau.

Il vit son regard se diriger juste derrière lui, et son expression se figer. George et les autres devaient les avoir rejoints, maintenant. Elle referma le poing et lança un regard éperdu en direction de la porte.

— N'essayez pas de vous enfuir, dit-il à voix basse. S'il vous plaît. Je ne vous veux pas de mal.

Elle imprima une brusque secousse à sa main, mais Kit s'y était attendu. D'un geste vif, il profita de son mouvement pour l'attirer plus près de lui et passa un bras autour de sa taille. Posant ses lèvres sur son oreille, il murmura :

— Soyez raisonnable. Vous n'avez aucune chance de vous enfuir.

— Ah oui ? répondit-elle dans un souffle qui lui caressa la joue.

Les boucles poudrées de sa perruque effleurèrent sa mâchoire. Sa peau était chaude, sa taille fine, et ses jupes se pressaient contre lui dans un bruissement de soie. Il y avait en elle l'éclat des fleurs sous la neige, l'immensité des nuages courant dans le ciel, et la vibration sourde du tonnerre qui gronde à l'horizon.

Kit percevait tout cela, et plus encore, avec une acuité presque douloureuse. Les nerfs tendus à se rompre, il tenta de réprimer le frémissement d'impatience – ou était-ce de pur plaisir ? – qui parcourait son échine.

Un diamant dans un écrin de soie.

Il réprima un rire incrédule. Une *drakon* ici, au cœur de la cité !

Un fracas de verre brisé l'arracha soudain à ses pensées. Du rez-de-chaussée monta un tumulte de cris, d'appels, de piétinements. Tout le monde autour de lui se rua vers le balcon. Parmi les éclats de voix, Kit distingua quelques paroles.

— Au voleur !
— Il est passé par là !
— Arrêtez-le !
Des détonations retentirent, des femmes s'évanouirent dans un hurlement. La confusion la plus totale régnait.
Indécis, Kit jeta un regard à Clarissa Hawthorne. Elle lui sourit d'un air de triomphe qui la rendait infiniment séduisante… puis s'évanouit en fumée.
Kit demeura figé de stupeur au milieu de la cohue, serrant entre ses mains une robe vide.

4

Le jour où elle mourut, Clarissa Hawthorne venait d'avoir dix-huit ans. C'était une froide matinée de fin mars. Des rafales glacées poussaient des volutes de neige de l'autre côté de la Fier, tandis que dans le ciel délavé, où régnait encore l'hiver, passaient d'étincelants nuages aux reflets de cristal.

Elle était la seule du clan à fêter son anniversaire, si l'on pouvait qualifier de fête cette journée presque comme les autres. Après le petit déjeuner partagé avec sa mère – thé, bacon et galettes à la confiture – elle avait débarrassé la table, puis était partie se promener vers la rivière. Sa mère ne s'y était pas opposée, car Clarissa avait l'habitude d'errer dans les bois et les collines sauvages. Sur ce point, au moins, elle ressemblait à tous ceux du clan.

Son bonnet de dentelle et son nouveau châle de popeline rose, qu'elle avait reçu le matin même, ne furent retrouvés que le lendemain soir, pris dans les ronces et tachés de son sang.

Tess avait regretté ce châle – elle le regrettait encore. Sa mère avait dû économiser *penny* après *penny* pour lui faire un tel cadeau. Il lui avait semblé si propre, si joli et si neuf lorsqu'elle s'en était enveloppée, ce matin-là, pour se protéger du froid ! Elle avait eu toutes les peines du monde à le déchirer et à le maculer de son sang.

Pourtant, elle n'avait pas eu le choix.

À présent, Tess possédait des châles pour tous les jours et toutes les occasions. En organza brodé d'argent, en voluptueux cachemire des Indes lointaines, en dentelle filée par de patientes religieuses irlandaises, tous dignes d'une princesse... Pourtant, aucun ne lui était aussi cher que ce simple modèle de popeline rose, qui avait réchauffé ses épaules en cette lugubre matinée de printemps.

Accroupie dans l'ombre, au sommet du clocher d'une église à l'abandon, elle tâtonna dans la poussière et les plumes de pigeon. Enfin, ses doigts trouvèrent ce qu'elle cherchait : un trou laissé par un nœud dans une lame du plancher. Elle y glissa son index et tira sur la latte de bois qui se souleva en grinçant.

Le sac était bien là, logé dans l'étroite cavité, couvert de crasse mais encore fermé. D'une main fébrile, elle le sortit de sa cachette.

Cela faisait des années qu'elle n'avait plus croisé le regard de Christoff Langford, mais le trouble que celui-ci éveillait en elle restait le même. Dès l'instant où sa peau avait touché la sienne, les émotions d'autrefois lui étaient revenues, indescriptible mélange de douleur, d'espoir et de fierté blessée.

Elle avait commis une erreur en allant au musée. Avec le temps, elle avait pris trop d'assurance, et voilà une leçon qu'elle n'était pas près d'oublier. À l'avenir, elle se montrerait plus prudente...

Ouvrant le sac, elle en sortit la robe à courtes basques, la jupe et le tablier qu'elle y avait autrefois soigneusement pliés, et les secoua pour les défroisser. Taillés dans l'épais lainage gris que portaient les domestiques, ils constituaient la tenue idéale pour passer inaperçue dans les rues de Londres. Il y avait également une coiffe très simple, des bas, des chaussures, un double de la clé de sa maison, et de quoi payer une course pour rentrer chez elle.

Tess disposait, disséminés dans toute la ville, d'un certain nombre de sacs identiques, cachés dans les hauteurs de bâtiments en ruine : greniers, clochers et autres perchoirs où le commun des mortels ne risquait guère de s'aventurer. Jusqu'à présent, aucun n'avait été découvert, sauf peut-être par quelque famille de souris.

Elle s'habilla rapidement pendant que le soleil descendait sur Londres, éclaboussant les toits de traînées rouge sang. Dans les dernières lueurs du jour, la robe grisâtre prenait une teinte rose sombre.

La nuit allait tomber vite. Bientôt, ses poursuivants se mettraient en chasse.

Tess regretta de ne pas avoir mis de miroir dans le sac. Le vieux clocher était noir de crasse, et elle craignait de s'être salie. Avait-elle porté ses mains à son visage depuis qu'elle était là ? Elle ne s'en souvenait plus. Il était urgent, et même vital, de se montrer plus prudente !

Essuyant ses mains sur son tablier, elle replaça le sac dans son trou et rajusta la lame de plancher. Au-dessus de sa tête pendait encore la cloche, telle une gueule béante menaçant de la dévorer.

— Ne sois pas stupide, s'admonesta Tess.

De la pointe du pied, elle dispersa les plumes de pigeon pour effacer toute trace de son passage. Puis, soulevant le loquet de la trappe menant au clocher, elle se faufila à l'étage en dessous. Plusieurs heures s'écouleraient sans doute avant qu'elle puisse rentrer chez elle. Elle attendrait ici, où l'air était plus respirable que sous la sinistre cloche de bronze.

— Il nous la faut à tout prix !

Visages fermés, regards sombres, les douze membres du conseil avaient pris place autour de la table, ainsi que d'autres hommes du clan que Christoff avait amenés à Londres à sa suite et qui se tenaient debout, bras croisés en une attitude farouche, derrière les chaises de la salle à manger de Far Perch. Le soleil venait de disparaître derrière les toits, projetant des lueurs spectrales dans la vaste pièce.

Les gardes, bien entendu, ne siégeaient pas avec les conseillers, et ne pouvaient prendre place sur les chaises qu'avec l'autorisation expresse de Kit – une faveur qu'il n'était pas d'humeur à leur accorder pour l'instant.

Aucun feu ne brûlait dans l'âtre mais Kit avait fait allumer les lanternes, dont les lueurs dansaient sur les murs tendus de soie couleur jade sans véritablement éclairer la pièce. Ce qui lui convenait fort bien. Il n'avait aucune envie que l'on voie son visage, qui ne trahissait que trop ses émotions.

Il percevait nettement, tout comme les autres, le lent déclin de l'astre solaire tandis que l'obscurité gagnait rapidement du terrain. Ce n'était plus qu'une question de minutes. Kit pouvait presque toucher du doigt l'impatience de ses compagnons, qui vibrait dans l'air telle la rumeur de l'orage. Tous étaient pressés de se mettre en chasse.

Si Clarissa avait été un homme, ils n'auraient eu d'autre choix que de la mettre à mort cette nuit. Mais une femme ?

— Pas à n'importe quel prix, rectifia Kit, assis à la place d'honneur. Je la veux vivante.

— C'est ce que je voulais dire, répliqua Parrish Grady, toujours aussi désagréable. Il faut la reprendre et la mettre au pas !

— Elle a volé le diamant, dit un autre homme d'un ton outré.

Un chœur de grognements scandalisés accueillit sa remarque. Le diamant. Personne n'osait formuler à voix haute ce que chacun pensait à part soi. C'était lui, marquis de Langford et chef du clan, qui avait fait venir la pierre sacrée à Londres. C'était lui qui l'avait perdue.

Christoff avait toujours manifesté une parfaite indifférence à l'égard de leurs sacro-saintes règles, et il savait que ses hommes ne le comprenaient pas. Il fallait les calmer, leur assurer que tout cela faisait partie de son plan, mais il avait d'autres priorités.

Des priorités au regard de chatte effrontée et au sourire d'ange.

Aucun d'entre eux n'avait vu l'homme qui s'était enfui avec le diamant. Au moment où la vitrine avait été fracassée et *Darko* dérobé, ils étaient tous occupés à boucler l'accès du balcon afin d'interdire toute retraite à Clarissa.

Celle-ci n'avait eu pour mission que de faire diversion... Un rôle qu'elle remplissait à la perfection !

Donc, elle avait un complice. La plupart des visiteurs s'étaient dispersés dès les premiers coups de feu, mais ceux qui étaient restés avaient décrit un jeune homme encapuchonné, peut-être un adolescent.

Clarissa était de mèche avec cet homme, et cette seule pensée irritait prodigieusement Christoff.

Au bout du compte, elle les avait pris à leur propre piège. Sachant que les *drakons*, avec leur flair, décèleraient sa présence, elle avait laissé à un comparse la tâche de s'emparer du diamant. Un mortel, dont l'odeur ne les attirerait pas. Et ensuite...

— Elle peut Muer, dit Kit avec un calme qu'il était loin de ressentir.

À ces mots, les membres du conseil se figèrent. Il les regarda l'un après l'autre avec une lenteur délibérée.

— Notre Voleur de Brume est une *drakon*. Et qui plus est, la seule qui soit capable d'opérer la Mue.

Puis, après une pause :

— Ce que j'aimerais savoir, c'est comment il se fait qu'elle ait échappé à notre attention jusqu'à présent. Personne n'a jamais remarqué la disparition d'une jeune fille du clan ?

Il venait de faire mouche, comprit Kit en voyant les conseillers détourner les yeux d'un air gêné. Un silence tendu tomba sur l'assistance.

— Moi, je me souviens, dit une voix qui provenait du fond de la pièce.

On s'écarta pour mieux voir celui qui venait de prendre la parole, un garde plus âgé que les autres, qui jusqu'à présent s'était tenu en retrait dans la pénombre. C'était un capitaine, un vétéran de l'époque du père de Christoff.

— *Aye*, reprit l'homme. La fille d'Antonia Hawthorne. J'étais là quand on a retrouvé les vêtements de la gamine.

Kit, hélas ! n'y était pas. Le jour où Clarissa avait mis en scène sa propre disparition, il se trouvait à Cambridge, fort occupé à tisser son réseau de relations parmi la jeunesse dorée du pays, répondant en cela aux vœux de son père. C'était en mars de sa dernière année d'études.

Il s'en souvenait très bien car, cet hiver-là, la Cam avait gelé et on était allé patiner sur ses eaux prises dans la glace. Il avait accompagné Mlle Helen Shimbleton, qui avait une somptueuse chevelure d'ébène et n'était pas farouche. Il se souvenait encore de ses joues rosies par le froid, de son sourire lorsqu'il avait mis sa veste sur ses épaules pour la réchauffer, et du baiser par lequel elle l'avait remercié.

Pendant ce temps, à Darkfrith, Clarissa déchirait ses vêtements pour les jeter dans la neige. Il lui semblait la voir, grelottant sous les assauts du vent glacé.

On l'avait probablement informé du drame, mais il n'en gardait aucun souvenir. Il avait tout oublié de la fillette aux allures de chat sauvage. Comme les autres.

Une fois de plus, l'image de la femme qu'elle était devenue s'imposa à son esprit… et à son corps. Son visage aux traits délicats, sa voix chaude, son parfum capiteux, tout en elle éveillait en lui des émotions jusqu'alors inconnues. Cela venait du plus profond de lui-même, comme si, sans le savoir, il avait toujours attendu cette rencontre.

— Sale journée… poursuivit le vieux capitaine qui se tenait si immobile qu'il semblait faire partie des pastels accrochés au mur de part et d'autre de sa massive silhouette. Antonia était folle de douleur.

— Vous connaissiez la mère ? demanda Kit, intrigué.

Le garde hésita.

— C'était une femme agréable. Une veuve.

Il secoua la tête d'un air désolé avant de baisser les yeux.

— Elle n'a pas survécu longtemps, de toute façon.

— Combien d'hommes a-t-on envoyés à la recherche de la petite, à l'époque ? s'enquit Kit en se tournant vers Parrish Grady.

— Une vingtaine, bougonna ce dernier.

— Dix ou douze, tout au plus, rectifia George à côté de lui, non sans un regard irrité à son voisin.

— Peu importe, répliqua l'autre, puisqu'il n'y avait plus personne à trouver.

— Vous ne saviez pas...

— Personne ne pouvait savoir ! tonna Grady. À quoi bon revenir sur le passé ?

Il pivota sur son siège et s'adressa à Kit.

— Elle est ici, maintenant. Elle a le diamant, et elle peut Muer. Nous allons la retrouver et la ramener à Darkfrith, de gré ou de force.

Il se pencha sur la table, le visage déformé par la colère, les yeux brillant de rage.

— Cette femme est un danger, martela-t-il en frappant du plat de la main sur la table. Il faut l'empêcher de nuire, et vous le savez aussi bien que moi, monsieur. Aussi bien que moi !

Kit posa sur Grady d'un long regard pensif.

— La nuit est tombée, marmonna un garde debout près de l'une des hautes croisées.

— Allons-y ! s'exclama Grady en se levant, aussitôt imité par les autres.

D'un mot, Kit les arrêta.

— Non.

Un silence étonné tomba sur l'assistance.

— Pardon ? demanda Grady avec impatience.

— Non, dit Kit sans se départir de sa courtoisie. Asseyez-vous. Tous.

— Pourquoi perdre du temps à...

— Asseyez-vous, répéta Kit d'un ton qui n'admettait pas de réplique.

Son ordre résonna dans l'air soudain immobile. Grady esquissa un geste irrité mais il obéit. Au fond de la pièce, le garde lâcha le rideau qui retomba avec un bruissement étouffé.

Il semblait à Kit que le fantôme du vieux marquis était là, l'observant, le jaugeant. Il attendit jusqu'à ce que le silence soit retombé et que tous les yeux soient rivés sur lui.

— C'est moi qui partirai à sa recherche, dit-il enfin. Seul.

Grady s'agita sur son siège.

— Il me semble que…

— J'ai dit seul, répéta Kit avec un calme menaçant. Cette proie-là est pour moi. Chasse gardée. Et si l'un d'entre vous n'est pas d'accord, qu'il le dise tout de suite; c'est le moment de régler cette question. Je ne tolérerai pas d'insubordination.

Le visage congestionné par l'indignation, Grady bondit sur ses pieds. Il n'en fallut pas plus pour déclencher la réaction de Kit.

Une seconde plus tard, il était debout lui aussi. Un éclair métallique zébra l'espace.

La lame du stylet s'enfonça profondément dans la cloison, à deux doigts de la tête de Grady. Sur le mur tendu de soie céladon, le manche de cornaline et d'or ciselé dessinait une ombre inquiétante.

Dans un silence de mort, la boucle la plus longue de la perruque de Grady tomba sur la table avec une légèreté de plume.

— Je vous demande pardon, dit Kit d'un ton cordial. Vous disiez ?

Grady posa les yeux sur sa mèche tranchée, avant de les lever vers lui. Ses lèvres tremblèrent, mais aucun son n'en sortit. Il se rassit maladroitement.

— Parfait, reprit Kit en décochant à l'assemblée un sourire glacial. Un commentaire, messieurs ?

C'était la seule chose à faire, et il le savait. La découverte de Clarissa Hawthorne avait allumé un incendie qui risquait de prendre des proportions colossales s'il ne l'éteignait pas maintenant. Ses dons, son existence même faisaient d'elle la prochaine femme Alpha… et, par voie de conséquence, la sienne.

En revanche, sa beauté, son audace et les années qu'elle avait passées loin du clan risquaient de poser un certain nombre de problèmes. Lorsqu'il la ramènerait à Darkfrith, elle ne paraîtrait pas moins extraordinaire que le soleil se levant à l'ouest… Tous les hommes du comté la convoiteraient. La lutte serait sans merci, et sa petite mise au point avec Grady n'était qu'une escarmouche avant le déclenchement des véritables hostilités. Là-bas, il en connaissait plus d'un qui n'hésiterait pas à se poser en rival si Clarissa devait être considérée comme le prix du vainqueur.

Les *drakons* n'avaient pas des fiançailles et du mariage la même notion que les Autres. Chez eux, les premières étaient assez primitives, et le second irrévocable, sauf exception rarissime. Guidés par leur instinct autant que par leur sensualité, ils élisaient un compagnon pour le garder jusqu'à la fin de leur vie. Si on laissait aux jeunes gens une certaine marge de liberté, il en allait tout autrement une fois prononcés les vœux conjugaux. Toute tentative visant à rompre une union était à leurs yeux une mortelle offense. Une fois que Clarissa se serait donnée, ce serait pour toujours.

Kit avait bien fait d'être clair dès ce soir. Il était le mâle dominant, elle lui était donc destinée. Il le ressentait jusque dans les fibres les plus intimes de son être.

Il fit halte sur le seuil de la maison pour prendre une profonde inspiration. Dans l'air humide de la nuit flottaient des odeurs de cheval et d'eaux sales, contre lesquelles luttaient, sans guère de succès, les effluves capiteux du jasmin qui bordait l'allée pavée. Kit s'écarta du cercle de lumière qui tombait de la plus proche lanterne et ferma les yeux, tous ses sens aux aguets.

L'animal qui sommeillait en lui, juste sous sa peau, s'éveilla aussitôt. Un prédateur au regard acéré et à l'appétit féroce, dont l'énergie se déversa en quelques instants dans ses veines. Kit s'étira avec une volupté carnassière.

Clarissa !

Lui seul pouvait la retrouver. Nul ne la connaissait mieux que lui, depuis cette minute qu'ils avaient passée yeux dans les yeux, peau contre peau.

Il n'était pas près d'oublier le modelé sensuel de son visage, ni son expression farouche, ni la lueur de défi qui brûlait au fond de ses prunelles magnétiques. Il lui semblait sentir de nouveau sa taille souple sous sa main. Ses doigts se refermèrent dans le vide.

Kit prit une nouvelle inspiration.

L'odeur du tabac. Celle, plus âcre, de la mèche de coton noircie d'une chandelle. De la viande que l'on faisait griller. Des mendiants couverts de crasse. Du gin dans une taverne. Les eaux de la Tamise. Du bétail, des ordures. Des rats, des chiens errants. Des gens, encore des gens, toujours des gens.

Et soudain… très loin…

Le parfum du lis, si distant qu'il en était à peine perceptible. Une fragrance infiniment ténue dans la gangue suffocante de l'air londonien.

C'était elle !

Kit rouvrit les yeux et se tourna vers l'ouest. C'était de là que provenait son odeur, portée par les vents du soir.

Derrière les murs de Far Perch, il percevait la tension des membres du clan, leurs doutes, leur impatience.

Bientôt, elle serait à lui. Il suffisait de flairer sa piste.

La maison, d'apparence faussement simple, était située un peu en retrait de la rue, dont elle était séparée par un petit carré de pelouse et une caisse en bois contenant un petit pommier d'ornement, juste à côté de la porte.

Depuis son poste d'observation dans l'allée d'en face, Kit était absorbé dans la contemplation de l'arbrisseau ou, plus exactement, de la porte placée dans son axe. De temps à autre, un fiacre passait avec fracas en faisant danser ses lanternes. Kit suivait aussi du regard les cavaliers montés sur leurs cobs et les jeunes domestiques qui, un panier sous le bras, se hâtaient de rentrer chez elles.

Nul ne jeta un coup d'œil dans sa direction, pas même le terrier haletant que promenait un valet de pied à l'air blasé. Kit savait se fondre dans l'ombre pour guetter sa proie. Il était un chasseur, le meilleur de sa race. Et ce qu'il cherchait se trouvait dans cette maison, de l'autre côté de la rue.

Une lampe brûlait dans l'entrée ; il pouvait en voir la faible lueur derrière les rideaux, et sentir son odeur légèrement huileuse. En revanche, aucune lumière ne filtrait par la porte, et il ne percevait pas le moindre mouvement à l'intérieur. Ni voix, ni bruit de pas, ni ombres portées.

Songeur, Kit appuya son épaule au mur de brique rouge de la maison d'en face, derrière laquelle il se tenait à l'affût. Peut-être s'était-il trompé ? Peut-être s'agissait-il d'une ruse destinée à décourager les poursuites ?

Non. Si son parfum – une entêtante fragrance de lis mêlée de senteurs plus musquées qui n'appartenaient qu'à elle – n'avait pas révélé sa présence, un petit détail la trahissait. La bâtisse ne semblait en effet ne présenter aucune faille, aucune fente, comme si elle avait été hermétiquement calfeutrée.

Un œil non averti n'aurait pas prêté attention à cela mais lui, il savait. Elle connaissait ses propres faiblesses, qui étaient celles du clan. Kit esquissa un sourire. Avec un peu de chance, elle aurait négligé une ouverture, même minime…

Il s'enfonça un peu plus loin dans l'ombre de l'allée, ôta ses vêtements et Mua.

Cette faculté de dissoudre sa forme humaine pour retourner à sa nature sauvage était le Don des *drakons*. À présent, Kit n'était plus qu'une vapeur qui s'élevait, transparente, dans les airs. Sans un bruit, il traversa la rue et contourna la maison qu'il entreprit d'examiner dans le moindre détail. Tout ce qu'il lui fallait, c'était un minuscule interstice, un trou d'aiguille…

Il n'y en avait pas. Par deux fois, il fit le tour de la bâtisse et l'ausculta aussi attentivement que possible sans laisser deviner sa présence, en vain. La cheminée, les murs de brique rouge, les huisseries, tout avait été scellé avec un soin maniaque.

Il dut renoncer.

Partagé entre frustration et admiration, Kit reprit son apparence humaine et retrouva son poste d'observation dans la ruelle de l'autre côté de la rue.

Très bien. Elle voulait qu'il y mette les formes ? Eh bien, il allait se plier à son caprice ! Ravalant sa fierté, il traversa la rue et frappa à sa porte.

Comme un simple quidam.

Sidonie entendit les coups depuis la cuisine, où elle aidait Cook à préparer le pudding du souper. Madame avait l'habitude de dîner tard, même pour quelqu'un de la ville, mais il y avait longtemps que son personnel s'était accoutumé à ses horaires.

Cela n'avait guère été difficile. Tous étaient bien traités, ici. Ils mangeaient bien, portaient de bons vêtements, et la paie était plus que correcte. Avant que Mme Hilliard ne l'engage, Sidonie avait connu l'hospice et la rue. Elle n'était pas femme à se montrer trop curieuse sur les agissements de sa maîtresse.

À la porte, les coups se firent plus insistants.

— Où est encore passé ce garnement ? grommela Cook en se redressant du petit tas d'oignons et de poireaux qu'elle épluchait. Toujours dans nos pattes quand il devrait être dehors, et jamais là quand on a besoin de lui !

Puis, se tournant vers Sidonie :

— Va donc voir qui est là, ajouta-t-elle, avant que tout le quartier ne soit ameuté.

Essuyant ses mains sur son tablier, Sidonie quitta la cuisine à pas pressés. Était-ce un livreur ? Dans ce cas, il faudrait le faire passer par l'entrée de service. Ou alors, Zane avait – encore ! – perdu sa clé. En général, le petit drôle ne prenait pas la peine de faire le tour de la maison et se faisait ouvrir, comme un monsieur. À moins que ce ne soit Thomas Fitzhugh, avec ses sourires cajoleurs et ses regards caressants, qui venait de chez le glacier ? Non, il était trop tard pour cela. D'ailleurs, Madame n'avait pas commandé de dessert.

Les coups cessèrent lorsqu'elle arriva dans l'entrée, mais Sidonie ne ralentit pas l'allure. Lissant sa jupe d'une main, elle écarta une mèche de sa joue et ouvrit la lourde porte de métal.

Le vent glacé du dehors aspira l'air tiède de la maison, faisant s'échapper de nouveau les mèches du bonnet de Sidonie.

Ce n'était pas Zane, ni Thomas ni un livreur.

Dans la lueur qui tombait avec parcimonie de la lanterne qu'elle éleva à hauteur des yeux, se trouvait un gentleman, ses gants à la main, la tête nue.

Il était grand, vêtu d'un long manteau couleur rouille et chaussé de hautes bottes de cuir impeccablement cirées ; à ses pieds était posé un sac de cuir. Malgré ses longs cheveux blond-roux qui tombaient librement sur ses épaules, à la manière d'un bohémien ou d'un pirate, il s'agissait indéniablement d'un noble, comme en témoignaient son visage aux traits aristocratiques et ses vêtements à la coupe parfaite.

C'était aussi l'homme le plus séduisant que Sidonie ait jamais vu.

Il lui jeta un regard curieux – oh ! ces yeux émeraude ! – avant de lui adresser un sourire charmeur. Une ombre rousse soulignait la ligne carrée de sa mâchoire, lui donnant un petit côté mauvais garçon qui ne faisait que rehausser son charme.

Sidonie en perdit tous ses moyens…

— Votre maîtresse est-elle ici ? demanda-t-il d'une voix aux inflexions mélodieuses.

— Je… Non, sir. Milord.

— Vraiment ?

Il y avait dans son intonation une nuance d'amusement un peu attendri, comme s'il partageait avec elle quelque merveilleux secret.

— Je suis désolée, monsieur. Madame est sortie.

Sans se départir de son sourire, il jeta un regard vers l'intérieur de la maison, avant de revenir à elle.

— Savez-vous à quelle heure Mme Hawthorne doit rentrer ?

— Mme Hawthorne ? répéta Sidonie, soudain nerveuse. Vous êtes chez Mme Hilliard.

Au lieu de la déception qu'elle s'attendait à voir chez le visiteur, Sidonie vit son sourire s'agrandir.

— Oui, bien sûr. Si vous voulez prendre ma carte…

D'un geste gracieux, il lui tendit un petit carré de carton qu'il semblait avoir sorti de nulle part.

— Bien entendu.

— Je vous remercie. Bonsoir.

— Bonsoir, milord, répondit la domestique, avant de peser de tout son poids pour rabattre l'épaisse porte que le vent s'obstinait à repousser.

Dans sa distraction, qu'excusait le dernier sourire du gentleman, elle ne vit pas la seconde carte, qui se coinça entre le battant et l'huis.

Kit s'attarda sur le seuil, l'oreille aux aguets. Lorsque les pas de la bonne se furent éloignés, il appuya du plat de la main sur la porte qu'il ouvrit doucement, avant de remettre sa carte dans sa poche, de ramasser son sac et d'entrer dans la maison sans un bruit.

Tess avait passé la nuit dans la chapelle en ruine grouillante de rats, assise sur le dernier banc qui tenait encore à peu près debout, et après ce qui lui avait paru une éternité dans ce lieu glacial, elle n'avait plus qu'une hâte : retrouver la chaleur rassurante de son lit.

Elle avait attendu aussi longtemps qu'elle en avait eu le courage, pelotonnée sur elle-même, luttant contre le sommeil qui lui ramenait toujours le même cauchemar dans lequel les *drakons* l'entouraient de toutes parts, la clouaient à terre et l'étouffaient sans qu'elle puisse seulement crier.

Ce n'est que peu avant le lever du jour qu'elle avait osé reprendre le chemin de sa maison. Le bas de ses jupes était noir de crasse, car elle avait marché pendant des heures à travers la ville, se glissant telle une ombre d'une rue à une autre. À cette heure matinale, impossible de trouver un fiacre libre.

Les lueurs annonciatrices d'une aube grise et nue gagnaient le ciel, traversant avec peine le brouillard humide qui s'attardait sur les trottoirs. Les lambeaux de *fog* semblaient s'ouvrir sous ses pas en larges volutes avant de se refermer sur elle. Tess s'efforçait de garder une allure calme. Elle était supposée n'être qu'une servante envoyée faire une course et priée de ne pas traîner en route, mais aucune précipitation suspecte ne devait la trahir. Cependant, en dépit de son attitude discrète, elle peinait à contenir le tremblement de fatigue et de nervosité qui agitait ses mains et faisait battre son cœur un peu trop vite.

Les premiers vendeurs de poisson commencèrent à apparaître, portant leurs lourds paniers d'osier. Peu à peu, la brume révéla tout un petit peuple aux yeux bouffis de sommeil, laitières, lingères, bouchers aux tabliers salis de rouge. Deux petits cireurs de chaussures la bousculèrent, avant de filer sans un mot d'excuse.

Ce n'étaient que des mortels. Aucun d'entre les siens.

En entrant dans Bloomsbury, elle fit halte devant l'échoppe d'un marchand de fruits et légumes et feignit de retirer un caillou de sa chaussure. Lorsqu'elle se releva, elle jeta un rapide regard à la ronde. Personne ne prêtait attention à elle.

Au diable les précautions ! Tess redressa la tête. La confiance lui revenait. Elle avait connu des passes plus délicates que celle-ci, et s'en était toujours sortie. Elle s'était montrée habile, prudente, et malgré toutes ses règles et ses menaces, le Clan ne l'avait jamais retrouvée. Neuf années avaient passé – les plus extraordinaires de sa vie – et elle était toujours libre.

Et elle comptait bien le rester.

Une pensée fugitive lui traversa l'esprit. Christoff Langford devait être marié, à présent. Les journaux n'en avaient pas fait mention, mais ils étaient en général très mal informés, surtout en ce qui concernait Darkfrith.

À cette heure matinale, Sidonie devait encore dormir. Tess aimait veiller le soir, aussi son personnel de maison avait-il l'habitude de se coucher tard et de rester au lit tant que le soleil n'était pas levé. Il n'était pas rare qu'elle ne rentre pas de la nuit. Dans ce cas, on gardait son dîner au chaud jusqu'à minuit, puis on le rangeait en prévision du déjeuner du lendemain.

Tout en poussant la porte de chez elle, elle jeta un dernier regard alentour. Jassamine Lane, noyée dans le *fog*, était aussi calme que d'ordinaire.

Le vestibule était plongé dans l'obscurité. Comme d'habitude. Sur un plateau d'argent posé sur la console de l'entrée se trouvait le courrier, composé de cartes de visite et de lettres. Elle le regarderait plus tard, quand elle aurait dormi.

Un bruit léger lui parvint de l'étage. Le cœur battant, Tess se figea avant de reconnaître la voix de Zane, qui marmonnait dans son sommeil quelques paroles indistinctes.

Il ne savait pas qu'il parlait en dormant. Il faudrait qu'elle le lui dise un jour, songea-t-elle. Elle ôta ses chaussures humides puis retira sa coiffe. Après avoir déposé les bottines au pied de l'escalier pour que Sidonie les nettoie, elle roula son bonnet entre ses mains et monta l'escalier en chêne qui menait à ses appartements.

La chambre baignait dans la faible lueur bleuâtre que diffusait la lampe posée sur la table de chevet. Tess jeta la coiffe sur la chaise près de l'armoire et retira la pince qui retenait ses cheveux avant de passer ses doigts entre ses mèches avec un soupir où se mêlaient soulagement et lassitude. Enfin chez elle !

Prenant une serviette, elle en trempa un coin dans la cuvette et l'essora. Puis elle s'étendit sur son lit et posa le linge humide sur son visage. Le contact avec l'étoffe imbibée d'eau fraîche était merveilleusement délassant.

Si elle pouvait dormir pendant des heures ! Ici, ils ne la trouveraient pas. Elle ne quitterait pas la sécurité de sa maison avant des jours. Non, des semaines…

Mais pas question de s'endormir dans ces vêtements noirs de saleté ! Au prix d'un effort de volonté, elle se leva et entreprit de se débarrasser de la robe. C'était un modèle très rudimentaire – laçage facile, deux ou trois crochets – qui ne nécessitait pas l'aide d'une femme de chambre.

Quelques instants plus tard, la robe à courtes basques tomba à ses pieds sur le tapis, bientôt suivie des paniers et du jupon. Tess se dégagea du petit tas d'étoffes blanches et grises qu'elle poussa du pied vers l'angle de la pièce.

Elle en ferait cadeau à Sidonie. Non, elle donnerait le tout à quelque œuvre charitable. Elle ne voulait plus jamais voir cette tenue !

Vêtue de son seul corset et de sa chemise, elle traversa la chambre, ouvrit le premier tiroir de sa commode pour y prendre une robe de chambre... et elle en sortit la robe de soie vert d'eau qu'elle avait laissée la veille au musée Stewart.

Il lui sembla que son cœur cessait de battre. Stupéfaite, elle laissa la fine étoffe lui échapper des mains dans un bruissement soyeux.

— Je vous prie de m'excuser, dit alors une voix masculine derrière elle. Peut-être aurais-je dû vous avertir de ma présence un peu plus tôt.

5

Clarissa Hawthorne se rua vers la fenêtre – que Kit savait fermée – et, des plis des lourdes tentures, elle tira une épée. Peste ! Quelle rapière ! En connaisseur, il parcourut d'un regard admiratif la lame au tranchant parfait, sur laquelle la lumière se reflétait sinistrement.

Elle l'éleva d'un geste sûr tout en pivotant vers lui pour lui faire face et le toisa avec défi. Sans hâte, il quitta l'ombre du lit à baldaquin et s'avança vers le centre de la chambre.

Malgré sa tenue légère – chemise et corset – elle restait distante, presque inaccessible. Il l'observa un long moment, incapable de détacher son regard de ses longs cheveux noirs aux reflets acajou et de sa peau plus pâle que l'albâtre.

— Je pensais que vous aimeriez la récupérer, dit-il en désignant la robe couleur d'écume qu'elle avait laissée retomber sur le tiroir de la commode.

Elle arqua gracieusement les sourcils d'un air de surprise exagérée.

— Oh ! Et mes chaussures ?

Pour toute réponse, Kit se contenta de montrer l'armoire.

— C'est très aimable à vous.

Avec un sifflement inquiétant, l'épée fendit l'air en direction de Kit. Il n'eut que le temps de plonger de côté et de s'emparer d'une chaise, qu'il éleva comme un bouclier avant que la lame ne s'enfonce dans les coussins.

— Malheureusement, je n'ai pas retrouvé votre perruque. Elle a dû s'égarer dans la confusion.

Sans quitter son regard, elle leva son arme d'un geste fluide.

— Aucune importance, j'en ai d'autres.

Avec une surprenante vivacité, elle se fendit de nouveau. Kit bondit en arrière.

— De toute façon, je préfère vos vrais cheveux.

— Vous êtes trop aimable.

— Je vous en prie.

Ils décrivirent un cercle autour de la pièce, Kit sur le qui-vive, prêt à s'écarter, Clarissa d'un pas souple, guettant la faille, sa fine silhouette se découpant dans la lueur du matin.

— Vous vous débrouillez très bien avec cette lame.

— Je sais.

— Qui vous a appris cela ? Un maître d'armes français ?

— Italien.

Allongeant une botte à son adversaire, elle lui érafla le bras. Incrédule, Kit regarda la tache de sang qui commençait à maculer sa manche. Mauvais réflexe. Une seconde plus tard, Tess pointait son arme sur sa poitrine.

Elle demeura immobile, sa main gauche levée derrière elle, ses cheveux en désordre, son corps souple et musclé tendu par l'effort.

— Je n'ai pas d'arme, dit Kit d'un ton calme.

— Vous êtes bien imprévoyant, milord. Peut-être ne devriez-vous pas entrer chez les gens sans y être invité…

— Je vous ai déposé ma carte.

À ces mots, ses prunelles s'étrécirent. La pointe de son épée appuya un peu plus fort sur sa poitrine.

— Pourquoi êtes-vous venu ici ?

— Tu le sais aussi bien que moi, ma belle, répondit-il dans un murmure.

Elle s'absorba dans ses pensées quelques instants.

— Qui me dit que vous n'êtes pas un cambrioleur, lord Langford ? Le fameux Voleur de Brume, par exemple... Je vois déjà les gros titres des journaux !

— Ce serait certainement passionnant, approuva-t-il tranquillement.

— Il paraît qu'on offre une jolie récompense pour sa capture.

— Dans les soixante livres sterling, si ma mémoire est bonne.

— Magnifique. Je vais pouvoir m'acheter une nouvelle perruque.

— C'est donc cela qui vous motive, Clarissa ? L'argent ? J'aurais plutôt parié pour l'attrait des sensations fortes.

Elle lui adressa un sourire suave.

— J'ai peur que vous ne fassiez erreur. Clarissa Hawthorne est morte. J'ai la copie de son acte de décès. C'est une bien triste histoire...

Kit baissa les yeux. En dépit du calme qu'elle affectait, sa poitrine se soulevait à un rythme saccadé. La fine chemise, fermement plaquée sur son corps par son corset, révélait sous ses transparences les doux renflements de son buste d'albâtre qu'une rougeur traîtresse avait envahi, et les pointes roses de ses seins qui se pressaient contre l'étoffe.

Du tréfonds de son être, Kit sentit monter un désir sombre, violent, une faim qu'elle seule pouvait apaiser.

— Clarissa...

— Il me suffit de crier, dit-elle le regard flamboyant.

Elle imprima à sa lame une légère pression, avant de poursuivre :

— Trois bonnes âmes accourront dans l'instant pour me défendre et protéger mon honneur. Que ferez-vous, alors, Kit Langford ?

— Rien d'autre que ceci, dit-il en Muant, si rapidement que la rapière, trouant sa chemise, traversa l'air.

La porte d'entrée se referma avec un claquement sonore.

Tess soupira, accablée. Comment en était-elle arrivée là ?

Il aurait fallu discuter avec lui, trouver un accord. Au lieu de cela, elle s'était laissé emporter par la colère et la peur. Elle avait échoué sur toute la ligne.

À présent, il savait où elle vivait.

Elle parcourut sa chambre d'un regard morne. L'épée, dans sa main, pesait, inutile. Elle la jeta sur le lit. Que faire, que faire ? Était-il encore temps de sauver la situation ?

Sa décision fut prise en un éclair. Elle se rua sur le palier, dévala l'escalier, traversa le hall en courant et, arrivée à la porte, Mua à son tour et s'envola à la poursuite de Christoff.

Quelques pigeons affolés s'égaillèrent tandis qu'elle s'élevait dans les airs au-dessus de Jassamine Lane. Rapidement, les maisons se réduisirent au format de jouets, tandis que les passants devenaient de minuscules points qui se déplaçaient au hasard des rues.

Le jour se levait sur Londres, illuminant le ciel de lueurs rosées. Tess pouvait voir Christoff, qui planait au-dessus de la ville avec cette grâce vaporeuse qu'elle lui avait enviée pendant toute son enfance. Il était loin au-dessus d'elle, loin à frôler les nuages.

Il était rapide, mais elle ne l'était pas moins.

Bientôt, elle le vit disparaître dans une volute bleutée, signe qu'il s'enfonçait dans les nuées. Prenant rapidement de l'altitude, elle traversa à son tour le plafond nuageux, se mêlant intimement aux brumes dont les millions de gouttelettes, telles des perles de rosée, s'éparpillaient au gré des vents dans un scintillement de prisme.

Enfin, elle émergea au-dessus des nuages dans un ciel d'un bleu infini. Ici, l'air était calme, pur, limpide.

Christoff était là, silhouette de brouillard. Tout d'un coup, il Mua de nouveau.

Il était maintenant *drakon*.

Tout en écailles étincelantes d'azur et d'émeraude, aveuglant dans la lumière des hautes sphères, il déployait à présent sa grâce animale en fabuleuses ondulations dans les étendues sans fin du firmament.

Il se retourna brièvement vers elle. Il l'avait vue. D'un puissant battement de ses ailes rubis, il s'élança vers les altitudes vertigineuses.

Était-ce un piège ? Un défi ? Elle n'avait pas le temps d'y réfléchir. Trop de choses étaient en jeu. Sous sa forme de *drakon*, il était encore plus rapide. Elle ne pourrait pas le suivre. À moins de…

Alors, elle fit ce qu'elle n'avait jamais osé faire, même dans les plus lointaines explorations.

Elle Mua de nouveau et prit sa propre apparence de *drakon*.

Sa première inspiration lui fit l'effet d'une bouffée de glace. Tout d'abord, le froid la paralysa. Le fait de retrouver de la substance et de s'incarner de nouveau aussi loin de la terre la désorientait.

Puis il lui sembla que la sensation glaciale se propageait dans tout son être, l'inondant de lumière et d'énergie. Relevant la tête, elle inhala de nouveau l'air raréfié et s'élança à travers les espaces infinis.

Dans les rayons du soleil levant, elle pouvait voir les reflets d'argent de son corps d'un blanc de perle et l'éclat presque irréel de ses écailles saupoudrées d'or.

Les *drakons* étaient bien différents des monstres au ventre lourd et à la démarche traînante que décrivaient les tapisseries et les textes de l'époque médiévale. Enfants du feu et de l'éclair, ils étaient les maîtres du ciel, qu'ils traversaient d'un battement de leurs ailes dorées. Comment s'étonner que les Autres, dans leur jalousie, les aient dépeints sous un jour si grotesque ? Leur éclat surpassait tout ce que ceux-ci pouvaient concevoir, c'était celui des premiers rayons du soleil transperçant les ténèbres, celui de millions de flèches enflammées s'élevant dans le ciel.

Christoff, le plus puissant d'entre eux, était devant elle, déjà à une distance phénoménale.

Tess déploya ses ailes et s'élança dans sa direction, frôlant la surface nuageuse, qu'elle raya d'une longue zébrure. Elle le rattrapait. Là-bas, il lui jeta un nouveau regard et s'envola d'un bond puissant pour décrire une boucle, avant de s'élever dans les airs à une altitude prodigieuse.

Elle le suivit.

Jamais elle ne s'était aventurée aussi haut. Autour d'elle, le bleu du ciel se fit plus intense, presque indigo, tandis que la couche nuageuse s'éloignait au-dessous d'elle. Elle éprouvait de plus en plus de mal à trouver son souffle dans l'air qui continuait de se raréfier, mais elle poursuivit sa fulgurante ascension.

Elle gagnait du terrain. Devant elle, elle pouvait voir les ailes rubis de Kit battre furieusement pour lutter contre le manque d'atmosphère. Plus légère que lui, elle trouvait sa progression facilitée à ces altitudes où la portance était si faible.

Tout d'un coup, il fondit sur elle.

Elle n'eut pas le temps de bondir de côté. Déjà, il était là, refermant ses serres sur sa gorge, ailes repliées. Ils tournoyèrent sur eux-mêmes quelques instants, puis retombèrent vers la terre telles deux pierres accrochées l'une à l'autre.

Elle se cabra, sans succès. Il la retenait avec une force colossale. Dans sa lutte, Tess vit confusément les nuages, puis le ciel piqueté d'étoiles, puis de nouveau les nuages. Elle tenta d'étendre ses ailes, avec pour seul résultat de dévier brièvement leur chute. Christoff l'enveloppa de ses ailes en se plaquant contre elle.

Le vent la giflait. La barrière des nuages semblait se ruer à leur rencontre. Tess tenta de Muer, mais n'y parvint pas. Ils étaient encore trop haut, leur chute était bien trop rapide. Le souffle de Christoff caressait son cou d'une vapeur brûlante, tandis que son corps pesait sur le sien de tout son poids.

Il tentait de les tuer.

Sir George attendait, immobile, le dos voûté, les mains dans les poches et le regard perdu sur le labyrinthe que dessinaient les dalles de pierre. Autour de lui, les autres faisaient les cent pas dans le vaste entrepôt et l'écho de leurs pas se réverbérait sur les murs du hangar. Cet endroit immense et sale le mettait mal à l'aise, d'autant plus que l'air y était imprégné d'une désagréable odeur de vase et de suint.

Le marquis tardait à ramener la fugitive. Le jour s'était levé mais jusqu'à présent, les seuls passants qu'il pouvait apercevoir n'étaient que des porteurs d'eau et des petits marchands. D'un geste las, sir George frotta son talon sur le sol. Le jeune lord avait préjugé de ses forces. Malgré ses affirmations, il ne semblait guère possible de retrouver seul la piste de la fuyarde avec pour seul indice le souvenir de son odeur, et de la capturer. Même pour un jeune homme d'aussi solide constitution, c'était un défi impossible à relever…

Il fut arraché à ses réflexions par une sourde vibration, à la limite de l'audible. Des *drakons* ! Tout près d'eux. *Au-dessus* d'eux. Et ils se battaient, s'il en jugeait aux masses d'air en mouvement. Autour de lui, tout le monde se figea soudain. Les hommes levèrent la tête, déconcertés.

— Au nom du Ciel ! s'exclama sir George. C'est lui ! Il l'a retrouvée !

Ils crevèrent la barrière des nuages avec force, la traversèrent en un éclair, avant de poursuivre leur chute vertigineuse dans le ciel de Londres. Dans quelques secondes, ils allaient s'écraser au sol.

Tess pouvait voir le serpent argenté de la Tamise, les quais qui se rapprochaient à vive allure, les navires qui grossissaient à vue d'œil, le bâtiment au toit rouge qui semblait bondir à leur rencontre…

Au dernier moment, Kit ouvrit ses ailes. Il y eut un claquement de vent furieux, l'air cessa de vibrer autour d'eux, et leur chute se ralentit.

Pas assez, cependant, pour éviter le choc. Dans un fracas de tuiles pulvérisées et de poutres volant en éclats, ils passèrent à travers le toit de l'imposante construction. Tess réprima un cri de douleur.

Toujours enlacés, ils atterrirent avec un bruit mat sur le sol où ils roulèrent sur eux-mêmes avant de heurter un mur qui trembla sous l'impact.

Étourdie par le choc, Tess resta allongée, immobile. Des étoiles dansaient devant ses yeux. À peine comprit-elle que Christoff s'écartait d'elle et la prenait de nouveau par la gorge, cette fois moins énergiquement, pour la traîner vers une pièce de plus petites dimensions, faiblement éclairée.

Là, il l'étendit de nouveau, d'un geste plus doux. Lorsque sa vision se clarifia, elle vit qu'il avait repris son apparence humaine. Il se tenait penché sur elle, superbe dans sa nudité, ses mains toujours glissées dans la crinière soyeuse qui ruisselait sur son dos.

— Clarissa, dit-il.

D'une détente, elle bondit sur ses pieds, prête à griffer. Il recula d'un pas, son regard indéchiffrable posé sur elle.

Tess Mua, mais la porte qu'il avait rabattue derrière eux était hermétiquement close, sans la moindre faille par laquelle s'échapper. Elle se trouvait dans une chambre aveugle, dont les murs de brique étaient scellés au mortier et dont le sol de granit ne présentait pas le moindre interstice.

Prise au piège.

Réintégrant son enveloppe humaine, elle recula dans un angle de la pièce, les mains derrière elle contre le mur, sa nudité couverte par sa longue chevelure.

Au milieu de la chambre, à la limite du halo de lumière que projetait une bougie à la flamme vacillante, Christoff l'avait regardée faire sans un mot, sans un geste.

— Pensiez-vous vraiment être la première à avoir fui dans la grande ville ? demanda-t-il d'un ton grave.

Puis, désignant l'espace autour d'eux :

— Voyez cette chambre ! ajouta-t-il. C'est mon père qui l'a fait construire pour ceux de notre race.

Elle le regarda, le souffle court, avant de masser sa nuque douloureuse. Sous ses doigts, elle perçut une tiédeur visqueuse. Du sang, comprit-elle en regardant sa main.

— Que m'avez-vous fait ? demanda-t-elle d'une voix brisée.

— Vous êtes ma prisonnière, dit-il.

Il détourna le regard. Dans la faible lueur de la bougie, son visage avait la fixité d'une statue.

— Et j'en suis désolé, ajouta-t-il. Il fallait que je vous reprenne pour vous amener ici, d'une façon ou d'une autre.

Tess voyait la chambre close, plongée dans la pénombre. Elle voyait son geôlier, attitude hautaine, regard distant, dénué de toute humanité. Il était un *drakon*. Comment n'avait-elle pas réalisé cela plus tôt ? Il ne connaissait pas la pitié ni le doute. Son essence était celle d'une race ancienne, dont la formidable puissance imprimait à son corps nu une grâce de fauve, toute en muscles et en souplesse.

Une trace de sang assombrissait son bras gauche. L'éraflure qu'elle lui avait faite de la pointe de son épée, à l'aube de cette funeste journée. Une éternité plus tôt.

— Clarissa Hawthorne, reprit-il d'un ton sévère. Par les lois du clan et en vertu des droits qui me sont conférés, je vous déclare ma prisonnière. Vous soumettez-vous à moi, et à la volonté du conseil ?

Des paroles rituelles qui sonnaient le glas de tous ses espoirs. Tess les reconnaissait pour les avoir maintes fois entendues dans son enfance, répétées dans un murmure solennel par les gamins, prononcées d'une voix forte par les adultes, formule sacrée adressée aux renégats, aux dangereux insensés qui tentaient le pari de la liberté.

Étrangement, elles prenaient entre les lèvres de Christoff une teneur presque troublante. Cependant, lorsque son regard croisa le sien, ses prunelles émeraude luisaient d'un éclat froid et déterminé.

— Vous êtes ma prisonnière, répéta-t-il. Vous soumettez-vous à ma volonté ?

La réponse tenait en un mot : oui ou non. Tess connaissait le sort réservé à ceux qui disaient non. Enfant, elle avait tremblé avec les autres en écoutant les rumeurs effrayantes que l'on colportait à ce sujet. Les adultes ne s'étendaient guère sur la question, mais la réalité était assez terrifiante pour qu'Antonia interdise à Clarissa de s'aventurer au-delà des collines du comté, là où l'on brûlait et où l'on enterrait les ossements des hors-la-loi.

Une goutte de sang perla au bras de Christoff, roula sur sa peau, avant de tomber sur la dalle de pierre dans une éclaboussure pourpre.

Sa voix se fit plus douce et plus menaçante en même temps.

— Vous soumettez-vous à moi ?

Elle scruta son visage auréolé d'or mat, à la perfection inhumaine.

— Non.

Elle se tourna, appuya son front contre sa main sur le mur et ferma les yeux. Il n'y avait plus qu'à attendre.

Pendant un long moment, rien ne se passa.

Puis le son de ses pas résonna derrière elle. Sa main se posa sur la sienne, ses doigts se glissèrent entre les siens. Dans une lente caresse, il parcourut de l'autre main son bras, son épaule, dont il ôta la masse de ses cheveux, avant de reprendre sa lente progression le long de son dos.

Tess ferma les yeux un peu plus fort.

— Je suis désolé d'entendre cela, dit-il en prenant sa hanche pour la faire pivoter vers lui.

Elle se laissa faire docilement. Son esprit refusait de fonctionner, et la peur l'avait quittée. La seule réalité était le contact rude du mur contre son dos, qui écorchait sa peau.

Christoff était proche d'elle à la toucher, grand, solide, puissant. Un roc. Tout en lui semblait animé d'une vie animale – sa peau, ses mèches dorées, ses yeux où dansait une flamme sensuelle. Un ange viril, tout à la fois effrayant et d'une beauté à couper le souffle.

Et sa main n'avait pas quitté sa hanche.

Cet instant semblait sorti tout droit des rêveries d'adolescente de Tess. Si elle avait su que ses fantasmes se réaliseraient de façon aussi désastreuse ! Tout se déroulait exactement comme elle l'avait rêvé. Kit Langford pressant contre le sien son corps musclé, plongeant dans son regard comme s'il connaissait tous les secrets de son âme, ses espoirs et ses péchés…

Son regard s'attarda sur ses lèvres, et ses doigts se crispèrent sur les siens. La lueur de la bougie semblait caresser ses larges épaules telle une amante impatiente.

Dehors, un brouhaha se fit soudain entendre. Tess se figea. Christoff prit son menton pour l'obliger à le regarder.

— Il doit y avoir toute une foule de l'autre côté de cette porte. Notre arrivée spectaculaire les aura attirés. Des agents seront là, ils vont poser des questions. Promettez-moi de ne pas crier.

La rumeur enflait. Des éclats de voix lui parvenaient, des bruits de course.

— Promettez-le-moi, insista-t-il.

Sa main se posa sur sa gorge. Sous la caresse, Tess devinait la menace. Elle hésita. Si elle criait… si la porte s'ouvrait… si elle Muait…

— Écoutez-moi ! Pour l'instant, c'est tout ce que je vous demande. Je ne veux pas prendre le moindre risque.

Des pas résonnèrent, juste derrière la porte. C'était le moment ! songea Tess. La poigne de Christoff se fit plus ferme sur sa gorge. Le pouls de Tess s'accéléra, ses oreilles se mirent à bourdonner.

— S'il vous plaît, ajouta-t-il dans un murmure implorant.

Par-delà le bruit assourdissant dans sa tête, elle entendit ses paroles. De ses lèvres, elle forma un mot.

— Oui.

Tess n'avait pas perçu le son de sa propre voix, mais Christoff devait l'avoir entendu car l'étau de sa main se desserra autour de sa gorge. Elle s'adossa au mur, prise de vertige, puis parvint à se redresser. D'un mouvement sec, elle repoussa la main de son geôlier.

Celui-ci n'insista pas. Il la regarda de nouveau longuement, songeur, pendant que de l'autre côté de la porte les conversations se faisaient plus précises.

— … tout de même pas inaperçu ! L'avez-vous vu, vous ou l'un de vos hommes ?

— Absolument pas, répondit une voix à l'accent traînant. Quelque chose tombé du ciel, dites-vous ? Avouez que cela sort de l'ordinaire.

— Plusieurs témoins peuvent en attester, et ils estiment que le… la *chose* a atterri ici. Et je constate de nombreux dégâts dans votre toiture. Auriez-vous l'obligeance de…

— Comme je vous l'ai dit, monsieur l'agent, le temps presse. Nous attendons quarante tonnes de laine avec la marée de cet après-midi, et d'autres arrivages sont prévus dans les jours à venir. Or, comme vous le voyez, le bâtiment est fort abîmé.

— Le toit…

— *Aye*, il est dans un état lamentable. Il s'est effondré la semaine dernière, après les pluies.

Christoff avait tourné la tête, et un sourire amusé étirait le coin de ses lèvres.

— La semaine dernière ?

— Eh oui. On ne dirait pas, à le voir, n'est-ce pas ?

— Mais...

— Non, mon brave, ce n'est pas le ciel qui nous est tombé sur la tête. Les poutres étaient pourries, rongées jusqu'au cœur ! Regardez-moi ce fatras, maintenant. Quel désastre...

— Bien sûr. Oui, bien sûr.

— Naturellement, je compte bien traîner le gérant devant le tribunal. Il est scandaleux qu'il ait laissé le bâtiment se dégrader à ce point. D'ailleurs, en tant que représentant de la loi, vous pourriez peut-être...

C'était le moment ! Tess prit une profonde inspiration... mais aucun cri ne sortit de ses lèvres, sur lesquelles venait de se plaquer la main de Christoff.

À l'extérieur, les voix s'étaient éloignées et les curieux semblaient se disperser. Lorsque le bruit de leurs pas se fut atténué, Christoff ôta sa main et s'écarta de Tess pour aller écouter à la porte. La tête penchée, les bras croisés, il parut se plonger dans une profonde réflexion.

Il était trop tard pour appeler à l'aide, maintenant. D'ailleurs, même si elle avait pu crier, elle n'aurait pas eu la force de Muer. Elle n'avait pas dormi depuis une éternité et avait perdu du sang. Sa gorge était douloureuse. Sans compter qu'elle ne savait pas combien de *drakons* l'attendaient de l'autre côté de la porte. Pourrait-elle seulement leur échapper ?

Tess fut prise d'un nouveau vertige. Elle voulut appeler, mais ne put émettre le moindre son. Ses jambes ne la portaient plus. Incapable de lutter contre la faiblesse qui l'envahissait, elle s'effondra lentement sur le sol. Dans un étourdissement, elle vit la pièce tournoyer autour d'elle.

On gratta discrètement à la porte.

— Monsieur le marquis ?

— Je suis là, répondit Christoff.

— C'est bon, ils sont partis. J'ai fait appeler l'attelage.

— Il nous faudra aussi des vêtements. Chapeaux, chaussures, tout. Et une robe pour elle. Vite.

— Je m'en occupe, monsieur.

Christoff se tourna vers Tess. Pour la première fois, elle prit conscience de sa nudité, à peine voilée par ses longs cheveux. Elle ramena ses jambes devant elle et croisa les bras sur sa poitrine.

— Vous n'avez pas encore gagné, lança-t-elle à Christoff.

— Ah non ? demanda-t-il en s'adossant à la porte dans une attitude désinvolte. J'aurais juré du contraire.

— Je ne rentrerai pas là-bas. Je préfère mourir que d'y retourner.

— La fugue est terminée, Clarissa. Je vous ramène à la maison.

— C'est ici, chez moi !

Dans la pâle clarté de la bougie, le marquis de Langford leva le bras pour examiner sa blessure. Puis il plongea son regard dans celui de Clarissa. Un sourire brillant de mille promesses éclaira son visage.

— Certainement pas, dit-il. À partir de maintenant, ma belle, votre foyer sera auprès de moi.

6

Il fallut mettre un bandeau sur les yeux de la captive pour le voyage de retour. Kit n'aimait guère cela, mais la seule autre possibilité aurait été de l'assommer. Il ne pouvait imaginer un instant de lever la main sur elle, et il ne supporterait pas qu'un autre homme la touche.

Aussi banda-t-on les yeux de Clarissa, avant de lui lier les mains dans le dos. Une simple mortelle n'aurait pas résisté à ce traitement, mais les *drakons* étaient en tout point plus solides que les Autres. D'ailleurs, avait-il le choix ? À sa place, il aurait été prêt à tout pour s'échapper. Il aurait risqué sa peau, son honneur et celui du clan pour sa liberté.

S'il en allait pour les femelles comme pour les mâles, elle ne pouvait Muer si elle n'y voyait pas une faille dans leur constitution qui avait fort contrarié Kit autrefois, mais qui jouait aujourd'hui en sa faveur.

Il avait fallu quitter l'entrepôt en hâte, avant que l'agent et son aréopage de témoins à l'œil acéré ne découvrent qu'aucun autre toit du quartier n'avait subi les dégâts d'une pluie inexistante. Kit avait regardé Tess passer la robe que George s'était procurée, un modèle en taffetas turquoise finement rayé d'or, avant de fermer d'autorité les derniers boutons qu'elle ne pouvait atteindre.

Puis il avait sorti le bandeau.

Elle avait jeté un regard impassible au foulard qu'il tenait entre ses mains. Dehors, le conseil et les gardes s'activaient, les premiers échangeant de sombres prédictions, les seconds déplaçant des poutres tombées à terre. Elle les entendait aussi bien que lui, ce qui expliquait probablement sa docilité.

— Je suppose que vous n'avez pas conservé le diamant chez vous ? avait-il demandé en s'approchant d'elle. Je n'ai pas perçu sa présence quand j'y suis allé.

Lorsqu'elle avait levé les yeux vers lui, son visage s'était brièvement éclairé d'une expression de surprise qu'elle s'était empressée de dissimuler derrière un sourire sans joie.

— Supposez ce qu'il vous plaira, avait-elle répondu avec un haussement d'épaules indifférent.

— Peu importe...

Il avait noué le bandeau avec soin autour de sa tête, de façon qu'aucune lumière ne parvienne jusqu'à ses yeux.

— Nous aurons tout le temps d'en reparler.

Elle n'avait pas répondu. Fière et droite dans sa robe dont les fines rayures dorées luisaient faiblement dans la pénombre, un sourire moqueur aux lèvres, elle avait relevé le menton d'un air de défi.

Posant les mains sur ses épaules, il l'avait guidée hors de la chambre. Elle ne se livrerait pas facilement, avait-il songé en l'aidant à monter dans la calèche.

À présent, dans l'habitacle capitonné de la voiture, il avait tout loisir de l'étudier. En dépit du bandeau qui devait la gêner, elle semblait s'être endormie. Il posa son pied botté sur la banquette qui lui faisait face, en prenant soin de ne pas abîmer la robe de taffetas, et examina sa compagne de voyage d'un regard intrigué.

Sa tête avait roulé sur son épaule et reposait sur les coussins de velours du dossier. Sous les bleus qui meurtrissaient sa gorge, il pouvait voir battre son pouls, lent et régulier. Elle disparaissait presque dans les amples plis et ruches de la robe bleu et or, mais elle s'était débarrassée de ses escarpins à peine montée en voiture. Le petit chapeau, qu'il lui avait noué serré sous le menton et incliné de manière à dissimuler son visage, avait glissé sur son oreille. Ses cheveux sombres ondulaient librement sur ses épaules, cascadant en rivière d'ébène jusqu'à sa taille fine.

Elle était si jolie dans l'abandon du sommeil ! Et qu'elle semblait vulnérable ! L'image même de l'innocence...

Une image trompeuse, il le savait.

Kit pouvait encore sentir sur ses lèvres le goût de son sang. Cela l'emplissait de regrets, mais aussi, au plus profond de son être, d'une sourde excitation. Clarissa Hawthorne ne ressemblait à aucune des femmes qu'il avait rencontrées. Sous son apparente délicatesse battait un cœur aussi sauvage que le sien. Qui, sinon elle, aurait pu mener la vie qu'elle avait choisie ?

Et que dire de leur folle escapade, à l'aube, dans le ciel de Londres... Il en avait encore le frisson.

Il lui semblait qu'il la voyait encore, s'élevant à sa poursuite au-dessus des nuages, se profilant sur le bleu du ciel. Quelle impression de puissance et de grâce ! Jamais il n'oublierait le plaisir qu'elle lui avait donné lorsque, se retournant pour la seconde fois, il avait compris qu'elle était toujours à sa poursuite, prouvant qu'elle était bien l'une des leurs.

Et qu'elle était pour lui...

La calèche était l'un des signes extérieurs de son statut. Flambant neuve, aux lignes élégantes et racées, dotée d'une excellente suspension, elle oscillait à peine malgré les ornières qui jalonnaient la grande route du nord. Kit avait baissé les stores pour traverser la ville et passer les octrois, car même lui aurait eu du mal à expliquer la présence dans sa voiture d'une dame ligotée et aux yeux bandés.

Maintenant, s'il se fiait à ses oreilles, ils avaient quitté la cité. Relevant le store de son côté, il vit, s'étendant à l'infini, des champs de blé en herbe bordés de haies de houx. Des paysans en vêtements épais labouraient la terre. Pressées contre une barrière de bois, des chèvres suivaient l'attelage de leurs yeux orange luisants de malice.

Se penchant vers sa compagne de voyage, Kit dénoua les liens de son chapeau et posa celui-ci sur la banquette. La jeune femme ne se réveilla pas.

Dehors, la puanteur de la ville flottait encore dans l'air, mais il y avait aussi l'arôme puissant qui montait de la terre fraîchement labourée.

Darkfrith les attendait.

Tess resta enfermée dans l'affreuse calèche pendant quatre jours et trois nuits. Au soir de la quatrième journée de voyage, alors qu'ils n'avaient fait halte que pour se restaurer et changer de chevaux, ils arrivèrent enfin.

Même les yeux bandés, elle percevait la qualité différente de l'atmosphère, les odeurs du crépuscule, les divers sons de cet endroit qu'elle avait si profondément enfouis dans sa mémoire qu'ils ne lui étaient revenus, toutes ces années, que dans ses rêves.

Il lui semblait qu'elle sortait de quatre jours de torpeur, dont elle n'avait émergé qu'épisodiquement. Parfois le marquis se trouvait à ses côtés ; d'autres fois pas. Il lui avait donné de quoi manger, la nourrissant de sa main. Des aliments drogués, sans aucun doute, tant son sommeil avait été lourd.

Oui, ils étaient arrivés. Telle l'alouette portée par les vents jusqu'au lieu de sa naissance, elle était de retour à Darkfrith.

Elle reconnaissait le chant des criquets cachés dans les fougères, le long du chemin qui serpentait en direction de Chasen Manor.

Elle reconnaissait le crissement du fin gravier sous ses pieds, maintenant qu'elle descendait de la calèche et retrouvait la terre ferme.

Elle reconnaissait les parfums de la forêt qui flottaient autour d'elle, effleurant son visage et se glissant dans ses cheveux en une froide caresse.

Elle reconnaissait le bruissement de l'herbe et l'appel de la chouette. Le crépitement des chandelles à mèche de jonc. Les murmures, les regards, les petits cris de surprise... et l'énergie pure, virile, de l'homme qui la tenait par le coude.

Il avait ralenti le pas pour se mettre à son rythme, mais c'était bien lui qui marchait à ses côtés. Elle redressa les épaules et releva le menton. Elle était à Darkfrith, et alors ? Elle n'était pas vaincue.

Pas encore...

— Par ici, murmura le marquis à son oreille.

Comme si elle pouvait changer de direction ! Tess entendit le bruit des lourdes portes cloutées qui s'ouvraient, puis de nouvelles senteurs vinrent flatter ses narines. Le bois ciré, les pots-pourris à la rose, la résine de pin, le métal poli. Et, très faiblement, l'odeur d'un plat qui mitonnait sur l'un des fourneaux de la cuisine.

Depuis qu'elle était descendue de la calèche, bien des spectateurs devaient assister à son arrivée. Elle s'efforça de détendre ses mains et d'ignorer la cruelle morsure de la corde qui entravait ses poignets.

Les escarpins qu'on lui avait prêtés étaient trop grands pour elle. Elle n'avait pas fait trois pas dans le vestibule qu'elle en perdit un et trébucha. Aussitôt, la poigne du marquis se resserra sur son bras. Ils firent halte pour qu'elle retrouve son équilibre. Tess se félicita d'avoir réprimé au dernier moment un cri de surprise.

— Attention, dit le marquis avant d'ajouter avec douceur : Nous y sommes presque.

Elle l'avait deviné, au changement des odeurs qui les entouraient à mesure qu'ils progressaient vers les profondeurs de la vaste bâtisse.

Elle n'était entrée qu'une fois dans Chasen Manor, à l'occasion de la bénédiction rituelle qui lui avait été donnée par le vieux marquis. Cette cérémonie concernait tous les enfants du clan sans exception. Si cela n'avait pas été le cas, songea Tess avec ironie, jamais on ne lui aurait accordé cet instant de grâce.

Elle n'avait que deux semaines, mais elle connaissait le rituel dans ses moindres détails, pour avoir maintes fois demandé à Antonia de le lui raconter. Enfant, elle l'entendait sans jamais se lasser !

La pièce était éclairée par des bougies, des dizaines de bougies, toutes d'un blanc immaculé.

Ici, la température était nettement plus fraîche. Le passage était plus étroit, les murs plus proches. Et il y avait davantage de virages.

Tu portais les dentelles de ta grand-mère.

Des voix étouffées lui parvenaient de derrière une porte close. Elle ne comprenait pas les paroles. À leur passage, on se tut soudainement.

Tout était taillé dans le marbre le plus fin, les murs, les sols, les fonts baptismaux.

Le marquis ralentit le pas, et elle l'imita. Elle devina qu'il regardait derrière eux, sans doute en direction des hommes qui les suivaient.

Les bougies, en fondant, dégageaient un merveilleux parfum.

Il y avait une porte devant eux, elle en percevait la froide dureté métallique. Du fer, probablement.

Les autres bébés pleurnichaient.

Tess entendit le grincement d'une lourde bâche que l'on soulevait, puis le cliquetis d'une clé dans une serrure.

Toi, tu souriais au marquis.

Une bouffée d'air humide et renfermé lui monta au visage.

Pas une seule fois tu n'as pleuré.

Une odeur de désespoir.

Ma brave petite princesse.

Elle entra dans la chambre et s'immobilisa. Enfin, le marquis lâcha son bras. Elle l'entendit parler avec quelqu'un qui était resté dans le corridor. Au prix d'un effort de volonté, elle s'interdit de bouger les mains pour soulager la douleur qui vrillait ses poignets.

Avec un petit claquement sinistre, la porte se rabattit derrière elle. Quelques instants plus tard, elle sentit le contact froid d'une lame entre ses paumes.

— Ne bougez pas, ordonna le marquis.

Il sectionna la corde. Dans un premier temps, les bras de Tess retombèrent inertes le long de son corps. Puis le sang se remit à circuler, provoquant une violente douleur qui courut de l'extrémité de ses doigts engourdis à sa nuque raidie par la fatigue du voyage.

Tess se mordit la lèvre pour ne pas gémir.

Se plaçant devant elle, le marquis prit ses mains et les frotta avec douceur. Dès qu'elle fut en mesure de le faire, Tess les retira, sans hâte ni maladresse, mais en mettant dans son geste tout le mépris possible. Puis elle arracha son bandeau sans prendre le temps de le dénouer.

Elle cligna des yeux dans la lumière qui éclairait la petite cellule où ils se trouvaient, puis se tourna vers l'homme qui la couvait d'un regard brûlant.

— Je suis sûr que vous avez déjà entendu parler de cet endroit, dit-il. Ce seront vos appartements pour aussi longtemps qu'il vous conviendra.

La Chambre des Morts. Qui ne la connaissait pas, ici ? C'était celle du jugement dernier, des ultimes instants. On la disait enterrée si loin dans les profondeurs labyrinthiques de Chasen Manor que nul ne pouvait entendre les hurlements de ses prisonniers.

Pourtant, contrairement à la sinistre légende qui courait, les murs n'étaient pas couverts du sang des suppliciés, mais tout simplement faits des lourds blocs de pierre grise qui pavaient le sol et formaient également le plafond, à la manière des anciens châteaux forts normands, mais sans la moindre ouverture.

La pièce était meublée d'un massif lit en bois avec deux oreillers et une couverture de laine beige, d'une table sans élégance et de deux chaises. Une lanterne suspendue à un crochet près de la porte éclairait le tout.

— Avez-vous l'intention de me violer purement et simplement, ou comptez-vous y mettre les formes en prétendant me séduire ? demanda Tess en se tournant vers le lit.

— Un homme ne viole pas son épouse.

— J'ai bien peur de ne pas consentir à cette union, lord Langford. Vous devrez trouver une autre façon de la désigner.

— Appelez cela comme il vous plaira, mademoiselle Hawthorne. Vous êtes Alpha, tout comme moi. Selon les lois du clan, nous sommes mari et femme, ou ce qui s'en rapproche le plus.

— Ce ne sont pas mes lois, et ce n'est pas mon nom.

— Clarissa.

— Elle est morte, je vous l'ai déjà dit.

— Alors expliquez-moi cela de nouveau, demanda-t-il d'un ton plus aimable. Qui êtes-vous, maintenant que vous n'êtes plus cette petite fille que j'ai connue autrefois ?

— Personne.

Il s'approcha d'elle, silhouette floue à la lisière de sa vision, mais pas assez pour la toucher.

— Tout le monde a un nom, que je sache. Même les morts.

— Je suis bien vivante.

— À mes yeux, du moins, vous étiez morte. Si vous ne voulez pas que je vous appelle par votre nom de naissance, trouvez-en un autre.

Elle n'hésita qu'un moment. À quoi bon le lui cacher, de toute façon ?

— Tess.

— Tess, répéta-t-il comme s'il faisait rouler chaque lettre sur sa langue pour en goûter la saveur. Madame Tess Hilliard, si j'ai bien compris.

Du bout de la main, il lui effleura la joue. Une lueur émeraude passa dans ses prunelles, irisée comme un cristal de neige par une aube hivernale.

— Veuve ou mariée ?

Dans cette pièce grise et nue, il paraissait encore plus beau. Les traits de son visage étaient à peine marqués malgré quatre jours d'un voyage épuisant, songea Tess, plus impressionnée qu'elle ne voulait le montrer. Tel un fauve évaluant sa proie, prêt à bondir, il dardait sur elle un regard acéré, et tout en lui donnait une impression de puissance contenue, jusqu'à sa façon de caresser son visage de sa main.

— Ni l'une ni l'autre, dit-elle après un long silence. J'ai inventé ce nom.

— Tant mieux, dit-il tout en laissant sa main descendre vers son cou. Un divorce peut prendre un temps infini, et je ne suis pas un homme patient. De plus, je déteste partager.

Sa main poursuivit son lent trajet le long de sa gorge. Il glissa un doigt entre ses seins.

— Et ici, ajouta-t-il, tout m'appartient.

D'une brusque détente, Tess le gifla. Le geste était parti de lui-même, incontrôlable, instinctif, et assez fort pour le faire reculer d'un pas.

— Vous n'êtes rien pour moi ! siffla-t-elle entre ses dents tout en reculant vers le lit. Et je ne serai jamais à vous !

Il porta une main à sa joue d'un air stupéfait. Puis ses lèvres s'étirèrent en un sourire glacial, où l'ironie se teintait de menace.

— Non, répondit-il avec un calme effrayant. Pas ce soir. Mais dès demain…

— Sortez !

— Vos désirs sont des ordres, dit-il en se dirigeant vers la porte.

Là, il appela. Aussitôt, elle entendit la clé tourner dans la lourde serrure. Comme le battant s'ouvrait, le marquis la salua d'un mouvement de tête cérémonieux.

— Vous devez être fatiguée. Je vous laisse à votre méditation… Tess.

Il franchit le seuil avant de stopper net. Sans se retourner, il la regarda par-dessus son épaule :

— Vous pouvez bien entendu Muer, si cela vous chante. Mais faites-moi confiance, vous n'irez pas plus loin que ce vestibule.

La porte se referma et Tess se retrouva seule. Elle ne tenta même pas de s'assurer que tout était parfaitement clos : elle savait que ce serait inutile…

Elle demeura immobile quelques secondes, tentant d'endiguer la sourde colère qui montait en elle, mais sans résultat. Alors, faisant volte-face, elle s'approcha de la table, leva un bras et l'abattit de toutes ses forces sur le plateau.

Les planches craquèrent, mais ne se détachèrent pas. D'un violent coup de pied, elle acheva de faire voler le bois en éclats. La table oscilla puis bascula avec fracas sur les dalles de pierre.

De l'autre côté de la porte en fer, il lui sembla entendre un rire amusé.

Il lui donnait une nuit. Pas une de plus.

À vrai dire, cela ne ferait même pas une nuit entière car il était plus d'une heure du matin lorsque la calèche avait franchi les grilles de Chasen Manor, mais Kit s'en moquait bien. Étendu dans le noir, il se tournait sans cesse sur son lit, incapable de trouver le repos. Ou alors, s'il avait dormi, c'était d'un sommeil agité, hanté par un visage aux yeux couleur d'encre.

Oui, elle avait une nuit pour se calmer et accepter sa nouvelle condition. De leur côté, ses compagnons de voyage disposaient du même délai pour retrouver leurs foyers, se remettre de leurs émotions après l'excitation de la capture et la perte du diamant, et profiter de la paix des heures qui précèdent le lever du soleil.

Il avait posté ses deux meilleurs gardes à sa porte, des hommes en qui il avait toute confiance, et donné des ordres stricts. Nul autre que lui n'avait le droit de voir la captive, et toute question la concernant devait lui être adressée, exclusivement.

Pendant le bref trajet qui l'avait menée de l'entrée de Chasen Manor à sa crypte la plus reculée, elle avait laissé dans son sillage une traînée d'interrogations sans réponses. Comme alertée par quelque mystérieux appel, la moitié du clan s'était réunie dans la cour d'honneur du manoir. Tout le monde voulait voir celle qui était parvenue à s'échapper, du moins pendant un certain temps.

Les quelques minutes pendant lesquelles il l'avait escortée à travers le dédale de la vaste demeure avaient suffi à faire souffler un vent de rébellion chez ses hommes. Il l'avait vu à leurs visages qui s'éclairaient, à mesure de leur passage, d'une expression d'envie reconnaissable entre mille. La révolte couvait dans ces regards qui s'attardaient, trop longtemps à son goût, sur sa somptueuse chevelure de jais, sur sa peau d'un blanc laiteux, sans doute encore exaltée par le parfum de liberté et d'interdit qui montait d'elle comme la plus enivrante des senteurs.

Sa Voleuse de Brume... Même sa robe de taffetas murmurait une mélodie tentatrice lorsqu'elle bruissait au rythme de ses pas, accompagnant de son doux frou-frou le souple balancement de ses hanches.

Kit connaissait parfaitement l'incendie qui courait sous sa peau. Il en connaissait les délices et les tourments.

Une nuit. C'était tout ce qu'il supporterait de lui céder. Ensuite, elle dormirait avec lui, dans ce lit.

Des années de lutte pour la vie, cachée dans l'ombre, avaient appris à Tess à tendre l'oreille. Elle savait que le plus subtil des sons pouvait faire toute la différence entre l'échec et le succès. Entre une bourse pleine de piécettes et une autre remplie de pièces d'or. La captivité et la liberté. La vie et la mort.

Alors elle se mit aux aguets. Toute la nuit, elle écouta les bruits de l'extérieur, mais rien ne franchit les murs de sa prison, pas même les raclements des hommes qui devaient pourtant faire les cent pas devant sa porte.

Puis elle s'aperçut que sa cellule n'était pas aussi isolée du reste du monde qu'elle l'avait d'abord cru.

Elle s'était débarrassée de la robe aux couleurs criardes pour s'étendre sur le lit, roulée dans la couverture, sans chemise ni déshabillé. L'air était glacial et immobile, le matelas inconfortable.

Après quatre jours passés dans l'obscurité, Tess avait désespérément besoin de lumière, aussi avait-elle laissé la lanterne allumée, jusqu'à ce qu'elle s'éteigne faute de combustible. L'odeur de l'huile avait plané sur la pièce longtemps après que celle-ci fut plongée dans l'obscurité.

Tess ne parvenait pas à dormir. Comme elle regrettait son lit de plume, sa chambre douillette, ses gens qui l'entouraient de soins attentionnés ! Qu'avaient-ils fait en découvrant la porte ouverte et les vêtements de bonne crasseux dans sa chambre ? Cook et Sidonie avaient-elles appelé la police ? Et Zane, comment avait-il réagi ? En tout état de cause, il était bien trop jeune pour les en empêcher.

Elle s'était retournée avec un soupir de lassitude… et c'était à cet instant qu'un petit message du destin était tombé sous sa main, au sens propre du terme. Sous ses doigts, elle avait senti une éraflure dans le mur, juste une légère incision, mais si régulière qu'elle ne pouvait être le fruit du hasard.

Ouvrant les yeux, Tess suivit les lignes à tâtons en essayant de se représenter leur dessin. Un *A*… Un *I*…

AILES ROGNÉES, finit-elle par déchiffrer. Et, juste en dessous : *CŒUR BRISÉ*. Puis une signature, suivie d'une date. M. A., 1689.

Elle s'assit et parcourut de nouveau les lettres gravées dans la pierre, cette fois du plat de la main. Sous ses paumes, la pierre irradiait une agréable tiédeur. Il ne lui fallut pas longtemps pour trouver une autre inscription, cette fois-ci près de la tête du lit, à moitié cachée par l'un des montants. Il ne s'agissait pas d'un mot mais d'une silhouette, une fine ligne ondulante, du milieu de laquelle jaillissaient deux ailes déployées au tracé sommaire.

Un dragon prenant son envol.

Juste derrière, il y en avait un autre, puis un troisième et un quatrième, chacun plus petit que le précédent. Comme si l'auteur de ces inscriptions avait voulu évoquer sa propre famille.

Tess s'adossa à son oreiller, pensive. Avec quoi les précédents occupants de la cellule avaient-ils rayé la pierre ? Le marquis ne lui avait laissé aucune arme, pas le moindre objet pointu. Elle frotta machinalement la couverture pour se réchauffer les jambes, puis se leva et tâtonna jusqu'à la table brisée.

Dans le noir, elle trouva d'abord le plateau, puis les pieds. Des morceaux de bois désarticulés dépassaient plusieurs longs clous à demi arrachés.

Non sans mal, elle parvint à extraire le plus long. Retournant à son lit, elle chercha un bloc vierge sur le mur et commença à l'inciser.

Lorsque Kit franchit la porte de la cellule, sa prisonnière était assise sur le lit dans une attitude docile, drapée de sa couverture. L'éclairage du couloir tombait sur elle, dessinant un rectangle de lumière froide. Elle le regarda d'un air absent, sans cligner des yeux. Combien de temps était-elle restée ainsi assise dans le noir à l'attendre ?

Elle avait discipliné ses cheveux en une épaisse tresse brune qui soulignait les reliefs de son visage, sa bouche pleine à l'expression solennelle et ses paupières ourlées de longs cils de velours. Un petit tas de taffetas turquoise gisait à ses pieds.

Kit entra, le plateau du petit déjeuner entre les mains, et se fraya un chemin parmi les débris de la table en bois.

— Il me faut de nouveaux vêtements, annonça Tess de but en blanc.

Il chercha un endroit où poser son plateau et, n'en trouvant pas, le mit simplement sur le lit.

— Bien entendu.

— Et un bain.

— Vos désirs sont des ordres.

Après s'être penché pour ramasser l'un des pieds de la table, il lui lança un regard en biais. Elle le lui rendit en arquant les sourcils d'un air moqueur, comme si elle le mettait au défi de faire le moindre commentaire.

— J'ai ressenti la même chose que vous, autrefois, dit-il en laissant retomber le bout de bois. C'était épouvantable.

Elle baissa les yeux. Dans cette attitude, elle offrait l'image même de la timidité, ce qui ne faisait qu'ajouter à son charme. Il réprima un soupir de frustration. Si seulement il ne connaissait pas déjà les courbes de ce corps parfait qu'elle dissimulait sous la couverture !

Derrière lui, une ombre passa. Ce n'était que l'un de ses gardes qui apportait une nouvelle lanterne, comprit-il en se retournant. Il la prit et remercia l'homme d'un hochement de tête.

Au moment où la porte se refermait, il vit sa captive prendre une profonde inspiration, comme si elle savourait le peu d'air frais qui parvenait jusqu'à la crypte. Le séjour ici ne devait pas être facile, mais après tout, la Chambre des Morts n'était-elle pas un lieu de pénitence ?

— La journée devrait être belle, dit Kit d'un ton léger, en s'asseyant de l'autre côté du plateau. Le soleil se lève et le ciel est dégagé. Il y a une petite brise, mais elle est tout juste suffisante pour faire danser les immortelles ; il y en a toute une brassée qui a éclos dans le champ du nord, ce matin, parmi le seigle. Tout embaume le printemps.

Elle restait parfaitement immobile, le regard rivé sur le napperon immaculé du plateau et le sucrier de porcelaine bleue. Dans le petit halo que projetait la lanterne, ses cheveux prenaient une brillance d'encre fraîche, et sa tresse semblait avoir été tracée d'un coup de pinceau le long de son dos.

— Et les chèvrefeuilles… reprit-il en croisant les jambes. Ils commencent tous à fleurir. Vous souvenez-vous du parfum du chèvrefeuille ?

Elle lui jeta un regard perçant.

— Pour quand est-ce prévu ?

— Quoi ?

— Le conseil, répondit-elle d'un air buté. À quelle heure aura-t-il lieu ?

— À midi. Et la cérémonie à quatre heures.

Il la vit pâlir.

— Je parle du mariage, précisa-t-il. C'est bien à cela que vous pensiez ?

Une soudaine rougeur envahit ses joues. Kit sourit, d'un sourire un peu dur qui ne devait en rien la réconforter, mais qui acheva de faire disparaître toute trace de modestie de son visage aux traits purs.

— Je vous ai apporté de la lecture, dit-il en fouillant dans sa poche.

Il lui tendit le journal qu'il venait d'y prendre, mais comme elle ne bougea pas, il le déplia pour lui montrer la première page.

— Regardez. Je pensais que cela pourrait vous intéresser d'apprendre que vous êtes toujours une célébrité.

Des monstres dans le ciel ! clamait le titre en caractères gras. L'illustration représentait deux créatures d'une épouvantable laideur, enlacées dans un ciel nuageux au-dessus d'une foule prise de panique.

— L'image n'est guère flatteuse, il est vrai… C'est l'un de mes hommes, qui était resté à Londres pour fermer Far Perch et notre entrepôt sur la Tamise, qui m'a rapporté cela.

Il parcourut du regard le dessin aux traits grossiers.

— Il faut reconnaître que nous avons dû offrir un sacré spectacle.

— C'est un miracle que personne ne nous ait tiré dessus, marmonna-t-elle.

— Oh ! mais on l'a fait ! Regardez, là... un certain Eugène Sumner, maître d'équipage à bord du *Rip Tide*. Un fin tireur, si l'on en croit le témoignage de ses hommes, car pas moins de quatre d'entre eux ont affirmé qu'il nous avait envoyés tous les deux au fond de la Tamise.

Kit secoua la tête avec un petit sourire.

— Qui sait, on lui décernera peut-être une décoration pour ce haut fait d'armes ?

— Quel dommage...

Intrigué, il la regarda.

— ... qu'il vous ait raté, ajouta-t-elle.

Retenant un rire amusé, Kit examina les marges rugueuses du quotidien, qu'il s'amusait à plier et à déplier. Dans un angle de la pièce gisait la table brisée, dont le plateau retourné révélait un pan de bois brut. Du plus loin que remontait sa mémoire, et peut-être depuis l'époque de son père, elle se trouvait là. Combien de fuyards repris l'avaient-ils regardée tout en comptant les heures les séparant de leur mort ?

Il reporta son attention sur sa prisonnière. S'était-elle fait mal en la brisant ? Il se garda bien de poser la question.

— Si vous me disiez où se trouve *Darko* ? Cela me donnerait un argument pour plaider l'indulgence du conseil en votre faveur.

— De quelle indulgence parlez-vous ? Une journée de répit avant les noces ?

— Des appartements plus confortables, pour commencer. Que diriez-vous de ceux de la marquise ?

— Vous m'offrez la liberté ?

— Dans une certaine mesure, oui.

— Dans une certaine mesure, répéta-t-elle d'un ton blasé. Comme un chien qu'on promène en laisse ? Non merci.

— Tess, dit-il, impatient. Laissez-moi vous aider.

— Je n'ai que faire de votre « aide », lord Langford.

— C'est donc cela que vous voulez ?

Il se leva et écarta les bras pour désigner l'étroite cellule, avant de poursuivre :

— Être enfermée ici, dans cette crypte étouffante ? Loin du grand air et de la lumière ? Ne comprenez-vous pas que plus vous leur résisterez, plus longtemps vous resterez ici ?

— Libérez-moi, dit-elle en plongeant ses yeux dans les siens. Vous êtes le marquis, vous en avez le pouvoir. Ensuite, je répondrai à vos questions. Je vous en donne ma parole.

Il secoua la tête, désolé.

— Vous savez que ce n'est pas possible.

— Je sais surtout que vous êtes l'Alpha. Le chef tout-puissant du clan.

Resserrant la couverture autour d'elle, elle se leva.

— Alors prouvez-le, reprit-elle. Brisez leurs lois. Imposez les vôtres !

Tout en prononçant ces dernières paroles, elle avait fait un pas dans sa direction. Elle se tenait bien droite, cette maudite couverture traînant derrière elle à la manière de la toge d'une impératrice.

Elle le narguait. S'imaginait-elle qu'elle l'intimidait ? Dans ce cas, le résultat n'était pas exactement celui qu'elle espérait !

Il faut dire qu'ici, seul avec elle dans cette petite cellule... dans la lueur de la lanterne qui dessinait les contours de son corps et faisait jouer sur sa peau des ombres tentatrices, accentuant le modelé sensuel de ses lèvres... avec cette longue tresse qui se balançait au creux de son dos, qu'elle caressait en une troublante invitation...

En un éclair, la bête qui sommeillait en lui s'éveilla. Tout son corps se durcit, tandis que la fièvre envahissait ses veines et incendiait ses reins. Il ne pouvait pas l'arrêter… il ne le voulait pas ! En cet instant, Kit aurait tout donné pour pouvoir laisser libre cours à la passion qui le consumait…

Tess. Sa beauté, sa promise, son Alpha. Qu'elle était désirable ! Il lui semblait la découvrir chaque fois qu'il posait les yeux sur elle, comme si sa mémoire s'obstinait à le trahir. Jamais il ne s'habituerait aux sensations qu'elle faisait naître en lui. C'était simple : tout en elle le rendait fou d'amour ! Les rougeurs de vierge effarouchée qui enflammaient ses joues, les battements de ses cils soyeux lorsqu'elle était troublée, et même sa façon de le toiser avec défi en redressant le menton et en serrant les mâchoires lorsqu'elle se fâchait… Absolument tout, jusqu'à ses pieds d'une blancheur parfaite, nus sur la dalle de pierre, et que la couverture dévoilait parfois.

Et que dire de son parfum de lis… Il aurait voulu le boire pour s'en imprégner jusqu'à l'âme ! Quand pourrait-il poser ses lèvres sur sa peau, faire courir le bout de sa langue dans son cou, l'attirer à lui pour enfouir son visage dans ses cheveux et se frotter à elle pour la marquer de son odeur ?

Il n'avait qu'une envie, s'étendre sur elle pour la faire sienne. Plonger en elle et l'emporter au paradis. Il la désirait avec une violence qui le surprenait et le choquait, au point qu'il dut faire appel à toute sa volonté pour ne pas se jeter sur elle et la prendre là, tout de suite.

Elle dut percevoir l'excitation qui était la sienne car elle se figea, telle une biche traquée. Du coin de l'œil, il la vit refermer le poing – petit, féminin, sans commune mesure avec les siens.

La bête en lui, sauvage, affamée, sourit devant cette dérisoire protection.

Ici, personne ne le retiendrait. Personne n'oserait.

Le lit était juste derrière elle.

Puis la petite main s'ouvrit, les doigts se détendirent. Elle détourna les yeux. Lorsqu'elle le regarda de nouveau, une expression toute différente éclairait son visage.

De l'humour. Ou, plus exactement, de l'ironie.

Ce n'est qu'à ce moment que lui revinrent en mémoire les paroles qu'elle avait prononcées la veille. *Avez-vous l'intention de me violer purement et simplement, ou comptez-vous y mettre les formes en prétendant me séduire ?*

Comme si leur union ne pouvait être que cela !

Quand il était adolescent, Kit avait été giflé par son père, un jour où il s'était montré particulièrement insolent. C'était la seule fois où le vieux marquis avait levé la main sur lui, mais Kit n'avait jamais oublié ce qu'il avait ressenti alors. Il avait chancelé, le souffle coupé, la gorge nouée, en suffoquant d'humiliation.

C'était exactement ce qu'il ressentait maintenant.

Muet de rage contenue, il la regarda se détourner et aller vers le lit où elle s'assit, les mains appuyées derrière elle. La couverture glissa un peu, révélant sa cheville et une partie de sa jambe. Elle ne fit pas un geste pour se couvrir et garda le regard vrillé sur le sien.

— À midi, dit-il avec un sourire glacial.

Puis, la saluant d'un hochement de tête guindé, il se détourna pour s'en aller. Ce n'est qu'à ce moment que son regard intercepta une ombre inhabituelle qui rayait la pierre au-dessus du lit. Les lettres, fraîchement gravées, formaient deux mots.

AUCUN REGRET.

7

Le marquis de Langford s'était trompé en annonçant une belle journée. Lorsque Tess entra dans la salle du conseil, il pleuvait à verse. L'eau qui tombait du ciel tambourinait si fort qu'elle résonnait comme un chant dans la salle au décor bleu et argent, couvrant les paroles mais accentuant de façon théâtrale les gestes et les expressions.

À travers les hautes fenêtres serties de plomb, filtraient un jour gris et brumeux, ainsi que des ombres mouvantes qui frémissaient dans l'écho des roulements de tonnerre. L'âtre était vide, et le halo que répandaient trois candélabres peinait à transpercer la pénombre.

En détournant le regard des hommes installés en face d'elle, Tess pouvait voir les collines qu'elle arpentait autrefois, dont la tendre verdure lui évoquait une trace de peinture encore humide sur la toile d'un peintre. Des nuages chargés de pluie passaient, bas dans le ciel.

Malgré ce temps, Tess savait que des gardes surveillaient l'air et la terre. Ils ne prendraient pas le risque de la laisser s'échapper une seconde fois.

Un siège avait été installé pour elle face aux treize hommes alignés à l'abri d'une longue table. Ne disposant pas d'une telle protection, elle se sentait vulnérable, offerte aux regards. Elle posa ses pieds bien à plat sur le tapis d'Afshar et mit sagement ses mains sur ses genoux.

Elle portait une nouvelle robe moins ridicule que celle de taffetas, un modèle en satin blanc au tomber un peu raide, avec des rubans couleur lavande aux manches et des roses brodées sur le devant et la jupe. La tenue idéale pour une vierge douce et modeste! avait-elle songé en la voyant.

La robe lui avait été apportée dans une boîte, accompagnée de souliers fins et de tout un assortiment de lingerie taillée dans une dentelle arachnéenne, le tout enveloppé dans une étoffe dorée si fine qu'elle se soulevait au simple contact de sa main. C'était un garde qui avait effectué la livraison, le marquis n'ayant apparemment pas jugé utile de se déplacer en personne.

Tess avait jeté un coup d'œil à la robe et retourné le tout à l'envoyeur. Elle savait reconnaître une robe de mariée lorsqu'elle en voyait une...

Une vingtaine de minutes plus tard, alors qu'elle venait de se draper d'une serviette après s'être octroyé le luxe d'un bain – dans une bassine en fer-blanc, les genoux sous le menton – le garde était revenu avec la boîte et un mot. Elle avait lu celui-ci, feignant d'ignorer l'homme qui louchait en rougissant sur l'eau du bain où flottaient encore des bulles de savon.

Le billet disait: *Vous porterez celle-là, ou vous viendrez nue.*

À sa guise! avait-elle songé. Si le marquis de Langford estimait qu'elle devait cultiver une apparence virginale pour se présenter devant le conseil, elle acceptait de se plier à ce caprice.

De toute façon, cela ne modifiait en rien ses propres projets...

La dentelle qui bordait son col avait été si fortement empesée qu'elle lui irritait cruellement le cou. Tess s'interdit pourtant de manifester la moindre gêne. Question de dignité.

Le conseiller qui siégeait au centre de la grande table était plus âgé que les autres. Assis derrière une haute pile de papiers qu'il feuilletait négligemment, il était sanglé dans un habit en velours moutarde et portait une perruque à gros rouleaux. Son jabot, noué trop serré, lui rentrait dans la peau du cou. À travers son monocle, il darda sur elle un regard acéré.

Elle le reconnaissait parfaitement : Parrish Grady. Il l'avait grondée au point de la faire fondre en larmes, un jour qu'elle avait cueilli une pâquerette près de la porte de son jardin. Elle devait avoir huit ou neuf ans, à l'époque.

Le marquis, lui, ne s'était pas assis. Il se tenait seul près d'une fenêtre dans un angle de la salle, les mains dans le dos, le regard perdu parmi les rafales de pluie qui frappaient le carreau. Il ne s'était même pas retourné à son arrivée.

Tout comme elle, il était vêtu de blanc – élégantes culottes de satin, bas de soie, ainsi qu'un manteau à longues basques taillé dans une splendide étoffe argent et indigo. Son épaisse chevelure avait été disciplinée en un catogan, retenu par un ruban assorti à sa veste.

Dans l'écrin bleu roi des tentures, sa silhouette se découpant contre les nuages aux reflets de nacre, il semblait faire partie intégrante de cette salle, du manoir lui-même, dont il arborait la froide distinction et l'indifférente noblesse.

Une froide épure aux nuances d'ombre et d'orage...

— Selon nos archives, dit le conseiller Grady en jetant un regard sévère à un clerc assis au bout de la table, vous êtes Clarissa Tess Hawthorne, fille d'Antonia Reine McKenzie Hawthorne, aujourd'hui décédée.

Tess garda un silence poli.

— Veuillez avoir l'amabilité de répondre, je vous prie, ajouta Grady en dardant sur elle un regard froid.

— C'est exact.

— Vous êtes l'enfant unique d'Antonia Reine.

— Oui.

— Vous avez vingt-six ans, et...

— N'oubliez pas mon père, s'il vous plaît, dit-elle d'un ton aimable.

Les conseillers lui jetèrent des regards stupéfaits. Dans le silence, on entendit le craquement d'une chaise.

— Avery Rhys Hawthorne, de Pembroke, reprit-elle. Également décédé.

Elle se tourna vers le clerc.

— Dois-je vous l'épeler ?

— Je… non, bafouilla l'homme en clignant des yeux, comme s'il découvrait sa présence.

D'apparence plus jeune que les autres, le visage avenant, il portait une paire de lunettes rondes. Sa joue était barrée d'une trace d'encre.

— Ce ne sera pas nécessaire, mademoiselle.

À l'autre bout de la pièce, le marquis parut enfin s'intéresser à la discussion. Tess le vit se retourner, sa haute silhouette se profilant sur fond de ciel gris et de brocart saphir.

— Clarissa Tess, dit Grady avec solennité, également connue sous le nom de Voleur de Brume. Voleuse, devrais-je dire.

— Oui.

— Vous pouvez Muer.

— Oui.

— Depuis quel âge ?

— Le matin de mes dix-huit ans.

— Dix-huit ans, répéta Grady en s'assurant que le clerc prenait bonne note de l'information. Et depuis ce jour, vous avez souillé ce Don sacré en dérobant… voyons…

Il compulsa son dossier de ses mains sillonnées de veines bleues.

— Si vous permettez… dit Tess en comptant sur ses doigts. Les gemmes des Monfield. L'émeraude des Voroshilov. Le collier des Steiff – du jade de la plus belle qualité. Le tour de cou et les boucles d'oreilles de perles bleues de la princesse Caroline d'York. La broche de topaze de dix-neuf carats de lady Wetherby, en forme d'oiseau. L'épingle de cravate en rubis de douze carats de lord Cranston. Le bijou de jabot en croix de saphir du comte de Harrowgate... jusqu'où dois-je remonter dans le temps ? La broche de diamant et de grenat vert de la baronne Shaw, une libellule aux yeux en perles d'ambre, un très beau travail. Les diadèmes Greumach et Aberdeen. Oh ! et un délicieux petit portrait réalisé par Bordone ! Le prince de Galles ne l'avait pas du tout mis en valeur et, entre nous, je jurerais qu'il n'a même pas remarqué sa disparition...

Dans un craquement assourdissant, un éclair zébra le ciel, suivi d'un formidable roulement de tonnerre qui fit trembler les hautes croisées. La voix de Grady s'éleva au-dessus du grondement qui s'éloignait.

— Vous oubliez de mentionner votre dernier exploit, le vol de *Darko*, la pierre angulaire de notre communauté.

— Désolée, dit Tess sans dissimuler son regret. Ce n'est pas moi qui l'ai prise.

De saisissement, Parrish Grady laissa tomber son monocle.

— Plaît-il ?

Sans plus se soucier de contenir la colère qui bouillonnait en elle, Tess se pencha en avant, le regard vrillé à celui du vieil homme. De quel droit ces hommes l'avaient-ils enlevée, jetée en prison, traînée de force devant leur tribunal, telle une gamine désobéissante méritant une bonne punition ? À mesure que les minutes passaient, sa révolte la gagnait tout entière, propageant dans ses veines une coulée de feu.

— J'ai dit que je n'ai pas dérobé votre diamant, répéta-t-elle. Mais je sais qui est le voleur, et je me ferai un plaisir de vous mener à lui.

Elle chercha le regard de Christoff. Celui-ci l'observait, l'air tendu, comme s'il savait ce qu'elle s'apprêtait à dire.

— Cependant, ce sera donnant donnant, ajouta-t-elle.

Sans un mot de plus, elle s'adossa à son siège, croisa les jambes, et se mit à jouer nonchalamment avec son soulier gauche tout en adressant un sourire satisfait au maître des lieux.

Il y eut un bref silence – trois secondes exactement, Tess eut le temps de les compter – puis un concert de voix s'éleva.

— Comment osez-vous ! tonna Parrish Grady en se levant. Impudente donzelle ! Vous auriez l'audace de...

Son voisin posa une main apaisante sur la sienne.

— Un instant, Grady. Si nous essayions de...

— ... menacer le conseil...

— ... elle dit qu'elle sait...

— ... l'a caché...

— ... moyen de discuter avec...

— ... l'autoriser à...

Les austères membres du conseil furent bientôt tous debout, les uns discutant avec véhémence, les autres sur le point de crier. Pas un instant Tess ne quitta Christoff du regard.

Celui-ci, loin de se mêler au brouhaha, l'examinait, les yeux mi-clos. Il ne sortit de son immobilité que lorsque quelqu'un frappa du poing sur la table. Se dirigeant d'un pas souple vers la longue table, il en souleva l'extrémité sans effort apparent avant de la laisser retomber sur l'épais tapis dans un choc sourd.

Tous les papiers volèrent, et l'encrier du clerc roula sur le sol, où il décrivit un arc de cercle avant de finir sa course aux pieds de Tess. Plusieurs hommes sursautèrent.

— Taisez-vous et laissez-la parler ! gronda-t-il.

Tous les membres du conseil le regardèrent, abasourdis. Au milieu du tapis, l'encrier commença à goutter. De la pointe du pied, Tess l'envoya rouler plus loin.

— Veuillez poursuivre, je vous prie, reprit-il avec courtoisie, tout en se tournant vers elle et en l'invitant d'un geste de la main à préciser sa demande.

— C'est très simple, répondit-elle sur le même ton. Je vous mène au fuyard qui a volé *Darko*, car il s'agit d'un ancien membre du clan et, en échange, vous me rendez ma liberté. Ni prison ni mariage, et l'engagement que plus jamais aucun d'entre vous ne se mêlera de mes affaires.

— Impossible, dit Grady d'un ton sec. Vous n'espériez tout de même pas que nous accepterions un tel marché ?

— Dans ce cas, adieu le diamant !

— Écoutez, nous n'allons pas...

— Du calme ! s'exclama Christoff.

À la surprise de Tess, Grady s'assit sans un mot. Il était pâle de rage. Les autres l'imitèrent. Deux ou trois parurent sur le point de protester, mais aucun ne pipa mot.

Refoulant à grand-peine une folle envie de prendre la fuite, Tess appuya fermement ses pieds sur le tapis. Malgré la tiédeur que dégageaient les candélabres, elle tremblait de froid. Elle continua pourtant à afficher un sourire imperturbable. Pour rien au monde elle n'aurait laissé paraître sa détresse.

Depuis sa capture, elle attendait cet instant. Elle l'avait longuement préparé, anticipant toutes les réactions possibles de la part du conseil, fourbissant soigneusement ses arguments. Elle n'avait qu'une carte à jouer, celle qu'elle venait d'abattre. Si cela ne fonctionnait pas, elle serait alors réellement aussi impuissante qu'ils le croyaient.

Il *fallait* que cela fonctionne.

Pourtant, quelque chose lui disait que Christoff n'était pas dupe. Peut-être la façon dont son regard vert la scrutait, comme s'il cherchait la faille...

— Et qui serait ce prétendu fuyard ? demanda-t-il.

Tess sourit avec une assurance qu'elle était loin de ressentir.

— C'est une ruse, dit un homme aux cheveux roux d'un ton catégorique. S'il y en avait un autre qu'elle, nous le saurions. Nous avons épluché toutes les archives, monsieur le marquis.

Ce dernier remercia l'intervenant d'un hochement de tête.

— Rufus a raison. Personne ne manque à l'appel dans nos listes… Personne, sauf vous, mademoiselle Hawthorne.

— Alors vos archives sont inexactes.

— Faux ! contre-attaqua le dénommé Rufus. Votre complice est un humain, rien de plus.

— Vous faites erreur.

— Dans ce cas, dites-nous le nom de ce fugitif. Rien que son nom.

Tess détourna le regard. Dehors, la pluie avait redoublé de violence.

— Obligez-la à avouer, siffla Parrish Grady rageusement. Par tous les moyens ! Faites-le, lord Langford, ou nous nous en chargerons nous-mêmes.

Christoff s'était approché de Tess. Posant une main sur le dossier de son siège, il déclara, d'un ton qui n'admettait pas de contestation :

— Pour ceux qui ne s'en souviendraient pas, cette femme est sous ma protection. Si ce n'est pas clair pour l'un d'entre vous, qu'il le dise tout de suite.

Pas un des conseillers ne dit quoi que ce soit. Pas un ne manifesta la moindre velléité de protestation. À la lisière de son champ de vision, Tess pouvait voir la haute silhouette du marquis, droite et claire comme un rayon de soleil perçant les ténèbres.

Elle releva le menton.

— Le *drakon* que vous recherchez marche sur mes brisées depuis quelque temps déjà, expliqua-t-elle. Je sais comment il opère. Qui il est. De quelle façon il réagit. Il a tendance à voler de plus petites gemmes, des babioles sans importance. Il mène… comment dire… une vie plus discrète que la mienne.

Elle marqua un silence, avant de conclure :

— Pourtant, je vous donne ma parole qu'il existe bel et bien. C'est lui qui a dérobé *Darko*, mais sans moi, vous n'avez aucun moyen de le retrouver.

— Elle dit la vérité ! s'exclama alors le clerc.

Tous les regards se tournèrent vers lui.

— Pourquoi mentirait-elle, se justifia-t-il en rougissant, puisqu'elle peut prouver ce qu'elle affirme ?

— Pourquoi, en effet ? murmura le marquis en enveloppant Tess d'un regard brûlant de curiosité.

— C'est à prendre ou à laisser, dit Tess avec détermination. S'il le faut, je mourrai en emportant mon secret ; j'en fais le serment. Vous m'aurez, mais vous ne retrouverez jamais votre diamant. Et n'oubliez pas ceci : quelle que soit votre décision, je ne resterai ici que contrainte et forcée.

Christoff la scrutait comme s'il espérait, par la seule force de sa volonté, lui arracher la vérité. Une lueur sauvage, brutale, luisait au fond de ses prunelles émeraude.

— Il y en a qui sont morts pour moins que ça, murmura un homme, stupéfait, derrière la longue table.

Avec peine, Tess détourna son regard de celui de Christoff.

— C'est possible, dit-elle d'un ton volontairement léger, mais aucun d'entre eux n'avait dans son jeu l'as de cœur. *Darko*.

Elle se leva.

— Votre précieuse babiole… ajouta-t-elle en arrangeant les plis de sa jupe d'un geste aussi insouciant que si elle s'était trouvée à quelque fête champêtre, et non devant un tribunal où sa vie était en jeu. Peut-être voudrez-vous réfléchir à ma proposition ?

Elle adressa une révérence rapide au conseil, et une autre, plus appuyée, au marquis.

— À plus tard, ajouta-t-elle à son intention. Quatre heures, c'est bien cela ?

Sans un mot de plus, elle fit un pas, puis un autre, vers les portes aux moulures dorées où se tenaient les deux gardes qui l'avaient escortée jusqu'à la salle du conseil. Derrière elle, elle n'entendait que le martèlement de la pluie qui frappait les carreaux et noyait le paysage alentour sous sa rumeur monotone.

Tess continua sa progression vers la sortie, comme si elle pouvait aller et venir à sa guise dans Chasen Manor. Les deux vigiles lui jetèrent un regard nerveux, puis esquissèrent un pas dans sa direction.

— Un moment, mademoiselle Hawthorne, dit la voix du marquis.

Elle fit halte et se retourna, le visage souriant, l'estomac noué par l'anxiété.

— Nous devrions pouvoir régler cette question sans plus tarder.

Il adressa un hochement de tête courtois aux membres du conseil.

— Messieurs, je suggère un compromis. Autorisez-nous, Clarissa Hawthorne et moi-même, à retourner à Londres pendant un bref laps de temps. Disons une semaine. Là, nous partirons à la recherche du fuyard. Si nous le trouvons, ainsi que le diamant, nous accorderons à Mlle Hawthorne ce qu'elle demande. Dans le cas contraire, elle reviendra à Darkfrith prendre la place qui lui revient au sein du clan.

— Une semaine ne suffira pas, dit Tess.

— Deux.

— C'est à peine...

— Pas question ! les interrompit Grady. Que croyez-vous donc ? Nous ne pouvons la laisser...

— Pardonnez-moi, le coupa Christoff avec un sourire glacial, mais j'ai peur que vous n'ayez pas saisi les enjeux de cette affaire. Il nous faut *Darko*. Et il nous faut ce fuyard. Je ne doute pas un instant que Mlle Hawthorne saurait garder le secret sur le clan si elle devait retourner à sa vie londonienne.

Il chercha le regard de Tess qui acquiesça d'un bref hochement de tête.

— En revanche, rien ne nous permet d'affirmer que l'autre fugitif observe la même discrétion. Il représente une lourde menace pour nous tous.

— Entendu. Mais en quoi nous aidera-t-elle ? Nous pouvons très bien la garder ici et aller nous-mêmes chercher le fuyard, en admettant qu'il existe.

— Bonne idée, approuva Tess d'un air narquois. Partez donc à la recherche d'un individu dont vous n'avez aucun souvenir et qui se cache dans la plus grande ville du pays. Essayez de le retrouver dans un labyrinthe de rues que vous ne connaissez pas, dans des tripots et des pubs mal famés dont vous n'avez jamais entendu parler ! Seulement, tâchez de faire vite, avant qu'il n'ait revendu *Darko* et que celui-ci n'ait été taillé en dizaines de merveilleuses pierres précieuses, anéantissant à jamais sa flamme vitale. Je vous fiche mon billet que cet automne, la mode sera aux petits diamants violets. Toutes les dames en auront un à leur châle ou dans leurs cheveux...

— Il n'oserait pas... s'étrangla l'un des conseillers.

— Et comment ! répliqua Tess. À sa place, je n'hésiterais pas un instant.

Elle n'osait songer aux risques qu'elle prenait. Avait-elle oublié qu'elle se trouvait à Darkfrith ? Ici, les *drakons* ne connaissaient que leurs propres lois, bien plus anciennes et plus implacables que celles qui régissaient la société anglaise.

Si elle laissait voir sa peur, elle ne quitterait jamais son abominable prison. Elle resterait ici définitivement, enterrée vivante dans un mariage qu'elle refusait de tout son corps et de toute son âme. Même en supposant qu'on lui accorde un jour un peu plus de liberté, elle resterait liée à un homme qui n'avait aucun amour à lui offrir.

Pourtant, chaque fois qu'elle posait les yeux sur Christoff, il lui semblait que sa résolution faiblissait. Car l'homme qu'elle voyait alors n'était pas l'arrogant marquis qu'il était aujourd'hui, mais l'ange blond qui autrefois hantait ses rêves de petite fille.

Ce temps était révolu : elle n'était plus la gamine qui avait versé tant de larmes sur un amour impossible.

Elle laissa son regard dériver vers les hautes croisées, que la pluie martelait toujours avec violence, et concentra ses pensées sur l'eau qui tombait du ciel, comme si elle pouvait s'imprégner de sa puissance aveugle et de sa phénoménale obstination.

Un tremblement nerveux agita ses mains qu'elle dissimula dans les plis de sa jupe.

Le marquis était tourné vers Grady, mais Tess savait que c'était à elle que s'adressaient ses paroles.

— En d'autres termes, je vous propose de racheter votre liberté, en échange de la capture du fugitif. Acceptez-vous ?

— Oui.

— Vous êtes, cela va sans dire, consciente des conséquences qu'un mensonge vous ferait encourir.

Ce n'était pas une question mais une affirmation.

— Conséquences, poursuivit le marquis, qui seraient des plus déplaisantes, si nous venions à découvrir qu'il n'y a jamais eu de fuyard et que vous êtes l'unique responsable de la disparition de *Darko*. Est-ce tout à fait clair, mademoiselle Hawthorne ?

— Oui, s'entendit-elle répéter d'une voix étranglée par la nervosité.

— Parfait. Messieurs, si vous voulez procéder au vote...

Si elle avait autrefois nourri le moindre doute à ce sujet, ils étaient balayés. Christoff Langford tenait d'une poigne de fer son conseil, sur lequel il exerçait, comme sur tout le clan, un pouvoir absolu.

Aucune protestation ne s'éleva. Quelques regards furent échangés, les uns surpris, les autres furieux, mais personne ne songeait manifestement à contrarier la volonté du maître.

Sans doute soupesait-on les forces en présence, le dogme du clan contre les caprices d'une renégate, pour laquelle le marquis semblait faire preuve d'une surprenante indulgence, songea Tess, amusée malgré la gravité de la situation. Sans parler de leur diamant, dont la disparition les mettait au désespoir.

Le clerc, qui avait rassemblé sa plume et ses papiers, les considérait d'un regard vide.

Grady se frotta le menton d'un geste irrité.

— Si, je dis bien *si*, nous acceptons ces conditions, vous ne pouvez être sa seule escorte, lord Langford.

— Une arrivée en nombre ne ferait qu'alerter le voleur.

— Une douzaine d'hommes suffiront.

— Personne ne nous accompagnera.

— Même pas vos gardes ?

— Non.

— Monsieur…

— Pas un homme. Rien qu'elle et moi.

— Cinq hommes, intervint Tess. On s'étonnerait que vous n'ayez aucun serviteur avec vous.

— Très bien, acquiesça Christoff après un bref instant de réflexion. Cinq hommes. Et quatorze jours.

— Puisque c'est ce que vous voulez… marmonna Parrish Grady d'un ton courroucé.

Les autres membres du conseil se tassèrent sur leurs sièges et il sembla à Tess que tout le monde retenait son souffle.

Seul Grady continuait de regimber, tapotant le dessus de la table de ses doigts impatients dans un silence de plomb.

— Ne vous faites pas d'illusions, mademoiselle Hawthorne, marmonna-t-il en lui lançant un regard noir. À la fin de ces quatorze jours, il n'y aura pas d'autre marché.

Pour toute réponse, Tess plongea en une révérence si profonde que son genou toucha le parquet.

Incapable de s'arracher à sa contemplation, Nicolas Beaton regarda la jeune femme quitter la salle. Unique touche de couleur dans le jour noyé de brouillard, Clarissa Hawthorne l'attirait comme un aimant. Chaque fois qu'il relâchait son attention, il revenait à elle, encore et toujours.

C'était extrêmement gênant, mais qu'y pouvait-il ? La fugitive rayonnait d'un tel éclat qu'il était impossible d'y rester insensible. Cela tenait peut-être à l'expression sensuelle et nostalgique de sa bouche, ou à l'espièglerie de la boucle acajou qui s'échappait de sa coiffure pour venir caresser son épaule, ou encore à cette façon si enfantine et féminine à la fois qu'elle avait de poser les mains sur ses genoux... Il n'aurait su le dire, mais il en était plus troublé que de raison.

Et lorsqu'elle parlait, lorsque son visage se tournait vers la lumière, et que dans les gémissements du vent au-dehors elle levait vers le ciel ses immenses yeux aux profondeurs veloutées, il n'était plus lui-même !

Comme il fallait s'en douter, il avait à plusieurs reprises perdu le fil du débat, et oublié de noter certaines interventions. Tout juste était-il parvenu à les reconstituer, en écoutant l'écho des paroles qui s'attardaient dans son esprit et qu'il répétait sans les comprendre.

Nick était pourtant un garçon sérieux et appliqué. Voilà trois ans qu'il était clerc du conseil, de même que son père et son grand-père l'avaient été avant lui, et jamais il n'avait pris son travail à la légère. Cependant, dans sa distraction, il avait passé son pouce sur l'encre fraîche du *e* final du mot *vote*, dessinant une longue trace en travers de sa feuille, telle une volute de fumée grise. Contrarié, il avait regardé son doigt noirci avant de le frotter pour le nettoyer.

Puis il avait renoncé à prendre note des échanges. D'après les lois du clan, les Alpha pouvaient annuler un vote, mais non en décider un, et tout le monde ici le savait. Tout le monde, sauf Mlle Hawthorne.

À présent, elle était partie.

Nick se leva pour ramasser son encrier et récupérer ce qui pouvait l'être du précieux liquide. Puis, ayant repris sa place, il ôta ses lunettes pour les essuyer sur la manche de sa chemise, affûta sa plume, la plongea dans le petit flacon de verre, l'essuya sur un buvard et leva les yeux vers lord Langford.

Bras croisés dans une attitude indéchiffrable, celui-ci regardait les valets de pied postés aux portes en refermer les battants avec une lenteur solennelle. Dans le hall, le bruit des pas de la fugitive était feutré, à peine audible. Son écho se perdit rapidement dans les roulements du vent qui mugissait sur les toits de Chasen Manor.

Personne ne disait rien. Tous attendaient qu'elle soit assez éloignée pour ne rien entendre de leurs paroles.

Le marquis se débarrassa de sa redingote, qu'il jeta négligemment sur le dossier du siège où avait été assise Clarissa Hawthorne.

— Eh bien ? demanda Parrish Grady.

Christoff prit place sur le siège et s'y adossa avec sa désinvolture coutumière.

— Je suppose que la promesse de deux semaines devrait la motiver.

— Et vous pensez vraiment pouvoir la contrôler dans une ville comme Londres ?.

— Elle ne tentera pas de s'enfuir. Pourquoi le ferait-elle, d'ailleurs ? Elle pensera n'avoir aucune raison de me fausser compagnie.

Il souleva une manche de sa veste pour examiner le fil doré qui nervurait l'étoffe et lui donnait son aspect brillant.

— Quoi qu'il arrive par ailleurs, elle ne ménagera pas ses efforts pour retrouver *Darko*. C'est bien ce que vous voulez, n'est-ce pas ?

— Et au terme de cette quinzaine de jours, monsieur ? Elle retrouve le diamant – ou simplement nous rend ce qu'elle nous a volé – nous arrêtons je ne sais quel prétendu fuyard…

Parrish Grady secoua la tête.

— Votre compromis l'a peut-être apaisée, du moins pour l'instant, mais vous savez aussi bien que moi que nous ne pouvons pas la laisser là-bas.

De sous ses paupières mi-closes, lord Langford décocha à son premier conseiller un regard qui aurait glacé Nick jusqu'au sang. Le vieil homme parut juste se raidir un peu sur son siège.

— À la fin de cette petite escapade londonienne, mon cher, avec ou sans le fuyard, avec ou sans le diamant, Tess Hawthorne reviendra à Darkfrith pour y devenir ma femme.

Il ponctua sa déclaration d'un coup sec frappé du bout des ongles sur son accoudoir et se tourna vers Nick.

— Vous pouvez noter cela.

8

Tess avait émis le souhait de se rendre au cottage de sa mère. Kit en avait été informé par l'un des gardes, alors qu'il était toujours retenu par la réunion du conseil. Il avait songé un instant à rejeter sa requête, mais elle avait paru dans de si bonnes dispositions à son départ qu'il s'était ravisé. À quoi bon prendre le risque de gâcher ses plans… ou du moins ce qu'il en restait ?

Il fit donc transmettre une réponse favorable, assortie d'un avertissement. Elle ne partirait qu'en compagnie de deux vigiles supplémentaires, et il les rejoindrait rapidement.

Or, cela semblait devoir prendre plus de temps que prévu. Tout en écoutant d'une oreille distraite les conseillers qui ergotaient sur des détails de principe, il s'approcha de la fenêtre et reconnut la fine silhouette qui traversait la cour de derrière, puis la pelouse, sous une pluie battante.

Elle ne portait ni châle, ni cape, ni chapeau, juste ses cheveux dénoués tombant en cascade sur ses épaules, et la robe de mariage de sa mère, dont la traîne de rubans aplatissait l'herbe sur son passage.

Quatre hommes l'entouraient, et Kit en compta neuf autres qui la suivaient à distance, comme si elle les avait tirés à l'aide de longues cordes invisibles.

Juste avant qu'elle ne disparaisse de sa vue, quelqu'un sortit de la forêt. Une femme rousse vêtue d'une longue cape rouge à capuche. Kit reconnut son allure avant qu'elle n'ait atteint le premier garde ; c'était une démarche provocante, pleine d'assurance, qui autrefois éveillait en lui de violentes bouffées de désir. C'était la première fois qu'il remarquait combien cela manquait de naturel, tout comme ses regards énamourés.

Mélanie l'avait attendu pendant des années – bien qu'il lui eût dit de ne pas se bercer d'illusions et fait comprendre, avec un manque d'ambiguïté brutal, qu'il n'envisageait pas de l'épouser.

Ce jour-là, le vieux marquis était entré dans une rage folle. Mélanie était indiscutablement la femelle Alpha, ce qui faisait de son union avec Kit une évidence aux yeux de tous. Seulement, Kit ne l'avait jamais aimée. Il ne pouvait même pas dire qu'il l'appréciait, à l'exception des étreintes dont elle n'était pas avare.

Il n'avait jamais vraiment su pourquoi il s'obstinait à ce point à refuser de la prendre pour femme. Tout ce qu'il savait, c'était que son père en avait fait une crise d'apoplexie, et que Mélanie en avait conçu une violente rancune.

Elle avait capitulé trois ans plus tôt, bien après le décès du vieux marquis, et épousé le fils de l'orfèvre de Darkfrith. Sans doute avait-elle fini par réaliser qu'en l'absence de son père, personne ne pourrait obliger Kit à agir contre sa volonté.

À présent, il comprenait pourquoi il n'avait pas voulu d'elle. C'était même d'une évidence aveuglante !

Tess fit halte et se retourna, apparemment pour laisser à Mélanie le temps de la rattraper. Elles restèrent immobiles à la lisière du bois et de la prairie, l'une belle et peu farouche, l'autre somptueuse et insaisissable.

Toute son attention captivée, Kit s'appuya à la fenêtre. Qu'avaient-elles donc de si important à se dire, pour demeurer face à face aussi longtemps ? Il n'en avait aucune idée, mais il connaissait Mélanie. Si elle s'était donné la peine de se poster dans le bois pour attendre une improbable sortie de Tess, ce n'était certainement pas pour lui parler de la pluie et du beau temps !

Instinctivement, il serra les poings. Si jamais elle levait la main, si elle effleurait ne fût-ce qu'un cheveu de Tess...

Le vent tourna soudain et la pluie s'abattit sur le carreau avec fracas, gênant sa vue. Kit allait saisir le loquet pour soulever le châssis lorsque, tout à coup, Tess referma la main sur la gorge de Mélanie. Puis, sans effort apparent, elle la souleva de terre et la maintint à bout de bras.

Kit intercepta un éclair surnaturel. Les yeux de Tess avaient pris une teinte dorée – un autre Don que bien peu de *drakons* recevaient en héritage. Quant à Mélanie, elle avait posé ses mains sur celle de Tess, qu'elle tentait d'écarter tout en donnant des coups de pied dans le vide, dans un tourbillon de jupons rouges.

Aucun des gardes n'intervint. Tess laissa finalement tomber Mélanie sur le sol détrempé, puis s'éloigna sans un regard en arrière.

Kit relâcha le loquet. Un défi rituel, une victoire éclatante. Dans quelques heures, tout le comté saurait que Tess Hawthorne était, sans conteste, la nouvelle Alpha.

Kit esquissa un sourire satisfait. S'il avait dû tout orchestrer pour parvenir à ce résultat, il n'aurait pu faire mieux...

Il y avait des toiles d'araignée sous la corniche. Surprise d'en être aussi contrariée, Tess leva les yeux pour voir s'il y en avait d'autres, accrochées tels des spectres en haillons dans les recoins de sa maison d'enfance, suspendues aux encadrements des portes, festonnant les rideaux, couvrant le vieux pot de géranium sur le rebord de la fenêtre de la cuisine, ainsi qu'une petite figurine en porcelaine représentant un agneau, la queue en l'air.

Le miroir d'étain était encore là où elle l'avait vu pour la dernière fois, accroché à son ruban noirci de crasse et piqué de taches d'humidité.

Tess se moquait bien de la poussière. Selon Quentin, l'un de ses gardes, le cottage était resté inoccupé depuis la mort d'Antonia. En revanche, les toiles d'araignée vides...

Même les arachnides étaient partis. Il n'y avait plus que des fantômes, ici.

Elle se détourna du miroir; elle ne voulait pas y voir son reflet.

Quelqu'un était venu prendre les bergères recouvertes de tapisserie, mais le plancher de noyer, les cantonnières à petits carreaux, et même les dessus-de-lit, tout était rigoureusement comme le jour de son départ.

Cet endroit, elle le connaissait par cœur. Elle n'avait pas connu que la pauvreté et la persécution, surtout pas ici, dans la maison de sa mère! Entre ces quatre murs solides et nus, elle avait été tendrement aimée, dans l'odeur des puddings à la vanille cuisant doucement dans le poêle, dans les rires et les jeux de dames sans fin, dans les chants des rossignols et le parfum des roses sauvages...

Elle était revenue par deux fois au cottage après l'annonce officielle de son propre décès. Lorsque la douleur et la confusion de cette mémorable journée de ses dix-huit ans s'étaient apaisées, lorsqu'elle s'était accoutumée au bouleversement de son existence, et après avoir trouvé une chambre dans une pension à Wapping, elle était revenue à Darkfrith supplier Antonia de partir avec elle pour Londres.

Sa mère avait choisi la voie de la prudence. Après la joie des retrouvailles, elle avait refusé de partir, arguant qu'une double disparition alerterait le clan et les mettrait toutes deux en danger. Tess avait tenté toute la nuit de la convaincre, étendue à ses côtés sur le lit, sa tête contre la sienne, mais en vain. Lorsque l'aube s'était levée sur un jour gris, elles s'étaient séparées, les yeux mouillés de larmes.

C'était la dernière fois qu'elle avait vu sa mère vivante. Lorsqu'elle était revenue environ six mois plus tard, la consomption avait fait son œuvre. Il ne restait d'Antonia qu'une simple pierre dans le cimetière du comté, un peu à l'écart des autres, au bout d'une rangée qui accueillait déjà les tombes de ses parents. Tess avait déposé un bouquet de gentianes sur les trois sépultures, et n'était jamais revenue.

La pluie s'infiltrait par la vitre fendue de sa chambre, glissant le long du carreau avant de former une petite flaque sur le rebord de la fenêtre. Tess suivit d'un doigt distrait la fêlure qui courait le long du panneau de verre tout en laissant son regard errer vers le verger, où les arbres fouettés par le vent alignaient leurs silhouettes noueuses sur l'herbe couchée sous les trombes d'eau.

Quentin et les trois autres gardes étaient restés dans le salon car elle avait demandé à rester seule dans sa chambre. Ils n'avaient pas pris un grand risque en acceptant. Où aurait-elle pu se sauver ? Même dans le verger, elle pouvait compter six vigiles courbant le dos sous les rafales, le regard tourné vers elle.

C'était un miracle qu'on lui ait accordé cette sortie. Devait-elle y voir un signe favorable ?

Un léger bruit se fit entendre, qu'elle reconnut aussitôt. La seconde lame du plancher du palier, près de la porte de sa chambre, grinçait lorsque l'on marchait dessus.

Le son avait été presque imperceptible, mais Tess avait l'ouïe fine. Sans lui, elle n'aurait pas remarqué que quelqu'un venait de la rejoindre.

— Quand partons-nous pour Londres ? demanda-t-elle sans se retourner.

Le marquis entra dans la pièce, apportant avec lui l'odeur de la pluie, à laquelle se mêlait une subtile fragrance de bois de santal.

— Après le dîner.

Envahie par un soulagement teinté d'une émotion douce-amère, elle ferma les yeux.

— Êtes-vous fatiguée ? s'enquit-il d'un ton indifférent. Si vous le préférez, nous pouvons reporter notre départ d'une journée.

— Non merci.

Elle manquait d'enthousiasme à la perspective de s'enfermer dans la calèche pour une nouvelle interminable traversée du pays, mais autant en finir au plus vite avec cette épreuve ! En vérité, Tess n'avait qu'une hâte : quitter Darkfrith avant que les membres du conseil ne se ravisent.

— Ce soir sera très bien.

— Pendant que la piste est encore chaude, ajouta Christoff.

— Exactement.

Il s'avança dans la pièce, faisant claquer sa cape couleur d'encre noire contre le couvre-lit usé jusqu'à la trame.

— C'était votre chambre ?

— Oui.

— Elle est agréable.

— Elle l'était.

Il la rejoignit devant la fenêtre. Les gouttes de pluie qui brillaient sur ses épaules commencèrent à rouler le long des plis sombres de sa cape, avant de s'écraser sur la jupe de Tess.

À quoi bon s'en formaliser ? La robe de satin était déjà en piteux état. Il n'y avait jamais eu de route, ni même d'allée pour accéder au vieux cottage, rien qu'un mauvais sentier de terre envahi par le liseron et les plaques de lichen, que la tempête avait transformé en une longue coulée boueuse au flanc de la colline, et dans lequel le pied s'enfonçait mollement à chaque pas.

Tess le regarda suivre du doigt le parcours de l'eau le long de la vitre, exactement comme elle quelques instants auparavant. L'ombre de sa main se profilait contre la glace.

— Il y a quelque chose qui m'intrigue… commença-t-il.

— Oui ?

— Que vous êtes-vous dit, Mélanie et vous, tout à l'heure, sur la pelouse ?

Sa question ne la surprit pas. Peut-être les avait-il vues, de la fenêtre de la salle du conseil. Peut-être les gardes lui avaient-ils déjà fait leur rapport.

— Elle m'a demandé si j'étais toujours une sale petite espionne, et moi si elle était toujours une traînée. Ensuite, la conversation a un peu dégénéré.

— Oui, il me semble avoir vu cela.

— Oh !

Tess posa les yeux sur l'une des fleurs qui ornaient sa jupe, une broderie dont les points minutieux formaient un bouton rose dans un écrin de feuilles vert menthe, si rond et si frais qu'on aurait dit un bonbon.

— Accepteriez-vous de répondre à une autre question ?

Elle acquiesça d'un hochement de tête.

— Pourquoi avoir fait croire que vous étiez morte ? Pourquoi avoir fui ?

Tess posa son regard sur la petite flaque sur le rebord de la fenêtre, puis sur les hommes qui montaient la garde entre les pommiers. L'envahisseur romain avait labouré ce sol, il en avait fait sortir des pommes, des châtaignes, des poires, mais au fil des siècles, Darkfrith avait laissé la nature reprendre ses droits. Au-delà de la rangée d'arbres fruitiers, les limites rectilignes du verger se fondaient dans la forêt, cette immense masse sombre qui encerclait le village, bruissante de mille ruisseaux, noyée dans les brumes, envahie par les fougères, tapissée d'un odorant manteau de feuilles mortes.

Tess n'aurait su dire pourquoi, mais c'était la forêt qui lui avait laissé les plus vifs souvenirs, bien plus vivaces que sa maison d'enfance ou que l'homme qui se tenait à ses côtés, drapé dans son parfum de santal, pendant que seul le bruit de la pluie troublait le silence alentour.

— À cause de vous, répondit-elle finalement.

Comme il ne réagissait pas, elle risqua un regard dans sa direction. Il l'observait d'un air intrigué, mais ne semblait pas surpris. Dans la faible luminosité que dispensait le ciel voilé par la tempête, Tess ne distinguait pas très bien les lignes de son visage.

— Je suis partie le jour où j'ai découvert que j'étais capable de réaliser la Mue. Parce que je ne voulais pas que l'on nous marie, ajouta-t-elle dans un souffle.

Un sourire espiègle se dessina sur les lèvres de Kit.

— Bonté divine ! Je suis donc si détestable ?

— Je… je me croyais très éprise de vous.

— Voyez-vous cela…

Elle détourna les yeux.

— Bien entendu, c'était ridicule. Je ne vous connaissais pas, et vous ne me connaissiez pas non plus. Vous ne me voyiez même pas, en fait. Seulement, je savais ce que signifiait ma capacité de Muer. Et j'avais beau être jeune et naïve, je n'étais pas assez sotte pour vouloir d'une telle union.

— Une telle union ? répéta Christoff d'un ton intrigué, tout en suivant du doigt le trajet irrégulier de la pluie sur la vitre.

— Un mariage auquel nous aurions été contraints l'un comme l'autre.

Il laissa retomber sa main. Dans la lumière qui déclinait, elle chercha de nouveau son profil sévère, ses lèvres au tracé ferme, ses cheveux aux reflets de miel, que la pluie avait collés sur ses tempes en longues mèches ambrées.

— Tant d'efforts et de risques, rien que pour me fuir, dit-il d'un ton léger. Vous me flattez.

Il n'avait pas du tout l'air flatté, songea Tess. Un sourire distrait éclairait son visage, comme s'il avait déjà chassé de ses pensées des paroles sans importance. Le cœur de Tess se serra, bien plus douloureusement qu'elle ne l'aurait cru.

— Il n'y avait pas que vous, lord Langford, mais aussi cet endroit, ces gens... Je n'étais pas faite pour cette vie.

— C'est bien regrettable. Que cela vous plaise ou non, vous êtes de notre sang.

— Pour moitié seulement, s'empressa-t-elle de rectifier.

— *Aye*. Il semble cependant que vous ayez hérité de la meilleure part, Tess. Vous avez tout pris de la Belle et rien de la Bête.

Elle laissa échapper un petit rire méprisant.

— Le compliment est trop bien tourné pour être spontané. Vous le gardiez en réserve depuis longtemps ?

— Ce matin seulement, répondit-il avec une désinvolture qui, à d'autres qu'elle, aurait paru charmante. Je vous promets de faire mieux à Londres.

— Épargnez-vous cette peine.

— J'ai peur de ne pas pouvoir m'en empêcher. Je suis séducteur par nature, dit-il en lui décochant un regard faussement innocent.

Tess n'eut pas le temps de détourner les yeux. Il lui sembla qu'elle s'envolait dans un ciel d'émeraude. Un vertige la saisit. Plus rien n'existait, ni la chambre délabrée ni la pluie battante – il n'y avait plus qu'elle et lui, et tous les secrets qui brûlaient encore son cœur.

Elle aurait voulu pouvoir lui dire qu'il avait été l'unique étoile qui avait éclairé ses rêves d'adolescente, qu'elle n'avait vécu toutes ces années que pour le regarder séduire les unes après les autres toutes les filles du comté, attendant dans l'ombre que vienne son tour de lui dire non, ou peut-être oui...

Ce jour n'était jamais venu, et elle s'était longtemps demandé si elle devait s'en réjouir ou pas.

— Je ne doute pas que cela vous ait valu bien des bonnes fortunes, préféra-t-elle répondre.

— Il faut savoir utiliser les armes dont on dispose.

Puis, désignant du menton les gardes postés dans le verger :

— De votre côté, vous ne semblez pas non plus manquer d'admirateurs.

Tess suivit son regard.

— Vous parlez de vos hommes ?

— Quelque chose me dit que ce sont plutôt les vôtres, dorénavant.

Là-bas, les *drakons* se tenaient comme autant de statues dans les rafales de vent chargées de pluie. Ils étaient plus nombreux que tout à l'heure, une dizaine, peut-être davantage. Immobiles. Aux aguets.

— Notre mariage vous mettrait à l'abri, suggéra Christoff d'une voix douce.

Plus brusquement qu'elle ne l'aurait voulu, elle se détourna de la croisée.

— Je n'ai pas envie d'attendre le dîner, lord Langford. Je préférerais partir au plus vite.

— Alors allons-y, dit-il en hochant la tête.

Sans un mot de plus, il quitta la chambre. Un tourbillon couleur d'encre et de miel, ne put s'empêcher de songer Tess en lui emboîtant le pas.

Il ne l'emmena pas vers les bâtiments où était remisée la calèche. Elle s'en rendit compte, comme il le perçut instantanément à la crispation de sa main sur son bras, et à son pas qui hésita, l'espace d'un instant. Il se tourna vers elle, mais elle s'était déjà ressaisie et son visage offrait une expression lisse et docile, comme s'ils ne faisaient rien de plus que partager une tranquille promenade du soir sur les pelouses du manoir.

Il lui avait proposé sa cape, mais elle n'en avait pas voulu. La pluie ruisselait sur sa peau, son front, ses épaules, sculptant ses cheveux en lourdes boucles aux reflets d'ébène. De la buée s'échappait de ses lèvres au rythme de ses pas. Une déesse jaillie des eaux glacées d'un torrent…

À mesure qu'ils remontaient l'allée, des visages apparaissaient derrière les fenêtres de Chasen Manor. Kit savait qu'on les observait. Ils seraient toujours sous le feu des regards, et Tess semblait l'avoir compris aussi bien que lui.

Tout à coup, Londres commençait à lui apparaître sous un jour plus accueillant.

Les deux chiens qui gardaient les écuries tournèrent à l'angle de la roseraie. S'apercevant de la présence de Kit, le plus gros s'élança joyeusement à travers la pelouse pour sauter sur lui avec un jappement enthousiaste, sans souci de la boue qui collait à ses pattes.

Kit l'écarta d'un geste et le caressa entre les oreilles. L'animal se dégagea, puis entreprit de bondir autour d'eux, tout en les fouettant de sa queue. Tess ne parut pas s'en inquiéter. Kit la vit claquer des doigts. Aussitôt, le chien fit un nouveau bond. Elle en profita pour lui attraper ses pattes antérieures et recula d'un pas sous sa poussée.

Le chien aboya gaiement. Au loin, son congénère répondit mais ne s'approcha pas.

— Il est à vous ? demanda Tess.

Entre ses mains, l'animal se débattait en essayant de lui lécher les poignets.

— En quelque sorte.

Kit le repoussa.

— Allez, ouste ! ordonna-t-il. À la maison !

Le chien aboya, allant de l'un à l'autre en bonds énergiques, puis il alla rejoindre son compagnon en projetant de la boue dans son sillage.

— Je ne savais pas qu'il y avait des chiens à Chasen Manor, dit Tess en le regardant s'enfoncer dans un bosquet de saules.

— Il n'y a que ces deux-là.

Ils étaient d'ailleurs les premiers chiens admis ici. Les *drakons* n'aimaient pas frayer avec les autres créatures, bêtes ou hommes. Les loups sont-ils les amis des agneaux ? À part les oiseaux du ciel et quelques souris dans les granges, il n'y avait pas d'animaux à Darkfrith. Pas d'écureuils, de hérissons, de renards ni de lapins, et pas davantage de chats, vaches, poulets ou cochons. Il arrivait à l'occasion qu'un chevreuil s'aventure dans les bois, attiré par les profonds taillis, mais il rebroussait rapidement chemin pour regagner des terrains plus sûrs.

Le clan possédait quelques chevaux, nécessité oblige, ainsi qu'un unique troupeau de moutons qui paissait sur les collines pour préserver les apparences, mais c'était tout. Seuls les enfants pouvaient les surveiller ; le bétail s'égaillait en bêlant de terreur lorsque les adultes passaient dans les parages.

Une douzaine d'années plus tôt, le père de Kit avait ouvert le filon d'argent qui traversait la vallée est. Cependant, par la force des choses, la plupart des *drakons* étaient des fermiers et des laboureurs. Ils travaillaient pour payer leur viande.

Tess lui jeta un regard étonné.

— Comment se fait-il qu'ils soient ici ?

— Ils ont dû s'égarer, je suppose. Ou ce sont des chiens errants. À moins qu'ils ne soient idiots, tout simplement.

— Oui, mais que font-ils *ici* précisément ?

— Pas moyen de les chasser, dit Kit en secouant ses mains pour en enlever la boue. Un peu comme des visiteurs mal élevés.

— Et vous les laissez faire.

Elle avait dit cela d'un ton un peu appuyé, comme si elle connaissait déjà la réponse. Son regard aux profondeurs de velours était fixé sur lui, comme si elle cherchait dans ses yeux le secret de son âme... et qu'elle l'y trouvait.

— Vous m'aimeriez de nouveau, si je répondais oui ? demanda-t-il en espérant détourner son attention.

Elle inclina la tête de côté, et une lueur de malice pétilla dans ses prunelles.

— J'essaie simplement d'estimer votre degré de crédulité. Dans mon travail, on appelle cela « évaluer le client ».

— Votre diagnostic ?

Elle regarda ses paumes maculées de boue et les essuya sur l'herbe, avant de repartir, sans se soucier de regarder s'il la suivait.

— Je dirais que vous êtes un redoutable acteur, lord Langford.

Il éclata d'un rire joyeux et la rattrapa d'un bond.

— J'avoue ! C'est mon chien.

— Alors vous lui avez donné un nom ?

Ils étaient arrivés aux portes du manoir. Avant qu'il n'ait le temps de répondre, celles-ci s'ouvrirent. L'étincelante lumière qui tombait du lustre de cristal les fit cligner des yeux, tandis qu'une bouffée d'air tiède les enveloppait. Kit franchit le seuil, se retourna et prit la main de Tess pour la faire entrer à ses côtés.

Ils traversèrent le vaste hall, laissant dans leur sillage deux traînées de boue sur le sol immaculé.

Dans l'ombre, les valets de pied les saluèrent. Il les congédia en regrettant de ne pouvoir faire de même avec la troupe de gardes qui ne les avaient pas lâchés d'un pouce. Le conseil ne l'aurait jamais accepté, et il connaissait les limites de son pouvoir.

À son grand soulagement, Tess avait accepté la main qu'il lui avait tendue. Il n'aurait pas toléré une rebuffade – pas devant les dizaines de paires d'yeux qui les épiaient derrière les portes entrouvertes.

Comme il l'espérait, elle eut l'intelligence d'ignorer les regards qui s'attardaient sur eux. Il fit halte au pied du grand escalier pour se débarrasser de sa cape détrempée et la lancer sur la rampe.

Dans le petit salon, l'horloge sonna les heures, suivie quelques instants plus tard du carillon du salon de musique, lequel fut relayé par un autre, jusqu'à ce que tout le manoir retentisse d'une assourdissante cacophonie. Enfin, le dernier coup retentit, et le silence revint.

Il était quatre heures.

— Le chien s'appelle Griffon, murmura Kit.

Une lueur d'amusement passa dans les yeux de Tess, mais son expression demeura imperturbable.

Tess se mordit les lèvres pour retenir un éclat de rire. S'interdisant de regarder l'expression penaude de son compagnon, elle baissa les yeux vers les marches de l'escalier. Elle n'avait toujours pas retiré sa main de celle de Christoff. Celui-ci serra doucement ses doigts entre les siens – une pression brève, légère, mais suffisante pour aviver le trouble qui s'était emparé d'elle.

Exactement ce qu'elle aurait voulu éviter ! Sous l'assaut de ses sourires, de ses attentions, sa résolution faiblissait dangereusement. Et que dire du souple mouvement de son corps près du sien... Elle en avait presque le vertige !

Pourtant, elle n'avait pas l'intention de succomber à son charme. Elle n'était pas assez naïve pour voir de la sincérité dans les efforts de séduction que déployait le marquis.

Il se moquait éperdument de qui elle était, de ce qu'elle ressentait. Il était un *drakon* – une créature toute d'instinct, centrée sur ses propres intérêts... exactement comme elle. Inutile de s'imaginer, donc, qu'il avait quoi que ce soit à lui offrir.

Plus que quinze jours, se promit-elle. Quinze jours, et tout serait terminé. Elle pourrait retrouver sa vie d'avant...

Elle suivit son guide jusqu'à une porte, non pas l'un des somptueux battants ornés de moulures et de dorures qui menaient aux salons du manoir, mais une petite ouverture toute simple, comme celles qui permettaient d'accéder aux chambres du personnel, et qui donnait sur un escalier en colimaçon.

— Où allons-nous ? demanda Tess en s'arrêtant sur le seuil.

— Vous le verrez bien.
— J'aimerais mieux le savoir.
— N'avez-vous pas confiance en moi ?
— Non.
— Eh bien, ce n'est pas la Chambre des Morts, dit-il sans sourciller. N'est-ce pas déjà un bon début ?

Effectivement, Tess devait reconnaître qu'il s'agissait d'un progrès. Après avoir gravi une succession de marches et de paliers qui lui parut sans fin, ils arrivèrent à l'air libre, sur un toit à faible pente. Ils se trouvaient sur le côté sud du manoir, sur l'aile occupée par la famille. Derrière eux, au-dessus de la couverture de tuiles, s'élevait le dôme de verre de style Adam, encadré de huit cheminées noircies par la suie. Une épaisse fumée montait de deux conduits.

Il fallait croire que la tempête s'était calmée, à moins qu'ils n'aient été protégés de ses ardeurs par le dôme, car à cet endroit, le vent soufflait nettement moins fort. Tess leva son visage pour l'offrir à la caresse de l'air. Très haut dans le ciel, les nuages roulaient dans un flamboiement de pourpre, d'ardoise et d'encre noire comme la nuit.

Tess posa un pied prudent sur les tuiles en repoussant une mèche qui avait glissé devant ses yeux.
— Ne devions-nous pas partir pour Londres ?
— En effet.

Elle le regarda, intriguée. Les sourcils arqués d'un air de défi, les lèvres incurvées en un sourire moqueur, il semblait guetter sa réaction.

Tess laissa échapper un petit rire incrédule. Il n'avait tout de même pas l'intention de...
— Il n'en est pas question ! s'exclama-t-elle.
— Pourquoi pas ?
— Vous perdez la raison.

Elle jeta par-dessus son épaule un regard en direction des gardes qui les avaient fidèlement suivis et attendaient, massés en haut de l'étroit escalier, n'osant s'aventurer sur le toit luisant de pluie.

— Il faut neuf jours pour faire la route en calèche, dit Christoff. Ce qui ne nous laisse que cinq jours sur place, au lieu de deux semaines entières.

— Le délai ne commence qu'à notre arrivée à Londres ! s'indigna Tess.

Le sourire du marquis se fit plus franc.

— Désolé, mais j'ai peur que le conseil n'en ait décidé autrement.

— Ce n'est pas du tout…

— Neuf jours en calèche, répéta-t-il, ou, si nous partons tout de suite…

Il leva le visage vers le ciel en clignant des yeux.

— … disons six heures au maximum.

Puis, se tournant de nouveau vers elle :

— C'est à prendre ou à laisser, ajouta-t-il. Ce sera pour moi une première, mais je ne doute pas que nous saurons trouver le chemin.

Tout comme elle, il portait encore ses vêtements de mariage, à l'exception de sa veste et de la cape qu'il avait laissée en bas. Ni perruque, ni gants, ni poudre : le marquis préférait manifestement sa liberté de mouvement.

Indifférent à l'averse qui tombait sur lui, plaquant contre son torse sa chemise dont l'étoffe, peu à peu, devenait translucide, il lui décocha un sourire complice.

Méfiante, Tess souleva le bas de ses jupes et progressa prudemment vers la plus proche cheminée, puis vers le dôme aux flancs ruisselants de pluie. Elle ne vit personne.

— Si vous essayez de me piéger, n'y comptez pas, dit-elle avec fermeté. Je suppose que c'est une idée du conseil ?

— Non, ma belle. Le conseil n'est pas au courant. Disons qu'il s'agit plutôt d'une initiative personnelle.

— Très bien, mais je vous signale qu'il fait encore jour, au cas où vous ne l'auriez pas remarqué.

— Ce ne sera plus le cas lorsque nous parviendrons à destination.

— Mais bien entendu ! railla-t-elle. Nous allons simplement arriver à Londres, deux *dragons* tout à fait ordinaires…

— Dites plutôt, rectifia Christoff, deux individus parfaitement nus.

Cette perspective ne semblait pas lui poser le moindre problème. Tess le vit écarter les bras comme pour protester de la sincérité de ses intentions. De longues mèches blondes s'étaient échappées de son catogan, auréolant son visage de fils d'or, écrin idéal pour les lueurs qui dansaient au fond de ses iris.

— D'ailleurs, peu importe, reprit-il. Ne me dites pas qu'une professionnelle de votre trempe ne dispose pas d'au moins un abri discret, quelque part dans Londres !

— Si c'était le cas, je ne vous y conduirais pas.

— Très bien. Dans ce cas, nous irons à Far Perch. Je connais un passage secret pour y entrer. Là, vous pourrez emprunter une tenue à la gardienne.

Tess secoua la tête, autant par refus que pour en chasser l'idée folle qui s'imposait à son esprit : elle et lui volant dans l'azur infini, flanc contre flanc, aile contre aile, toute inimitié oubliée…

D'un pas agile, comme s'il ne marchait pas sur un toit glissant à plusieurs dizaines de pieds au-dessus du sol, il franchit l'espace qui les séparait et, posant sa tête contre la sienne avec un naturel désarmant, murmura à son oreille :

— Qui m'a dit : « Brisez leurs lois, imposez les vôtres » ?

Sans lui laisser le temps de répondre, il déposa un baiser sur sa joue, si léger que Tess le sentit à peine, puis s'écarta d'elle et commença à défaire son jabot.

— Quentin, dit-il sans détourner les yeux de Tess, soyez aimable d'informer le conseil que Mlle Hawthorne et moi-même partons immédiatement pour Londres.

Les deux premiers gardes de la troupe sortirent la tête de l'obscurité de leur abri.

— Monsieur ?

— Vous nous y rejoindrez par vos propres moyens.

— Mais, monsieur, vous ne pouvez pas...

— Quentin ? répéta le marquis, cette fois d'un ton exempt de toute bienveillance.

Le vigile hésita, puis il s'inclina.

— Comme il vous plaira, lord Langford.

— Je vous remercie. Ma chère ?

Indifférent aux rafales qui recommençaient à souffler, il lui tendit la main d'un geste gracieux. Tess pouvait sentir la force phénoménale qui émanait de lui.

Ses talons étaient au bord du toit. Si le vent tournait, s'il perdait l'équilibre...

Derrière lui, elle ne voyait que des arbres, puis le ciel, dans lequel la tempête dessinait un fantastique et mouvant paysage de collines aux nuances argentées.

— Vous êtes fou, murmura Tess... tout en s'avançant vers lui.

Refermant ses doigts sur les siens, il porta sa main à ses lèvres, où il la garda quelques secondes de plus que nécessaire. Sur sa peau, son souffle était chaud, bienfaisant.

— Je préfère le mot *optimiste*.

Tess eut toutes les peines du monde à retenir un éclat de rire.

— Au fait, une dernière précision...

Sa main toujours refermée sur la sienne, il darda sur elle un long regard paresseux, presque sensuel.

— Vous étiez une petite fille toute menue, avec de très longs cheveux sombres. Je savais très bien qui vous étiez.

Et soudain, il Mua.

Tess regarda ses vêtements tomber en tas sur les tuiles mouillées. L'une de ses chaussures roula jusqu'au bord du toit, s'immobilisa un instant, et bascula dans le vide.

Elle jeta un dernier coup d'œil aux gardes, puis leva le visage vers les nuées qui traversaient la voûte céleste, poussées par la tempête.

À son tour, elle s'élança et, pour la seconde fois de sa vie, suivit Christoff Langford dans les vastes espaces aériens.

Toute son enfance, elle avait observé avec envie les hommes du clan qui traversaient l'espace étoilé, griffant l'air du bout de leurs ailes dans une vibration sonore. Christoff était souvent parmi eux, et elle avait plus d'une fois joué à le retrouver au milieu des autres.

Elle connaissait par cœur ses figures préférées, l'élégance avec laquelle il déployait toute l'envergure de ses ailes, la sombre brillance de ses écailles, et cette façon unique qu'il avait de s'élever à des altitudes vertigineuses, jusqu'à n'être plus qu'un point dans l'infini du ciel, avant de plonger en piqué, tel un aigle fondant sur sa proie pour la saisir avec une implacable précision entre ses serres.

Il l'attendait parmi les nuages, ayant déjà pris sa forme de dragon. Elle pouvait voir ses fiers battements d'ailes chasser les nuées autour de lui en volutes grises, chargées de la pluie qui n'était pas encore tombée.

Elle Mua à son tour, devint dragon dans l'air humide et froid qu'elle se hâta de traverser pour trouer la barrière de nuages et parvenir jusqu'aux espaces sans limites où régnait un éternel azur.

Tess ne connaissait qu'une seule direction, l'ouest. Celle que suivait la course du soleil.

Christoff décrivit plusieurs spirales autour d'elle, des lambeaux de brume accrochés à ses ailes, puis il passa devant en s'assurant d'un regard qu'elle le suivait. Dans sa pupille ronde, elle crut voir passer un éclair de complicité. Il s'élança, tout en grâce et en puissance, son corps lustré décrivant des ondulations aux reflets métalliques, avant de virer à droite en déployant ses ailes à leur envergure maximale. Elle l'imita et fut aussitôt emportée par le même courant d'air tiède.

C'était indiscutable, Tess ne possédait pas sa maîtrise du vol. Elle pouvait compter sur les doigts d'une seule main le nombre de fois où elle avait Mué en dragon ; il fallait reconnaître que la ville surpeuplée n'était pas le meilleur terrain d'entraînement ! Christoff, lui, traversait le ciel avec aisance, trouvant son chemin aussi sûrement que si on avait tracé pour lui une ligne brillante de Darkfrith à Londres, effleurant les nuages, passant d'un courant à l'autre, dérivant dans l'espace sans effort apparent.

C'était grisant ! Malgré sa présence à ses côtés, elle était merveilleusement libre... Comme si jamais elle ne devrait toucher le sol de nouveau...

Le soleil commença à descendre, et tout le ciel s'embrasa de pourpre, de rose et d'orange, en un spectacle d'une poignante beauté. Sous les battements de ses ailes, l'air s'écartait en volutes aux nuances diaprées, tandis qu'au-dessus d'elle, le rose tournait au violet, et peu à peu se teintait d'encre de Chine. Lorsque les premières étoiles s'allumèrent, il ne restait plus du jour mourant qu'un friselis doré scintillant faiblement sur le rebord du monde.

Dans l'obscurité, elle pouvait voir les écailles de Christoff refléter la pâle clarté des astres. Le vent claquait à ses oreilles lorsqu'ils changeaient de direction, mais lorsqu'ils se laissaient porter par les courants et chevauchaient les ailes du vent, elle n'entendait que *lui*. La douce vibration de son corps fendant l'air, le murmure de son souffle puissant, et même les battements assourdis de son cœur.

Tout n'était que paix et harmonie. Comme si le cosmos n'appartenait qu'à eux, et que le monde, dans l'infinie solitude de la nuit, n'était peuplé que d'elle et de lui.

L'air n'était plus chargé de pluie. Peu à peu, les nuages se disloquèrent en un réseau vaporeux, révélant les marées invisibles qui les étiraient et les rassemblaient. Christoff l'avait entraînée haut dans le ciel.

Loin en dessous d'eux, bourgs et villages ne paraissaient pas plus grands que des groupes de cailloux jetés çà et là, d'où montait parfois une faible luminosité.

Ils passèrent au-dessus d'un vol d'oies sauvages qui, comme eux, suivait la route du sud, mais à une allure bien plus lente. Pendant quelque temps, Tess aperçut même la phosphorescence de la mer qui se réverbérait dans l'atmosphère, alors qu'ils survolaient la côte.

Puis Christoff changea de cap et elle le suivit.

Malgré la douceur de l'air, ou en raison de celle-ci, les paupières de Tess commençaient à s'alourdir, tandis qu'une torpeur insidieuse envahissait ses membres. Ils auraient dû prendre un repas, même rapide, avant de partir, songea-t-elle. Elle ne se souvenait même plus depuis quand elle n'avait rien mangé... Ses forces décroissaient, le sommeil la gagnait.

Étaient-ils encore loin de Londres ? Elle n'avait aucun repère dans le paysage uniforme qui déroulait ses douces ondulations, loin sous eux. Comme cela était étrange, de tenter de lire ainsi le monde comme une carte sans légendes, ici, dans le silence ouaté de l'espace !

Elle fut tirée de sa somnolence par un choc soudain au niveau de la mâchoire. Sous ses pattes, elle venait de sentir une surface ferme et tiède. Le dos de Christoff, comprit-elle en donnant un puissant battement d'ailes pour reprendre de l'altitude.

Par chance, elle parvint à retrouver le contrôle de sa trajectoire. Christoff, de son côté, avait décroché pour l'éviter, avant de remonter pour voler à sa hauteur. Il lui lança un regard inquiet, dans lequel se reflétait la clarté de la lune montante.

Elle n'en pouvait plus. Elle avait besoin de faire une halte, de manger, de se reposer. Peu lui importait qu'ils atterrissent dans un champ, au fond d'une grotte ou au beau milieu de Covent Garden ! Tess entama une descente prudente, non sans s'assurer d'un regard en arrière que Christoff la suivait.

Aussitôt, il plongea à sa suite, passa en dessous d'elle et remonta lentement pour l'obliger à reprendre de la hauteur, au risque qu'ils se heurtent de nouveau, comme quelques instants plus tôt.

Agacée, elle vira sur la gauche, mais il ne la lâcha pas d'un pouce, lui barrant le passage de sa queue lorsqu'elle tenta de descendre en force.

Les dragons ne pouvaient pas parler ; ils ne disposaient pas même des gémissements et des grognements des animaux. Le silence était le prix de leur splendeur. Ne disait-on pas, au clan, que les Dons exigeaient un sacrifice ? Bien des fois, Tess avait entendu les anciens expliquer que les *drakons* n'avaient pas besoin de la parole, car dans l'immensité du ciel, leur esprit et leur volonté circulaient sans entraves.

Tess n'en doutait pas : elle comprenait parfaitement ce que Christoff voulait lui signifier en lui interdisant ainsi le passage. Cependant, elle aurait donné cher pour pouvoir lui dire tout ce qu'elle pensait de lui en ce moment.

À défaut d'argument plus percutant, elle lui montra ses dents. Pour toute réponse, il se pressa sur son flanc droit, l'obligeant à tourner la tête.

Alors, elle vit ce qu'il voulait lui montrer, à moins de trois lieues. Un joyau scintillant d'une douce luminescence dorée, s'étendant à perte de vue, et dont montait par lourdes bouffées la tiède odeur des humains.

Londres.

Enfin, elle était de retour chez elle !

9

Le passage secret de Christoff pour entrer dans Far Perch consistait en une fente située entre les lattes de bois disjointes qui doublaient une petite coupole au dôme de bronze tout juste assez grande pour les contenir tous les deux.

Tess n'avait accepté de s'y glisser et de reprendre sa forme humaine que pour une seule raison : elle savait que si elle ne le faisait pas, Christoff la harcèlerait jusqu'à ce qu'elle cède.

— Bienvenue à Far Perch, murmura-t-il lorsqu'elle se matérialisa dans l'étroit espace qu'il lui laissait, en se râpant le dos contre une rugueuse cloison de chêne.

Le peu de lumière qui filtrait à travers les lattes dessinait de pâles rayures sur leurs corps nus. Christoff se baissa pour tirer sur la trappe qui donnait sur l'escalier d'accès au dôme. Celle-ci s'ouvrit dans un craquement.

Il n'y avait pas la moindre lueur en dessous. Pourtant, dans un geste pudique, Tess ramena sa longue chevelure devant elle pour en draper les courbes de son corps.

— C'est cela, votre plan ? murmura-t-elle.

— Donnez-moi votre main, répondit le marquis sans se retourner. Je vais vous guider.

— Merci, je suis capable de trouver mon chemin toute seule.

— À votre guise.

Il s'engagea dans l'escalier d'un pas souple et silencieux. Un fauve traversant l'ombre, songea Tess en le regardant disparaître dans l'obscurité.

Son corps était douloureux, son estomac criait famine, et elle détestait ce dôme aussi exigu qu'étouffant. De plus, elle était nerveuse, comme toujours en présence du marquis, et sa nudité n'arrangeait rien.

Elle se retourna vers les planches de chêne, qui arrivaient juste à la hauteur de ses yeux. Au-delà s'étendaient les rues de Grosvenor Square, la ville de Londres… la liberté ! Malgré son épuisement, Tess n'avait qu'une envie : s'échapper de cette demeure, aussi somptueuse fût-elle.

— Tess ? l'appela Christoff.

Elle vit son visage et ses épaules s'encadrer dans la trappe.

— Eh bien, ma tendre amie, seriez-vous timide ?

Derrière son ton léger, elle devinait une pointe de malice. Il savait très bien à quoi elle pensait.

— On va nous entendre. N'avez-vous pas de gardiens, ici ?

Il balaya ses inquiétudes d'un geste désinvolte.

— Si, un couple ; tous les deux quasi centenaires, et sourds comme des pots. Une fois que nous aurons trouvé des vêtements, je leur jouerai une aubade à ma façon. Je devrais pouvoir improviser des cymbales avec l'argenterie familiale.

Elle réprima un sourire mais ne bougea pas.

— Tess, dit-il d'un ton faussement menaçant, croyez-vous vraiment qu'il existe un endroit sur terre où je ne saurais pas vous retrouver ?

— Je ne peux pas rester dans cette maison.

— C'était pourtant notre accord.

— Non. J'ai dit que je viendrais à Londres avec vous, et j'ai tenu ma parole. Je vous promets de revenir demain, ici même.

Il secoua la tête dans un rire silencieux.

— Je ne doute pas un instant de votre bonne foi, mais je suis obligé de refuser. Allons, venez avec moi.

— Comme cela doit être agréable de toujours exiger, au lieu d'avoir à demander ! railla Tess.

Il haussa les sourcils d'un air amusé.

— Permettez-moi de vous rappeler que vous n'avez qu'un mot à dire pour que l'on vous obéisse également.

Elle se laissa tomber sur ses genoux devant lui, ses longs cheveux frôlant le sol.

— Soyez raisonnable ! supplia-t-elle. Que dira la bonne société lorsqu'on apprendra que vous abritez une inconnue chez vous ?

— Que nous sommes mari et femme. Ce qui est pratiquement le cas, d'ailleurs. À notre façon...

— Personne n'imaginera une chose pareille !

— Possible, mais rassurez-vous, ma réputation devrait y survivre.

Tess se releva et commença à se détourner.

— Je rentre chez moi.

Plus vif que l'éclair, il bondit dans le dôme et la saisit par le poignet.

— Désolé, ma belle, mais je vais devoir établir quelques règles entre nous. Là où vous irez, j'irai aussi. Si vous souhaitez partir, je pars avec vous. Que ce soit jusqu'à votre maison, une auberge, ou même l'un de ces abris secrets que vous protégez si jalousement, je veux bien vous suivre partout, dormir sur le plancher s'il le faut, mais nous resterons ensemble.

— Puisque vous êtes persuadé de pouvoir me retrouver n'importe où, lord Langford, je m'explique mal votre insistance à me garder près de vous.

— J'apprécie votre compagnie.

— Hélas ! ce n'est guère réciproque...

Il franchit d'un pas l'espace qui les séparait.

— Il ne tient qu'à vous, murmura-t-il d'une voix soudain tendue, que je fasse votre bonheur...

Son torse frôla sa poitrine. Il sembla à Tess qu'une brûlure parcourait tout son corps. Elle recula dans un sursaut. Tout d'un coup, l'air lui parut étouffant, comme chargé d'orage, et d'autre chose encore, qu'elle ne savait définir.

Elle tenta de retenir sa respiration, en vain. Chaque fois que sa poitrine se soulevait, elle frôlait le torse de Christoff, et une nouvelle bouffée de fièvre se déversait dans ses veines, alimentant l'incendie qui s'était emparé d'elle, depuis la pointe de ses seins jusqu'au creux de ses reins.

Ses forces déclinaient rapidement. Il était si proche d'elle, si troublant ! Le rai de lumière dorée qui tombait sur son visage allumait des étincelles dans ses sourcils et transformait ses prunelles en perles de jade. Incapable de réagir, elle le laissa étudier son visage d'un long regard paresseux, s'attarder à loisir sur ses lèvres entrouvertes.

— Ne... murmura Christoff.

Sans finir sa phrase, il se pencha vers elle et posa ses lèvres sur les siennes.

Jamais elle n'aurait cru qu'un baiser pouvait être aussi doux. Depuis qu'elle vivait à Londres, et sous ses innombrables déguisements – comte français, femme de chambre, couturière, courtisane – elle croyait avoir tout appris des baisers. Ils ne représentaient rien de plus qu'une arme parmi tant d'autres, un outil de travail qu'elle utilisait avec le même calme détachement qu'une dague ou un pistolet.

En revanche, la passion, la tendresse, l'abandon... elle ne connaissait pas ! Elle n'avait jamais offert ainsi ses lèvres à un homme, n'avait jamais connu la volupté d'être mordillée, léchée, possédée, si lentement, si amoureusement que soudain plus rien au monde n'existait que son souffle sur sa bouche, la caresse de ses mains dans son cou, le frottement rugueux de sa barbe sur sa joue... et son odeur un peu musquée, si virile qu'elle en était toute chavirée.

— Ne... quoi ? demanda-t-elle lorsqu'il la laissa enfin reprendre son souffle.

— Hum ? fit-il en plantant doucement ses dents à la base de son cou.

— Qu'alliez-vous dire ?

Elle posa ses mains sur ses épaules dans un geste instinctif. Sous sa peau chaude roulaient des muscles d'acier. Elle caressa longuement ses bras, ses biceps, ses poignets, s'enivrant de la puissance qui émanait de lui. Lorsqu'il prit de nouveau ses lèvres, elle ne protesta pas. Quelque chose s'éveillait en elle, une sensation inconnue, une fièvre qui la consumait tout entière.

Un soupir lui échappa. Comme s'il n'attendait que cela, Christoff se pressa contre elle, la plaquant contre le mur en bois brut.

— Ne bougez pas, dit-il finalement.

Son corps était si dur contre le sien que c'en était affolant. Avait-il remarqué le trouble qui l'habitait ? Il déposa un baiser léger sur son front, puis sur le bout de son nez, sur sa tempe, sa joue, lui arrachant un petit gémissement d'impatience.

— Ne bougez pas, répéta-t-il d'une voix épaissie par le désir.

Elle ferma les paupières, mit ses mains sur ses hanches minces pour l'attirer à lui et le laissa une fois de plus prendre possession de sa bouche. La délicieuse brûlure continuait de gagner tout son corps, tel un feu liquide qui aurait attendu des années, des vies entières pour l'embraser.

Là, dans cette maison inconnue... et avec un homme qui, somme toute, était devenu un étranger pour elle.

À la soudaine crispation de ses doigts sur ses bras, Christoff comprit qu'un changement venait de s'opérer en elle. Il lui fallut quelques instants pour l'accepter. Il était déjà à demi noyé en elle, son visage enfoui dans son cou, son bassin plaqué à ses hanches, s'enivrant de son parfum de femme et de lis, une odeur qui le rendait fou de désir.

À grand-peine, il s'arracha à sa tiédeur et chercha dans la pénombre l'ovale pur de son visage. Elle paraissait choquée.

— Pas ici ? demanda-t-il dans un souffle, encore incapable de s'écarter de son corps aux courbes voluptueuses.

— Ni ici ni ailleurs, répondit-elle d'une voix qui démentait le déferlement d'émotions et de sensations qu'il lisait dans son regard.

— Tess...

Sans lui laisser le temps de finir sa phrase, elle le repoussa brusquement. Il n'alla pas très loin ; la coupole n'était pas conçue pour abriter deux personnes – encore moins deux personnes nues et enflammées de désir essayant de ne pas se frôler.

Serrant les dents, il s'obligea à prendre une profonde inspiration. L'air frais apaisa son corps, mais non ses pensées. Une unique image s'imposait à son esprit : elle et lui, nus dans son lit de satin et de plume, deux étages au-dessous.

Au diable la prudence !

— Tess... tu en as envie, et tu le sais aussi bien que moi. Tu es à moi.

— Jamais !

— Pas encore, rectifia-t-il en enroulant l'une de ses boucles autour de son doigt. Mais je ne perds pas l'espoir que très bientôt...

— Vous délirez, répliqua-t-elle d'un ton calme, avant de tirer sur sa mèche pour la lui enlever de la main.

Kit regarda sa paume vide. Bon sang, il était allé trop vite ! Une soudaine amertume monta en lui. Encore une bourde comme celle-ci, et il pourrait dire adieu à ses projets avec elle.

Il lui avait fait peur. Il ne l'avait pas voulu, et pour rien au monde elle ne l'aurait admis, mais c'était bien le cas – il pouvait le lire dans son regard de biche traquée.

Ici, à Londres, elle était dans son élément. Si elle s'enfuyait maintenant, il aurait un mal fou à la convaincre de revenir vers lui de son plein gré.

Il se tourna vers la trappe d'accès.

— Vous avez raison, dit-il. Je suis affamé. Je ferais mieux d'aller manger un morceau.

Sans s'assurer qu'elle le suivait, il s'empressa de dévaler l'escalier. Avant de commettre l'irréparable...

Une fois sur le palier, il fit halte et tendit l'oreille. Elle n'avait pas Mué, mais n'avait pas non plus bougé. Il compta une minute entière avant qu'elle ne pose un pied délicat sur la marche du haut, puis sur la deuxième.

Il laissa échapper le soupir qu'il retenait depuis un temps infini.

— Par ici, dit-il en la guidant vers l'escalier qui menait au troisième étage de la maison.

Elle lui emboîta le pas, aussi silencieuse qu'une ombre.

La demeure du marquis de Langford était pleine de meubles dont la plupart disparaissaient sous d'immenses draps blancs. Le maître des lieux traversa pourtant les pièces avec une royale indifférence, sans accorder le moindre regard aux horloges, bustes de marbre et autres sofas qui jalonnaient son chemin.

Une fois au deuxième étage – dont la décoration, plus recherchée, comportait notamment un plafond orné d'une fresque représentant un festin sur l'Olympe, avec force chérubins, calices et grappes de raisin – il se dirigea tout droit vers une porte sur la droite, et disparut dans la pièce sur laquelle elle ouvrait, sans un regard en arrière.

Tess n'était guère à son aise. Elle connaissait Christoff, elle avait déjà vu son corps nu, et elle venait de le sentir sous ses paumes. Elle connaissait ses contours fermes et musclés, la nuance de sa peau à la lumière du jour et à la lueur des bougies, et le frottement soyeux de la toison qui couvrait son torse. Elle connaissait ses baisers, ses caresses, elle soupçonnait ses impérieux appétits. Et elle connaissait désormais le contact de son sexe durci par le désir, impatient de la posséder.

Toutefois, ce qui l'effrayait le plus, c'était qu'elle n'avait qu'une envie : le connaître plus intimement encore.

La chambre dans laquelle il venait d'entrer était presque aussi sombre que le couloir – les volets des quatre fenêtres étaient fermés, et les rideaux tirés. La pièce, située dans un angle de la vaste bâtisse, était encombrée de chaises, de commodes, de paravents, d'armoires et de statues, dont certains dépassaient de leur drap.

Elle le vit se faufiler entre deux énormes vases chinois, avant de se diriger vers un imposant meuble encore couvert de son linceul blanc, qu'il ôta dans un nuage de poussière.

Tess se couvrit la bouche pour ne pas tousser. Devant elle se trouvait une armoire en bois exotique, incrustée de lapis-lazuli et de malachite, fermée par une clé de cuivre. Christoff en ouvrit les deux portes, libérant dans la pièce une forte odeur de cèdre, et lui fit signe de venir en inspecter le contenu.

Le meuble était plein à craquer de robes plus somptueuses les unes que les autres.

Elle tira sur une jupe luisante de grenats.

— Impossible de porter cela, dit-elle.

— Pourquoi ?

— Outre le fait qu'elles ne sont plus à la mode depuis un bon quart de siècle, ce sont toutes des robes de bal.

— Mais où ai-je la tête ? susurra le marquis. Vous préférez sans doute visiter les cuisines en déshabillé ?

— Je préférerais faire preuve d'une certaine discrétion, lord Langford. Ne sommes-nous pas supposés nous fondre dans le paysage ?

— Je ne suis pas certain que M. Stilson et son épouse soient aussi à cheval sur l'étiquette, mais si vous préférez, nous allons vous chercher autre chose.

— J'ai tous les vêtements qu'il me faut chez moi.

— Certes, mais nous sommes chez *moi*.

Il fit quelques pas dans la pièce en tirant sur les housses qui recouvraient les meubles.

— Il doit y avoir par ici une malle contenant des tenues de rechange pour le personnel. Je les empruntais autrefois. C'était très pratique pour quitter la maison en toute discrétion.

— Prêtez-moi plutôt des affaires à vous.

Il se figea et leva les yeux vers elle. Là où il se trouvait, elle ne pouvait voir son regard, mais il lui sembla qu'elle en sentait le poids sur elle.

— Voilà qui est intéressant, dit-il d'un ton pensif. Vous, portant des culottes...

— Je l'ai déjà fait, répliqua-t-elle en s'efforçant d'ignorer les frissons qui couraient sur sa peau.

Il ne répondit pas. Dehors, un attelage passa dans un fracas de clochettes et de sabots martelant le pavé.

— Eh bien ? insista Tess, mal à l'aise.

— Excusez-moi. J'essayais d'imaginer la tête que ferait le vieux Stilson en vous voyant.

— Présentez-moi comme si j'étais l'un de vos amis. Je ramènerai mes cheveux en arrière.

Le marquis éclata d'un rire incrédule.

— Croyez-moi, il n'y verra que du feu ! s'indigna-t-elle. Comme tous les autres ! Vous n'imaginez pas le nombre de naïfs que j'ai bernés dans la bonne société, en me présentant sous les traits d'un homme.

— La bonne société... répéta Christoff en secouant la tête d'un air consterné. Décidément, elle doit être encore plus stupide que je ne le croyais.

Il n'eut pas besoin de présenter son invitée au gardien. Les réserves de la cuisine regorgeaient de jambon fumé, de fromage et de whisky, sans parler des pots de pickles et de la jarre de morue fumée dont Tess s'était détournée en pinçant le nez.

Une fois leur collation terminée, Kit était allé frapper à la porte des Stilson pour les informer qu'il était en ville pour quelque temps, et que l'un de ses anciens camarades de Cambridge l'accompagnait. Il ajouta qu'ils avaient mérité quelques jours de congé, et qu'il se ferait un plaisir de leur offrir le voyage jusqu'en Cornouailles, où vivait l'une de leurs filles.

Stilson avait ouvert la porte, mal rasé mais vêtu de son plastron et coiffé de sa perruque. Dans la lueur de la bougie que portait Kit, son regard bleu étincela. Depuis qu'il était au service du vieux marquis, il avait appris à ne pas s'étonner des lubies de ses maîtres. Il remercia Kit et lui répondit qu'avec sa permission, sa dame et lui partiraient dans la matinée.

Dans la cuisine, Tess laissa échapper un éclat de rire bien féminin. Kit la rejoignit rapidement, en priant pour que Stilton ne l'ait pas entendue.

— Vous faites cela très bien, commenta-t-elle d'un ton amusé.

Assise sur un tabouret devant le billot, elle était occupée à arracher le quignon d'une miche de pain. Elle portait l'une des nombreuses tenues de rechange que Kit gardait à Far Perch, culotte de daim et chemise de linon bien blanchie, qui aurait effectivement pu lui donner l'apparence d'un jeune noble si elle n'avait pas flotté dedans. Les manches, même roulées aux poignets, recouvraient ses mains, et la culotte tombait sur ses hanches. En fait, songea Kit en retenant un éclat de rire, elle ressemblait surtout à une écolière en costume de théâtre.

Il déposa sa bougie sur le billot.

— Cela… quoi ? demanda-t-il.

Elle glissa un bout de pain entre ses lèvres d'un geste délicat.

— Donner des ordres.

— En effet. C'est un art auquel on m'a entraîné depuis ma plus tendre enfance. Il faut reconnaître que je suis celui qui verse les gages, et non celui qui les reçoit ; cela facilite bien les choses.

Elle baissa les yeux. Ses longs cheveux noirs tombaient sur ses frêles épaules, accentuant sa pâleur.

— Combien d'hommes avez-vous déjà tués ?

Kit laissa son regard errer sur le billot sillonné de coups de lame et de hachoir.

— Trois, dit-il, pensif, en suivant du doigt l'une des encoches les plus profondes.

— Parmi eux, combien de *drakons* ?

— Trois.

Elle leva les yeux vers lui.

— On dit qu'il y en a eu cinq.

Il haussa les épaules d'un mouvement évasif.

— Je suppose que je suis victime de ma réputation.

— Des fuyards ?

Il ne répondit pas. Pourquoi l'aurait-il fait ?

— À propos de fuyard, si vous me disiez le nom de celui que nous sommes venus chercher ?

Comme elle ne disait rien, il insista :

— Comment voulez-vous que je vous aide si vous ne me dites rien, Tess ? Nous gagnerions probablement un temps précieux si je connaissais sa famille, son histoire…

Elle posa son pain sur le billot et se frotta les doigts avec délicatesse.

— Est-ce vraiment ce que vous voulez, lord Langford ? Me venir en aide ?

— Bien entendu.

— Quelque chose me dit que si vous aviez le choix, vous préféreriez rentrer à Darkfrith avec une épouse plutôt qu'avec une pierre, aussi précieuse soit-elle.

— Soyez certaine que je veux ce diamant.

— Plus que vous ne me voulez, moi ?

— Je vous veux aussi, admit-il à contrecœur. Je vous ai désirée depuis que j'ai croisé votre regard au musée, et même avant cela. Depuis que j'ai perçu votre présence. Je vous veux au plus haut du ciel, et ici, sur la terre. Je veux vous embrasser de nouveau, vous toucher, vous prendre dans mes bras, et vous entendre m'appeler quand je serai en vous. Je le veux plus que tout, et j'y pense tout le temps. Autant vous y habituer, car ce n'est pas près de changer. Cela dit, je ne ferai rien contre votre volonté. Et j'ai effectivement l'intention de vous aider à retrouver *Darko*. Je vous en donne ma parole.

Elle avait de nouveau baissé les yeux pendant qu'il parlait, ses joues étaient aussi rouges que des rubis, et elle se mordait les lèvres comme pour retenir il ne savait quelle réponse.

Il croisa les mains dans son dos pour s'interdire de les tendre vers elle.

— Je ne connais pas son nom, dit-elle après un interminable silence.

— Pardon ?

— Je ne sais pas comment s'appelle le voleur. Je n'ai jamais dit que je le savais. En revanche, je peux le retrouver, ainsi que le diamant.

Kit la regarda sans rien dire.

— Il fera jour dans quelques heures ; j'ai besoin de dormir jusqu'au lever du soleil.

Elle pivota sur son tabouret pour lui faire face.

— Sans vous, précisa-t-elle d'un ton ferme.

— Rassurez-vous, dit-il en prenant la bougie et en se levant. Les hôtes de Far Perch disposent de chambres personnelles.

Il rêva de sang. Non pas de mares de sang, car ce n'était pas un cauchemar. Juste trois gouttes rouges, épaisses, tombant sur un drap d'une blancheur de neige. Son odeur, âcre et métallique. Sa viscosité entre ses doigts. Sa tiédeur écœurante.

Il tourna la tête pour y échapper, mais une violente douleur lui transperça la gorge.

Kit ouvrit les yeux.

— Où est-elle ?

La voix qui venait de résonner à son oreille était fluette, haut perchée. Elle provenait d'un endroit situé juste au-dessus du point douloureux dans son cou, là où s'enfonçait une lame.

— Où est-elle ? répéta la voix, si furieuse que les mots se bousculaient. Réponds, ordure, ou je te saigne comme un cochon !

En un éclair, Kit résuma la situation. Celui qui le menaçait était jeune, petit, et sentait effroyablement mauvais. Quant à lui, il avait plusieurs possibilités. Soit lui briser le bras ou le cou, soit Muer pour le prendre par surprise, soit lui arracher tout simplement la tête...

Pourtant, il n'en fit rien. Pour une seule raison : le gamin parlait manifestement de Tess.

— Zane ? dit justement celle-ci.

L'écho de sa voix plana sur la chambre, résonnant dans l'esprit de Kit tel un doux rêve.

— Sois gentil, n'assassine pas monsieur le marquis.

Aussitôt, la lame disparut. Kit s'assit et prit son drap pour tamponner le sang qui coulait dans son cou, tout en surveillant du coin de l'œil son agresseur – douze ou treize ans, tout au plus – qui s'était glissé dans l'ombre, en direction de Tess.

Celle-ci se tenait dans l'encadrement de la porte, drapée dans l'un des peignoirs de Kit. Elle tendit la main vers le gamin, qui portait des vêtements noirs, sans doute répugnants de crasse, pour l'empêcher de se jeter sur elle.

— Combien de temps t'a-t-il fallu ? lui demanda-t-elle, comme si sa présence entre les murs de Far Perch était parfaitement naturelle.

— Deux jours. Je serais venu plus vite si cette gourde de Sidonie n'avait pas pris toutes vos affaires pour faire la lessive. La *lessive* ! répéta-t-il d'un ton désespéré. Et en plus, elle ne m'a rien dit avant d'avoir fini.

J'ai quand même trouvé la carte du bonhomme, avec sa veste et tout. J'ai monté la garde ici depuis tout ce temps. Sauf hier soir, où je suis arrivé tard. Les affaires...

— Je vois. Lord Langford, puis-je vous présenter Zane ? Il est mon...

— Apprenti, finit le gamin à sa place, tout en glissant l'arme dans sa ceinture.

— Domestique, rectifia Tess. Zane, tu dois quelques excuses à monsieur le marquis.

— Inutile, grommela Kit en posant les pieds sur le sol. Qu'il sorte d'ici, cela me suffira.

Le gamin fit un pas dans sa direction, l'air menaçant.

— Je ne la laisse pas seule avec vous, espèce de sale...

Tess le retint par l'épaule d'une main ferme.

— Zane ? l'interrompit-elle d'une voix à la douceur trompeuse. Obéis-moi, ou quitte cette pièce immédiatement.

Elle le relâcha. L'enfant hésita. Il semblait sous le coup d'une violente colère, si intense que Kit pouvait en sentir les vibrations. Sous son épaisse chevelure brune sans doute grouillante de poux, les traits de son visage étaient tirés par une expression de fureur. Enfin, il parut se contrôler, et Kit le vit incliner la tête, aussi poliment qu'il le pouvait probablement. Tess avait dû avoir un mal fou à lui inculquer ce semblant de politesse.

— Faites excuse, marmonna-t-il de mauvaise grâce.

— J'ai peur que mon sens de l'hospitalité n'aille pas jusqu'à accueillir chez moi les sales gosses qui viennent m'égorger dans mon sommeil, grommela Kit. À présent que vous avez retrouvé votre maîtresse, soyez aimable de vous retirer.

— Un instant, je vous prie, dit Tess.

Puis, se tournant vers son protégé :

— Quoi de neuf ?

Le gamin jeta un regard haineux en direction de Kit avant de répondre en comptant sur ses doigts.

— Chien galeux a été raflé. Ils ont pincé La Poisse et Nollie, elle devrait sortir demain. Tête de Turc est encore en taule, mais plus Lambin et Porcasse. Et l'Irlandais a pris un coup de surin cette nuit.

— Et le diamant des Langford ?

— Des clous.

Tess hocha la tête ; elle ne semblait pas surprise.

— Très bien, dit-elle. Rentre à la maison, mais reste à l'affût. Qu'as-tu dit à Cook et à Sidonie ?

— Que vous étiez partie dans votre famille, à Dartford.

— Elles t'ont cru ?

— Sais pas, mais elles ont arrêté de raconter n'importe quoi à propos des tire-laine et des coupe-jarrets qui rôdent dans les rues.

— Tu as bien fait, Zane. Je passerai tout à l'heure pour remettre un peu d'ordre, mais…

Elle jeta un regard éloquent en direction de Kit.

— … je ne pourrai pas rester très longtemps.

Le gamin l'imita, à la différence que ses yeux de chat malade luisaient de méchanceté. La dame et son roquet. L'image aurait fait rire Kit s'il n'avait eu la gorge entaillée et si Tess n'avait pas prononcé le nom de l'enfant avec une telle tendresse.

Pour lui, elle n'avait que froideur et dédain.

Ce fut plus fort que lui. Kit se leva d'un bond et fondit sur le petit pouilleux. Il avait bien conscience du ridicule qu'il y avait à vouloir l'intimider : c'était tellement facile que c'en était grotesque ! Il était incomparablement plus grand, plus fort… et certainement plus propre que lui.

D'un geste fluide, il retira le couteau de sa ceinture. Le petit eut un geste de surprise, mais ne tenta pas de reprendre son arme.

— Joli travail, admira Kit. Un Burke & Boone, si je ne m'abuse ?

— *Aye*. J'ai dû saigner un bourgeois pour l'avoir.

— Je n'en doute pas.

Kit examina l'acier finement ouvragé, ourlé de la trace rouge sombre de son propre sang.

— Au fait, maître Zane, comment vous êtes-vous introduit chez moi ?

— Par la fenêtre du salon. Le loquet, c'est de la camelote.

Le gamin lui jeta un sourire de défi.

— Tout, sauf du joli travail, ajouta-t-il d'un ton railleur.

— Je veillerai à le faire réparer, assura Kit.

Puis, tirant sur la chemise crasseuse, Kit y essuya la lame tachée de sang avant de remettre l'arme dans la main de son propriétaire.

— En attendant, vous pouvez sortir par le même chemin. Tout de suite.

Zane marqua un temps d'hésitation, tout en refermant les doigts sur son couteau.

— Vas-y, lui dit Tess, d'une voix toujours aussi douce.

Le gamin obéit enfin et disparut, après un dernier regard à sa protectrice. Celle-ci ajouta à voix haute :

— Et ne vole rien !

Il ne répondit pas.

— On dirait que j'ai besoin d'un chien de garde, grommela Kit en écoutant s'éloigner les pas de l'enfant.

— Si c'est pour vous protéger de Zane, c'est inutile, répondit Tess. Il a un don avec les animaux.

À l'étage en dessous, Kit entendit le léger craquement de la fenêtre du salon. Tess aussi devait l'avoir perçu car elle parut rassurée.

— Pas étonnant, marmonna Kit. C'est une vraie bête sauvage.

— Vous êtes expert en la matière, commenta Tess.

Kit laissa son regard dériver vers sa gorge, là où bâillait la robe de chambre trop grande pour elle.

— Vous ne croyez pas si bien dire, murmura-t-il.

Comme il s'y était attendu, elle recula d'un pas, puis se ressaisit et releva le menton. Décidément, elle le rendrait fou… Élégante comme une vraie *lady*, et dangereuse comme un seigneur de guerre. Voleuse de diamants, capable de défier une assemblée de puissants notables, mais aussi protectrice des chiens perdus sans collier, et assez inconsciente pour confier sa vie à un gamin des rues armé d'un couteau. Farouche comme une vestale, mais plus ardente aux jeux de l'amour que bien des dames qu'il avait tenues entre ses bras, s'il en jugeait à sa façon de l'embrasser comme si elle connaissait les recoins les plus sombres de son âme… En deux mots, Clarissa Tess Hawthorne était le plus délicieux mystère qu'il eût jamais croisé, et la plus ensorcelante des créatures !

— Sait-il qui vous êtes ?

Son petit menton pointu remonta encore d'un cran.

— Absolument.

— C'est un dangereux secret que vous partagez avec lui, ma belle. Si le conseil venait à l'apprendre…

— Zane ne me trahira pas.

Kit ne répondit pas tout de suite. Puis, après avoir évalué les possibilités et soupesé les hypothèses :

— Espérons, dit-il simplement.

Il n'avait qu'une certitude : s'il devait éliminer le gamin, elle ne le lui pardonnerait jamais.

L'obscurité qui régnait dans la chambre n'était plus tout à fait la même. Le noir de la nuit avait peu à peu cédé place à une vague phosphorescence grisâtre, qui rampait sur le parquet, gagnant les meubles, escaladant le lit.

Dans la pénombre annonciatrice de l'aube, Kit commençait à discerner le visage de Tess, le rose de ses lèvres, la nuance veloutée de ses yeux… Encore quelques minutes et le jour poindrait.

Il était épuisé. Il avait dormi à peine une heure, mais malgré le manque de sommeil, malgré la menace que représentait le gamin, malgré son inquiétude au sujet du diamant, il n'avait qu'une envie : prendre Tess par la main pour l'entraîner dans son lit, et la serrer, nue, dans ses bras.

C'était le moment ou jamais. Il était là, elle était là, le lit était encore chaud…

Déjà, il lui semblait voir le peignoir glisser sur son épaule blanche, sentir le frottement soyeux de sa peau sur la sienne, humer son parfum de lis. Il tendit la main.

Elle ne le repoussa pas.

Plus qu'un geste et elle serait dans son lit, toute à lui…

— Nous sommes vendredi, dit Tess, l'arrachant à sa rêverie.

— Vraiment ?

Il ferma les yeux pour s'interdire toute précipitation. Bientôt, elle serait étendue, nue, offerte…

— Oui, et le jour se lève.

Il déposerait un baiser dans son cou, un autre sur sa gorge, avant de s'aventurer au creux de ses seins…

— Notre délai de quinze jours a débuté. Il est temps de nous mettre au travail.

Kit rouvrit les yeux.

— Avez-vous déjà visité l'établissement de Mme Léveillé ?

Il s'agissait d'un bordel londonien à la réputation particulièrement sulfureuse, une sorte de club si fermé que l'on se battait pour y avoir ses entrées, même dans la meilleure société. Kit y avait été invité à deux reprises.

— Non, dit-il d'un ton si pincé que Tess en parut amusée.

— Moi non plus, mais je connais un certain comte qui le fréquente assez souvent… ainsi que sa propriétaire.

Elle regarda leurs doigts entrelacés et dégagea sa main.

— C'est là que nous commencerons notre enquête.

10

Un peu plus tard dans la matinée, deux gentlemen vêtus de dentelles et de satin descendirent d'un coche devant la maison Léveillé. Il faisait doux et gris, Threadneedle Street était plongée dans un silence ouaté.

Tess laissa le marquis payer la course et observa les alentours d'un rapide coup d'œil. Il était trop tôt pour le beau monde. À cette heure matinale, les passants étaient soit les employés se rendant à la Banque d'Angleterre, située un peu plus haut dans la rue, soit de jeunes aristocrates en goguette comme celui dont elle portait le costume, arpentant la rue d'un pas nonchalant en direction du fameux établissement.

À présent, elle était le comte de Lalonde. Sa tenue lui allait comme une seconde peau. Manteau de velours bleu ciel, perruque poudrée, rapière à la ceinture, bas de soie, montre à gousset, sans oublier l'anneau sigillaire qu'elle avait fait fabriquer tout spécialement à la taille de son doigt.

Lalonde était son double, son complice, son meilleur allié. Qu'il plaise ou non au marquis de Langford était le cadet de ses soucis !

Elle n'avait pas autorisé ce dernier à entrer chez elle, un peu plus tôt, lorsqu'elle avait effectué une brève visite au 17, Jassamine Lane. Il avait dû l'attendre dehors, le temps qu'elle se change, que son personnel soit occupé, et qu'elle puisse sortir en toute discrétion. Lorsqu'il l'avait vue, il s'était contenté de l'étudier d'un regard attentif, en s'attardant particulièrement sur l'épée fixée à sa ceinture. Puis, sans un commentaire, il avait hélé un fiacre.

Pendant que le cocher comptait sa monnaie, la porte rouge s'ouvrit. Du coin de l'œil, Tess observa l'homme qui sortait des ombres dorées de la maison Léveillé. Il prit avec un soin méticuleux la canne et les gants qu'on lui tendait. Il était plus jeune que la clientèle habituelle de l'établissement, songea-t-elle en le regardant dévaler l'escalier.

Soudain, son pied glissa. Il se rétablit au dernier moment, mais dans le mouvement, son manteau s'était ouvert, révélant une veste orange vif rayée de jaune. Il dégageait une tenace odeur de fine champagne, qui vint frapper les narines de Tess bien avant que le jeune homme ne la croise. Celle-ci sourit discrètement. La maison Léveillé ne servait que ce qu'il y avait de meilleur.

L'air frais sembla lui rendre ses esprits. Tess le vit se diriger d'un pas plus assuré en direction du prochain carrefour, où un landau noir brillant s'avançait vers lui. Rien ne trahissait la véritable nature des activités qui se déroulaient derrière les portes de Mme Léveillé, mais les attelages portant la couronne royale demeuraient toutefois à prudente distance de la fameuse maison...

Christoff en avait fini avec le cocher. Elle entendit la voix de l'homme rappelant les chevaux à l'ordre, le grincement de l'acier des roues sur le pavé, mais elle préféra attendre, les yeux baissés, que le marquis la rejoigne. Puis le pied de celui-ci entra dans son champ de vision, ou plus exactement sa chaussure gauche, une petite merveille de cuir finement grainé, ornée d'une lourde boucle d'argent incrustée de topaze qui avait dû coûter plus que ce qu'une fille de comptoir devait gagner en dix ans de labeur.

Tess, elle, aurait pu vivre trois mois avec le prix de cette boucle. Son loyer, son personnel de maison, son train de vie, elle aurait tout payé, rubis sur l'ongle. Et pourtant, elle était prête à parier que Christoff l'avait à peine remarquée, fixée sur sa chaussure.

— À partir de cet instant, l'informa-t-elle à voix basse, je suis le comte de Lalonde. Mes terres ancestrales sont en France, en Corrèze, et je dilapide leur revenu comme bon me semble. J'aime le jeu, la boisson et les femmes.

Les traits du marquis se contractèrent en une expression qui couvrait à peu près toute la gamme des émotions entre la stupeur et l'amusement. De nouveau, Tess réprima un éclat de rire.

— Soyez aimable de vous en souvenir une fois que nous serons dans la place, et prenez garde ! Ne m'appelez jamais par mon nom, ne me traitez jamais comme une dame.

— Je tâcherai de m'en souvenir, comte.

C'était de l'amusement, à la réflexion. Tess fronça les sourcils.

— Si vous n'êtes pas prêt à jouer le jeu, mieux vaut vous en aller tout de suite.

— Sans vous ? Pas question.

— Alors dans ce cas, soyez plus discret. Si vous me couvez ainsi du regard, on risque de se demander ce que nous venons chercher auprès de ces demoiselles.

Aussitôt, elle vit son regard émeraude s'assombrir. Ses lèvres n'étaient plus qu'un mince trait. L'avait-elle blessé ? Tant mieux ! Depuis ce matin, manifestement persuadé qu'elle ne le remarquait pas, il la dévorait des yeux, au point que c'en était gênant.

Là n'était cependant pas le pire. Ce qui portait sa gêne à son comble, c'était cette lueur indéchiffrable qui brillait tout au fond de ses prunelles, dans laquelle il y avait, pêle-mêle, de la tendresse, de l'espoir, ainsi qu'une sourde douleur qui lui serrait le cœur.

Malgré elle, le goût de ses baisers lui revenait alors, s'attardant sur ses lèvres avec la même douceur traîtresse que le miel d'automne. L'écho de sa voix résonnait à ses oreilles, ainsi que ses paroles, dont le seul souvenir la faisait rougir. *Je veux vous embrasser de nouveau, vous toucher, vous prendre dans mes bras, et vous entendre m'appeler quand je serai en vous...*

À la réflexion, mieux valait qu'il soit en colère. C'était plus sûr.

Tout en se faisant ces réflexions, Tess ôta son chapeau pour mettre de l'ordre dans ses boucles aux reflets argentés.

— Je ne vous présenterai pas. Contentez-vous de rester avec moi et essayez d'avoir l'air plus...

— Oui ?

— Moins sérieux. Vous êtes ici pour vous divertir, lord Langford.

Ses lèvres s'étirèrent en un semblant de sourire – celui du Loup tentant de séduire le Petit Chaperon rouge.

— *Voilà qui est mieux*, le complimenta-t-elle en français.

Le majordome et tous les portiers connaissaient le comte de Lalonde. Celui-ci n'était pas un habitué, mais on les payait pour mémoriser les visages, ainsi que les capes, cannes et autres accessoires appartenant à la clientèle de Mme Léveillé.

Le marquis sur ses talons, Tess entra et fut accueillie avec force courbettes. On les escorta jusqu'à un petit salon situé sur le devant de la maison, où on les laissa seuls.

— Très conventionnel, commenta Christoff en examinant une figurine de cerf posée sur une console.

Il parcourut la pièce d'un regard rapide.

— Moi qui avais espéré des tentures de velours rouge et des narguilés...

— Désolée de vous décevoir.

Elle se posta près d'une causeuse tendue de chintz rose, la main sur le pommeau de son épée, et regarda son compagnon se diriger vers la fenêtre. Le contraste entre sa silhouette féline, toute en puissance, et les rideaux en léger voile de gaze orné de fleurs de lis contre lesquels elle se découpait était des plus saisissants.

— Votre fuyard est-il un client de cette maison ?

— Possible ; nous serons vite fixés sur ce point. Toutefois, ce n'est pas lui que nous sommes venus voir.

Le marquis se tourna vers un vase de tulipes pour en humer le parfum.

— Vous évoluez dans des cercles très particuliers, monsieur le comte.

Les doubles portes donnant sur l'arrière de la maison s'ouvrirent, poussées par une femme qui se dirigea vers Tess, les bras tendus. Si elle n'avait laissé ses longs cheveux roux et bouclés flotter librement sur ses épaules, songea Tess en admirant sa robe de soie aux reflets moirés et les opales laiteuses qui ornaient son cou et ses oreilles, on aurait pu croire qu'elle revenait tout juste d'un bal au palais royal.

— Monsieur de Lalonde ! s'exclama Mim de sa voix la plus sophistiquée.

— Mes hommages, ma chère.

Mim se tourna alors vers Christoff. L'espace d'un instant, Tess vit se fendiller son masque impassible. Un éclair d'intérêt passa furtivement dans son regard gris. Lorsque son amie et complice reprit la parole, cependant, rien ne laissait deviner son trouble.

— Et vous avez amené un ami ? Soyez le bienvenu, monsieur.

Christoff la salua d'un bref hochement de tête. Il ne lui sourit pas, mais son expression avait perdu un peu de sa sauvagerie. Il ne paraissait pas indifférent au charme de Mim, si Tess en jugeait au regard qu'il portait sur elle, un brin plus appuyé que ne le nécessitait la stricte politesse...

Refoulant un geste d'agacement – en quoi les amours du marquis de Langford l'intéressaient-elles, à présent ? Sans compter qu'avec le temps, elle s'était habituée aux hommages de la gent masculine à l'éclatante beauté de son amie ! – Tess se tourna vers Mim.

— Cela fait si longtemps qu'on ne vous a pas vue ! déclara celle-ci en s'adressant à Tess. Je vous en prie, entrez donc. Par ici, messieurs.

Tess lui offrit son bras, qu'elle prit avec grâce et naturel, et elles se dirigèrent vers le hall intérieur, Christoff sur leurs talons.

Ce dernier espérait un décor plus exotique ? Il allait être servi ! Une fois franchi le salon d'accueil à l'ameublement élégant mais un peu froid, la maison commençait à révéler son véritable aspect. Ici, régnait la pénombre, trouée çà et là par les lueurs que projetaient quelques lanternes aux panneaux de verre rubis et or accrochées aux murs. Les plafonds étaient tendus d'étoffes soyeuses, les murs ornés de fresques représentant des couples célébrant la gloire d'Éros, sur fond de palais orientaux et de harems aux lourdes dorures.

À mesure qu'ils passaient devant les portes, ils pouvaient distinguer, ici des éclats de rire étouffés, des soupirs et des halètements, là le son de l'eau ruisselant sur la pierre ou celui d'une viole vibrant dans l'air calme. Une odeur d'opium flottait dans l'air, étourdissante. Tess s'efforça de retenir son souffle jusqu'à ce qu'ils se soient éloignés.

— Prendrez-vous un petit déjeuner ? Une coupe de champagne ? proposa Mim. Peut-être autre chose vous tenterait-il ?

Ils entraient à présent dans le cœur de la maison, un grand salon comportant de nombreux sofas et canapés recouverts d'épais coussins. Dans un angle de la pièce, une jeune fille à la peau dorée et aux yeux noirs jouait doucement du clavecin.

Il y avait moins d'hommes que lors de la dernière visite de Tess, seulement cinq, dont deux qu'elle reconnaissait. Autour d'eux, un aréopage de demoiselles s'activait à les divertir et à les taquiner. C'était le matin, se rappela-t-elle. La plupart des clients de Mim étaient déjà dans les chambres, ou rentrés chez eux retrouver leurs légitimes épouses.

La musicienne tourna les yeux vers eux à leur arrivée. Cessant aussitôt de jouer, elle se leva pour venir à leur rencontre d'un pas nonchalant.

— Gaétan, dit-elle en déposant un baiser léger sur les lèvres de Tess.

Elle la prit par le bras et poursuivit, en français :

— *Tu viens d'arriver ? Je m'ennuyais de toi !*

— *Et moi de toi, ma belle,* répondit Tess dans la même langue. J'étais en voyage, mais j'ai pensé à toi. Tiens, je t'ai rapporté une babiole de Calais.

Tout en parlant, elle avait sorti de la poche de sa veste un petit médaillon en or finement ouvragé, accroché à un ruban de soie bleu roi. La jeune fille, que l'on appelait Portia, battit joyeusement des mains, attirant l'attention de l'assistance.

Tess connaissait l'effet de cette petite mise en scène sur les clients à demi endormis par l'alcool – du moins, l'effet qu'elle espérait produire. Dans ce jeu de hasard, Christoff Langford était sa carte inconnue. Il pouvait se révéler son meilleur atout… ou au contraire la mauvaise pioche qui lui ferait perdre la partie !

Les mains dans le dos, l'air vaguement ennuyé, celui-ci semblait observer un couple alangui sur un sofa, l'homme mollement étendu, la femme dénouant sa cravate avec des gestes lascifs ponctués de petits rires excités. Puis il posa son regard sur elle, et l'émeraude de ses yeux brilla soudain d'un éclat intense.

— Mais… il est vide ! s'exclama Portia qui venait d'ouvrir le médaillon. Il me faut une boucle de tes cheveux !

— Tes désirs sont des ordres, répondit Tess en tenant le bijou suspendu par son ruban, avant de le déposer dans la paume ouverte de Portia.

Puis, avec un petit sourire à l'intention de leur hôtesse, elle ajouta :

— Nous allons réparer cet oubli sans tarder.

Mim désigna le marquis.

— Et votre ami ?

— Il doit y avoir de la place pour deux mèches de cheveux dans ce médaillon, dit Tess.

— À votre convenance. Portia, la chambre aux roses est prête.

— Bien, madame.

Prenant Tess et Christoff par la main, la jeune fille les entraîna hors du salon. En quittant la pièce, Tess entendit qu'une autre avait pris sa place au clavecin. Une nouvelle mélodie s'éleva dans l'air, aussi douce et apaisante que celle que jouait Portia à leur arrivée.

Celle-ci s'arrêta devant une porte et l'ouvrit, avant de leur céder le passage. Tess entra la première. Elle connaissait l'endroit, avec son mobilier de bois sombre et son parfum d'eau de Cologne et de draps propres.

Derrière elles, Christoff referma la porte. Tess intercepta le coup d'œil que Portia jetait à celui-ci – un regard qu'elle avait déjà vu cent fois à Darkfrith ! Puis la jeune fille se dirigea vers le lit, releva ses jupes et monta sur le matelas. Là, elle poussa sur une moulure ornant la corniche qui courait le long du mur. Il y eut un déclic, suivi d'un grincement. Puis, dans une bouffée d'air à l'odeur de renfermé, une porte dérobée située près de la tête du lit s'ouvrit lentement.

Portia descendit du lit et franchit ce passage.

— Merci pour le bijou, dit-elle avec un sourire plus timide et plus naturel.

— Ce n'est rien.

Après un petit salut, la jeune fille disparut et la porte se referma.

Tess avait beau être déjà venue dans cette chambre à plusieurs reprises, elle s'y sentait toujours aussi mal à l'aise. L'endroit était glacial et suffocant à la fois, en dépit du somptueux lit recouvert de satin rose et orangé, de la table de backgammon garnie de cuir et des vastes miroirs disposés en vis-à-vis, dans lesquels sa silhouette se reflétait à l'infini.

Il y avait aussi des placards qu'elle n'avait jamais ouverts, et des endroits qu'elle n'avait pas observés avec attention. Il lui suffisait de connaître le mécanisme du passage secret, et de savoir que la porte principale n'était jamais verrouillée.

— Tout va bien, détendez-vous, dit-elle à Christoff, qui se tenait encore à l'entrée de la pièce. Ici, on ne nous entendra pas. Il y a bien des judas derrière les cloisons, mais personne ne nous regarde.

Kit avait déjà remarqué la présence de trous dans les murs, habilement dissimulés dans les motifs du papier peint. Des endroits comme celui-ci offraient rarement une véritable intimité. Il tendit l'oreille, attentif. Tess avait raison. Il ne décelait aucune respiration, aucune odeur humaine. Ils étaient seuls.

Une longue chaîne métallique entourait l'un des montants du lit.

— Cette chambre ne me paraît pas spécialement dédiée à la détente, riposta-t-il en faisant courir son doigt le long des maillons.

Il vit l'ombre d'un sourire éclairer son visage.

— En effet, admit-elle en s'asseyant à la table de jeu, la main prudemment plaquée sur son épée.

— Avez-vous confiance en cette fille ?

— Dans une heure environ, elle retournera à son clavecin, son nouveau médaillon autour du cou. Elle s'attardera encore un peu, mais à dix heures, elle sera partie.

Tess marqua une pause.

— Elle répondra aux éventuelles questions à propos du comte par quelques indiscrétions bien choisies. M. de Lalonde préfère l'absinthe au sherry, le sucré au salé, le fouet aux menottes. Ne prenez pas cet air choqué. Il est français, après tout !

— Je ne suis pas choqué, rectifia Kit. Je suis consterné.

— Pas pour Portia, j'espère. Elle est grassement rétribuée pour ses mensonges.

— Pour vous, répondit-il en prenant place en face d'elle.

D'une main très douce – Tess était si rétive ! – il caressa son visage.

— Quelle étrange existence vous avez menée…

Ce n'était qu'un geste de compassion, mais elle s'écarta de lui comme s'il l'avait giflée. Kit laissa retomber sa main, désolé. Sous ses doigts, il pouvait encore sentir la chaleur brûlante de sa joue, qui se diffusait dans tout son être comme une traînée de poudre. Comme chaque fois qu'il la touchait.

— Et pour moi, reprit-il d'un ton plus sec. Rien qu'une heure avec cette fille, alors que nous sommes deux ! Tout compte fait, je commence à me demander si ma réputation y survivra.

À ces mots, le visage de Tess s'empourpra. Connaissait-elle d'expérience ce dont il parlait, ou par ouï-dire seulement ? Il aurait donné cher pour le savoir. Et bien sûr, pas moyen de lui poser la question. Elle lui répondrait par un rire moqueur, ou par un mensonge. Voire les deux. Son passé était un tel mystère que, pour l'instant, il en était réduit aux conjectures.

Pour l'instant.

Elle portait la culotte avec une aisance confondante, et il avait déjà tâté de son épée : elle se défendait comme un homme. Pourtant, il lui arrivait parfois, en la regardant à la dérobée, de voir en elle une tout autre personne – timide, farouche, presque enfantine. Et malgré cela, elle était femme, pleinement femme, il le voyait au souple balancement de ses hanches, à ses gestes gracieux, à ses sourires tendres.

Audacieuse et maladroite, ardente et inexpérimentée… Un homme pouvait-il rêver une amante aussi excitante ?

Seul problème, elle faisait preuve d'une capacité de résistance à ses assauts hors du commun. Kit réprima un soupir de frustration. Combien de temps sa patience allait-elle être mise à l'épreuve ?

Un bruit de pas dans le couloir les fit sursauter en même temps. Quelqu'un venait. Une femme, s'il en jugeait au frou-frou soyeux et au claquement de talons qui résonnaient sur le sol. La porte dérobée s'ouvrit, et Kit vit entrer leur hôtesse aux cheveux roux, dont les larges jupes passaient tout juste dans l'encadrement.

— Ma chère Tess ! Je commençais à me demander quand je te reverrais !

— J'ai été retardée, dit celle-ci en se levant.

— Je vois que tu avais les meilleures raisons du monde.

La femme jeta un regard approbateur en direction de Kit.

— Lord Langford, c'est un plaisir de vous voir.

Sans plus de façons, elle s'assit sur le bord du lit, dévoilant de fines chevilles qui dépassaient d'un flot de jupons bordés de dentelle.

— Pardonnez-moi, dit-elle, j'ai été debout toute la nuit.

— Mim dirige cette maison, expliqua Tess sans un regard pour Kit. Entre autres activités.

— Oh ! je ne suis qu'une simple comptable, ces jours-ci ! répondit la dénommée Mim d'un ton léger. Mais je te remercie, ma chérie.

— Tu sais pourquoi nous sommes ici.

— Je présume. Pourtant, j'avoue être assez surprise. Tu semblais tellement détachée, l'autre jour au musée, que jamais je n'aurais cru que tu connaissais personnellement M. le marquis.

— Nous nous sommes rencontrés il y a quelques jours, dit Tess en adressant à Kit un regard sévère.

— Et vous voilà déjà amis intimes ? C'est merveilleux !

— Mim, à propos du diamant… il faut que je sache. Te l'a-t-il apporté ?

Le sourire de Mim se figea, tandis que son regard passait de Kit à Tess, et inversement.

— Je ne vois pas de qui tu veux parler.

— Allons ! dit Tess en fouillant dans la poche de sa veste. Celui qui a volé la perle noire des Cumberland, et la bague à intaille Vishney. Il est à peu près de la taille de Langford, blond-roux, et il boite quelquefois.

Elle sortit de son vêtement une petite bourse de cuir qu'elle lança à l'autre femme. Celle-ci la saisit au vol dans un cliquetis de pièces.

— À part toi, je ne vois pas à qui il pourrait s'adresser, ajouta Tess. Tu es la meilleure receleuse, et tout le monde le sait. S'il n'est pas en route pour l'étranger, il est déjà venu te voir.

— Je suis tenue au secret professionnel.

— Je le sais, Mim, mais c'est de la plus haute importance.

— Tiens donc ! Depuis quand es-tu du côté de la loi ?

— Depuis moi, murmura Kit, ce qui lui valut un regard noir de la part de Tess.

— Je ne suis du côté de rien ni de personne, à part mes propres intérêts, répondit celle-ci. Je veux ce diamant, rien de plus.

— Eh bien... dit Mim en jouant distraitement avec la bourse. J'ai entendu dire que l'impératrice Elizaveta nourrissait une passion sans bornes pour les pierres très brillantes, surtout les grosses. Ton diamant pourrait bien être en chemin vers la Russie.

Il sembla à Kit que la température de la chambre venait de descendre d'un cran.

— En êtes-vous bien sûre, madame ? demanda-t-il d'un ton volontairement détaché. Pour ma part, j'ai du mal à le croire. Je dirais même que ce joyau se trouvait dans cette chambre il n'y a pas trois heures. Est-ce que je me trompe ?

Mim tressaillit imperceptiblement. Derrière son expression composée, Kit vit son regard briller de stupéfaction. Il sourit.

— Appelez cela une intuition, ajouta-t-il. Il m'arrive parfois d'en avoir.

C'était plus qu'une intuition : une certitude. L'énergie de *Darko* vibrait dans l'air confiné de cette chambre, plus concentrée encore au niveau de la table de backgammon. Kit avait passé plus de temps que n'importe lequel de ses *drakons* auprès du diamant sacré de son clan. En tant qu'Alpha, c'était son droit le plus strict, et il en avait usé sans restrictions.

Il avait consacré des journées entières à l'étudier, à en mémoriser la moindre arête, la plus fine veine, peut-être parce que, tout au fond de lui, il savait qu'un jour il le perdrait. Voilà pourquoi il connaissait sa puissance et sa froide luminosité, et cette forme d'énergie si particulière qui, en cet instant, murmurait à son oreille, tel un spectre familier : *J'étais ici, là où tu te trouves.*

— S'il te plaît, insista Tess avec une ferveur que Kit ne lui connaissait pas. Mim, je t'en prie.

La jolie rousse descendit du lit.

— J'ai effectivement reçu une proposition, admit-elle en époussetant sa jupe avec affectation. Je ne l'ai pas acceptée.

Elle haussa les épaules avec une charmante nonchalance.

— Je te l'ai déjà dit, chérie, cette pierre est vraiment hors du commun ; j'aurais un mal de chien à m'en débarrasser. Comme le naïf qui l'a volée, d'ailleurs.

— Qui est-ce ? demanda Kit.

— Je ne saurais le dire, lui répondit-elle avec un sourire affable. Il n'a pas voulu me donner son nom.

Puis, se tournant vers Tess :

— Comme tous les autres, d'ailleurs, ajouta-t-elle.

Kit croisa le regard de sa compagne. Elle restait impassible sous son masque de fards, mais dans ses yeux noirs, il vit passer un reflet sombre, sauvage, presque cruel. À moins que ce ne soit un effet de l'éclairage ? Il n'aurait su le dire.

Il s'approcha d'elle et prit sa main.

— King's Court, au numéro trente et un, dit soudain la courtisane, manifestement à contrecœur. C'est dans Chelsea. Il m'a dit que je pourrais le trouver à cette adresse si je changeais d'avis. Parole d'honneur, je vous ai dit tout ce que je savais.

Elle secoua la tête d'un air contrarié.

— Et que le diable vous emporte si vous dites à qui que ce soit que j'ai parlé.

— Ce n'est pas possible ! s'exclama Tess, dépitée.

Sans même ouvrir la portière, ils regardèrent de nouveau par la fenêtre du fiacre.

MÉNAGERIE GRAHAM – BÊTES SAUVAGES ET ANIMAUX INCROYABLES ! proclamait la pancarte en bois aux couleurs vives qui se balançait au-dessus de l'entrée du numéro 31 de King's Court.

À première vue, l'endroit n'était guère plus qu'un minuscule parc animalier, étroitement entouré de rues et d'immeubles.

— Cocher ! appela le marquis. Est-ce la seule rue nommée King's Court dans Chelsea ?

— Ouais, répondit ce dernier, dont la voix assourdie leur parvint à travers les parois de l'habitacle.

Des gens entraient et sortaient de la ménagerie, des hommes, des femmes, de jeunes enfants aux joues rouges tirant avec impatience sur la main de leurs parents. Juste après la pancarte, une petite guérite aux murs blanchis à la chaux abritait un homme chauve en veste beige, qui prenait la monnaie des visiteurs et leur tendait des billets d'entrée.

Au-delà, tout ce que Tess pouvait voir de la ménagerie se résumait à quelques buissons et futaies entre lesquels disparaissait un étroit sentier de gravier.

Au loin, une créature que Tess n'aurait su nommer laissa échapper un hurlement effrayant. La jeune femme frissonna, mal à l'aise. Un vol de moineaux s'échappa des arbres et s'envola dans le ciel londonien.

— Roulez ! ordonna Christoff en cognant le toit de son poing fermé.

Tess se tourna vers lui en se retenant à la lanière fixée près de sa tête lorsque le fiacre fut secoué par une profonde ornière.

— Que faites-vous ? Nous devons y aller !

— Le petit-déjeuner est loin, et l'heure du lunch pratiquement passée, déclara Kit d'un ton tranquille. Vous, je ne sais pas, mais en ce qui me concerne, j'ai l'habitude de déjeuner.

Il s'adossa à son siège capitonné, ses yeux pâles soudain brillants.

— Et je ne crois pas, ajouta-t-il, que ce soit une bonne idée de visiter un tel endroit le ventre vide.

11

C'était la hyène au pelage miteux qui avait poussé le hurlement. Du moins Tess le supposa-t-elle en l'entendant répéter son lugubre appel, à peine atténué, alors qu'ils s'approchaient de son enclos.

Dès que l'animal les aperçut, il recula jusqu'à sa niche, toujours grondant, sans les quitter un instant des yeux.

TOUT DROIT VENUE DE LA TERRIBLE JUNGLE AFRICAINE ! L'UNE DES BRUTES LES PLUS SANGUINAIRES DU RÈGNE ANIMAL !

— C'est insupportable, gémit Tess.

Comme tous les autres pensionnaires de la ménagerie, la hyène, en leur présence, était prise d'une folle terreur, qu'elle manifestait avec force cris et gémissements. C'était pire que l'odeur pestilentielle qui flottait ici, songea-t-elle en plaquant son mouchoir de dentelle sur son nez.

— Aucun membre du clan, ajouta-t-elle, même un fuyard, n'aurait l'idée saugrenue de venir ici, et encore moins d'y cacher un diamant.

— Ce qui fait de cet endroit la cachette idéale, répondit Christoff sans se donner la peine de baisser la voix. Notre homme est diablement intelligent. Qui parmi nous aurait l'idée de visiter une ménagerie ?

— Personne, admit Tess.

Deux employées de maison qui se trouvaient non loin d'eux se bouchèrent les oreilles de leurs mains pour se protéger du bruit. Le petit garçon qu'elles accompagnaient les imita aussitôt avec un rire joyeux, et les deux femmes eurent bien du mal à l'éloigner de la cage de la hyène.

Impatiente d'en faire autant, Tess prit son compagnon par le bras pour l'entraîner vers le relatif abri qu'offrait un bosquet.

— Même si le fuyard est venu ici, nous avons perdu sa trace.

Christoff l'observa d'un regard curieux.

— Ne le sentez-vous donc pas ?

— Quoi donc ? Le vent ? Le soleil ? Le désespoir de toutes ces pauvres bêtes ?

— *Darko*, murmura Christoff d'une voix tendue.

Tess ne répondit pas. Un martèlement régulier venait de s'élever, couvrant par instants les grondements de la hyène. Armé d'un tisonnier, le gardien au crâne chauve frappait à coups répétés la niche où s'était réfugié l'animal, dont les hurlements avaient repris de plus belle.

— Boucle-la, sale bestiole ! cria l'homme.

— Excusez-moi, dit Christoff en s'écartant de Tess pour retourner vers l'enclos.

D'un geste brusque, il attrapa le poignet du gardien alors que celui-ci s'apprêtait à taper une fois de plus sur la niche, et le repoussa avec violence. L'homme lâcha le tisonnier, qui heurta les barreaux de la cage avec un tintement assourdissant. La hyène poussa un gémissement à fendre l'âme.

— Vous ne faites pas cela, dit Christoff en détachant nettement les syllabes.

— Eh, vous ! Qu'est-ce que vous…

— Écoutez-moi, mon ami. Vous ne ferez plus jamais cela.

— Je…

Intriguée, Tess s'approcha d'eux. La hyène lui lança un regard fou de terreur et continua à gémir. Au loin, les singes se mirent à pousser des cris perçants.

Lorsque Tess arriva à proximité de l'enclos, le gardien hochait la tête d'un air docile.

— Je ne le ferai plus, disait-il.

— Vous nettoierez sa cage et lui donnerez de l'eau fraîche.

— *Aye*.

Arrondissant ses lèvres en silence, Tess forma le mot *paille*.

— De plus, vous changerez sa litière, ajouta Christoff, et vous lui apporterez une double ration de viande ce soir. Vous n'aurez qu'à lui offrir la vôtre.

— Bien, *sir*.

— Parfait.

Christoff se baissa pour ramasser le tisonnier, qu'il rendit à son propriétaire.

— Et éloignez ceci, vous terrorisez cet animal.

L'homme prit l'objet et s'en alla sans un regard en arrière. Pendant que Tess et Christoff retournaient sous les arbres, la hyène parut se calmer.

— C'est impressionnant, dit Tess. Où avez-vous appris à faire cela ?

— Je suppose que c'est inné. Ça ne marche qu'avec les humains, bien entendu, et les effets en sont limités dans le temps, mais cela m'a souvent rendu service. Ne savez-vous pas le faire ? Je pensais que vous aviez tous les Dons.

— Il m'est arrivé à l'occasion d'utiliser ce petit talent, admit Tess, mais je crains de ne pas posséder votre force de persuasion.

À ces mots, un sourire éclaira le visage de Christoff, si chaleureux, si séduisant qu'elle aurait voulu le garder pour elle seule.

— Il suffit d'un peu d'entraînement, ma belle.

— Comte.

— Comte, rectifia-t-il en lui décochant un clin d'œil complice. À propos d'entraînement…

— Je perçois effectivement sa présence, l'interrompit Tess.

À vrai dire, elle en était la première surprise. Pourtant, elle ressentait bel et bien la vibration subtile, à la limite de ses perceptions, qui dansait dans l'air, telle une flamme sur l'horizon.

— Elle est presque imperceptible, ajouta-t-elle en fermant les yeux pour mieux se concentrer, mais j'en suis certaine. *Darko* a été ici.

— Je pense qu'il y est encore. Et le fuyard ?

Tess tenta de localiser celui-ci, sans résultat.

— Non, répondit-elle en rouvrant les yeux après de longues secondes d'effort.

— Tant pis. Un sur deux, c'est déjà un bon début, pour notre première journée de recherches. Poursuivons-nous notre visite, monsieur le comte ?

Ils reprirent le sentier et arrivèrent bientôt devant un enclos où se trouvait une panthère aux yeux jaunes. Un groupe d'écolières se pressait contre les barreaux en poussant de petits cris d'excitation. À l'arrivée de Christoff et de Tess, le félin hérissa le poil et recula dans un angle de sa cage en feulant.

— Vous avez été bon pour cette pauvre créature, tout à l'heure, murmura Tess sans tourner la tête vers son compagnon.

— Simple question de solidarité, dit-il, le regard rivé sur la panthère. Si le destin en avait décidé autrement, c'est nous qui pourrions nous trouver à l'intérieur de cette cage.

La ménagerie n'était pas grande, mais il leur fallut une bonne partie de l'après-midi pour la parcourir entièrement. Christoff avait tenu à ce qu'ils fassent une halte devant chaque cage, quitte à supporter le vacarme que produisait systématiquement leur présence, pour tenter de localiser *Darko*. Un peu, songea Tess avec amusement, comme s'ils jouaient à un jeu d'enfant. *Tu refroidis. Tu chauffes. Tu brûles, tu brûles !*

Il ne lui avait pas fallu longtemps pour comprendre que c'était Christoff qui le menait, ce jeu. Il l'attendait lorsqu'elle s'attardait, tout en la guidant pour l'aider à se concentrer sur l'objet de leurs recherches.

À une ou deux reprises, lorsque personne ne pouvait les voir, il lui avait demandé de placer sa main bien à plat sur la sienne – paume contre paume, doigts contre doigts – afin d'augmenter ses sensations.

— Maintenant ! ordonna-t-il soudain dans un murmure, alors qu'ils venaient de renouveler l'expérience. Essayez de nouveau.

S'efforçant d'oublier les piaillements frénétiques d'un couple de perroquets rouges, Tess obéit. Un flot d'énergie traversa sa main et, aussitôt, il lui sembla que son acuité se décuplait. Cette fois, elle n'eut pas besoin de fermer les yeux pour trouver l'énergie de la pierre.

Elle chercha le regard de son compagnon. Dans ses iris étincelants, telles deux émeraudes traversées par un rayon de soleil, elle lut la confirmation de ce que ses sens lui criaient.

Darko était tout près d'eux.

Galvanisés par l'impatience, ils reprirent leur exploration dans la lueur dorée du jour déclinant. Les visiteurs étaient presque tous partis, et les animaux semblaient avoir sombré dans la torpeur de la fin de l'après-midi. Le calme régnait à présent sur la ménagerie ; même les passereaux avaient déserté les frondaisons. On entendait, au-delà des arbres, le murmure de la ville.

Le soleil bas sur l'horizon jouait dans les feuillages, projetant des ombres tachetées sur la fosse emplie de gros rochers et de vase jaunâtre devant laquelle ils venaient d'arriver – le dernier enclos qu'il leur restait à examiner.

CROCODILES, annonçait un panneau fixé devant la fosse. LES SOURNOIS MANGEURS D'HOMMES QUI PULLULENT DANS LES EAUX DU NIL DE CLÉOPÂTRE.

Tess sursauta. Un rocher venait de bouger ! Le cœur battant, elle vit une énorme tête sortir de l'écume, puis une bouche hérissée de dents pointues s'ouvrir en un bâillement démesuré. Le crocodile frappa l'eau d'un coup de queue avec un sifflement haineux.

— Au moins, celui-là ne nous casse pas les oreilles, commenta Christoff, flegmatique.

— *Darko* ne peut pas être là ! protesta Tess, désemparée. Comment l'aurait-on mis là ?

— En le jetant.

— Pourquoi le voleur aurait-il fait une chose pareille ?

— Par jeu. Par défi. Parce qu'il ne voulait le laisser à personne... Que sais-je ? Ce qui compte, ma belle, c'est que le diamant est ici. Dans cette fosse.

Christoff avait raison. Tess percevait elle aussi la présence de la pierre sacrée.

Un autre reptile rejoignit le premier près de la rive et claqua des mâchoires dans leur direction avec un grondement menaçant.

Horreur ! Que faire, à présent ?

— Rien pour l'instant, dit Christoff.

Tess s'aperçut qu'elle avait parlé à voix haute. Son compagnon désigna d'un coup de menton deux ouvriers qui venaient dans leur direction.

— On dirait que le parc ferme ses portes. Nous reviendrons à la nuit tombée.

— Et s'il passe récupérer le diamant pendant ce temps ?

— Entre nous, cela me conviendrait très bien. S'il pouvait avoir la bonne idée de nous épargner une baignade dans une mare infestée de crocodiles, je lui en serais reconnaissant. Malheureusement, il ne faut pas y compter.

Il hocha la tête d'un air pensif, avant d'ajouter :

— Quelque chose me dit que notre fuyard a décidé de s'amuser à nos dépens.

Fidèle à sa parole, le gardien passa dans la soirée pour donner à manger à la hyène. Tess l'entendit jeter le morceau de viande, qui tomba sur la paille fraîche avec un bruit mat. L'animal se jeta dessus et le tira vers sa cage, tout en surveillant du coin de l'œil le vieil if noueux qui surmontait son enclos.

À plat ventre au côté de Christoff sur l'une des plus hautes branches de l'arbre, Tess réprima un frisson. La nuit était fraîche. Un petit vent glacé soufflait, balayant le ciel pur, faisant scintiller les étoiles.

Au loin, elle pouvait voir la fosse aux crocodiles, dont aucun bosquet ne masquait l'entrée. En dessous d'eux, le gardien s'éloigna de son pas lourd et se dirigea vers un baraquement délabré, où il s'enferma.

Les griffes plantées dans le morceau de viande qu'elle déchiquetait de ses dents pointues, la hyène dévorait son repas, sans cesser pour autant de gronder et de lever vers eux des regards inquiets. Un nouveau frisson parcourut l'échine de Tess.

Son compagnon dut le remarquer car il passa sa main dans son dos dans un geste rassurant. Il lui adressa un léger sourire… avant de Muer et de disparaître dans un bruissement de vent entre les branches.

Tess Mua à son tour et le suivit jusqu'à la fosse, où elle reprit son apparence habituelle à une distance prudente du bord. Au-delà des bosquets, les singes s'agitèrent soudain, réveillant la lionne qui poussa un rugissement sauvage.

Instinctivement, Tess observa les alentours, scrutant les ombres d'un regard acéré. Elle s'était attendue à voir quelqu'un, peut-être le fuyard, mais il n'y avait personne.

En contrebas, les crocodiles s'agitèrent dans l'eau boueuse. Rien ne les séparait d'elle, sinon les pentes abruptes de leur fosse et une simple barrière en bois usée. À l'autre extrémité, la mare donnait sur une petite plage de sable où l'un des reptiles les observait de ses petits yeux cruels. L'autre devait encore être dans l'eau, mais il faisait trop sombre pour que Tess puisse le voir.

Les mains appuyées sur la rambarde en bois, Christoff examinait les lieux. Tess s'interdit de le regarder. S'habituerait-elle un jour à sa troublante nudité ?

— Je n'aime pas votre plan, dit-elle pour la dixième fois.

— Désolé, mais je n'en ai pas d'autre à vous proposer, répondit-il sans cesser de sonder l'obscurité. Comme je suis le seul de nous deux qui sache nager, c'est moi qui irai dans la fosse pendant que vous monterez la garde.

La descente ne poserait pas de problème. Par contre, Tess ne voyait pas comment son compagnon comptait retrouver le diamant dans la vase. Et en admettant qu'il y parvienne, il ne pourrait s'en emparer qu'à la condition de conserver son apparence humaine. Un nuage de brume ne pouvait rien soulever, et il n'y avait pas de place pour un dragon dans la fosse.

— Et s'ils l'ont mangé ? demanda-t-elle en le rejoignant près de la barrière.

— Espérons que ce n'est pas le cas. Ces pauvres créatures mènent déjà une existence suffisamment pénible ; je m'en voudrais de devoir les éventrer, fût-ce pour un motif aussi noble que le diamant sacré du clan. Nous devrions attendre qu'il ressorte.

— Oh !

— *Aye*. Je préférerais cela à *ceci*.

Il désigna la fosse.

— Êtes-vous prête ?

— Oui.

Il se tourna alors vers elle et la parcourut d'un long regard, comme s'il voulait graver dans sa mémoire toutes les courbes de son corps.

— Me donnerez-vous un baiser pour me porter chance ?

À ces mots, le cœur de Tess s'emballa, tandis qu'une chaleur soudaine montait à ses joues.

— Notez que je demande, au lieu d'exiger, reprit Christoff en lui tendant sa main, paume ouverte.

Même les plus brutaux d'entre nous peuvent faire des progrès.

Tess détourna le regard.

— Vous n'avez rien d'une brute.

— Tant mieux. J'allais d'ailleurs vous faire remarquer que j'ai bien meilleure haleine que notre ami, là en bas.

Tess éclata de rire.

— Alors, c'est oui ? insista-t-il en glissant ses doigts entre les siens.

Son odeur lui parvint, portée par le vent. Chaude, masculine, infiniment troublante.

— Oui, murmura-t-elle.

D'un geste tendre, il l'attira contre lui et, passant son bras autour de sa taille, mit sa main libre dans ses cheveux. Tess ferma les yeux au contact de sa paume sur sa tête. Frissonnant de froid, elle se réfugia dans la tiédeur de ses bras. Étrangement, elle s'y sentait en sécurité, à l'abri de tous les dangers… ou presque.

Elle se mordit la lèvre, impatiente et furieuse de l'être.

— Eh bien, m'embrassez-vous, oui ou non ? demanda-t-elle, plus nerveuse qu'elle ne voulait le laisser paraître.

Ses lèvres frôlèrent sa tempe, effleurèrent sa joue, plus légères que l'aile d'un papillon.

— Je prends mon temps. J'aime vous regarder.

Lorsque Kit parvint à sa bouche, Tess souriait encore. Il aurait voulu boire ce sourire, le garder en lui pour toujours. Il prit ses lèvres avec toute la douceur dont il était capable, en s'efforçant d'oublier la fièvre qui montait en lui.

Un gémissement de pur plaisir lui échappa lorsque Tess laissa sa langue franchir la barrière de ses dents. Enfin, elle se donnait ! Elle était exactement comme dans son souvenir, songea-t-il en plongeant en elle avec délice. Tendre, accueillante, plus douce que la soie.

Le feu qui courait dans ses veines le consumait tout entier, allumant au creux de ses reins un véritable brasier. Au loin, la lionne rugit de nouveau ; son appel se réverbéra dans l'air de la nuit avant de parvenir jusqu'à lui, de le traverser, aussi sauvage et puissant que le désir qui brûlait sous sa peau.

Tess se serra contre lui avec ferveur. Elle avait passé ses bras autour de ses épaules pour caresser son dos d'un geste doux, mais dans son impatience, elle venait de planter ses ongles dans sa peau. Kit réprima un cri de victoire.

Le souffle court, toute pudeur oubliée, elle pressait à présent son bassin contre le sien, une jambe enroulée autour de la sienne comme pour mieux l'attirer vers elle.

En elle.

Fou de bonheur, Kit mordit sa bouche, avant de plonger plus loin encore entre ses lèvres gonflées de volupté. Un long soupir échappa à sa compagne, signe annonciateur d'une tendre reddition.

Kit n'avait aucune intention malhonnête en lui demandant ce baiser, qu'elle lui avait d'ailleurs accordé de bonne grâce, mais il lui semblait que rien, maintenant, ne pourrait éteindre l'incendie qui grondait dans son corps durci par le désir.

Rien, sinon la satisfaction immédiate de son envie d'elle.

Il s'en fallait de peu que son vernis de civilisation ne craque sous la violence de la passion qui déferlait en lui, menaçant de lui faire oublier toute retenue.

Oh ! S'il pouvait presser son membre rigide contre elle, plonger en elle d'un unique coup de reins et la prendre là, debout, sous le ciel étoilé ! Comme ce serait facile, naturel ! N'étaient-ils pas aussi sauvages, elle et lui, que la faune qui les entourait et dont il sentait la présence animale portée sur les ailes de la nuit ?

Elle le désirait autant que lui, même si elle n'en avait pas pleinement conscience. Il en voulait pour preuve sa façon de se frotter contre lui, si lascive que son érection en devenait presque douloureuse.

D'un geste brusque, il la prit par les hanches pour l'immobiliser.

— Chut, murmura-t-il.

Ses joues étaient roses, son souffle rapide, son corps prêt à le recevoir. Il pouvait la faire sienne, songea Kit. Dès qu'il aurait retrouvé le contrôle de ses pulsions...

Elle frémit contre lui. De sa peau brûlante, voilée de sel, émanait un parfum entêtant – une odeur de femme et de lis qui le rendait fou.

Par-delà les bosquets, un cri strident monta de l'un des enclos, repris en écho par l'un des crocodiles au fond de sa fosse, qui se mit à siffler avec force.

Tess tressaillit. Son visage aux traits purs se tendit soudain, ses bras se détachèrent de lui. Elle recula d'un pas, comme saisie par le doute.

Kit ne tenta pas de l'attirer de nouveau à lui. Toutes les fibres de son corps le réclamaient, mais il tint bon. L'instant magique était passé, et pour rien au monde il ne voulait brusquer Tess.

Il se contenta de ramener sa chevelure en arrière et adressa à sa compagne un sourire qui devait être effrayant de désir frustré et d'appétits inassouvis.

— La prochaine fois que je vous embrasserai, s'entendit-il murmurer d'une voix enrouée par la passion, il faudra que nous soyons habillés, ou nus dans un lit.

Puis, sans lui laisser le temps de répondre, il Mua et plongea dans la fosse aux reptiles.

La bête étendue sur la plage de sable le regarda descendre le long des parois abruptes. Elle ouvrit grandes ses mâchoires avant de les refermer dans un claquement sinistre, mais ne fit pas mine de s'approcher de lui.

Tant qu'il demeurerait ainsi, immatériel, intouchable, Kit serait en sécurité... mais il ne pourrait rien toucher non plus. Sous cette forme, il n'avait pas même la possibilité de rider la surface de l'eau.

Il parcourut la mare de part en part, cherchant à capter la source d'énergie à la fois subtile et puissante du diamant sacré, que venait brouiller la vibration de terreur primitive de l'autre crocodile, tapi dans la boue quelque part dans l'ombre, d'autant plus menaçant qu'il restait invisible.

Dans l'eau, Kit vit se refléter le ciel étoilé et la lourde barrière de rondins contre laquelle se découpait la silhouette de Tess. Celle-ci jeta un regard alentour avant de se pencher de nouveau pour le chercher dans la pénombre.

Kit remonta à la hauteur de la rambarde et, prenant sa forme de dragon, planta ses puissantes griffes dans le bois. Il ne disposait pas d'un espace suffisant pour déployer ses ailes.

En contrebas, le crocodile sur la petite plage se redressa en claquant des mâchoires, mais Kit était hors de portée. En revanche, il fallait se méfier de l'autre, qu'il ne parvenait toujours pas à localiser.

Kit plaqua ses ailes contre son corps puissant et zébra l'eau d'un petit coup de queue. Rien. Il recommença un peu plus fort, et eut à peine le temps de s'écarter. Dans un sifflement furieux, l'animal venait de bondir vers lui avec une stupéfiante rapidité... en refermant sa gueule sur sa patte.

Kit Mua, mais pas assez vite. Il avait été mordu.

Le reptile referma ses dents ensanglantées sur un nuage de brume et retomba en arrière avec un épouvantable fracas.

Une lumineuse masse blanche se matérialisa alors devant les yeux de Kit. Tess ! comprit-il en reconnaissant ses ailes blanches que la lueur des étoiles frangeait d'or mat.

Elle s'accrochait, tout comme lui, à la lourde rambarde en bois, dardant sur les sauriens un regard brillant de férocité, tout en montrant ses dents acérées. Elle ne pouvait émettre aucun son, mais le puissant battement de ses ailes, claquant contre le ciel nocturne, montrait assez sa fureur.

Comme si elle avait compris le message, la brute aux yeux globuleux recula et se terra dans la boue, vite rejointe par son congénère.

Kit n'avait pas besoin d'entendre Tess pour savoir ce qu'elle pensait. *C'est le moment !*

Il Mua de nouveau, reprit sa forme humaine... et ne comprit qu'alors son erreur. La mare était profonde, bien plus qu'il ne l'avait supposé. Il eut tout juste le temps de prendre son souffle avant de sombrer sous la surface.

L'eau était glacée, opaque et puante.

Kit ferma les yeux et, se retournant, se propulsa vers le fond, mains en avant. Il toucha bientôt la vase. *Darko* n'était pas loin, il entendait son chant mélodieux. Frénétiquement, il tâtonna à sa recherche, mais ses doigts ne rencontrèrent que des pierres et d'autres matières qu'il refusa d'identifier.

Bon sang, où était le diamant ?

Kit remonta vers la surface, à bout de souffle, pour prendre une profonde inspiration et cracher la vase immonde qui était entrée dans sa bouche. Tess était toujours à son poste, battant des ailes pour effrayer les deux monstres. De l'autre côté du bassin, ceux-ci, paralysés par la terreur, n'avaient pas bougé.

Il plongea de nouveau pour se diriger cette fois-ci vers la partie la plus profonde de la fosse. Là, il enfonça ses mains dans le limon et chercha avec l'énergie du désespoir. Tess ne pourrait pas indéfiniment contenir les sauriens, et...

Darko ! Dès que ses doigts se posèrent sur lui, il sut qu'il l'avait trouvé. Il reconnaissait sa froide brûlure et son ensorcelante mélopée. D'une vive détente, il remonta à la surface où il prit une grande bouffée d'air frais, tout en levant sa main pour montrer *Darko* à Tess.

La pierre sacrée scintillait dans sa paume ouverte, déchirant l'obscurité de mille feux pourpres et violine. Kit la lança en direction de sa compagne, qui la saisit délicatement entre ses dents. Sa mission accomplie, il Mua de nouveau, remonta en haut de la fosse et, ayant repris sa forme humaine, se laissa tomber dans l'herbe humide, bras écartés, visage tourné vers le ciel.

Sa jambe lui faisait mal, il était à bout de souffle, mais au moins était-il sec, propre, et hors de danger. Une ombre passa sur lui. Tess. Elle s'était élevée au-dessus de la fosse pour s'immobiliser l'espace d'un instant, ailes déployées, sur l'écrin de la voûte céleste, avant de redescendre avec une grâce infinie.

Elle atterrit tout près de lui, lacérant l'herbe de ses griffes, lança le diamant à ses pieds et Mua de nouveau. Sous les yeux émerveillés de Kit, le dragon devint brume, la brume se fit femme – une femme tout en courbes nacrées, voluptueuses, qui vint s'asseoir près de lui avec un charmant abandon.

Au loin, les animaux continuaient de s'agiter dans l'ombre.

— Ils ont faim, murmura Tess sur un ton de reproche.

Puis, posant les yeux sur sa jambe :

— Vous saignez ! s'écria-t-elle avec un accent épouvanté.

En effet, une vilaine blessure entaillait sa peau à la hauteur de son genou, dont s'échappaient des rigoles de sang qui coulaient vers le sol en rubans rouge sombre.

— Il faut Muer ! ajouta-t-elle. C'est la seule façon de ne pas perdre trop de sang.

— Un dragon saigne aussi, objecta Kit.

— Sous forme de brume. Je vous retrouve à Far Perch.

— Pas question.

— Soyez un peu raisonnable ! Je peux très bien me débrouiller pour ramener *Darko* et, de votre côté, le plus urgent est de faire cesser cette hémorragie.

Muer en brume et remettre *Darko* à Tess, en la laissant reprendre son apparence de dragon ? Cela revenait à lui donner les pleins pouvoirs... et notamment celui de s'enfuir en emportant le diamant sacré du clan. Il ne pouvait s'y résoudre.

— Nous n'arriverons à rien si vous ne vous soignez pas ! insista-t-elle. Je vous suivrai, je vous en donne ma parole.

Nous. Elle avait dit *Nous*.

Il ne fallut à Kit que quelques secondes pour prendre sa décision. Quel autre choix avait-il que de lui faire confiance ? Il se redressa, ramassa la pierre précieuse et la déposa entre les mains de sa compagne.

— Volez le plus haut possible. C'est votre seule chance d'échapper aux regards.

— Entendu. À tout à l'heure.

Le regard rivé sur le sien, Kit Mua en brume et s'enfonça dans la nuit.

12

Tess avait toujours eu l'impression que Londres avait été conçue pour elle. Dès ses premiers pas dans la ville, elle avait compris son tempo, perçu l'ordonnancement secret qui régnait derrière l'apparent désordre de ses rues, humé avec délice ses mille senteurs – parfums capiteux des beautés à la mode, odeurs appétissantes des rôtisseurs, incomparable fumet des mille pierres, perles et autres joyaux qui rutilaient dans les salons – et goûté avec un insatiable appétit les plaisirs qu'elle offrait sans compter, de Vauxhall à Haymarket.

Sous l'identité officielle de la veuve Hilliard, elle n'avait eu aucun mal à dissimuler sa véritable personnalité et à se fondre dans le dédale de la grande cité. Cependant, il y avait un luxe qu'elle n'avait pu, qu'elle ne pourrait jamais s'offrir.

Celui de tomber malade. Car aucun médecin, ici, ne pourrait alors rien pour elle.

Bien des raisons expliquaient l'obligation faite aux *drakons* de vivre et de mourir loin du regard des Autres. Entre autres, les risques que leur faisaient encourir leurs Dons. En cas de maladie, ceux-ci devenaient dangereusement imprévisibles.

Enfant, Tess avait frémi au récit de malheureux *drakons* qui, sous l'empire de fièvres mauvaises, Muaient sans prévenir, passant sans cesse de l'état de dragon à celui de brume ou d'humain, sans jamais retrouver le contrôle de leur apparence. Certains cassaient tout sur leur passage. Un autre avait pulvérisé sa propre maison, mettant sa femme et ses quatre enfants en grand danger.

Les *drakons* étaient, dans l'ensemble, d'une robuste constitution, mais s'ils étaient frappés par la maladie, les conséquences pouvaient être dramatiques.

Tess était tellement effrayée par cette perspective que, la seule fois où elle avait été atteinte de fièvre, elle avait banni son personnel de chez elle. Prétextant une attaque de varicelle, elle avait expédié tout son petit monde dans la station balnéaire de Bath pour une quinzaine de jours, et fait changer les serrures, au cas où Zane aurait eu l'idée de revenir en cachette.

Aussi fallait-il espérer que la blessure de Christoff resterait sans conséquences.

Far Perch n'était rien d'autre, à ses yeux, qu'une prison dorée. Certes, la villa était plus luxueuse que sa propre maison, mais en dépit de la bienfaisante solitude qu'elle y trouvait, Tess n'y était pas à son aise.

Elle venait d'en arpenter les salons et les galeries aux parquets brillants de cire, sans allumer de bougie, se déplaçant en silence dans l'ombre des hautes pièces.

Christoff dormait encore, mais elle ne s'en alarmait pas. Le jour se levait à peine, et la nuit avait été épuisante.

Fidèle à sa parole, elle l'avait suivi jusqu'ici et lui avait remis *Darko*, avec un mélange de regret et de soulagement. C'était une évidence, le diamant était différent de tout ce qu'elle avait vu ou touché jusqu'à présent. Il lui semblait encore sentir sur sa peau sa froide radiance, aussi pure, aussi lumineuse qu'un morceau d'arc-en-ciel au creux de sa paume.

Comment une si petite pierre pouvait-elle contenir autant de mystère et d'énergie ? Lorsqu'elle avait refermé les doigts sur elle, Tess avait été parcourue d'un courant vital puissant doublé d'une vibration mélodieuse, qui avait fait naître à la surface de sa peau un délicieux picotement.

Ce diamant était magique... mais pas au point qu'elle lui sacrifie sa liberté. Voilà pourquoi elle l'avait rendu à son gardien, avant de s'assurer que celui-ci lavait et pansait sa blessure, puis de se retirer pour la nuit dans sa chambre.

La pierre se trouvait toujours sur la table de chevet de Christoff lorsqu'elle s'était levée ce matin et avait passé la tête par la porte entrebâillée. Elle brillait dans la pénombre, vaguement phosphorescente, et terriblement tentante.

Détournant son regard, Tess avait cherché la silhouette de Christoff, mais n'avait vu que la masse dorée de sa chevelure sur l'oreiller. Elle l'avait appelé, sans résultat. Il dormait profondément. Alors, elle avait refermé la porte et s'en était allée.

Elle aurait pu s'échapper, mais quelque chose la retenait ici. Sans qu'elle y prenne garde, ses pas la menèrent dans le petit salon par la fenêtre duquel Zane s'était introduit dans la maison. Elle joua un moment avec le loquet, qu'elle ouvrit et referma plusieurs fois, avant d'aller à la cuisine, où elle trouva une cuiller en bois. Après en avoir brisé le manche, elle revint à la fenêtre pour le coincer entre la serrure et le châssis.

Derrière les carreaux, le ciel sans nuages prenait une nuance d'un bleu pur. Un écureuil traversa la rue en quelques bonds si rapides qu'on aurait dit qu'il volait, dans sa hâte de rejoindre un orme qui poussait de l'autre côté.

S'apercevant qu'elle était affamée, Tess retourna à la cuisine pour se préparer un peu de porridge. Elle détestait cela, mais moins que les pickles et la morue salée. Pour son petit déjeuner, Cook lui servait d'habitude des œufs au bacon, des croissants encore tièdes et des fruits de saison, accompagnés d'un bol de café au lait bien chaud.

Cette maigre collation achevée, elle mit la vaisselle sale dans l'évier et monta à l'étage. Christoff avait roulé sur le côté, une main posée sur un oreiller. Elle laissa son regard errer sur son corps mince et musclé, son visage aux pommettes hautes qu'ombrait un début de barbe teintée d'or roux, et ses mains, longues, nerveuses, aristocratiques.

Comment un homme pouvait-il être ainsi paré de toutes les beautés ? Comment pouvait-il la troubler autant ? Le marquis de Langford était aux hommes ce que *Darko* était aux diamants. La perfection, si absolue qu'elle en était presque insoutenable.

— Le spectacle est-il à votre goût ?

Tout en parlant, il venait d'ouvrir ses paupières, laissant filtrer le rayon vert de son regard. Tess émit un petit rire embarrassé.

— Vous êtes réveillé, dit-elle, gênée d'être surprise en flagrant délit d'admiration.

Il s'accouda à son oreiller et passa une main sur son visage. Ses cheveux retombaient sur ses épaules, et le drap avait glissé jusqu'à ses hanches. Comme elle aurait dû s'y attendre, il ne portait aucun vêtement pour dormir.

— Quelle heure est-il ?

— Onze heures passées.

Voyant que Christoff tournait les yeux vers les stores encore fermés, elle alla tirer sur le cordon qui les commandait. Aussitôt, des rais de lumière se dessinèrent sur les motifs vieil or du tapis placé devant la fenêtre.

— Comment va votre jambe ?

— Très bien. Pourquoi êtes-vous habillée ainsi ?

Elle était vêtue en valet de pied – culottes de laine et veste près du corps dont les boutons de cuivre brillaient joyeusement dans la lumière du matin. Il ne lui manquait que la perruque, qu'elle avait l'habitude de ne porter que lorsque c'était strictement nécessaire.

Par chance, ou par intuition, elle avait ajouté ce costume dans la malle rapportée la veille de chez elle. Si elle devait être enfermée à Far Perch, elle voulait au moins disposer de ses propres affaires.

Elle prit dans sa poche un carton de vélin qu'elle tendit à Christoff.

— Le comte de Marlbroke donne un bal masqué ce soir. Il aura besoin de personnel supplémentaire ; c'est l'occasion idéale de me glisser chez lui en toute discrétion.

Christoff leva les yeux de l'invitation.

— Où avez-vous trouvé cela ?

— Dans le hall d'entrée. Il y en a toute une pile sur la console, dans des enveloppes non décachetées. Vous ne lisez jamais votre courrier ?

Il tapota ses lèvres avec le carton tout en la parcourant du regard, le visage éclairé d'un imperceptible sourire.

— Puis-je vous demander pourquoi nous avons besoin de nous introduire chez lui ?

— Marlbroke, répéta Tess en détachant les syllabes. Des Rotherham Marlbroke. Ce nom ne vous dit rien ? Il a fait fortune dans les perles des mers du Sud. Lady Marlbroke croule littéralement sous le poids de ses parures chaque fois qu'elle paraît dans le monde.

— Donc, notre fuyard…

— … a des chances de se trouver ce soir chez Marlbroke, compléta-t-elle.

— Qu'est-ce qui vous fait penser qu'il sera là ?

Tess réprima un geste d'impatience.

— Son amour immodéré pour les perles. Je l'ai vu rôder autour de la maison du comte à deux ou trois reprises, récemment. Je ne pense pas qu'il ait déjà dérobé quoi que ce soit. Il attend son heure. Le bal de ce soir est une occasion qu'il ne voudra pas laisser passer.

Le marquis hocha la tête et parut s'absorber dans ses pensées. Les rayons du soleil qui jouaient dans ses cheveux soulignaient sa mâchoire virile et nimbaient son visage d'or et de cuivre. Lorsqu'il la regarda à nouveau, il sembla à Tess qu'un éclair de jade la traversait, plongeant jusqu'à son cœur.

— Pourriez-vous le décrire ?

— Comme je l'ai dit à Mim. Cheveux roux, assez grand. Très bel homme.

Il y eut un silence.

— Très bel homme ? répéta-t-il d'un ton neutre.

Tess ne put s'empêcher de sourire.

— Pourquoi ne le serait-il pas ?

— Entre nous, je ne me suis jamais posé cette question, dit Christoff en laissant tomber le carton sur les draps. Et lui, sait-il à quoi vous ressemblez ?

— Je ne pense pas. Chaque fois que je l'ai croisé, j'étais le comte de Lalonde.

Le fuyard ne pouvait ignorer qu'elle était femme, songea Kit avec amertume. Il l'avait nécessairement deviné à son odeur. Avec sa fragrance de fleur offerte au soleil, ses longs cils de biche et ses lèvres au modelé si sensuel, Tess pouvait bien porter tous les costumes qu'elle voulait, parader en culottes devant le roi lui-même, jamais elle ne tromperait un autre *drakon* !

Il prit une profonde inspiration. Il n'avait jamais supposé que Clarissa Hawthorne ait vécu en recluse – du moins pas comme le faisaient les vierges ou les veuves –, mais il l'avait toujours imaginée célibataire. Peut-être n'avait-il voulu voir en elle que le reflet de sa propre solitude…

Pourtant, sa Voleuse de Brume n'était pas seule. Elle ne l'avait peut-être jamais été. Un autre avait fui le clan, tout comme elle. Il avait vécu sa vie, dans l'ombre, aux marges de la société. Elle l'avait dit elle-même devant le conseil. Pourquoi, jusqu'à présent, n'avait-il pas compris les implications de ses paroles ?

— Il ne vous a jamais approchée ? demanda-t-il, incrédule. Depuis toutes ces années ?

— Jamais. Je suppose qu'il me croit du côté du clan. Qui sait, il me prend peut-être pour une espionne envoyée pour le surveiller ? Sinon, comment pourrais-je me promener librement dans Londres ?

— Alors vous vous évitez ?

— Dans la mesure du possible, oui. Ce n'est pas très difficile, au demeurant ; la ville est un territoire de chasse suffisant pour nous deux.

Nous deux, répéta Kit par-devers lui. Il lui semblait les voir, écumant la ville, ce « terrain de chasse » qu'ils paraissaient partager en si bons camarades… en admettant qu'ils ne soient rien de plus l'un pour l'autre.

— Il a les yeux bleus, ajouta Tess, en s'adossant négligemment à l'un des montants du lit. Bleu foncé, comme des lacs de montagne.

— Un véritable apollon, à n'en pas douter, grinça Kit entre ses dents.

Il rabattit les draps d'un coup sec et se leva sans se donner la peine de couvrir sa nudité. Au moment où il posait les pieds sur le plancher, un vertige le saisit. Il lui fallut quelques secondes pour retrouver son équilibre.

— Quelque chose ne va pas ? demanda Tess.

— Ce n'est rien.

Il se dirigea vers le cabinet de toilette et prit une chemise, des bas, son rasoir et son affiloir de cuir. Il n'avait pas d'eau pour se raser, et la seule issue se trouvait derrière lui, barrée par Tess. Celle-ci s'approcha de lui – il pouvait voir son ombre sur la sienne.

Il resta immobile, le regard fixé sur la lanière de cuir usée, tandis que Tess s'agenouillait à ses pieds. Elle approcha sa main du bandage qui couvrait le bas de sa jambe. Pourquoi ne le touchait-elle pas ? Impatient, il attendit le contact de ses doigts sur sa peau, même s'il savait très bien ce qu'elle allait trouver sous le pansement.

— Cette blessure est infectée, dit-elle.

— Comment pouvez-vous le savoir ? Vous ne l'avez pas vue.

— Je n'en ai pas besoin, répondit-elle d'un ton abrupt. Asseyez-vous, je vais retirer votre bandage.

Enfilant sa chemise, Kit s'installa dans une bergère et regarda Tess se baisser devant lui. Dans cette tenue qui masquait ses formes féminines, elle aurait presque pu passer pour le valet de pied qu'elle prétendait être, si sa longue tresse ne l'avait trahie. Les rayons du soleil allumaient des reflets auburn et acajou dans ses mèches sombres.

Un long soupir lui échappa lorsqu'elle finit de retirer le pansement.

— Regardez cela ! s'exclama-t-elle avec une nuance de reproche dans la voix. Cette plaie n'est pas belle du tout. Avec quoi l'avez-vous lavée ?

— De l'eau et du savon. Vous étiez là.

— Eh bien, ce n'était pas suffisant.

— Je vous demande bien pardon. La prochaine fois qu'un crocodile me mettra au menu de son dîner, je veillerai à emporter ma pharmacie avec moi. Quant à votre sollicitude, elle est aussi touchante qu'inutile. Je ne suis pas handicapé au point de ne pouvoir vous faire danser ce soir.

— Pardon ?

— Nous sommes invités au bal masqué, ma belle.

— Vous, peut-être, lord Langford, mais moi pas. En ce qui me concerne, je ne serai qu'un modeste valet de pied. Même le comte de Lalonde n'est pas admis dans le cercle très choisi de ce cher Marlbroke.

Kit réprima un éclat de rire.

— Tess, dit-il en se penchant vers elle. Il s'agit d'un bal masqué. Vous savez, ce genre d'endroit où les gens portent les costumes les plus ridicules, boivent plus que de raison et enlacent la femme de leur voisin en prétendant ne pas la reconnaître ! Vous n'avez aucun besoin d'être un valet de pied.

Il tira doucement sur sa tresse, avant de jouer à l'enrouler autour de sa main.

— Soyez une reine, murmura-t-il. Ou une laitière. J'ai toujours eu un faible pour les filles de ferme…

— Je tâcherai de m'en souvenir, répliqua Tess en repoussant sa main. Cela dit, si Lalonde n'est pas invité, il est peu probable que le fuyard le soit. La dernière fois que je l'ai vu, il était négociant en thés, après avoir été jardinier. S'il vient, il figurera parmi le personnel et, par conséquent, il sera là dans la journée plutôt que ce soir.

— S'il vient, répéta le marquis d'un air dubitatif.

— Il viendra, j'en suis sûre.

Kit la scruta avec curiosité.

— Nous avons retrouvé *Darko*, lui rappela-t-il. Nous avons accompli la moitié de notre mission. Si nous prenions une journée de repos ?

Il lui adressa son sourire le plus séduisant.

— Nous pourrions faire un pique-nique. Visiter Covent Garden. Aller effrayer les cygnes…

— J'ai une meilleure idée. En revenant de chez l'apothicaire, vous pourriez nous acheter quelque chose de correct à manger. Je ne toucherai plus au porridge.

— C'est donc si mauvais que cela ?

— C'est inqualifiable.

— Je présume que, si vous devez travailler jusqu'à ce soir, vous n'aurez pas l'occasion de dîner.

— Le comte de Marlbroke offre trois repas par jour à son personnel. Rassurez-vous, ce n'est pas chez lui que je mourrai de faim.

Kit fronça les sourcils, contrarié.

— Vous y êtes déjà allée.

— Naturellement, répondit-elle avec ce sourire désarmant dont elle possédait le secret.

Il ne pouvait la laisser aller seule chez Marlbroke. L'avait-elle compris ? S'il en jugeait à son expression espiègle, mieux valait mettre les points sur les *i*.

— Marlbroke me connaît. Je ne pourrai pas me faire passer pour un valet de pied.

— En effet. Vous, vous allez chez l'apothicaire. Il est urgent d'appliquer un baume sur cette plaie.

— Tess...

— Non, l'interrompit-elle.

Son sourire avait disparu d'un coup.

— Je n'irai nulle part avec vous, lord Langford. Tout ce que je veux, c'est le voleur. Je dois savoir s'il est là aujourd'hui.

— Et lui, de son côté, viendra voir si vous y êtes également...

— Nous nous surveillons l'un l'autre. Je ne vois pas où est le problème.

— Tess, dit-il en se levant et en lui tendant la main pour l'aider à se redresser. Nous parlons de l'homme qui a volé la pierre sacrée du clan. Qui l'a jetée pour s'en débarrasser quand il a compris qu'il ne pourrait pas la vendre. Qui a tout à perdre si un autre *drakon* s'approche de lui. Qui a pris des risques insensés pour venir vivre ici, et est probablement prêt à tout pour sauver sa peau.

— Tout comme moi, dit-elle.

Il serra ses doigts entre les siens.

— Vous ne pouvez pas y aller seule, et je n'ai aucun moyen de vous accompagner, du moins tant qu'il fera jour. Nous irons ensemble, ce soir, pour le bal.

— Et si l'oiseau s'est déjà envolé ?

— C'est un risque à courir.

Kit s'efforça d'adoucir sa voix.

— Nous avons encore plusieurs jours, Tess. Rien ne nous oblige à vouloir tout régler aujourd'hui.

— Vous ne comprenez pas, répliqua-t-elle en retirant sa main d'un geste brusque. Lady Marlbroke aura sorti ses perles de la chambre forte vers dix-sept heures au plus tard. Je dois être là à ce moment.

— Impossible.

Elle recula d'un pas. Sa silhouette se découpa dans un rai de lumière dorée.

— Vous avez juré de m'aider !

— J'ai juré de vous aider à retrouver le fuyard, rectifia Kit. Pas à risquer inutilement votre vie. Nous irons ce soir, pas avant. Tenez-vous-le pour dit.

— Ce n'est pas ainsi que nous y arriverons.

Faisant volte-face, elle se dirigea vers la fenêtre. Une bouffée d'irritation monta en lui, avivée par la douleur qui irradiait de sa jambe. Tess allait-elle Muer et s'échapper ? La chambre n'était pas hermétiquement fermée.

À son grand soulagement, elle demeura là, plongée dans ses pensées.

— Marlbroke a une fille, dit-elle après un long silence.

— Grand bien lui fasse !

— Une fille à marier, précisa-t-elle.

Puis, lui jetant un regard par-dessus son épaule.

— Elle s'appelle Cynthia. Cyn pour les intimes.

— En quoi suis-je concerné ?

Elle se retourna pour lui faire face.

— Je suppose qu'elle sera ravie de recevoir un visiteur pour le *five o'clock tea*. Surtout s'il est fortuné, séduisant et célibataire.

Cynthia ? Ce prénom ne disait rien à Kit. À vrai dire, il se souvenait à peine de son père, le comte de Marlbroke.

— Je peux attendre l'heure du thé pour me rendre là-bas, poursuivit Tess. Cela nous laisserait le temps de soigner cette blessure.

Kit hésita un instant. Manifestement, elle était résolue à se rendre chez le comte. Il pouvait l'en empêcher – du moins essayer – mais pour quel résultat ? Au mieux, il s'attirerait sa colère. Au pire… il ne voulait même pas y songer.

Il était las de son hostilité. Las de tenter de la courtiser tout en ménageant sa susceptibilité. Elle était trop fine mouche pour se laisser prendre à ses flatteries, et trop indépendante pour se plier à sa volonté.

Tout ce dont il avait envie, c'était de voir revenir son sourire moqueur sur son visage.

— Il vous faudra la livrée de chez Marlbroke, dit-il avec un soupir résigné.

— Que pensez-vous que je porte ?

Elle tira sur sa manche de laine bouillie.

— Je l'ai achetée trois livres à un imbécile qui s'était fait mettre à la porte par le comte pour avoir tenté de faire les yeux doux à sa pimbêche de fille.

— La demoiselle est donc si odieuse ?

— Elle a traité le comte de Lalonde de parvenu la première fois qu'elle l'a rencontré, persuadée qu'il ne l'entendait pas. Si le Voleur de Brume voulait ses perles, et non celles de sa mère, je me ferais un plaisir de l'aider à l'en délester.

Lady Cynthia était tout à fait le genre de jeune personne susceptible d'attirer une foule de visiteurs pour le thé… ou à n'importe quelle heure du jour ou de la nuit. Au premier abord, on ne pouvait qu'être séduit par sa blondeur d'enfant, l'ovale parfait de son visage de madone et ses grands yeux turquoise aux sourcils délicatement arqués qui lui donnaient un air spirituel et enjoué.

Puis elle souriait, et le masque d'innocence juvénile tombait. Kit ne put s'empêcher de songer à Mélanie. Elle aussi avait ce sourire de chat tournant autour du pot de crème.

Cet après-midi-là, la belle Cynthia ne lui marchanda pas ses amabilités, au point que Kit en était presque gêné. Elle avait retiré l'une des fleurs du bouquet de violettes qu'il lui avait apporté pour la glisser à son corsage, sans même un regard pour les offrandes de ses autres visiteurs, qu'elle avait déposées d'un geste distrait sur une petite table à l'écart.

Dire qu'elle n'avait pas encore dix-huit printemps! songea-t-il en guettant du coin de l'œil le ballet des serviteurs, parmi lesquels évoluait Tess. Il percevait la présence de sa complice – si caractéristique avec sa vibration d'orage et de nuages – avec plus ou moins d'acuité selon qu'elle s'éloignait ou se rapprochait du salon où il se trouvait.

En revanche, aucun autre *drakon* ne rôdait pour l'instant dans les parages. Comme il s'en était douté, au demeurant... Pourquoi s'était-il laissé convaincre par Tess ? Cette mascarade était ridicule, et il détestait jouer ainsi les admirateurs parmi la demi-douzaine de blancs-becs qui faisaient assaut de galanterie autour de lady Cynthia !

Son seul soulagement était la pensée que le fuyard, s'il venait vraiment, disparaîtrait dès qu'il le reconnaîtrait. Au moins Tess ne courrait-elle pas de risques.

Lui, par contre, était en grand péril : celui de s'endormir d'ennui. Le temps n'en finissait pas de s'étirer, et de douloureux élancements montaient de sa jambe blessée. Il lui fallut toute sa volonté pour résister à l'envie de consulter sa montre.

Pourquoi ce maudit bal ne commençait-il pas ? Déjà, le jour déclinait, et les ombres s'étiraient sur les tapis persans. En face de lui, la belle Cynthia se pencha avec exagération pour verser du sucre dans sa tasse de thé. Elle ne semblait guère pressée de libérer son aréopage d'admirateurs.

Kit réprima un mouvement d'impatience. Si seulement il pouvait trouver une excuse pour s'éclipser ! Il n'aurait plus qu'à retrouver Tess pour l'emmener loin de ce salon qui suait l'ennui... quitte à passer par la cheminée pour s'en aller.

— Et vous, lord Langford ? lui demanda Cynthia, sa cuiller toujours à la main.

Il la regarda sans répondre. Bon sang, de quoi parlaient-ils ? Du cake à l'anis ? Du temps qu'il faisait ? Voilà exactement ce qu'il détestait dans la bonne société ! Devoir donner la réplique à une gamine évaporée, quand il n'avait d'autre envie que de s'envoler dans le ciel immense à la poursuite du soleil… ou de se glisser dans un lit en tendre compagnie.

Son hôtesse arrondit les lèvres en une moue qui se voulait probablement séduisante.

— Ne me dites pas que vous ne venez pas ? S'il vous plaît, soyez des nôtres ce soir ! Sans vous, ce ne sera pas aussi amusant…

— Pour ma part, s'exclama l'un des freluquets en veste et bas de soie, j'y serai. Vous pouvez compter sur moi, lady Cynthia. Je viendrai en pirate !

Elle n'accorda pas un regard au pauvre garçon.

— Eh bien, lord Langford ?

Kit pensa à Tess, qui s'était éloignée vers les profondeurs de l'immense demeure. Il pensa à tout ce qu'il avait envie de faire ce soir – seul avec elle et non entouré de monde dans un bal masqué.

— Bien entendu, répondit-il de son ton le plus suave. Je me ferai un plaisir de vous rejoindre.

Lady Cynthia retrouva son sourire.

— Bravo ! En quoi serez-vous déguisé ?

— Si je vous le dis, où est la surprise ?

— Mais comment vous reconnaîtrai-je ? protesta-t-elle en reposant sa cuiller d'un geste délicat. Vous devez me donner au moins un indice !

— Très bien, dit Kit après avoir bu une gorgée de thé. Je serai celui qui voit tout le monde et que personne ne voit.

Le thème du bal, comme l'avait expliqué le majordome à Tess, était l'Orient et ses mystères. À dire vrai, elle n'aurait pu dire quel aspect précis de l'Orient la salle de bal était censée évoquer. Les murs et les piliers d'albâtre avaient été tendus de voiles couleur framboise écrasée rebrodés de sequins argentés, et sur la nappe de la table du buffet, ornée de chimères à la crinière écarlate. Par ailleurs, il était prévu que des pétales de roses seraient jetés à la volée sur la table, entre les plats de petits-fours et les pyramides de coupes de champagne. Des perles – fausses, Tess s'en était assurée – pendaient des chandeliers, et l'on avait disposé de grandes plantes exotiques dans des pots vernissés. Une tenace odeur de curry montait des cuisines, où l'on préparait également des *cheesecakes* à la cannelle pour le dessert.

Le comte, en homme pratique, avait fait monter à l'étage le lourd coffre contenant les bijoux de son épouse, pour l'installer dans ses propres appartements. L'objet, que Tess avait déjà eu l'occasion d'examiner un an auparavant, se trouvait à présent discrètement dissimulé dans le cabinet de toilette du maître des lieux. Tess le savait si hermétique que même un nuage de brume ne pouvait s'y introduire. Il fallait attendre que sa porte d'acier soit ouverte, ou que la comtesse porte ses perles.

La comtesse… ou sa mijaurée de fille.

Elle ne tenta pas de s'approcher du coffre-fort. En tant qu'extra, elle n'avait rien à faire dans les appartements de la famille. D'ailleurs, cela aurait été inutile : elle savait que les perles étaient encore dans le coffre.

En descendant à la cave à vin, elle avait croisé un trio de bonnes rougeaudes qui se disputaient pour savoir laquelle des trois avait rangé la dernière fois la plus belle perruque de *milady* et où pouvait bien se trouver le bouquet de plumes d'autruche assorti.

Tant que ces trois sottes n'auraient pas retrouvé la parure capillaire de la comtesse, on ne songerait pas à ouvrir le coffre fort. Les perles ne venaient qu'en dernier, en touche finale.

Pendant une bonne partie de l'après-midi, Tess avait travaillé consciencieusement et accompli sa tâche avec l'efficacité d'un homme, en prenant soin de ne pas se faire remarquer. En début de soirée, on l'envoya dans le grand salon pour astiquer les vitres des doubles portes donnant sur cette pièce.

Tout en s'activant, elle tourna légèrement la tête. Tiens ? De là où elle se trouvait, elle pouvait voir Christoff. Il était nonchalamment assis, jambes croisées, dans l'une des bergères autour de la table où l'on avait servi le thé. Vêtu d'une veste bleu ardoise, son bandage à peine visible sous ses bas, il rayonnait d'élégance. De temps à autre, il portait sa tasse à ses lèvres d'un geste souple et fluide.

En face de lui, lady Cynthia semblait particulièrement en forme, nota Tess non sans un certain agacement. Jamais elle n'avait vu celle-ci rire avec un tel entrain.

Irritée, Tess regarda le chiffon sale qu'elle tenait. Elle avait les ongles courts, noircis de crasse, et une longue estafilade courait sur sa main gauche, à cause d'une bouteille de porto ébréchée. Elle transpirait sous sa perruque bon marché, sa livrée en lainage la grattait, son dos la faisait souffrir et, dans l'ensemble, elle se sentait d'humeur massacrante.

Exactement l'inverse de la froide beauté qui se pavanait, là-bas, à l'intention exclusive du beau lord Langford.

Tess n'avait pas menti à Mim, le jour où elle lui avait dit qu'elle n'était pas une dame. Elle n'en serait jamais une. Elle pourrait dérober autant de perles et de diamants qu'elle le voudrait, elle ne serait toujours qu'une voleuse vivant aux marges de la société.

Le marquis décroisa les jambes et se pencha sur son siège, tout en balayant la pièce d'un regard paresseux. Avant qu'elle n'ait eu le temps de se détourner, ses yeux avaient croisé les siens. Elle se figea, mal à l'aise, furieuse d'avoir été prise en flagrant délit d'espionnage… ou, plus exactement, de voyeurisme éhonté.

Au même instant, le majordome fit son entrée. À peine avait-elle eu le temps de se remettre à l'ouvrage que l'homme était auprès d'elle.

— Vous, là ! Suivez-moi, mon garçon.

Sans un mot, Tess lui emboîta le pas. La corde qui servait à monter et abaisser le principal chandelier qui éclairait la salle de bal s'était bloquée à mi-course, et on avait besoin de quelqu'un d'habile et de léger.

Voilà comment Tess se retrouva perchée au sommet d'une échelle branlante, une bougie à la main, pour allumer une à une les cent douze chandelles fichées dans leurs coupes de cristal à facettes... et comment elle vit le Voleur de Brume entrer dans la pièce.

13

— Puisque je vous dis que je l'ai vu ! murmura Tess avec véhémence à l'adresse du marquis.

Elle se trouvait à quelques pas de lui devant les écuries, occupée à se nettoyer les mains, pendant qu'il feignait d'attendre un cheval avec lequel il n'était pas venu. Le soir tombait. Autour d'eux, le crépuscule nimbait l'atmosphère de sa fine transparence bleutée.

— Je ne nie pas que vous l'ayez vu, répondit Christoff, si bas qu'il était à peine audible. Je dis que je n'ai pas perçu sa présence.

— Pourtant, je vous assure que c'était bien lui.

Elle se tut en voyant s'approcher deux garçons d'écurie. Ceux-ci l'ignorèrent mais saluèrent Christoff avec respect.

— Je ne pense pas qu'il m'ait remarquée, ajouta-t-elle une fois qu'ils se furent éloignés. Il n'a pas tourné les yeux vers moi une seule fois.

— Était-il habillé en serviteur ? demanda Christoff en regardant le sol.

— Allez ! dit quelqu'un à voix haute. La journée est finie pour vous, les gars.

En se retournant, Tess reconnut le majordome qui s'approchait d'eux, tenant une lanterne de sa main gantée de blanc pour éclairer le chemin à un groupe de valets.

— Hendricks va vous donner votre paie, ajouta l'homme. Il est là-bas, au portail. Dépêchons ! Vous laisserez vos vestes à Mme Tiverton. Les invités seront là dans moins d'une heure, ils n'ont pas besoin de vous voir.

Le majordome s'aperçut de la présence de Tess.

— Eh, vous ! Filez avec les autres, compris ?

Tess hocha la tête et, feignant de se gratter la joue, dit à voix basse :

— Il porte une viole. Il est musicien.

Elle dut s'en aller avant d'entendre la réponse de Christoff.

Kit la vit disparaître dans le crépuscule, mince silhouette happée par les ombres et le clignotement des torches que les garçons d'étable plantaient dans le sol tout le long de l'allée.

Il jeta un dernier regard en direction de la demeure de Marlbroke. Là-bas, les fenêtres déversaient une lumière dorée, filtrée par les tentures aux vives couleurs. Derrière les panneaux de verre, il pouvait voir le plafond de la salle de bal et ses moulures d'un blanc poudré, tel un glaçage sur une pièce montée.

Prenant une profonde inspiration, il chassa toute pensée et, oubliant l'air froid de la nuit, concentra ses perceptions sur l'espace qui l'entourait avant de laisser son esprit dériver au-delà des écuries et franchir les murs de brique rouge de la vaste maison.

Des humains, seuls ou par groupes… des bruits de pas, des éclats de voix… des senteurs d'épices et des vapeurs d'alcool… le pétillement du champagne que l'on ouvrait… des cœurs qui palpitaient, l'excitation qui montait… et un peu plus loin, une vibration légère, qu'il ne parvenait pas à identifier, mais qui n'avait pas sa place là…

— Monsieur ? Dois-je vous faire appeler un fiacre ?

Kit fronça les sourcils en s'apercevant qu'un garçon d'écurie se trouvait devant lui, dansant d'un pied sur l'autre, manifestement mal à l'aise.

— Un fiacre, *sir* ? répéta le gamin en ôtant sa casquette.

Kit regarda son propre chapeau, sa canne et ses gants, qu'il n'avait pas eu le réflexe d'« oublier » dans le hall d'entrée de la maison. Quelqu'un approchait d'un pas lourd. Kit reconnut le majordome.

— Puis-je quelque chose pour votre service, milord ? demanda-t-il en renvoyant le gamin d'un geste méprisant.

— Non merci, répondit Kit. Bonsoir.

Sur ces paroles, il se dirigea vers la grille principale, qu'il franchit du pas tranquille de l'homme qui sait ce qui l'attend dans l'obscurité.

Ce qui était le cas.

Il trouva Tess assise dans le noir, les bras noués autour de ses genoux, sur le perron d'une maison située quelques rues plus loin. En fait, il perçut sa présence avant de la voir, comme c'était souvent le cas. Elle avait dû rendre sa veste en même temps que les autres extra, car elle ne portait qu'une simple chemise, qui dessinait une tache claire dans l'obscurité.

Elle se leva d'un bond à son approche.

— L'avez-vous vu ? demanda-t-elle à mi-voix.

— Non.

— Il est là, pourtant. Je le sais !

Un fiacre passa dans un fracas de roues mal graissées et de sabots claquant sur le pavé. Kit reprit sa marche en regardant droit devant lui, conscient que Tess lui emboîtait le pas tout en restant à distance respectueuse.

— Si vous ne voulez pas y retourner avec moi…

— Ne me faites pas dire ce que je n'ai pas dit, l'interrompit-il. J'ai dit que je ne l'avais pas vu. Mais j'ai perçu quelque chose. Je ne saurais dire ce que c'était.

— Moi, si. C'était lui.

L'air était humide et l'obscurité pesante, presque oppressante. La douleur s'était réveillée dans sa jambe, qu'elle gagnait lentement, tel un essaim d'insectes affamés.

— Nous devons y retourner, insista Tess derrière lui.

Comme elle s'était immobilisée, Kit fit halte et se retourna.

— Impossible de Muer ici, dit-il. Nous ne pouvons arriver nus là-bas, ni sous notre apparence de dragons. Il n'y a qu'une seule façon de nous introduire dans la place.

Tess inclina la tête d'un air indécis. Kit réprima un soupir impatient. Elle était si jolie et si têtue qu'il en perdait la raison ! Pour un peu, il l'aurait attirée à lui pour l'embrasser, là, dans cette rue, où n'importe qui pouvait les voir.

— Que proposez-vous ? demanda-t-elle.

— Venez avec moi à Far Perch, et vous verrez.

***

Ils ne pouvaient faire annoncer leur arrivée. Le secret de la discrétion, comme l'avait observé le marquis avec ce petit sourire sardonique qu'il esquissait parfois, c'était précisément... de se montrer aussi discret que possible ! À quoi bon se donner tant de mal pour passer inaperçus si un portier enturbanné devait crier votre nom dans une salle pleine de monde, où le fuyard avait toutes les chances de se trouver ?

— Nous entrerons par l'arrière, dit-il en désignant d'un rapide regard l'allée menant aux écuries de lord Marlbroke. Si on nous croise, nous prétendrons que nous nous sommes égarés.

— Égarés ? répéta Tess, interdite. Dans ce bout de jardin-là ? Personne ne nous croira !

— Bien entendu, répondit Christoff en se tournant vers elle, mais je ne doute pas qu'un ou deux *shillings* aideront les valets à regarder ailleurs pour préserver la réputation d'une dame. Nous ne serions pas les premiers à quitter une salle de bal pour chercher un peu d'intimité.

Il prit sa main dans la sienne pour l'entraîner.

— Gardez bien votre masque devant votre visage, ma belle. Personne ne vous reconnaîtra.

Sur ce point, au moins, elle ne pouvait que lui donner raison. Tess avait porté bien des déguisements dans sa carrière de voleuse, mais aucun n'égalait celui-ci. C'était le costume le plus extraordinaire, le plus flamboyant qu'elle eût jamais endossé !

Elle était gainée d'une fine robe de satin émeraude et de résille argentée, la taille serrée par un corset qui lui coupait presque le souffle, et perchée sur des escarpins si vertigineux qu'elle manquait de trébucher à chaque pas. Des perles de jais recouvraient sa jupe jusqu'à l'ourlet, en se chevauchant de telle façon qu'on aurait dit de minuscules et parfaites écailles. Accrochées dans son dos, des baleines tendues de drap d'or figuraient deux ailes qui s'élevaient à la hauteur de ses épaules avant de s'enrouler en pointe jusqu'à ses hanches. En guise de gants et de perruque, elle était couverte – depuis ses cheveux rassemblés sur le sommet de sa tête en lourdes boucles jusqu'à la pointe des doigts – d'une poudre d'or pâle aux reflets de métal, aussi aérienne qu'une poussière féerique.

La Reine des Dragons.

Quant à son compagnon, vêtu lui aussi de satin irisé et de poudre dorée, sanglé dans une longue veste rebrodée de milliers de perles aux nuances vert et argent, il incarnait son époux, le Roi des Dragons.

Pas étonnant, songea Tess, que le vieux marquis ait toujours interdit à son épouse d'apparaître en public ainsi vêtue ! La marquise avait fait réaliser ces fabuleux costumes bien des années auparavant, en prévision d'un bal masqué auquel elle ne s'était jamais rendue. Ces merveilles, ainsi que la poudre d'or destinée à les compléter, étaient restées enfermées dans un placard jusqu'à ce soir, sans jamais avoir été portées. Jusqu'à ce que Christoff se souvienne de leur existence.

Le masque de Tess cachait la moitié de son visage. Muni d'une poignée d'ébène, il était entièrement recouvert de plumes dont les barbes iridescentes, où se mêlaient le jade, l'azur et le jais, jaillissaient en pointe sur les côtés de son visage, à la hauteur de ses tempes.

Christoff éleva le sien, identique à celui de Tess, devant lui et jeta à celle-ci un dernier coup d'œil.

— J'adore vous voir en culottes, mais je dois reconnaître que vous portez plutôt bien cette robe, dit-il en la caressant d'un long regard.

Tess chercha son regard derrière les plumes aux riches nuances.

— Est-ce là tout ce que vous avez à m'offrir en matière de compliment ? C'est un peu court !

— Ma douce Tess ! Même cachée sous les perles et les plumes, vous restez la créature la plus exquise de l'univers. Cela vous convient-il mieux ?

— Oui, bien que cela manque de sincérité.

— Vous vous méprenez sur mes sentiments, assura-t-il en s'emparant de son autre main pour la porter à ses lèvres.

Tess réprima un frisson de volupté au contact de sa bouche sur le bout de ses doigts. Peau dorée contre peau dorée… pouvait-on rien imaginer de plus sensuel ?

— Je ne pourrais pas être plus sincère, au contraire, ajouta-t-il d'une voix aux accents un peu rauques.

Son regard émeraude s'attarda longtemps sur elle, soudain grave. Il n'avait toujours pas lâché ses mains ; Tess pouvait sentir sur ses doigts la chaleur de son souffle qui peu à peu se propageait en elle, faisant battre son cœur un peu plus vite.

Puis, la parcourant d'un coup d'œil admiratif :

— Pauvre Cynthia ! s'exclama-t-il. Sa déception risque d'être cruelle lorsqu'elle constatera qu'elle n'est pas la reine de la soirée…

Sans lui laisser le temps de répondre, il lui offrit son bras et l'entraîna le long de l'allée. Trop occupée à regarder où elle posait les pieds, Tess ne protesta pas.

Si l'un de ses talons se prenait entre les pavés, elle devrait Muer, sous peine de se rompre le cou.

Exquise. Elle réprima un rire de joie. Christoff Langford la trouvait exquise !

Ils arrivèrent enfin à l'arrière de la maison, non loin des écuries dont les odeurs de paille et de foin leur parvenaient par bouffées un peu âcres, là où ils avaient tenu un conciliabule discret, à peine quelques heures plus tôt.

Des torches projetaient des halos de lumière sur l'allée et les haies, transformant les corniches baroques soulignant les murs en figures inquiétantes qui semblaient se mouvoir dans la pénombre. De l'intérieur de la maison, s'échappait un sourd brouhaha parfois hérissé de rires et d'éclats de voix, comme peuvent en produire deux cents invités dansant au rythme d'un menuet endiablé.

Tess chercha la note de la viole parmi l'ensemble des instruments à cordes et à vent, en vain.

Elle plaqua son masque devant son visage et baissa modestement les yeux lorsqu'ils croisèrent une première servante, à l'angle du potager, puis un valet de pied qui s'inclina devant eux en leur cédant le passage.

Ils gagnèrent enfin les jardins d'ornement, où ils croisèrent d'autres couples. Ici, on plaisantait, on buvait, sans souci d'être reconnu derrière des déguisements qui ne trompaient personne.

Dans le ciel voilé de brume, la lune commençait à s'élever, solitaire et glacée, entourée d'un halo spectral.

Kit fit halte sur la terrasse prolongeant la salle de bal. Tess le vit fouiller le ciel d'un regard acéré, sa silhouette se découpant sur le fond mouvant et chatoyant de la foule des invités.

— L'estrade de l'orchestre se trouve sur la droite, expliqua-t-elle à voix basse. Contre le mur est.

— J'ai vu.

Il prit une profonde inspiration et serra une dernière fois sa main entre ses doigts avant de la lâcher.

— Restez toujours près de moi, ordonna-t-il.

Tess acquiesça d'un hochement de tête et le suivit dans le grouillement humain qui se pressait à l'intérieur.

Aussitôt, elle fut assaillie par une foule d'odeurs, de lumières et de sons plus agressifs les uns que les autres. Il lui fallut toute sa maîtrise de soi, acquise grâce à des années d'entraînement, pour conserver une apparence imperturbable.

Elle commença par concentrer ses pensées sur chaque perception en les isolant les unes des autres. Le frottement de ses pieds dans ses chaussures. Le bruit mat que produisait le plancher sous ses pas. L'éclat des bougies sur le bol à punch. La fragrance un peu douceâtre du tabac. Celle du sucre, plus veloutée. La voix trop aiguë d'une jeune fille toute vêtue de rose. Les accords mélodieux de l'orchestre.

La note flûtée de la viole.

Sans un mot, elle marcha aux côtés de Christoff, fendant la foule aussi lentement que le permettait la dignité, son masque rivé sur son visage. Quelqu'un glissa une flûte de champagne dans sa main. Le vin était si froid qu'elle en eut les doigts engourdis.

C'est dans cet état de conscience exacerbée qu'elle remarqua le changement qui s'opérait en Christoff. Cela commença par une subtile vibration s'élevant dans l'air autour d'eux, avant de s'assembler en un courant de lumière et de chaleur nettement perceptible. Christoff parut se tendre, tel un animal qui hérisse le poil. Son pas se fit plus rapide, son port de tête plus raide. Sous la poudre d'or, ses traits avaient pris la fixité de la pierre.

Tess fut parcourue d'un long frisson en regardant son compagnon, qui rayonnait à présent d'une vitalité sauvage, puissante, inhumaine.

À chaque pas, sa véritable nature se révélait. L'énergie du chasseur s'était réveillée ; Tess l'entendait courir dans ses veines, gronder dans sa poitrine, crépiter sous sa peau.

Ils arrivèrent devant l'orchestre. Du dos de la main, Tess frôla le coude de Christoff. Elle frémit. Son regard était dur comme de l'acier. Effrayée par sa soudaine transformation, elle osait à peine effleurer sa manche. Il n'était plus le séduisant marquis de Langford aux regards langoureux et aux gestes élégants, mais un prédateur mû par des pulsions barbares, primitives, incontrôlables.

Un Alpha prêt à tuer pour la survie du clan.

C'était la première fois qu'il se montrait à elle sous ce jour… ou plutôt sous cette nuit. Car elle ne pouvait rien imaginer de plus noir, de plus terrifiant que l'appétit sanguinaire qui émanait de toute sa personne. Même dans la fosse aux crocodiles, il n'avait pas lâché ainsi la bride à la bête qui sommeillait en lui.

Tess était consciente qu'elle aurait dû chercher le fuyard, mais elle n'y parvenait pas. Sans cesse, ses yeux revenaient à Christoff, attirés vers lui comme par une flamme dans l'obscurité.

— Là, l'entendit-elle murmurer.

S'arrachant avec peine à sa contemplation, elle suivit son regard vers les musiciens, jouant qui du violon, qui du fifre ou du tambourin. Le voleur était là. Son regard croisa le sien. Tess tressaillit sous l'impact.

Pourquoi n'avait-elle pas prévu cela ? Pas un instant, elle n'avait envisagé ce moment et ce qui pourrait advenir. Sous sa main, son compagnon – pouvait-elle encore l'appeler Christoff ? – vibrait d'une ardeur meurtrière.

Trois hommes, avait-il dit ? Bientôt, songea Tess, il en aurait tué un quatrième. Si tuer était le mot. Massacré convenait mieux.

— Restez ici, dit-il, le visage si dur que ses lèvres bougeaient à peine.

Instinctivement, Tess s'accrocha à lui.

— Non ! s'exclama-t-elle en le retenant.

— Langford ! s'écria alors un homme d'une voix éméchée. Vous voilà, sacripant ! Cynthia m'avait prévenu que vous viendriez !

En se retournant, Tess vit un calife d'opérette s'approcher d'eux d'une démarche un peu lourde. Sous la fausse barbe, le long caftan de soie rouge qui révélait son gros ventre et le tarbouch perché sur son crâne, elle eut tôt fait de reconnaître lord Marlbroke. Son teint était couleur brique et ses yeux injectés de sang.

— Bravo, mon ami, bravo. Cyn doit être par ici... Elle est déguisée en ange, l'avez-vous vue ?

Tess lâcha le bras de Christoff et recula d'un pas.

— Bonté divine, quel costume ! poursuivit Marlbroke d'une voix avinée. Laissez-moi deviner... vous êtes un de ces dieux grecs, n'est-ce pas ? J'y suis : Apollon !

— Pas tout à fait, entendit-elle Christoff répondre d'une voix au timbre métallique.

Elle s'éloigna encore un peu, sans mouvement brusque.

Devant eux, sur l'estrade, les musiciens lançaient la dernière note du menuet. L'un d'eux manquait à l'appel. Le joueur de viole. Sur sa chaise, il n'y avait plus que son instrument. Tess balaya les alentours d'un regard rapide, mais le voleur s'était volatilisé.

— Tenez, la voilà ! s'exclama Marlbroke. Cyn chérie ? Voyez donc qui j'ai trouvé ! Allons, ne faites pas cette vilaine grimace à votre papa et dépêchez-vous d'accourir, petite friponne. Vous ne serez pas déçue !

Tess n'eut pas le temps de s'écarter. Lady Cynthia, la belle et dédaigneuse fille du comte de Marlbroke, avait littéralement volé vers son père, la bousculant dans sa hâte. Au contact de son bras, Tess fut prise d'un vertige.

Elle ruisselait littéralement de perles ! Les délicates billes de nacre recouvraient ses cheveux, pendaient à ses oreilles, s'enroulaient autour de son cou et de ses poignets, entremêlant leurs reflets en une envoûtante mélopée qui faisait courir des frissons d'extase sur la peau de Tess.

Comme il aurait été facile de glisser ses doigts dans le cou de l'ange blond pour défaire l'attache de son collier, avant de s'enfuir en profitant de la cohue qui régnait dans la salle de bal surchauffée !

Elle fit un troisième pas en arrière. Hasard ou volonté délibérée, lady Cynthia s'était glissée entre Christoff et elle.

Tess reconnut en elle la jeune fille en rose croisée en entrant dans la salle de bal. Elle aussi portait des ailes, toutes de plumes roses, de la même nuance que sa robe surchargée de volants et de dentelles. Elle regarda Christoff prendre la main que lui tendait la jolie héritière et s'incliner avec sa grâce coutumière, puis elle se détourna.

Se faufilant entre un paon dégingandé et une fermière aux joues rondes, elle s'éloigna sans un regard en arrière.

Lady Cynthia avait recommencé à l'assaillir de ses minauderies et de ses regards brillants de convoitise. Kit réprima un frisson. Il ne supportait pas de la toucher.

— Lord Langford ! ronronna-t-elle avant de se lancer dans un compliment qu'il n'écouta même pas.

Son pouls battait à ses oreilles, assourdissant. La douleur à sa jambe, qui s'était notablement atténuée, ne se manifestait plus que par une sensation de vertige lorsqu'il tournait trop rapidement la tête. Tous ses sens en alerte, il percevait le moindre mouvement, le moindre souffle autour de lui avec une telle acuité qu'il lui semblait que ses veines charriaient de la poix en fusion – épaisse, brûlante, oppressante.

Comme chaque fois qu'il se mettait en chasse.

Malgré lui, ses yeux furent attirés par les rangées de perles qui tombaient en cascade sur les boucles d'or blanc de la perruque de lady Cynthia. Une soudaine démangeaison se fit sentir au creux de ses paumes : une irrépressible envie de refermer les doigts sur les gouttes de nacre au poli parfait, dont les riches transparences évoquaient le jeu de la pluie dans les nuages, la pureté des espaces infinis… et la peau tendre et laiteuse de sa douce Tess.

Au fait, où était-elle ? Kit n'eut pas besoin de tourner la tête pour comprendre qu'elle venait de s'éclipser… de même que le voleur. Étaient-ils ensemble ? Son cœur s'arrêta de battre. Il parcourut la salle de bal d'un regard anxieux. Aucune trace de sa compagne, ni du fuyard !

Mentalement, il fouilla les alentours – la maison, les jardins, les écuries – cherchant la vibration de lis et d'orage qui signait la présence de Tess, mais sans plus de succès.

Une voix haut perchée résonnait près de lui, gênant sa concentration.

— Lord Langford ! gloussait lady Cynthia. Vous me faites mal !

Il s'aperçut alors qu'il tenait toujours sa main dans la sienne et la serrait de toutes ses forces. Il ouvrit aussitôt les doigts, et la jeune fille retira promptement sa main. Son sourire avait disparu, nota-t-il, non sans une certaine satisfaction.

Il la salua, ainsi que son père, d'un bref hochement de tête et s'éloigna sans un mot. Aucune parole n'aurait pu franchir sa gorge nouée par la fureur et l'anxiété. Il entendit le soupir de dépit de Cynthia, aussi bruyant que douloureux à ses oreilles que la tension faisait bourdonner, mais il n'en avait cure.

Où était passée Tess ?

De la salle de bal submergée par un grouillement humain montaient d'écœurantes senteurs d'alcool, de sueur et de parfums. Les couleurs criardes lui donnaient la nausée ; le bruit irritait ses nerfs tendus à se rompre.

Soudain, il se figea. Au milieu de cet enfer, il venait de trouver un espace de paix aux nuances d'or et d'émeraude. Tess. Là-bas, près des portes, de l'autre côté de la salle… Il percevait sa douce musicalité et sa fragrance de fleur au soleil, si suave qu'il en aurait gémi de bonheur.

Puis il se raidit en s'apercevant qu'elle parlait avec un homme. Son interlocuteur, dont le visage était dissimulé, ne portait qu'un simple manteau gris. Elle, en revanche, avait abaissé son masque. Dans la lueur des mille bougies qui l'auréolait, ses cheveux poudrés d'or prenaient des scintillements féeriques et ses lèvres des nuances de rubis.

Une femme-joyau, une pierre précieuse entre toutes, songea-t-il, le cœur serré.

Puis le fuyard – car ce ne pouvait être que lui – posa la main sur le bras de Tess. Kit tressaillit en voyant ses doigts s'enfoncer dans la peau tendre. De quel droit l'autre se permettait-il une telle familiarité ? Personne n'avait le droit de la toucher. Personne !

En un éclair, le peu de volonté qui restait à Kit vola en éclats. La bête en lui se hérissa dans un grondement furieux.

Tess était à lui.

Il s'élança à travers la foule, indifférent aux exclamations de stupeur, bousculant sans ménagement ceux qui ne se poussaient pas assez vite pour lui céder le passage. Son souffle se fit plus rapide ; ses lèvres se retroussèrent, prêtes à mordre. Un sang noir et brûlant coulait à présent dans ses veines, celui du dragon qui venait de prendre les commandes.

Le besoin de Muer s'imposa, si impérieux que son enveloppe humaine lui sembla soudain lourde comme une armure rouillée, ralentissant ses pas, émoussant la précision de ses gestes.

Dans un même mouvement, Tess et le fuyard se tournèrent vers lui. Il croisa le regard de celle-ci, lut la surprise sur son visage aux traits limpides, mais toute son attention se concentrait à présent sur l'autre *drakon*. Ce dernier avait toujours sa main sur elle. Kit pouvait voir briller derrière son masque ses iris d'un bleu profond.

Juste avant qu'il ne fonde sur lui, le voleur relâcha Tess, s'écarta d'elle en la saluant d'un mouvement de tête rapide… et Mua.

Là, au milieu de cette salle de bal bondée de monde.

Quelques femmes poussèrent des cris d'effroi que Kit entendit à peine. Tess avait levé le visage pour suivre des yeux le nuage de brume qui tournoyait à présent au-dessus de l'assistance et s'élevait, toujours plus haut, vers les portes donnant sur le jardin. Puis elle se tourna vers lui.

Il vit le masque tomber de sa main, Tess s'élancer dans sa direction, s'agripper à son bras.

— Non ! hurla-t-elle en tirant de toutes ses forces pour le retenir. Christoff, non ! Ne faites pas cela !

Le tourbillon couleur de cendre n'était plus qu'à une faible distance des portes-fenêtres ouvertes sur la nuit étoilée.

— Non ! répéta Tess en prenant son autre main pour se plaquer contre lui, faisant obstacle de son corps. Christoff !

Dans un grondement sourd, le dragon bondit sous sa peau.

Tess s'accrochait à lui avec l'énergie du désespoir. Un éclair d'or pur passa dans son regard, aussi bref que lumineux. Avec une lenteur extrême, Kit prit une profonde inspiration.

Le temps parut s'étirer, comme suspendu à son souffle. Écartelé entre le dragon qui rugissait en lui et son enveloppe humaine qui peinait à contenir l'animal fou de rage, Kit tremblait de tous ses membres.

Un fauve en cage. Jamais l'expression n'avait été aussi juste…

— Diable ! dit un homme non loin de lui. C'est sacrément enfumé, là-dedans !

La brume franchit les portes et s'évanouit dans le ciel nocturne.

Kit baissa les yeux vers sa compagne. Sur son avant-bras, on voyait encore la marque des doigts du fuyard, là où il l'avait serrée, la marquant de son ignoble empreinte.

Non loin d'eux se trouvait un petit tas de velours gris – unique trace du passage du voleur. Quelques invités s'en approchèrent en riant et l'un d'entre eux souleva la veste pour la secouer, tout en s'émerveillant de ce tour de passe-passe avec force exclamations.

Sans un mot, Kit prit la main de Tess et la guida vers la porte d'un pas décidé. Traversant des pièces et des halls vides, ils passèrent devant l'escalier principal, puis se dirigèrent vers une haute porte d'acajou sculpté. Celle-ci s'ouvrit sans un bruit sous sa poussée, révélant une pièce couverte de rayonnages, à peine éclairée par quelques bougies. La bibliothèque.

Dans la pénombre, les lettres dorées au fer qui ornaient les reliures de cuir luisaient faiblement. Un paravent japonais décoré de motifs floraux séparait l'entrée de la cheminée, devant laquelle étaient disposés deux vastes fauteuils.

C'est là, devant l'âtre où ne brûlait aucun feu, que Kit entraîna sa compagne. Celle-ci se laissa faire, non sans une certaine réticence. Libérant sa main, il Mua aussitôt... avant de réapparaître sous sa forme humaine. Nu. Dans un nuage de poudre dorée, son costume, vide, tomba sur le parquet.

D'un geste impatient, Kit attira sa compagne à lui pour s'emparer de ses lèvres. Elle tenta de s'écarter, mais il planta ses dents dans la chair tendre de son cou.

— Restez comme cela ! ordonna-t-il tout en défaisant les épingles qui retenaient son chignon.

Le fragile édifice s'effondra et les boucles soyeuses de Tess glissèrent entre les doigts de Kit. Le corsage de sa tenue dénudait entièrement ses épaules, dévoilant sa gorge blanche et la naissance de ses seins. Dans la quasi-obscurité qui régnait à l'abri du paravent, la poudre irisée nimbait sa peau de reflets d'or pâle. Kit parcourut son cou, puis son buste de baisers légers, humant avec délice les senteurs capiteuses qui montaient d'elle.

La poitrine de sa compagne se soulevait au rythme saccadé de sa respiration, faisant saillir ses seins en une irrésistible invitation. Kit posa la bouche dans le sillon tiède et parfumé, avant d'y glisser sa langue. Avait-il déjà cueilli fleur plus enivrante ?

D'un geste impatient, il tira le corsage vers le bas. L'étoffe céda avec un léger craquement, libérant les seins de sa compagne. Celle-ci laissa échapper un gémissement lorsqu'il referma ses lèvres sur son mamelon. Protestait-elle ? L'encourageait-elle ? Il n'aurait su le dire, mais peu lui importait !

Il se laissa tomber à genoux sur le tapis et l'attira vers lui pour l'asseoir à califourchon sur ses cuisses. Haletant, il leva les yeux vers elle. Ses lèvres étaient roses, gonflées par ses baisers.

Il repoussa ses jupes, glissa ses mains sous les épaisseurs de soie et de linon et remonta le long de ses bas jusqu'à ce que ses doigts rencontrent la barrière de dentelle de ses jarretières. Il frémit en la franchissant. Que ses cuisses étaient tendres sous ses paumes !

Basculant légèrement en arrière, il posa ses mains sur ses fesses rondes et musclées et la souleva pour la plaquer contre lui, l'obligeant à écarter davantage les jambes. Dans un réflexe, elle lui passa les bras autour du cou.

— Que faites-vous ? demanda-t-elle dans un murmure effrayé.

Kit ne répondit pas... du moins, pas avec des mots. À quoi bon ? Elle savait très bien ce qu'il attendait d'elle. Il l'attira contre lui pour frotter son érection entre ses cuisses.

Tess tenta une fois de plus de s'écarter de lui, mais il la serrait avec force. Sa robe bruissa dans un frou-frou de soie. Son corset emprisonnait sa taille fine, maintenant son dos bien droit, mais sous ses jupes, elle n'était que douceur et volupté...

Il poursuivit sa tendre exploration entre les plis de sa féminité, là où sa chair se faisait merveilleusement tendre et odorante.

Elle était déjà moite de désir !

À peine l'avait-il effleurée qu'un petit cri lui échappa. Elle enfouit son visage au creux de son cou et se cambra sous sa caresse. Encouragé, il se montra plus hardi. Qu'elle était étroite et douce autour de ses doigts ! Un fourreau de velours humide...

Il étira les lèvres en un sourire de triomphe qu'elle ne pouvait voir.

Avez-vous l'intention de me violer purement et simplement, ou comptez-vous y mettre les formes en prétendant me séduire ? lui avait-elle demandé autrefois, dans ce qui lui semblait aujourd'hui une autre vie.

Ce ne serait ni l'un ni l'autre. Leur étreinte serait l'union parfaite, inéluctable, de deux Alpha prédestinés l'un à l'autre. Le corps à corps sauvage du *drakon* mâle et de sa femelle. L'acte d'amour, dans tout ce qu'il avait de primitif et de sublime.

La prenant par les hanches, il la souleva au-dessus de lui et pressa son membre rigide à l'orée de sa féminité, avant de la faire descendre avec lenteur sur lui.

Tess se mordit les lèvres pour retenir un cri de douleur et de surprise. Cela faisait mal ! Elle tenta de se dégager, en vain. Les mains de Christoff la serraient comme un étau.

La souffrance envahissait tout son corps en ondes successives, lui coupant le souffle. Puis son compagnon referma sa bouche sur son sein, qu'il suça doucement, éveillant en elle une vague de plaisir aussi soudaine qu'inattendue.

Les deux sensations se mêlèrent en elle, douleur et volupté, jusqu'à ce que, peu à peu, la seconde chasse la première. Tess libéra le soupir qu'elle retenait depuis une éternité... avant de suffoquer lorsque son amant, après l'avoir soulevée en se retirant d'elle, l'attira de nouveau, plongeant un peu plus loin en elle.

La brûlure se propagea en ondes concentriques, avant de s'atténuer une fois de plus lorsque Christoff lécha son mamelon avec une telle douceur qu'elle le sentait à peine.

Il fallait que cette torture cesse au plus vite... Non, qu'elle continue ! Éperdue, Tess glissa ses doigts dans les cheveux de son compagnon pour le presser sur son sein.

Elle était perdue. Elle aurait voulu continuer de s'offrir à son invasion, si douloureuse qu'elle en devenait insupportable, et en même temps que cesse la souffrance qui lui coupait le souffle. Que Christoff continue de la dévorer de ces yeux fous de désir, et qu'il la libère immédiatement...

Du plus profond de son être monta une étrange vague de bien-être, qui peu à peu l'envahit tout entière, chassant la douleur et la peur sur son passage. Tess rejeta la tête en arrière et s'arqua pour mieux savourer cette incroyable volupté, si nouvelle pour elle. Elle aurait tant voulu que...

Un bruit soudain la ramena à la réalité. La porte de la bibliothèque venait de s'ouvrir. Quelqu'un entrait !

Au-delà du paravent, le son de l'orchestre se fit plus fort. Tess se figea et chercha le regard de son amant. D'un coup de menton, celui-ci désigna le panneau de laque qui les dissimulait à la vue. Un sourire ensorcelant éclairait son visage.

Allait-il la libérer ? Apparemment, il ne fallait pas y compter... Prenant garde de ne pas faire bruisser sa jupe, Christoff referma ses mains sur ses hanches pour s'enfoncer un peu plus en elle.

Tess se mordit la langue pour ne pas crier. Elle se tendit, luttant contre le plaisir qui l'envahissait lentement.

Des pas résonnèrent sur le plancher avant de s'arrêter devant le bureau que Tess avait aperçu à l'entrée de la pièce. S'ils faisaient mine de se diriger vers la cheminée...

Apparemment indifférent aux angoisses qui l'étreignaient, son compagnon la souleva d'un geste souple pour la guider à nouveau le long de sa colonne de chair, cette fois avec une insoutenable lenteur, éveillant en elle une ardeur nouvelle.

Le plaisir était là, prêt à déferler. Partagée entre l'impatience et la crainte, Tess s'arc-bouta. Combien de temps pourrait-elle endurer ce supplice ?

Un son cristallin résonna dans le silence ouaté de la bibliothèque, suivi du bruit caractéristique d'une boisson que l'on versait dans un verre.

Tess s'immobilisa. Une partie d'elle-même était prête à Muer en un éclair, mais l'autre, sa part humaine, ne tenait plus en place. La jouissance était presque là, impérieuse, prête à exploser. Il suffirait d'un rien – le plus léger mouvement de son amant en elle, la moindre caresse de sa peau contre la sienne, là où son bouton de chair, gonflé de plaisir, se frottait avec délice contre son membre en érection...

Elle prit entre ses paumes son visage que ses doigts avaient marqué de traînées d'or mat. Ses paupières mi-closes sur ses iris voilés de plaisir, son souffle court, ses lèvres entrouvertes sur un sourire ébloui, tout en lui n'était plus que sensualité magnétique, presque animale... infiniment contagieuse.

Tess ferma les yeux.

De l'autre côté de l'écran de bois précieux monta un soupir de bien-être, puis Tess entendit le bruit d'un verre que l'on pose... suivi du craquement d'un siège en cuir sur lequel on s'assoit. Oh non !

Désespérée, elle enfonça ses doigts dans le dos de Christoff. Elle n'aurait pas le courage d'attendre ! Déjà, son corps ne lui appartenait plus. Après une brève pause, la vague de plaisir s'était de nouveau formée au creux d'elle-même et montait inexorablement.

Tess secoua la tête, incapable de maîtriser ses sensations. Il fallait tenir, pourtant. Ne pas bouger. Ne pas crier. Ne pas respirer…

Le siège en cuir craqua de nouveau. Les pas résonnèrent sur le plancher. La porte fut ouverte.

Que Christoff était dur en elle ! Et que cette sensation était enivrante ! C'en était trop… La tête lui tournait.

La musique emplit de nouveau l'espace. Au loin, des rires et des voix retentirent.

Tess réprima un gémissement de frustration. Si Christoff ne recommençait pas à aller et venir en elle, elle n'y survivrait pas !

Après ce qui lui parut une éternité, Kit entendit la porte se refermer. Enfin ! Plantant ses dents dans le cou de son amante, il plongea en elle d'un ultime coup de reins.

La jouissance de Tess fut immédiate. Dans un spasme de volupté, elle l'enserra avec une force inouïe. Un cri de pur plaisir monta de sa gorge, plus doux à ses oreilles que le chant le plus mélodieux.

Ivre de bonheur et de fierté, il la regarda sombrer dans le néant de l'extase… avant de déverser en elle sa semence veloutée.

Puis il la serra longuement contre lui, épuisé, radieux, fou d'amour.

Tess. Sa maîtresse, sa reine, son âme sœur.

14

La maison du marquis semblait vide, mais Zane avait appris à se méfier des apparences. Étendu dans la paille des écuries pour se protéger du froid de la nuit, il avait surveillé les environs pendant un long moment. Cet endroit était trop grand pour lui, et franchement sinistre.

Sans parler de l'odeur de la paille, qu'il détestait. Si Langford avait des chevaux, ils n'étaient pas ici. Zane ne voyait pas d'eau pour eux, pas de couvertures, et pas la moindre trace d'avoine sur le sol de terre battue. Il ne devait même pas y avoir de rats !

Il aurait décampé depuis longtemps s'il n'avait pas été certain qu'*elle* finirait par revenir ici, à un moment ou à un autre. À présent qu'il y pensait, elle non plus n'avait pas de cheval ni d'attelage chez elle…

Dans le ciel voilé de brouillard, la lune ressemblait à un œil inquiétant. Le *fog* qui s'étendait sur la ville épaississait les ombres, ce qui convenait parfaitement à Zane.

Il s'agita dans la paille pour s'installer plus confortablement, puisqu'il n'y avait rien d'autre à faire que d'attendre…

Combien de nuits avait-il déjà passées ainsi en embuscade, comptant les heures en luttant contre le sommeil ? Avec le temps, il avait appris quelques trucs. Il étira ses orteils, l'un après l'autre, pour les frotter contre le cuir de ses bottines. Il passa en revue toute sa collection de grimaces, fronçant les sourcils, relevant les coins de ses lèvres en un affreux rictus, gonflant les joues. Il tourna sa tête de droite et de gauche, puis dans l'autre sens, fit craquer les unes après les autres les articulations de ses doigts, *un, deux, trois, quatre, cinq,* avant d'étirer ses bras.

Décidément, cette meule de paille puait horriblement ! Zane cligna des yeux et s'absorba dans l'examen de la façade de la grande maison, dont il observa une à une les fenêtres toutes noires. Rien ne bougeait. Voilà deux bonnes heures qu'il était là, maintenant. Il n'y avait pas plus d'animation dans les cuisines que dans l'écurie, de même, sans doute, que dans le reste du bâtiment.

Aucun doute, la voie était libre.

Il se glissa hors de son tas de paille et sortit dans la cour, qu'il contourna en passant devant la grille et la rangée d'arbres, avant de longer la maison pour s'approcher de la façade principale.

Arrivé là, il fit halte, l'oreille tendue. La rue, déserte, était plongée dans l'obscurité, à l'exception d'une lumière qui brillait un peu plus loin, à l'étage d'un hôtel particulier orné de pilastres blancs.

Zane ne connaissait que deux catégories de riches. Les chats en maraude – ceux qui dansaient, buvaient et festoyaient à longueur de nuit – et les poules mouillées – ceux qui se couchaient de bonne heure après avoir fermé leur maison à double tour.

Le marquis de Langford appartenait à la première ; il l'avait vu à l'éclat féroce qui luisait au fond de ses yeux verts.

Zane songea que, s'il avait été riche, il aurait été l'exception à cette règle, car il n'aurait appartenu à aucune des deux catégories. Il ne buvait jamais et dormait le moins possible.

Il se faufila jusqu'à la fenêtre du petit salon et poussa du plat de la main sur le point faible du châssis. Rien ne bougea pas.

Il appuya plus fort, sans plus de résultat.

Que se passait-il ? S'étant assuré d'un regard à la ronde que personne n'était en vue, il sauta pour voir ce qui n'allait pas. À la deuxième tentative, il comprit d'où venait le problème. Un bâton de bois avait été coincé contre le verrou, bloquant celui-ci.

Zane jura tout bas et battit en retraite. Quelle mouche l'avait piqué de dire par où il s'était introduit lors de sa première visite ? Il devenait urgent de *lui* parler, loin des oreilles de ce maudit marquis qui tournait autour d'elle depuis quelque temps.

Elle lui avait strictement interdit de se manifester jusqu'à ce qu'elle reprenne contact avec lui, mais la situation devenait intenable.

Il revint sur le côté de la maison mais il savait déjà, pour les avoir inspectées lors de sa précédente venue, que les autres fenêtres étaient solidement fermées. Comment allait-il faire ?

Les nuages chargés de brouillard s'écartèrent un instant. Dans le ciel gris de la nuit, la lune lui jeta un regard morne.

Zane retourna à la porte de la cuisine dont il fit jouer la poignée. Du cuivre tout neuf, bien poli, et une serrure étroite. Avec un soupir résigné, il sortit ses outils de sa poche.

Forcer une porte faisait moins de bruit que briser un carreau, mais cela prenait plus de temps. À présent que la lune éclairait la cour de ses rayons, n'importe qui pouvait le voir depuis les fenêtres des belles demeures voisines. Ici, dans Grosvenor Square, la maréchaussée arriverait à la première alerte. On n'était pas dans les quartiers modestes de St. Giles ou de Cheapside…

Malgré le froid, Zane transpirait à grosses gouttes. Clem le Crasseux s'était fait pincer comme ça, alors qu'il essayait d'entrer dans une maison cossue de Mayfair. Il était pourtant le meilleur, et ne manquait pas une occasion de s'en vanter. *M'arriverez jamais à la cheville, bande de minables.*

Aujourd'hui, il moisissait sur la paille de la prison de Ludgate, et c'était lui, son ancien élève, qui avait récupéré son matériel. Même lorsqu'on le libérerait, Clem n'en aurait plus besoin, avec cette saleté de gangrène qui lui rongeait les doigts…

Enfin ! La serrure céda et la porte s'ouvrit. Zane rassembla ses outils et se faufila prestement à l'intérieur. Une fois dans la place, il sortit son couteau de sa ceinture.

Il ne faisait pas plus chaud dans la cuisine que dehors, songea-t-il en frissonnant. Traversant la pièce, il suivit le chemin qu'il connaissait déjà. Il fallait longer le couloir latéral, monter le grand escalier et tourner sur le palier, tout en s'arrêtant, l'oreille aux aguets, au moindre craquement du plancher, au moindre bruit en provenance des étages supérieurs.

La chambre du marquis était vide, comme toutes les autres, y compris celle où *elle* avait laissé ses affaires. Il reconnaissait la malle à rayures, ouverte, et les chaussures pour homme ou pour dame, toutes à sa taille, soigneusement alignées à l'intérieur.

Il n'y avait personne dans la maison. Zane ne s'était pas trompé, à propos de Langford. C'était un chat en maraude. Il retourna dans la chambre qu'elle occupait. Là, il passa une main sur le couvre-lit, prit un oreiller, y enfouit son visage. Son odeur était là, à peine perceptible. Elle allait revenir.

Avisant une méridienne dans l'angle opposé de la pièce, il s'y installa. Les coussins, couverts d'un satin épais et brillant, glissaient sous son poids. Ce n'était guère confortable, mais il préférait cela. Ainsi, il risquerait moins de s'endormir. Il appuya sa tête au dossier et observa la vue qui s'étendait derrière la fenêtre, jusqu'à ce que la vive clarté de la lune lui fatigue les yeux. Sans qu'il y prenne garde, ses paupières se fermèrent.

Ils quittèrent le bal par le même chemin que celui qu'ils avaient emprunté à l'aller, à la différence que Tess marchait sur ses bas, retenant d'une main son corsage déchiré, tandis que son compagnon était en chemise et culottes de satin, son costume sur le bras.

Ils étaient sortis par la fenêtre de la bibliothèque. Sans même lui demander son avis, Christoff avait ouvert les battants, jeté sa tenue et leurs chaussures sur le gravier de l'allée, puis il était revenu la chercher derrière le paravent. Il n'avait pas dit un mot, se contentant de déposer un baiser ardent sur ses lèvres avant de l'entraîner à sa suite, et elle n'avait pas tenté de protester.

Au moment où ils s'apprêtaient à sauter, un rai de lumière s'était glissé dans la bibliothèque. Sous l'effet de l'appel d'air de la fenêtre ouverte, la porte mal refermée avait pivoté sur ses gonds. Des rires avaient résonné, tout près d'eux.

Christoff avait Mué avant d'enjamber le rebord de la fenêtre. Une fois à l'abri de la haie de grands buis en caisses qui séparait le jardin de la propriété voisine, il avait repris son enveloppe humaine et levé son visage vers elle en lui faisant signe de le suivre.

Tess s'était penchée vers lui, indécise. Elle ne voulait pas Muer. Aussi dérisoire que soit la protection que lui offrait le vêtement, elle ne voulait pas quitter sa robe.

De plus, elle se sentait rompue de fatigue et envahie d'une sorte de timidité. Elle ne parvenait pas à comprendre comment elle avait pu se donner ainsi au marquis de Langford !

Derrière elle, la porte de la bibliothèque s'était ouverte plus franchement. Deux hommes se tenaient sur le seuil, devisant avec passion. Des férus de courses de chevaux, si elle en jugeait à leurs arguments.

En contrebas, dans l'allée, elle avait vu Christoff Muer. Le nuage de brume était monté vers elle pour encercler ses bras et son cou. C'était la première fois qu'un autre *drakon* la touchait de cette façon. Le voile était frais, un peu opaque, étrange et familier à la fois.

Les ombres des deux hommes s'étaient dessinées sur le tapis de l'entrée. Encore une seconde et ils s'apercevraient de sa présence.

— Je vous suis, avait-elle chuchoté à son compagnon.

D'un geste rapide, elle s'était assise sur le rebord de la fenêtre et avait fait passer ses jambes à l'extérieur. Dans sa hâte, le drap d'or de ses ailes s'accrocha au montant et quelques perles de jais se détachèrent de sa jupe.

Elles tintèrent en roulant sur le plancher. Trop tard pour les ramasser ! Elle s'était laissée glisser le long du mur, se retenant de ses deux mains au bord de la fenêtre, les pieds dans le vide, avant de lâcher prise.

Heureusement, le sol n'était pas très loin. Christoff la rattrapa en la serrant contre lui.

— Sapristi ! avait-il grommelé en regardant la griffure que les ailes de drap d'or venaient de tracer sur son ventre plat et musclé. Ces ornements sont un vrai danger.

— Je ne vous ai pas demandé de m'attraper.

— Vous n'en avez pas besoin, avait-il murmuré en refermant ses mains sur son visage pour lui voler un baiser. C'est déjà fait. Je vous prends, je vous garde !

Tess aurait dû s'écarter de lui, le repousser, rire de ses vantardises…

Elle n'en avait pas eu le courage.

Docile, elle s'était appuyée contre lui en lui tendant ses lèvres.

— Clarissa Tess, avait-il chuchoté en faisant rouler son prénom dans sa bouche comme s'il s'agissait de la plus douce des sucreries. Venez avec moi. Rentrons à la maison.

Incapable de résister, elle avait pris la main qu'il lui tendait et l'avait suivi le long de l'allée. Lorsqu'il lui parlait ainsi, elle n'était plus elle-même. Elle l'aurait accompagné jusqu'au bout du monde…

Arrivé au bout de l'allée, Christoff se pencha et glissa son costume ainsi que leurs chaussures dans l'une des caisses en bois. Il ôta ensuite sa chemise et sa culotte, qui suivirent le même chemin.

— Nous reviendrons les chercher demain, dit-il.

Puis, l'ayant parcourue d'un regard rapide :

— Quelque chose ne va pas ?

Mal à l'aise, Tess plaqua sa robe contre elle. À quoi bon lui avouer qu'elle rougissait en songeant à ce qu'ils venaient de faire, et que la seule idée de se montrer nue devant lui lui était insupportable ? Il aurait bien ri d'elle, et il aurait eu raison !

— Ce serait plutôt à moi de vous poser la question, répliqua-t-elle d'un ton posé.

D'un regard interrogateur, il l'invita à poursuivre.

— Vous avez chaud et vous boitez. Cela m'inquiète. Êtes-vous sûr que tout va bien ?

— Étant donné que je ne suis qu'à quelques pas d'une salle de bal grouillante de gens, je n'ai pas d'autre choix que d'aller très bien.

— Ce n'est peut-être pas prudent de voler. Nous devrions plutôt louer une voiture.

Il se pencha vers elle, un sourire aux lèvres. Un petit vent s'était levé, jouant dans ses longues mèches dorées.

— J'ai peur qu'il n'y ait quelques difficultés, mon amour. Vous êtes belle à couper le souffle, mais guère présentable.

Du bout de son doigt, il souligna la déchirure de son corsage.

— Entre nous, c'est ainsi que je vous préfère ; le teint rose et les cheveux en désordre. Et j'ai bien l'intention de faire en sorte que vous soyez comme cela le plus souvent possible…

Tess tourna son visage vers le vent pour rafraîchir ses joues brûlantes de confusion. À quoi bon tenter de résister ? Il ne semblait pas disposé à lui laisser le dernier mot…

Elle Mua, laissant sa robe et ses bas tomber sur le gravier de l'allée. En un tournemain, Christoff les ramassa, les roula en boule et les enfouit dans la caisse la plus proche, en dissimulant les ailes dorées sous une couche de feuilles. Puis il Mua et, ensemble, ils s'élevèrent dans les airs.

Grosvenor Square n'était pas loin. Tess avait pensé qu'ils s'y rendraient directement mais, à sa surprise, Christoff continua de prendre de l'altitude, nuage diaphane traversant l'épais manteau de brouillard dans lequel se décomposait la lueur de l'astre lunaire. Captivée, elle le regarda émerger du banc de brume et prendre sa forme de dragon dans le ciel nocturne.

Son ombre était certainement visible d'en bas. Il ne semblait manifestement guère s'en soucier car, au lieu de poursuivre son ascension, il se mit à décrire autour d'elle une série de cercles, les uns serrés, les autres larges, zébrant la voûte céleste d'une flamme d'argent aux reflets de jade et d'améthyste.

Tess dériva encore quelques instants à la surface du banc de brouillard et se laissa flotter à la frontière entre les deux univers – l'immensité glauque au-dessus d'elle et, en dessous, le sombre océan où scintillaient çà ou là les lueurs des bougies et des lanternes des Autres.

Son compagnon, cependant, semblait avoir d'autres projets pour elle. Après une dernière boucle, il Mua en brume pour s'enrouler en spirale autour d'elle et l'attirer plus haut, avant de redevenir dragon, et de s'envoler dans l'espace à une vitesse prodigieuse.

Tess Mua à son tour pour s'élancer à sa poursuite, plus légère que le vent, à travers les fabuleuses volutes d'air aux mille nuances d'or et d'argent.

Peut-être les voyait-on, d'en bas. Quelle importance ? Tess était ivre de liberté ! Ils se trouvaient si loin du monde, à présent, que personne n'aurait su dire leur véritable nature : vol d'oiseaux migrateurs, nuages aux contours changeants, créatures d'un autre temps dansant dans les rayons de la lune… ou simple effet de l'imagination.

Christoff fondit sur elle, lame vivante déchirant l'écrin de velours de la nuit pour filer à ses côtés, de plus en plus près d'elle, avant de plonger sous ses ailes afin de frotter sa joue contre la sienne. Puis il vira et, la contournant, vint se placer juste au-dessus d'elle.

Tess tourna la tête pour le voir, en vain. Alors, repliant ses ailes, elle descendit en piqué… pour s'apercevoir qu'il était toujours là. Elle changea plusieurs fois de direction, mais il ne la lâchait pas, virant de bord au même rythme qu'elle, sans cesser de se rapprocher.

Elle remonta d'un puissant battement d'ailes pour gagner un courant d'air qui la fit tourner sur elle-même, mais elle percevait encore sa présence derrière elle, sa chaleur… son poids.

Un long frisson la parcourut lorsqu'il referma ses serres sur ses reins et l'attira à lui. Ils ne faisaient plus qu'un…

Pendant quelques instants, ils se laissèrent porter par le souffle d'air tiède, peau contre peau, ailes enlacées, en une étreinte aérienne, plus sensuelle que tout ce qu'elle avait jamais imaginé.

Puis le vent tourna et Christoff la libéra. Elle le vit descendre vers le banc de brouillard, dont il griffa la surface pour y tracer deux courbes. Un cœur, qui se dissipa aussitôt. Tess ferma les yeux un bref instant, partagée entre l'envie d'éclater de rire et celle de fondre en larmes.

Au-dessous d'elle, son compagnon lui lança un regard insistant, Mua, puis plongea à travers la nappe de bruine opaque, là où il avait dessiné un cœur, avant de disparaître de sa vue.

Après un dernier cercle, elle s'engouffra à sa suite dans le manteau grisâtre, et ne Mua qu'au dernier instant. Après avoir quitté son apparence de dragon aux écailles nacrées, c'est sous la forme d'un léger voile de brume qu'elle apparut dans le ciel de Londres aux côtés de son compagnon.

Far Perch se trouvait juste en dessous d'eux, avec son arrangement bien ordonné de toits, frontons et cheminées qui luisaient dans la bruine.

Ignorant la coupole par laquelle ils étaient entrés auparavant, Christoff se dirigea vers une vitre, dont l'un des panneaux, comme Tess s'en aperçut bientôt, était fendu. La fenêtre de sa chambre.

Ils Muèrent à peine entrés, mais son compagnon ne lui laissa pas le temps de couvrir sa nudité. Il la prit dans ses bras et l'emporta jusqu'à son lit, où il s'étendit sur elle pour la couvrir de son corps si souple, si chaud, si viril qu'elle ne songea pas un instant à se rebeller.

Lorsqu'elle s'éveilla, un parfum de citrus flottait dans l'air, léger, presque imperceptible. L'odeur douce et propre, à laquelle se mêlaient l'écorce d'orange et une pointe d'épices qu'elle n'aurait su nommer, flottait à la lisière de son rêve, dont les lambeaux s'accrochaient encore à sa mémoire.

Elle était étendue dans l'herbe sur les hauteurs de Blackstone Hill, Christoff à ses côtés. Au-dessus d'eux s'étendait un ciel bleu comme un jour d'été. Elle percevait avec une surprenante acuité la caresse du souffle de son compagnon sur sa peau, la douceur de sa main sur son épaule, la chaleur de ses jambes entre les siennes.

Non, elle n'était pas à Darkfrith, comprit-elle en ouvrant les yeux, mais à Londres.

Dans le lit du séduisant marquis de Langford.

Ils avaient fait l'amour dans la bibliothèque d'une maison inconnue, puis ici, dans cet immense lit de plume. Et aussi, à présent qu'elle s'en souvenait, dans le ciel étoilé…

— Je ne sais pas à quoi vous pensez, murmura-t-il à son oreille d'une voix ensommeillée, mais de grâce, continuez !

D'un geste doux mais ferme, il la fit rouler sur le dos, s'étira paresseusement... et se coucha sur elle. Ses lèvres effleurèrent son nez, son menton, sa bouche. Puis il frotta sa joue un peu râpeuse contre la sienne.

— Bonjour, dit-il en écartant ses cuisses.

Sans prévenir, il plongea en elle, les yeux clos sur son plaisir. Tess se figea, avant de se détendre en s'apercevant qu'elle n'avait presque plus mal. Son corps était encore rompu par leurs ébats de la nuit, mais à mesure que son amant allait et venait en elle, la douleur cédait peu à peu la place à un plaisir nouveau.

Impatiente, elle se cambra pour mieux l'accueillir. Désormais, elle savait vers quels rivages merveilleux il l'entraînait. Déjà, la jouissance se formait au creux de son ventre, pour se répandre dans tout son être. Se lasserait-elle un jour de la passion qui les consumait d'un même feu ?

Elle se figea, surprise, lorsqu'il l'obligea à plier les genoux, avant d'entrer de nouveau en elle, si profondément qu'elle en eut le souffle coupé. Elle renversa la tête en arrière dans les oreillers d'un blanc de neige et s'abandonna aux sensations nouvelles qui déferlaient en elle.

— Tu es plus douce que le miel, murmura-t-il d'une voix un peu rauque.

Ses doigts se refermèrent sur ses épaules avec force, puis ses hanches reprirent leur va-et-vient plus rapidement.

— Tu es le paradis, gémit-il à son oreille, les dents serrées par l'effort. Je voudrais rester en toi pour l'éternité. Oh ! que ce bonheur ne s'arrête jamais !

Il continua pourtant de bouger, toujours plus vite. Un premier spasme de plaisir se forma au plus secret d'elle-même, puis un second, et la jouissance la submergea soudain, éblouissante et sublime.

À peine eut-elle le temps de reprendre son souffle que son amant s'immobilisait en laissant échapper un gémissement de félicité, avant de s'effondrer sur elle, secoué de tremblements.

Ils demeurèrent longtemps enlacés, le souffle court, le cœur battant la chamade. Lorsque Tess le repoussa avec tendresse afin de respirer plus librement, il s'accouda au-dessus d'elle en souriant.

— Votre lit est très inconfortable, lui dit-elle d'un ton de reproche.

— Pas autant que celui de la Chambre des Morts, j'espère ?

— Presque. Il y a une énorme bosse juste au milieu.

— Possible, répondit-il en prenant un air penaud. Je suis un homme débordant d'énergie. C'est l'une de mes grandes qualités, et j'ai cru remarquer que vous ne vous en plaigniez pas.

Tess secoua la tête en riant. Elle n'était pas dupe.

— Vantard !

Une idée venait de germer dans son esprit, qu'elle repoussa aussitôt. C'était vraiment trop absurde ! Jamais le marquis de Langford n'aurait eu une idée aussi saugrenue...

Tout de même, il fallait qu'elle en ait le cœur net. Elle repoussa son compagnon, descendit du lit et s'agenouilla sur le plancher pour glisser une main entre le sommier et le matelas. Ses doigts se refermèrent sur un objet aux arêtes saillantes.

Darko. Elle avait vu juste.

Incrédule, elle éleva sa main pour montrer le diamant à Christoff.

— Vous l'avez caché ici ? C'est de la folie !

— Quel meilleur endroit pour dissimuler un diamant que le lit où dorment deux *drakons* ? demanda-t-il, en toute innocence. De plus, nous surveillons le fuyard. Qui, sinon lui, penserait à venir chercher cette pierre ici ?

— À peu près n'importe qui, grommela Tess en refermant les doigts autour du diamant sacré. Sous un matelas ! Et pourquoi pas sur votre paillasson ?

— Entre nous, jamais je n'aurais pensé que nous le retrouverions si vite. J'avais envisagé de le confier au conseil dès l'arrivée de celui-ci pour qu'il le garde en sécurité. Il n'y a pas de coffre-fort, à Far Perch.

— Il fallait me le donner ! Moi, je l'aurais mis à l'abri.

Le sourire de son compagnon s'évanouit.

— Tess, calmez-vous. Tout va bien.

— Tout va bien ? répéta-t-elle, outrée. Alors que vous avez failli perdre le diamant ? Et notre marché, qu'en faites-vous ? L'auriez-vous oublié ?

Pour toute réponse, il haussa les sourcils d'un air interrogateur.

— La pierre sacrée du clan et le fuyard ! lui rappela-t-elle, furieuse de sa légèreté. En échange de ma liberté !

Elle bondit sur ses pieds et ramena sa chevelure en arrière, toute pudeur oubliée.

— Nous y sommes presque, et vous manquez de tout faire échouer ! Si le diamant disparaît de nouveau, je n'aurai aucun moyen de le retrouver. Comment pouvez-vous être aussi inconscient ? On dirait que vous…

Elle se tut, incapable de formuler l'idée qui lui était venue.

Christoff s'était assis sur le lit, nu parmi les draps et les oreillers de satin, beau comme un dieu… et aussi imperturbable.

— On dirait que vous l'avez fait exprès, dit-elle dans un souffle. Comme si vous espériez qu'on vous le reprendrait. N'est-ce pas ?

— Non.

— N'est-ce pas ? répéta-t-elle. Vous vouliez le perdre. Pour me faire échouer !

— Pas du tout, enfin ! marmonna-t-il en se levant.

— Alors pourquoi l'avez-vous aussi mal caché ?

— Je vous l'ai dit. Je n'ai pas de coffre-fort et personne à qui le confier pour l'instant.

— Mais il suffisait de me dire…

— De vous dire quoi, au juste ? De prendre le diamant et de vous enfuir avec ?

Il poursuivit, d'une voix sourde :

— Mais bien sûr ! Comment n'y ai-je pas pensé plus tôt… Vous devez être impatiente de rejoindre votre complice pour un petit tête-à-tête ! Je suppose qu'il vous a fixé un rendez-vous ?

Tess vacilla sous l'insulte. Il lui sembla soudain que tout s'effondrait autour d'elle.

— Vous n'avez pas confiance en moi, dit-elle d'une voix blanche.

D'un geste impatient, il ramena en arrière ses mèches blondes.

— Comment le pourrais-je ? Vous étiez prête à vous laisser mourir plutôt que de m'épouser. Que puis-je contre cela ? Dites-le-moi. Dites-le-moi et je le ferai !

Tess ne répondit pas. Sa gorge était nouée par la colère et la déception.

— Ma colombe, insista Christoff. Je ferais n'importe quoi pour que vous acceptiez d'être ma femme. N'importe quoi !

— Il faut que je m'en aille.

— Non.

— Je suis désolée, mais je n'ai pas le choix. Je reviendrai vite.

— *Non*.

Tess laissa échapper un soupir de lassitude. À quoi bon discuter ? Elle Mua et se dirigea vers la fenêtre, mais Christoff la devança et se posta devant le panneau de verre, sur lequel il plaqua sa main.

— Je ne vous laisserai pas partir comme cela.

Sans répondre, elle partit vers la porte, mais une fois de plus, il fut plus rapide qu'elle. Elle s'élança vers le plafond. Il Mua à son tour et la rejoignit en un éclair. Bientôt, ils ne furent plus que deux spirales de vapeur se livrant à une course-poursuite effrénée à travers la pièce, tournant, virant, s'élançant à une vitesse folle.

Finalement, Tess reprit son apparence humaine, se rua sur la porte qu'elle ouvrit puis Mua de nouveau et se glissa, vapeur insaisissable, à travers le seuil.

Christoff la rattrapa de justesse et l'entoura, lui interdisant le passage, la forçant à redevenir une femme de chair et de sang. Elle Mua, aussitôt imitée par lui, bondit de côté, s'élança... et s'immobilisa, tirée en arrière par le poignet, avant d'être plaquée contre lui sans douceur.

— Tess ! s'exclama alors une voix grêle.

Elle se retourna, interdite. Zane se tenait de l'autre côté du palier, les yeux ronds de stupeur.

Zane ne fit pas un mouvement. Il s'était endormi, un peu plus tôt, et il aurait pu croire qu'il rêvait encore si l'air froid qui régnait ici n'avait pas achevé de le réveiller.

Dans ce couloir mal éclairé où tout semblait d'une indéfinissable nuance terne, *elle* venait enfin d'apparaître, aussi brillante que la lune dans un ciel pluvieux. Une flamme blanche aux yeux de nuit. La seule beauté dans son existence grise...

Elle était nue comme Ève. Le marquis, lui aussi nu comme au premier jour, tentait de la retenir de force. De plus, ils venaient tous les deux de se matérialiser dans l'espace, là où il n'avait vu quelques instants auparavant que deux nuages de fumée tourbillonnant à toute allure.

Qui était-elle... ou plutôt, *qu'était*-elle ?

Incapable de réagir, il la regarda s'éloigner de son compagnon, manifestement indifférente à sa nudité. Langford la suivit des yeux sans faire mine de la rattraper, une lueur animale au fond de ses iris clairs.

— Zane, dit-elle en se tournant vers lui. Que fais-tu là ?

— Je... je suis venu pour... pour...

Saisi de frayeur, il s'interrompit, fit demi-tour en dérapant sur le parquet ciré et s'enfuit vers l'escalier, qu'il dévala au risque de se rompre le cou. Une fois en bas, il bondit vers la porte… qu'il n'atteignit pas.

Dans l'air qui s'était soudain épaissi, une masse brumeuse se mit à tournoyer autour de lui, puis le marquis se matérialisa sous ses yeux. Zane fut pris par le col et soulevé du sol. Il se débattit vainement pour échapper à la poigne de Langford. Un air de profond dégoût sur le visage, celui-ci le tenait à bout de bras sans effort apparent, comme s'il n'était qu'un chaton mal élevé.

Zane continua pendant quelques instants à donner des coups de pied dans le vide, mais sa chemise l'étranglait. Le souffle commençait à lui manquer, la tête à lui tourner.

Une voix familière résonna à ses oreilles.

— Christoff ! cria Tess en descendant l'escalier pour les rejoindre. Ne lui faites pas de mal !

— Il sait, pour nous.

La réponse du marquis avait claqué dans l'air comme un coup de fouet. Zane porta les mains à son cou. Un voile rouge était en train d'obscurcir sa vision…

La voix d'ange retentit de nouveau, cette fois tout près de lui.

— Il a toujours su, mais il n'avait jamais rien vu.

D'un coup, la main du marquis s'ouvrit. Zane tomba sur le sol en haletant.

Du coin de l'œil, il vit Tess s'éloigner. Il y eut un froissement d'étoffe que l'on déchire, suivi d'un tintement métallique. Sa protectrice venait d'arracher un rideau de sa tringle pour couvrir sa nudité. Elle revint vers lui, drapée d'une immense toge de damas jaune, et s'agenouilla à ses côtés. Il leva les yeux vers elle, effrayé.

— Zane, dit-elle avec une douceur infinie. Tu savais, n'est-ce pas ? Je ne t'ai jamais rien dit, mais tu l'avais vu, la première fois que nous nous sommes croisés. T'en souviens-tu ?

Il avait rêvé. Voilà ce qu'il avait toujours cru lorsqu'il se remémorait cette nuit d'hiver où elle l'avait trouvé dans le caniveau, agonisant, le couteau de Clem enfoncé entre les côtes.

Il s'était presque vidé de son sang, il attendait la mort… et elle était apparue, fée des neiges, fille de la brume, avec son teint clair et son immense chevelure couleur de nuit. Toutes ces années, il avait été persuadé d'avoir rêvé, ou déliré.

— Je me souviens, dit-il prudemment.

— Tess ! s'impatienta Langford derrière eux.

Elle ne parut pas l'entendre. Ses yeux de velours étaient toujours rivés sur Zane.

— Il y a des choses, dans ce monde, qui sont difficiles à expliquer. Des choses précieuses, secrètes, que l'on doit à tout prix protéger. Des choses qui pourraient faire beaucoup de mal si on les maniait sans précaution…

— Tess, insista le marquis, sans plus de succès.

— Des choses comme la magie, poursuivit sa protectrice.

Avec toute la tendresse du monde, elle caressa la joue de Zane. Ses doigts étaient légers comme des papillons, et plus doux que la soie.

— Des choses comme l'amour…

Il la regarda, abasourdi. Que voulait-elle dire ? Il n'eut pas le loisir de lui poser la question. Langford s'était approché d'elle et avait posé sa main sur son épaule blanche. Tiens ? Il était blessé à la jambe. Sa peau était rouge et toute gonflée.

Zane en avait vu, des plaies, dans sa vie. Celle-ci n'était pas belle. Pas belle du tout…

— Laissez-le ! ordonna le marquis. Ne restez pas près de lui. Retournez dans la chambre

L'expression de Tess se durcit. Un éclair de colère – ou était-ce de la peur ? – passa dans ses yeux. Inquiet, Zane la vit se lever pour se tourner vers Langford.

— Pas question.

— Écoutez, Tess, la situation est déjà assez difficile comme cela…

— J'ai dit: pas question, répéta-t-elle d'un ton résolu.

Zane ne la voyait que de dos, mais il perçut le changement qui venait de s'opérer en elle. Comme si… *quelque chose* de formidable et de terrifiant s'était réveillé tout au fond de son être.

— Je ne peux pas le laisser partir, répondit Langford, aussi calme et glacial qu'elle bouillait de rage. Vous connaissez la loi. Quand le conseil apprendra cela, il le condamnera de toute façon. Je vous promets de ne pas le faire souffrir.

Zane crut que son cœur s'arrêtait de battre. Qu'est-ce que c'était que ce conseil… et à *quoi* le condamnerait-on?

— Je vais mettre cette maison à feu et à sang, gronda Tess d'une voix qu'il ne reconnut pas. Là, tout de suite. Il n'y aura plus aucun secret possible, plus aucun mystère autour de l'existence du clan!

Le marquis ne répondit pas.

— Alors vous pouvez bien me tuer… Vous pouvez bien nous tuer tous les deux! Qu'y gagnerez-vous? Vous ne m'aurez pas, et vous pourrez faire un trait sur cette discrétion à laquelle vous tenez tant.

— Je n'ai aucune envie de me battre contre vous, dit finalement Langford.

Zane le vit pourtant passer d'une jambe sur l'autre, tel un homme prêt à passer à l'attaque.

— Il n'y a pas dix minutes, vous m'avez dit que vous feriez n'importe quoi pour que j'aie confiance en vous.

Elle avait parlé d'un ton de regret. Comme si elle renonçait déjà à se battre… En face d'elle, le marquis s'était figé. Un sourire étira ses lèvres, non pas celui d'un homme aimant, mais celui d'un démon, plein de ruse et de cruauté.

D'un mouvement du menton, Langford désigna Zane.

— Est-ce le prix de votre dot, mon amour ? La vie de ce misérable ?

Tess jeta un bref regard à Zane. Hésitait-elle ? Il aurait voulu plaider sa cause, la supplier de le sauver, mais les mots restaient bloqués dans sa gorge et il tremblait de terreur. Seul, il n'avait pas le pouvoir de se défendre contre le marquis. Comment pourrait-il planter un couteau dans un nuage de brume ?

— Eh bien, ma colombe, vous ne répondez pas ? demanda Langford en prenant le visage de Tess entre ses doigts pour l'obliger à le regarder. Est-ce votre prix ?

— Oui, dit-elle d'un ton résolu.

— Alors j'accepte vos conditions.

Puis, après un silence tendu :

— Je ne lui ferai aucun mal, ajouta-t-il.

Elle demeura silencieuse. Zane était si soulagé qu'un vertige le saisit. Il dut se griffer les paumes pour rester debout.

— Vous avez ma parole.

Comment pouvait-elle se fier à un tel homme ? s'étonna Zane. La flamme qui brûlait dans le regard du marquis n'était pas humaine. Un frisson d'effroi le parcourut… qui ne fit que s'aviver lorsque Langford se pencha vers lui.

— Tu es libre de disparaître de ma vue, murmura-t-il d'un ton mauvais. Si tu dis un mot de tout ceci à qui que ce soit, je considérerai ma promesse comme nulle et non avenue. Et alors, personne ne pourra plus rien pour toi.

Il se redressa et le toisa avec dédain.

— Tu prendras congé par la porte de service, mon garçon, ajouta-t-il à voix haute.

Puis, posant une main de propriétaire au creux des reins de Tess, il la guida vers l'escalier. Celle-ci avança sans protester, toujours drapée dans l'étoffe dorée qui dessinait derrière elle une traîne de mariée.

15

— Ne croyez-vous pas qu'il est temps de me parler du fuyard ? suggéra Kit en se postant près du lit.

Il avait sorti de quoi se vêtir en regardant à peine ce qu'il retirait de son armoire – une chemise de lin amidonnée, des culottes sombres, une veste en soie des Indes à boutons d'argent, qu'il avait jetés en désordre sur le lit.

Kit avait toujours aimé les tissus aux couleurs changeantes. L'étoffe moirée de sa veste capturait la lumière et prenait tour à tour des reflets verts, argent, anis ou jaune chartreuse, donnant la réplique au rayonnement parme de *Darko* qui luisait, solitaire, parmi les draps en désordre.

Tess était derrière lui, assise dans un fauteuil, mais il percevait nettement le poids de son regard sur lui.

— Que voulez-vous savoir ?

— Pour commencer, ce qu'il vous a dit hier soir, et ce que vous lui avez répondu.

Il prit sa chemise. Les rubans qui en ornaient les poignets étaient froids sur sa peau, et raides d'amidon.

— Rien d'intéressant, répondit Tess. Il voulait savoir ce que je lui voulais.

— Bonne question, approuva Kit. Pourquoi l'avez-vous suivi ?

— Parce qu'il se sauvait, voyons ! Qui l'aurait rattrapé, si je ne l'avais pas fait ? Vous étiez occupé à jouer les jolis cœurs avec la fille de Marlbroke. Il fallait bien que quelqu'un s'en charge !

Kit tira sur sa chemise.

— Bref, vous avez saisi la première occasion de lui parler seule à seul.

Pour toute réponse, Tess se contenta de répéter :

— Il fallait bien que quelqu'un s'en charge...

Pris d'un soudain vertige, Kit se retint au montant du lit à baldaquin. Il secoua la tête pour faire cesser le bourdonnement qui le gênait depuis quelques instants, en vain. Maintenant qu'il y pensait, la vibration résonnait à ses oreilles depuis qu'il avait vu le gamin, tout à l'heure.

Il était encore sous le coup de la vague de fureur carnassière qui avait déferlé dans ses veines, fortement teintée de dégoût et de pitié pour sa proie, si violente qu'il en était secoué de nausées. Comme chaque fois qu'il avait été sur le point de mettre fin à une vie, et que la Mort avait rôdé dans les parages.

Les deux premières fois qu'il avait tué, il en avait été si choqué que lorsqu'il avait été seul, il s'était effondré sur le sol avant de vider son estomac.

Ils s'appelaient Samuel Sewell et John Howards. Il n'oublierait jamais leur nom ni leur visage, et encore moins la terreur panique qu'il avait lue dans leurs yeux. Il se souvenait de sa propre peur, aussi. Celle d'être faible, d'échouer. De ne pas trouver le courage de contraindre ses mains à la tâche que son père lui avait assignée.

C'était l'année de ses seize ans...

Il ne parvenait pas à se souvenir du nom du troisième coupable dont il avait dû exécuter la sentence. Lorsque tout avait été fini, Kit avait bu jusqu'à l'ivresse – une ivresse noire et hantée de cauchemars que l'alcool n'avait pas réellement chassés.

Quant à celui qui aurait dû être le quatrième, ce gamin blême et décharné, il n'aurait pas tremblé avant de le mettre à mort. Il savait comment il aurait frappé – rapidement, sans état d'âme – et comment les os de son cou auraient cédé sous l'impact, après un ultime soubresaut...

Avec les années, Kit avait compris quel était son rôle. Il savait que pour un Alpha, chaque plaisir exigeait un sacrifice, que la plus petite action avait des conséquences. Le bourdonnement persistait, de même qu'un goût amer sur sa langue, mais peu lui importait. Tess le valait bien.

À présent, elle était à lui. Ne le lui avait-elle pas dit elle-même ? Il lui jeta un regard par-dessus son épaule. Elle était assise de travers dans le fauteuil, les jambes passées sur l'un des accoudoirs, toujours drapée dans le rideau de damas. Peau d'albâtre, cheveux de jais, lèvres douces comme deux pétales de rose...

— Que vous a-t-il dit d'autre ?

— De le laisser tranquille et de ne pas essayer de le retenir.

Elle battit des paupières telle une enfant qui s'endort, avant de poursuivre d'un ton calme :

— Il a aussi affirmé qu'il ne voulait pas du diamant, et qu'il n'avait pas l'intention de me blesser.

Kit tressaillit.

— Vous a-t-il menacée ?

— Pas plus qu'une certaine personne de ma connaissance. Je crois qu'il a été surpris que je l'aborde. Nous avons toujours été des alliés, d'une certaine façon. Chacun respectait le territoire de l'autre.

— Comment s'appelle-t-il ?

— Il ne me l'a pas dit. Gageons qu'il m'aurait donné son nom, ainsi que son adresse et les clefs de chez lui, si vous n'étiez pas arrivé... Il n'avait pas l'air de vouloir s'attarder.

— En effet, grommela Kit.

Tess s'assit droit dans le fauteuil en rejetant ses cheveux en arrière d'un mouvement décidé.

— Par contre, j'ai eu le temps de remarquer un détail intéressant.

— Lequel ?

— Il a une main en bois. La droite.

Une main en bois… Cela disait quelque chose à Kit. Bon sang ! L'homme qui s'était noyé ! Celui dont seules une main et une bague avaient été retrouvées… comment s'appelait-il, déjà ? George lui avait-il dit son nom ? Il ne s'en souvenait plus. Quoi qu'il en soit, l'autre était dangereux. Il fallait être fou pour accepter de se couper une main.

Fou ou désespéré. Un homme comme lui n'avait rien à perdre…

— C'était celle qui maniait l'archet, poursuivit Tess. Très ingénieux. Les doigts étaient taillés de telle sorte qu'ils étaient courbés pour lui permettre de jouer de son instrument. Je l'ai vue quand il m'a touchée.

— Ne vous approchez plus de lui, ordonna Kit. Plus jamais !

— Cela ne me sera pas très difficile, riposta-t-elle d'un air ironique. Je n'ai aucune idée de l'endroit où le trouver, à présent. Surtout depuis qu'il sait que vous êtes à ses trousses.

— Écoutez-moi bien, Tess. J'entends être obéi à la lettre. Vous resterez à l'écart de cet homme, quoi qu'il arrive.

— Comme il vous plaira, lord Langford, dit-elle en se levant, avant de rattraper d'une main preste le rideau qui glissait, menaçant de dévoiler son buste.

Puis, plongeant en une profonde révérence :

— À votre guise, Votre Grâce toute-puissante, reprit-elle d'un ton obséquieux. Je me soumets devant votre infinie sagesse d'Alpha, et vous demande respectueusement l'autorisation de descendre à la cuisine chercher de quoi me nourrir. Je meurs de faim !

Sans attendre sa réponse, elle quitta la chambre d'un pas majestueux, drapée dans sa toge aux reflets d'or, telle une impératrice en exil.

Kit s'interdit de la rattraper. Il s'en voulait de lui avoir parlé si durement, alors qu'il n'avait qu'une envie, être tendre avec elle, la cajoler, la protéger, l'adorer.

Il était fou de son corps aux courbes voluptueuses, et fasciné par son audace qui confinait parfois à l'inconscience. Combien de fois s'était-elle mise en danger pour préserver sa liberté ? Sans parler de ce petit serpent qu'elle avait réchauffé sur son sein… Comment pouvait-elle avoir ainsi confiance en lui ? Avait-elle seulement songé aux conséquences d'une telle légèreté ?

Un nouveau vertige s'empara de lui. Kit se laissa tomber à genoux sur le tapis. Ses jambes ne le portaient plus.

Il était plus fatigué qu'il ne l'avait cru. S'étant adossé au sommier, il appuya sa tête contre le pied du lit et leva les yeux. À la place de la fresque qui ornait le plafond, c'est un doux visage qu'il lui sembla voir, aux joues roses de plaisir, aux yeux pétillant d'intelligence.

Encore du porridge ? Furieuse, Tess regarda la boîte de flocons d'avoine. Elle était allée au marché la veille, mais ils avaient déjà mangé ce qu'elle en avait rapporté. Les poissons fumés, les noix, le fromage et les massepains, tout avait été terminé en un repas ! Il ne restait que quelques figues, un peu de beurre frais et un quignon de pain.

Incapable de contenir sa rage, elle lança contre le mur la boîte de flocons d'avoine qui s'ouvrit, laissant échapper le contenu sur le carrelage telle une pluie de confettis.

Tess regarda le désordre sans réagir. Elle était secouée de tremblements nerveux, elle avait envie de hurler, mais rien ne sortait de sa gorge nouée par la colère.

Tout était fini.

Sa vie, ses rêves, ses espoirs… terminés ! Et par sa faute, qui plus est. Elle avait renoncé à tout !

Quelle folie ! Quelle irréparable folie ! La tête lui tournait, ses poumons la brûlaient. Des taches bleues se mirent à danser devant ses yeux.

Se laissant tomber sur les genoux, elle posa son front sur le sol immaculé de la cuisine. Elle ne sentait plus le froid de la pierre. Un sanglot monta de sa poitrine oppressée.

Elle avait tout sacrifié. Sa maison, sa liberté... et même son cœur. Désormais, elle était liée pour l'éternité à un homme qui ne l'aimerait jamais comme elle l'avait aimé, et comme elle l'aimait encore... Un homme qui ne savait pas ce que c'était que l'amour.

Elle serait sa femme. Il lui avait demandé son prix, elle le lui avait indiqué. Zane. Pour celui-ci, elle devrait passer le reste de sa vie enfermée à Darkfrith, dans l'ombre d'un ténébreux époux et de sa cour de fantômes serviles.

Il fallut de longues minutes pour que s'apaise le tumulte qui bouillonnait dans ses veines. Enfin, Tess retrouva ses esprits. Le sol lui parut soudain glacé, et ses mains, crispées dans ses cheveux, lui faisaient mal. Elle se redressa et regarda, absente, la cuisine, si propre qu'elle en était irréelle. Elle se mit à genoux, croisa les bras et se frotta les épaules pour se réchauffer.

Lorsqu'elle eut cessé de frissonner, elle se leva et, s'armant d'un balai, répara le désordre qu'elle avait semé dans la pièce. Ici, à Far Perch, aucune souris ne viendrait grignoter les flocons d'avoine.

Le temps défilait. Il s'étirait parfois en longues coulées sirupeuses, écœurantes, et à d'autres moments se transformait en une rapide suite d'impressions pénibles. Un rayon de soleil qui lui blessait les yeux. Le grain rugueux du tapis sous ses doigts. La douleur qui montait de sa jambe.

Kit avait roulé sur le sol, où il était à présent étendu sur le dos, l'esprit flottant dans les airs comme un nuage de brume. Son corps, en revanche, n'était plus qu'un bloc de souffrance. De sa jambe droite, la douleur irradiait vers tous ses membres, l'inondant de sueur, formant une boule au niveau de sa poitrine.

Que lui arrivait-il ? Il avait déjà été malade, mais c'était la première fois que le mal le gagnait aussi rapidement et le terrassait ainsi. Il lui semblait que tout son organisme était en feu.

Puis il comprit. La morsure du crocodile. La fièvre ! Il ferma les yeux, épouvanté. Il savait ce qui l'attendait…

Le sang des *drakons* réagissait à la plupart des venins avec une vigueur exceptionnelle. S'il survivait à l'épreuve, Kit en sortirait gravement affaibli, consumé jusqu'au plus profond de son être.

Reverrait-il Tess ? Il n'en savait rien. Par contre, il avait une certitude : il serait dangereux pour elle. Et pour rien au monde il ne voulait prendre le risque de lui faire du mal.

Déjà, la torpeur l'envahissait. Ses membres étaient lourds, engourdis. Au prix d'un effort considérable, il parvint à rouler sur le ventre et à se mettre à genoux. Il se leva en se tenant au montant du lit, le souffle coupé par la douleur.

Où était Tess ? Elle était en danger. Il devait la protéger.

Il se redressa, secoué de nausées, en s'agrippant de toute son énergie au pied du lit. Il y était presque. Un voile noir montait devant ses yeux. Il eut tout juste le temps de se laisser tomber sur le lit avant de s'abandonner, vidé de ses forces.

Un rire de triomphe lui échappa. Il avait réussi. Il ne mourrait pas par terre.

Dans son délire, un visage d'ange apparut devant ses paupières closes, puis il sombra dans le néant.

Tess s'attardait volontairement en bas. Il n'y avait rien de plus ridicule, elle en était consciente, que de traîner ainsi dans la cuisine, puis dans le petit salon, juste couverte d'un rideau, pour la seule raison qu'elle ne voulait pas que Christoff l'entende remonter à l'étage, mais c'était plus fort qu'elle.

Elle resta donc au rez-de-chaussée pendant un temps indéfini… jusqu'à ce qu'elle s'aperçoive qu'il existait une solution à son problème. En un éclair, elle Mua. Dans un murmure d'étoffe qui s'affaissait sur elle-même, elle quitta sa toge dorée et s'éleva, sous forme de vapeur, jusqu'à l'étage.

Elle se rendit d'abord dans sa chambre pour s'habiller. Comme elle ne disposait pas de l'aide d'une femme de chambre, elle choisit une tenue facile à enfiler et à fermer, avec un corsage en soie écrue et de larges jupes brodées de rinceaux pourpres et grenat.

Depuis combien de temps n'avait-elle pas porté ses propres vêtements ? C'était rassurant et très agréable. Dans cette robe simple mais élégante, elle se sentait enfin en accord avec sa nature profonde.

Elle fut surprise de constater que Christoff ne la rejoignait pas. Était-il contrarié ? Songeuse, elle brossa ses cheveux et les roula en un chignon bas sur la nuque. Puis elle choisit une coiffe de dentelle à larges mailles. Elle joua avec les rubans quelques instants, avant de la ranger. Elle n'aimait pas couvrir ses cheveux – c'était contraire à tous ses instincts, ceux de voleuse comme ceux de *drakon*. Il serait toujours temps de la mettre si elle devait sortir.

Si elle n'avait emporté que quelques robes en vue de son séjour à Far Perch, Tess n'avait pas lésiné sur les fards et cosmétiques. Rouge de cochenille, noir de sureau, mouches de velours, eaux de senteur, rien ne manquait dans sa petite mallette…

Une heure plus tard, le miroir lui renvoya l'image d'une femme qu'elle n'avait pas vue depuis bien longtemps. Le visage qui la regardait dans la glace ne trahissait rien de la peur et de la confusion qui l'agitaient sous son masque tranquille.

Tess se détourna de la coiffeuse. D'une certaine façon, cette tenue aussi était un déguisement. Celui d'une *lady*.

Celui de la femme qui aurait pu vivre dans cette maison.

Elle se leva et déambula quelques instants dans la pièce. Décidément, Christoff ne paraissait pas décidé à se montrer ! Elle s'approcha de la fenêtre. Dans la rue des gens passaient, à pied, à cheval ou en fiacre, vaquant à leurs occupations. Sans soupçonner un seul instant que d'étranges créatures vivaient au cœur de leur ville, dans le secret le plus absolu, n'offrant au monde qu'une apparence de normalité...

Sur une impulsion, elle quitta sa chambre. La porte de Christoff était entrouverte, telle qu'elle l'avait probablement laissée. Intriguée, Tess poussa le battant et passa sa tête par l'entrebâillement.

— Christoff ?

Pas de réponse. Elle s'apprêtait à s'en aller lorsqu'elle aperçut une silhouette sur le lit. Ce n'est qu'à ce moment que le parfum qui planait dans la pièce parvint à ses narines. La sauge et le citrus, suivis de près d'une senteur lourde, âcre, inquiétante.

L'odeur de la mort.

— Non ! s'écria-t-elle en se ruant vers le lit.

D'un geste rapide, elle fit rouler Christoff sur le dos. Son visage était rouge et brûlant. Elle écarta de son visage une mèche de cheveux trempée de sueur.

— Ma colombe, dit-il dans un souffle.

— Ne parlez pas ! Et laissez-moi voir...

Le cœur battant, elle contourna le lit pour examiner sa jambe blessée. Horreur ! La plaie était gonflée, la peau d'une couleur malsaine.

— Pourquoi ne m'avez-vous rien dit ? gémit-elle en se tordant les mains.

Pourquoi, surtout, n'avait-elle rien vu ? Il lui avait fait l'amour, ce matin. Elle s'était offerte à lui, sans deviner un instant la gravité de sa blessure.

— Inutile, maugréa-t-il entre ses dents serrées sur sa douleur. Je vais très bien.

— Ne dites pas n'importe quoi !

D'un coup, la colère remplaça la peur. Galvanisée par une énergie nouvelle, Tess glissa ses mains tremblantes sous les épaules de Christoff.

— Venez, je vais vous redresser.

Joignant le geste à la parole, elle le souleva pour placer un oreiller sous sa tête. Il respirait avec peine et froissait les draps entre ses doigts aux jointures blanchies. Elle ouvrit sa chemise et posa l'oreille sur sa poitrine.

Son pouls était faible et irrégulier. Elle le regarda, ne sachant que faire. Si seulement elle pouvait lui insuffler un peu de son énergie, lui communiquer la vie qui courait dans ses veines ! Éperdue, elle posa une main sur son front. Il tourna la tête de droite et de gauche et passa la langue sur sa bouche.

Bien sûr, il fallait le faire boire ! En un éclair, elle se rua vers le pichet d'eau et en versa un verre, qu'elle rapporta au malade.

— Buvez, dit-elle en approchant le gobelet de ses lèvres parcheminées.

Il obtempéra en refermant ses doigts sur les siens. Ils étaient brûlants. Un sourire faible éclaira son visage.

— Réjouissez-vous, ma colombe. On dirait que vous n'aurez pas besoin de devenir lady Langford, finalement...

— Où rangez-vous les onguents ? demanda-t-elle sans l'écouter.

— Inutile. Partez avant qu'il ne soit trop tard.

— Que voulez-vous dire ?

Il ferma les yeux.

— Clarissa Tess Hawthorne... Je vous aime.

Il parut soudain se détendre... et Mua.

La transformation fut aussi soudaine que violente. Rien à voir avec la Mue fluide, élégante, à laquelle Christoff l'avait habituée ! Dans un sifflement assourdissant, l'air de la chambre parut aspiré vers le haut.

Une vibration furieuse déferla sur la pièce, un nuage épais envahit l'atmosphère, tandis qu'un insupportable grondement faisait trembler les vitres.

Puis plus rien.

Affolée, Tess tourna sur elle-même pour examiner les murs et le plafond. En vain. Elle se jeta à genoux sur le plancher pour chercher sous le lit. Personne.

Il fallut se rendre à l'évidence : Christoff avait disparu.

Elle courut à la fenêtre. Autour de la fente par laquelle ils étaient entrés la veille, le carreau était à présent craquelé de part en part.

Derrière la vitre, le ciel était d'un bleu uniforme, à l'exception d'un unique nuage argenté qui planait haut, très haut au-dessus de la ville.

Tess retourna vers le lit, prit *Darko* qui scintillait sur les draps et regarda autour d'elle… avant de remettre le diamant sous le matelas, faute de temps pour chercher une meilleure cachette.

Puis elle Mua à son tour et se glissa à travers les craquelures de la vitre pour s'élever dans le ciel à la poursuite de Christoff.

Il ne suivait pas la direction du vent. Consciente du spectacle qu'elle devait offrir, Tess s'élança aussi vite qu'elle l'osait. Les nuages ne se déplaçaient pas de leur propre volonté ! Vus d'en bas, Christoff et elle devaient ressembler à d'étranges fumées d'incendie qui non seulement ne se dissipaient pas, mais changeaient de cap au gré de quelque mystérieux courant d'air…

Son cœur se serra lorsqu'elle vit la course insensée que décrivait Christoff. S'il Muait maintenant, à cette altitude… s'il reprenait sa forme humaine…

Au moment où elle arrivait près de lui, ce qu'elle redoutait le plus se réalisa. Sous ses yeux, le nuage de vapeur se rassembla, s'assombrit, ses contours se firent plus nets.

La silhouette de Christoff se matérialisa en plein ciel… avant de se mettre à tomber à une vitesse effrayante ! Ses mèches blondes volaient derrière lui, son corps était secoué par les rafales, mais il ne se réveillait pas.

Tess n'avait pas le choix. Au diable la discrétion ! En un éclair elle prit sa forme de dragon et plongea sous lui, arrêtant sa chute en le recevant sur son dos. Puis elle roula sur elle-même et referma ses serres sur lui.

Déstabilisée par son poids, elle perdit de l'altitude mais quelques coups d'ailes lui suffirent pour remonter. D'en bas, s'élevèrent des éclats de voix portés par les vents. Refusant de penser à la foule des Autres qui devaient s'agglutiner dans les rues, elle changea de cap.

Fébrilement, elle fouilla du regard les toits qui déroulaient leur moutonnement uniforme. Où se trouvait-elle exactement ? C'était la première fois qu'elle venait dans ces quartiers de Londres. Ici, elle était perdue. Si seulement elle pouvait disposer d'un repère, un bâtiment, une église…

Comme si cela ne suffisait pas, son précieux fardeau choisit ce moment pour Muer une fois de plus ! Ses serres se refermèrent dans le vide. Elle plongea, déséquilibrée, mais se rétablit promptement et fouilla l'espace du regard. Là, à quelques pieds au-dessous d'elle, ce nuage de vapeur ! Il était si fin qu'elle le discernait à peine…

Elle Mua à son tour en priant pour que la foule pense avoir été le jouet d'une illusion d'optique… et surtout pour que Christoff reste sous sa forme de brume. Ainsi, ils avaient encore une chance d'échapper à la curiosité des Autres.

C'était trop demander. Quelques secondes à peine s'étaient écoulées qu'elle vit les volutes de fumée se rassembler, s'opacifier, et prendre l'aspect d'un magnifique dragon vert et argent. Ils étaient maintenant si près du sol qu'elle ne pouvait plus rien pour l'aider !

Impuissante, elle le regarda achever sa Mue. Elle le suivit pourtant, prête à tenter l'impossible pour le sauver. Les voix des Autres lui parvenaient à présent avec netteté.

— Au nom du Ciel, quel est ce prodige ?

— Mais... on dirait un dragon !

— Miranda ! Descends donc voir ça !

Au même instant, Christoff déploya toute son envergure et, ouvrant soudain les yeux, reprit de l'altitude d'un puissant battement d'ailes. Tess remonta à son tour en frôlant presque les toits.

Sans le quitter des yeux un seul instant, elle Mua en brume et s'élança à sa suite. Elle n'avait plus qu'une idée : le rejoindre avant qu'il ne disparaisse définitivement de sa vue. Malgré la fièvre qui le consumait, il volait à une telle vitesse qu'elle peinait à le suivre.

Où allait-il ? Il semblait avoir un but, à présent. Au-dessous d'eux, les toits, les rues et les parcs défilaient si rapidement qu'ils se confondaient en une masse confuse, gris et vert. Ils avaient maintenant survolé plusieurs quartiers de la ville. Avec un peu de chance, songea Tess, moins de gens ici songeraient à lever les yeux.

Un éclat de lumière sur l'horizon attira son regard. La Tamise. Tess comprit enfin ce que cherchait Christoff. C'était de la folie !

Il Mua encore deux fois avant de parvenir aux quais, d'abord en vapeur, puis sous sa forme humaine. Cette fois, elle avait eu le temps d'anticiper et de se placer sous lui après avoir Mué pour le recevoir sur son dos. Elle l'attrapa avec plus de dextérité que précédemment et, le tenant entre ses serres avec toute la délicatesse possible, plana au-dessus des hangars qui longeaient les docks.

Où était l'entrepôt ? Tout s'était déroulé si vite, le jour où elle était venue ici avec Christoff qu'elle n'avait pas eu le temps de le localiser. Les seules choses dont elle se souvenait étaient l'odeur de vase qui montait du fleuve et le fracas de tuiles brisées lorsque le toit avait volé en éclats sur leur passage.

Kit s'agita, leva faiblement un bras pour refermer sa main sur elle en frôlant ses écailles, avant de s'évanouir entre ses serres.

Là ! Elle reconnaissait le bâtiment. C'était l'un des plus vastes des alentours, et le seul dont le toit était troué. Des dizaines de mouettes étaient perchées sur ses poutres dénudées. D'un seul mouvement, elles levèrent la tête vers elle avant de s'égailler dans un tourbillon d'ailes et de plumes, de becs jaunes et d'yeux noirs et brillants, en poussant des cris stridents.

Au moment où ils s'engouffraient dans l'énorme béance du toit, Kit Mua en vapeur, et elle l'imita aussitôt.

Il atterrit au milieu de l'immense bâtiment, de nouveau sous sa forme humaine, et se laissa tomber à genoux sur les pavés irréguliers. Aussitôt, Tess le prit dans ses bras pour l'obliger à se relever.

— Tess ? murmura-t-il d'une voix étonnée.

Sans répondre, elle l'entraîna vers la petite chambre en butant sur les morceaux de bois tombés du toit – personne n'était donc venu mettre un peu d'ordre ? – et, l'ayant hissé avec peine par-dessus le seuil de pierre, elle l'étendit sur le sol en granit aussi doucement que possible.

Une fois à l'intérieur, il roula sur le côté avec un gémissement de douleur, poussa sur ses mains pour se redresser et secoua la tête pour chasser les mèches de cheveux qui lui tombaient devant les yeux.

— Je reviens tout de suite, dit Tess en reculant vers la sortie. Je n'en aurai pas pour longtemps.

Elle referma la porte d'un geste vif. Avant qu'il n'ait pu lire le mensonge sur son visage…

En guise de fermeture, il y avait une lourde barre de fer, qu'elle fit coulisser avec peine. Puis elle se laissa tomber sur le sol, secouée de tremblements nerveux. Elle y était arrivée !

À travers l'épais battant de bois, lui parvint la voix de Christoff, enrouée par la fièvre et le désespoir.

— Tess ? Teeeeess !

Elle Mua aussitôt et se réfugia au niveau du toit, d'où elle surveilla l'entrée de l'entrepôt. Était-il possible qu'ils soient passés inaperçus ? Elle entendait des allées et venues autour du bâtiment, mais personne ne tenta d'y entrer. Sans doute était-il trop en ruine pour susciter l'intérêt...

Alors elle s'éleva, quitta la bâtisse par où elle y était entrée et se fit aussi fine que possible dans l'atmosphère, tel un léger nuage porté par les vents.

Elle pouvait enfin rentrer chez elle !

***

Sachant sa maison hermétiquement close, Tess se dirigea vers le toit, aussi légère qu'un voile de vapeur par une journée tiède après l'ondée – à la différence qu'il n'avait pas plu depuis des jours, et que le temps était frais.

Par chance, la bâtisse culminait plus haut que ses voisines. Elle inspecta les alentours. Personne. Il y avait bien un ramoneur dans les parages – elle pouvait voir son échelle et son balai appuyés contre une cheminée – mais il n'était pas en vue.

Se dissimulant du mieux qu'elle le pouvait, elle prit sa forme humaine. Il fallait faire vite ! Elle se jeta à plat ventre pour ramper vers le bord du toit et se pencha autant qu'elle le put sans perdre l'équilibre.

La fenêtre de sa chambre se trouvait juste en dessous. Elle allait tendre la main vers la vitre lorsqu'elle s'immobilisa en percevant un mouvement à la lisière de son champ de vision. Ce n'était qu'un chat, qui s'était immobilisé dans la cour et la regardait de ses yeux jaunes, le poil hérissé.

Ignorant le félin, Tess se pencha de nouveau et tendit une main vers sa fenêtre. Impossible de l'atteindre. Elle s'étira de tout son long, mais ses doigts ne rencontrèrent à nouveau que le vide. Elle força encore un peu… et perdit l'équilibre.

Au même instant, la porte de derrière s'ouvrit et Sidonie sortit, un panier d'osier sous le bras, pour se diriger vers le fil à linge tendu entre deux poteaux sur le côté de la maison.

— Encore toi, sale bête ! Fiche le camp ! s'exclama la bonne en laissant tomber son panier dans l'herbe.

Le chat fila. Quant à Tess, emportée par son propre poids, elle glissa du toit. Elle eut tout juste le temps de Muer.

Lorsque Sidonie leva les yeux, alertée par le bruit, elle ne vit qu'un fin nuage de vapeur qui longeait le mur de la maison. Elle reprit son panier et contourna la bâtisse pour aller étendre son linge.

Aussitôt, Tess revint flotter devant sa fenêtre. Calculant soigneusement la distance et la vitesse qu'il lui faudrait atteindre, elle s'élança vers la vitre, Mua, fracassa le verre de son poing fermé, reprit son apparence de brume et se faufila dans sa chambre à travers le panneau brisé.

Un instant plus tard, elle entendit Sidonie revenir en courant vers la maison. Elle n'avait que quelques secondes. En un tournemain, elle enroula un mouchoir autour de sa main blessée et passa sa robe de chambre pour couvrir sa nudité en veillant à ne pas tacher sa manche de sang.

Le déclic de la porte de derrière qui s'ouvrait lui parvint, suivi du craquement des marches de l'escalier. À peine Tess eut-elle noué sa ceinture que Sidonie se ruait dans sa chambre.

— Oh, pardon, madame ! s'exclama celle-ci, essoufflée, en posant une main sur sa gorge. Je ne savais pas que vous étiez de retour !

— Je suis rentrée il y a une demi-heure, répondit Tess en essayant de paraître surprise par l'intrusion de sa bonne. Il n'y avait personne en bas, je suis montée directement dans mes appartements.

— Bien sûr, madame.

Sidonie fit une petite révérence et recula vers la porte.

— J'ai entendu du bruit, et j'ai cru...

— C'est exact, dit Tess en désignant les éclats de verre devant sa fenêtre. Quelqu'un vient de lancer un caillou. Un gamin, sans doute.

— Oui, madame.

Tess intercepta le regard que sa bonne jetait en direction de la fenêtre, puis du plancher. À l'évidence, aucun caillou ne s'y trouvait.

— Vous ferez remplacer ce carreau, dit Tess sans s'émouvoir. Mais d'abord, appelez Zane.

— Il n'est pas là, madame. Il n'est pas rentré hier soir.

— Bon, alors demandez à Cook de me préparer à manger. Je meurs de faim.

Tess ne pouvait pas aller jusqu'à l'entrepôt avec le fiacre qu'elle avait loué. C'était trop risqué.

Il était midi passé lorsqu'elle arriva en vue du wharf. Ici, près des quais, les rues étaient sombres et étroites. Des hommes passaient d'un pas rapide, chapeau enfoncé sur la tête, mains dans les poches. Une odeur de marée, âcre et tenace, planait dans l'air.

Tess accepta la main que lui proposait le cocher pour descendre du véhicule. La voilette fixée à son chapeau cachait son visage mais gênait tant sa vue qu'elle faillit rater la dernière marche.

— Attention, ma p'tite dame ! s'exclama l'homme d'une voix rude. Z'êtes bien sûre qu'c'est ici ?

— Oui, dit-elle en rajustant son panier d'osier au creux de son coude.

— Faut'y que j'vous attende ?

De sa main gantée, elle sortit quelques pièces de sa bourse et les déposa dans la paume du cocher pour payer sa course.

— Merci, ne vous donnez pas cette peine.

Sans un regard pour l'argent, l'homme se gratta le front d'un air perplexe. Il parcourut d'un coup d'œil rapide son petit chapeau incliné sur son visage et sa robe en popeline bleu sombre.

— Vaudrait p't-êt'mieux que j'vous attende, insista-t-il. Rapport à vot'sécurité.

Tess fit volontairement un pas vers les chevaux attelés au fiacre. Le premier releva la tête et s'ébroua en renâclant.

— Je vous assure que c'est inutile, dit-elle. Je vous remercie.

L'animal frappa le pavé de son sabot, et sa nervosité sembla gagner son compagnon.

— Là ! s'exclama le cocher en s'approchant de ses bêtes pour les calmer.

Profitant de ce qu'il avait le dos tourné, Tess s'approcha encore des montures. Aussitôt, la première poussa un hennissement de détresse, bientôt imitée par l'autre.

— Oh ! Caïn ! Oh ! Abel ! Du calme, mes garçons !

C'était le moment. Tess pivota sur ses talons et remonta la chaussée avant de bifurquer vers la première allée. Là, elle fit halte et tendit l'oreille. L'homme semblait avoir toutes les peines du monde à apaiser ses bêtes, qui hennissaient et frappaient le sol à qui mieux mieux. Enfin, elle entendit le grincement du siège, puis le fouet qui claquait. L'attelage s'éloigna dans un roulement métallique sur le pavé.

Tess attendit quelques instants et rebroussa chemin en direction de la grand-rue. Elle ne connaissait pas suffisamment ce quartier pour tenter de rejoindre l'entrepôt par le lacis de ruelles adjacentes.

Sa voilette n'était qu'une précaution de principe, car Tess avait peu de chances de croiser ici des relations à elle. Cependant, si jamais quelqu'un, entre-temps, avait découvert un gentleman nu et fou – ou pire, son cadavre – enfermé dans un entrepôt, mieux valait que personne ne voie son visage. Elle n'avait nul besoin qu'on l'associe à un aussi étrange événement...

La voilette bien plaquée sur ses yeux, son panier au bras, elle remonta la rue en retenant son souffle. Que cet endroit sentait mauvais ! Il y avait là des marchands ambulants, des passants ivres, des filles de joie. Un vol de fous de bassan tourna au-dessus d'elle avant de s'enfuir dans un concert de cris aigus.

Un peu plus haut dans la rue, elle avisa un homme à la démarche curieusement hésitante. Un pickpocket. Tess changea de trottoir ; l'autre bifurqua immédiatement, de façon à la croiser. Impossible de lui échapper ! Serrant son réticule contre elle, Tess carra les épaules et poursuivit son chemin.

Lorsque le pickpocket arriva à sa hauteur et fit mine de la heurter, elle le repoussa d'un vigoureux coup d'épaule. Sous le choc, l'homme roula dans la poussière.

— Aïe ! gémit-il d'une voix trop forte pour être honnête. Faites attention où vous marchez, m'dame !

Un novice. Et un mauvais, songea Tess en riant sous cape. Zane aurait fait nettement mieux. Elle était bien placée pour le savoir, puisque c'était elle qui lui avait enseigné les rudiments du métier...

Feignant de ne rien avoir remarqué, elle continua d'avancer, l'oreille aux aguets. L'autre ne tenta pas de la rattraper. Dans son dos, elle l'entendit se relever et s'éloigner en maugréant.

Elle perçut alors un son qui ne lui était pas étranger, et qui semblait provenir d'un bâtiment situé à plusieurs ruelles de là. Cela commençait par un souffle puissant, puis il y avait un choc assourdi et, après un silence, cela recommençait.

À mesure qu'elle approchait, elle eut la confirmation de ce qu'elle pensait. Le bruit provenait de l'entrepôt du marquis de Langford.

Elle arriva au bâtiment délabré sans toutefois pouvoir y entrer. Deux marins, assis devant la porte, jouaient aux dés avec force jurons. Tess contourna le mur et se posta pour attendre. Enfin, l'un des deux se mit à chercher querelle à l'autre, et ils s'éloignèrent en se bousculant.

Furtivement, elle revint sur ses pas.

Les lourdes portes en bois étaient fermées par un cadenas et une chaîne. S'assurant d'un regard circulaire qu'on ne l'observait pas, elle secoua l'ensemble et réprima un sourire. Qui espérait-on impressionner avec une protection aussi dérisoire ? Il en fallait plus pour empêcher un *drakon* d'entrer !

Elle referma les mains sur le cadenas et serra. Il se brisa sans la moindre résistance. Elle n'eut qu'à faire glisser la chaîne et à pousser le battant pour se faufiler à l'intérieur.

Gênée par la pénombre qui régnait dans le vaste bâtiment, elle releva sa voilette. Des nuages de poussière dansaient dans les rais de lumière qui tombaient du toit, soulignant d'une teinte vive les plumes d'oiseaux et autres débris qui jonchaient le sol.

À présent, aucun bruit ne lui parvenait plus depuis la chambre où elle avait laissé Christoff. Tess s'approcha de la petite porte, posa son panier et plaqua l'oreille sur le panneau.

Elle n'entendit qu'une lourde respiration.

Il lui fallut toutes ses forces pour faire coulisser la barre de métal, qui condamnait le passage bien plus solidement que le cadenas de l'entrée. Enfin, elle parvint à ouvrir la petite porte.

D'abord, elle ne vit rien du tout. La chambre était plongée dans l'obscurité totale, à l'exception de la faible lueur qui franchissait le seuil. Elle percevait toutefois une présence, une chaleur animale, les battements désordonnés d'un cœur affaibli par la fièvre.

Elle se baissa pour prendre la lanterne qu'elle avait apportée, frotta une allumette pour enflammer la mèche et l'éleva devant elle.

Deux yeux en amande brillèrent tels des boutons de jade. Christoff était étendu de tout son long sur le sol, ses ailes repliées contre lui, et sa poitrine se soulevait avec un sifflement douloureux à chacune de ses respirations. Dans la pénombre, ses écailles scintillaient faiblement, révélant une infinité de nuances océanes. Ses serres griffaient le granit tels des poignards aux lames courbes.

Il ne souleva pas la tête à son arrivée. Il n'esquissa pas le moindre mouvement. Il se contenta de la fixer de son regard luisant de fièvre. Tess frémit. Son immobilité ne lui disait rien de bon. L'avait-il seulement reconnue ? Rien dans son attitude ne le montrait, et elle n'aimait pas non plus cette vibration hostile qui émanait de lui, presque palpable.

Avec prudence, elle reprit son panier, rassembla ses jupes et franchit le seuil de la chambre. Puis elle referma la porte derrière elle.

pa
les
se

il
lu

16

Il y avait des rats sous son crâne. Le bruit de leurs pattes griffues le rendait fou. Il avait beau se gratter les oreilles pour les faire sortir, secouer la tête en tous sens jusqu'au vertige, rien n'y faisait.

Il ne savait plus depuis combien de temps ils étaient là. Une éternité. Ils furetaient dans son esprit, dévoraient ses pensées, promenaient leurs petits yeux luisants dans les moindres recoins de ses souvenirs.

Si seulement il pouvait écraser toute cette vermine ! Il en tremblait de rage et d'impuissance.

Son souffle frais à son oreille. Son corps contre le sien.

Et qu'il faisait froid, dans ce caveau ! C'était un enfer – un enfer de glace noire qui s'infiltrait jusque dans la moelle de ses os. Il avait essayé de bouger pour se réchauffer, en vain. Impossible de s'envoler, il se heurtait chaque fois aux murs de sa prison. Quant à trouver un abri, il y avait renoncé. Il était entouré de murs lisses et nus, et de la note plaintive portée par quelque invisible brise qui lui annonçait sa propre mort.

Sa voix qui murmurait à son oreille. Ses mains sur son mufle.

Les rats avaient disparu, peut-être chassés par la température extrême qui envahissait maintenant tout son corps. Il n'était jamais allé dans les pays d'Afrique, mais il devait y régner la même chaleur torride que celle qui lui desséchait le cuir et faisait bouillir ses humeurs.

Il chercha son souffle, incapable d'emplir ses poumons de l'air brûlant qui régnait autour de lui. La moindre inspiration lui était une torture, le plus infime mouvement un supplice.

Elle faisait couler de l'eau dans sa gueule. Baignait sa peau toute parcheminée.

Il était étendu sur le dos. Le sol était merveilleusement frais sous son dos, il absorbait la chaleur de son corps pour la rejeter vers les profondeurs de la terre.

Une femme était penchée sur lui, si belle qu'il en était bouleversé. Ses yeux semblaient le transpercer jusqu'à l'âme. Elle se tenait tout près de lui, mais elle restait distante.

Soudain elle disparut. Où était-elle partie ? Il fouilla les ténèbres pour la trouver... et vit une superbe créature aux ailes blanches et aux écailles argentées.

Mais... que faisait-elle ? Elle le maintenait à terre ! Elle ligotait ses ailes pour l'empêcher de prendre son envol ! D'un coup de mâchoire, il tenta de la chasser.

La garce ! Comment osait-elle lui faire cela ? De quel droit l'entravait-elle ainsi ? Lui, un Alpha ! Les rats étaient revenus, le soleil écrasant aussi. Dire qu'il s'était cru délivré ! Tout était sa faute. Elle paierait pour cela. N'était-il pas le maître ?

Ses mains si douces. Son visage d'ange. Ses lèvres sur les siennes.

Non, il ne pouvait pas faire cela. Elle était le souffle de l'esprit et la chaleur de l'amour. Aussi rare et précieuse qu'un cristal de neige dans un rayon de soleil. Comment aurait-il pu lui infliger la moindre souffrance ?

Elle l'enlaçait, toute d'or et de lumière, tête contre tête, peau contre peau. Il s'agrippa à elle, mais déjà son pied glissait. Il dévala la pente à une allure vertigineuse et fut happé dans le gouffre sans fond de l'oubli.

Tess sortit de l'entrepôt en rajustant sa voilette devant son visage. Avec un peu de chance, la fine étoffe suffirait à masquer les traces de son combat. Ses traits étaient probablement tirés par la fatigue, ses cheveux en désordre, et ses pommettes devaient arborer une série de bleus que lui avait infligés son malade dans ses tentatives frénétiques pour se libérer.

Un ciel d'or liquide et de plomb en fusion s'étirait au-dessus des docks. L'air était saturé d'électricité ; Tess en avait le goût salé sur le bout de la langue. Quel jour était-on, au fait ? Mercredi ? Jeudi ?

S'efforçant de chasser la lassitude qui l'engourdissait, elle scruta les passants avec attention. Enfin, elle trouva le messager idéal. Un petit rat des embarcadères, pas plus de quatorze ans, sale, efflanqué, le regard avide.

— Prends ceci, dit-elle en lui tendant une demi-couronne bien astiquée. Tu vas te rendre à cette adresse et demander un garçon prénommé Zane. Dis-lui de venir ici rejoindre sa maîtresse, et de te donner deux couronnes pour la course.

Avant que le gamin ne s'en aille, elle le prit par le bras.

— Et pas d'entourloupe, mon ami, ou tu aurais à en supporter les conséquences.

— Oui, m'dame, dit-il, avant de détaler.

Puis, comme elle n'avait rien d'autre à faire, Tess retourna dans l'entrepôt pour y attendre Zane.

Deux heures plus tard, son messager était de retour. Elle l'entendit frapper un coup hésitant à la porte du hangar. Jetant un châle sur ses épaules, elle se hâta de lui ouvrir et l'entraîna à l'écart des grandes portes.

— L'était pas là, m'dame ! dit le gamin en se grattant le visage d'une main aux ongles endeuillés. J'ai fait passer le message à la fille qui m'a ouvert. J'peux quand même avoir mes deux couronnes ?

Elle ne pourrait pas laisser Christoff longtemps dans l'entrepôt. La chambre était sûre, mais ce n'était pas un endroit pour lui, malgré les couvertures et la nourriture qu'elle avait apportées.

Lorsqu'elle revint auprès de son malade, il avait Mué en brume. Elle referma vivement la porte derrière elle. Précaution inutile, au demeurant, car il n'avait pas bougé du plafond. Il tournait sur lui-même en volutes impatientes, selon une suite de motifs en spirales sans cesse en mouvement. Comme s'il cherchait le confort sans jamais le trouver.

Le cœur serré par un sombre pressentiment, elle s'assit à même le sol dans la lueur vacillante de la lanterne pour l'observer d'un regard inquiet. Était-il entré en agonie ?

Dehors, un long roulement de tonnerre résonna. Le fracas de la foudre déchira le ciel juste au-dessus d'eux, avant de mourir dans un grondement sinistre.

Tess remonta son châle sur ses épaules. Ses lèvres tremblaient, ses paupières la brûlaient. Elle songea au jeune garçon au sourire désarmant qu'elle avait idolâtré autrefois, à l'homme qui quelques jours plus tôt lui avait ouvert les portes du paradis…

— Ne meurs pas, dit-elle dans un souffle.

Elle se leva et tendit la main vers le nuage de vapeur qui continuait de tourbillonner à une vitesse folle là-haut, juste au-dessous du plafond voûté de la petite salle. Une larme roula sur sa joue.

— Ne meurs pas. Je vais te sauver !

En vérité, elle n'y croyait pas vraiment. Elle avait perdu tout espoir. D'une main rageuse, elle essuya son visage. Pleurer ne servirait à rien. Comme tout ce qu'elle avait essayé, du reste…

Elle lui avait appliqué des onguents et des compresses froides, en vain. Elle l'avait lavé avec soin, serré dans ses bras, effrayée par les mouvements convulsifs qui le secouaient. Sans résultat. Il ne lui restait plus de baume aux écorces d'orange. Elle avait espéré que Zane pourrait lui en rapporter – il n'était pas question de quitter Christoff dans l'état où il était – mais le garçon n'était pas venu.

Malheureusement, elle ne connaissait aucun remède pour faire tomber la fièvre d'un *drakon*. En existait-il seulement un ? Rien, autrefois, n'avait soulagé les douleurs d'Antonia, ni les herbes séchées ni les tonifiants qu'elle lui avait administrés.

Seules les promenades – bien trop courtes, et seulement les jours de soleil – avaient semblé apaiser sa mère, avide de retrouver la caresse du vent sur son visage, la solidité de la terre sous ses pieds et l'immensité du ciel au-dessus de sa tête. Tess se souvenait encore avec émotion du petit chemin pavé de pierres qu'elles empruntaient, bras dessus bras dessous, des couleurs qui revenaient aux joues d'Antonia…

Elle se figea. Une idée venait de traverser son esprit – si insensée qu'elle osait à peine la formuler.

Le ciel. La terre. La pierre…

Darko.

Elle se leva d'un bond. Mais bien sûr ! Pourquoi n'y avait-elle pas pensé plus tôt ? Et qu'avait-elle à perdre, puisque rien n'avait donné de résultat ?

Elle jeta un regard au tourbillon de brume qui continuait ses folles rotations sous la voûte noircie par les ans. Retrouverait-elle seulement un corps s'il mourait dans cet état de vapeur ?

Il ne lui restait peut-être que quelques minutes. Laissant tomber son châle, elle quitta la pièce, ferma soigneusement la porte et Mua. Il fallait faire vite.

Hélas ! C'était sans compter sans les éléments !

Le vent s'était levé. Dès qu'elle tenta de s'élever au-dessus de l'entrepôt, la tempête la heurta de plein fouet. Emportée par une bourrasque plus violente que les autres, Tess perdit rapidement toute notion du haut et du bas.

Il n'y avait plus, soudain, que le sourd mugissement de la bise et l'humidité glaciale de la nuit. La pression était telle que Tess éprouvait de plus en plus de mal à ne pas être dispersée telle une poignée de feuilles mortes dans le vent.

Bien qu'elle n'eût pas de corps, la vibration électrique qui courait dans l'atmosphère la maintenait captive de sa colossale charge d'énergie. Elle tenta de se rassembler pour résister aux forces phénoménales qui menaçaient de la pulvériser. Elle ne tiendrait pas longtemps, songea-t-elle, prise d'un vertige...

Au moment où elle allait défaillir, un éclair zébra la voûte céleste, déchirant les nuées, avant de se propager aux quatre coins de l'espace.

Il fallut à Tess quelques instants pour retrouver ses esprits. C'était le moment ! Elle Mua de nouveau, cette fois-ci en dragon, et s'éleva au-dessus des nuages.

Du moins l'espérait-elle. Dans la tornade qui l'emportait, elle aurait été incapable de dire si elle montait ou descendait...

Elle n'avait pas franchi dix pieds que l'énergie de l'orage recommença à crépiter autour d'elle. Tess plongea aussitôt, à temps pour éviter une nouvelle déflagration, plus formidable encore que la précédente. À croire que le ciel venait de se déchirer !

Aveuglée, elle dériva au fil des nuages, les ailes lacérées par une pluie aussi soudaine que torrentielle. Elle perdait de l'altitude. Son souffle se faisait plus court, ses muscles étaient tétanisés par l'effort. Son organisme de dragon n'était pas conçu pour résister à un tel ouragan. Il fallait tenir bon, pourtant. Sous forme de vapeur, elle ne résisterait pas trois secondes !

Il y eut un troisième éclair. La voûte nuageuse s'illumina un instant, révélant une colossale muraille sculptée par les vents en furie. Tess continuait de descendre. Ses ailes engourdies ne la portaient plus...

Elle ne vit l'eau qu'au moment où ses serres en griffaient la surface. L'embouchure de la Tamise ! Rassemblant ce qui lui restait d'énergie, elle s'éleva d'un battement d'ailes frénétique. La pluie continuait de s'abattre sur son corps, mêlée de paquets d'écume salée. Elle tourna la tête en tous sens. Si elle ne trouvait pas rapidement un endroit où faire halte, elle ne donnait pas cher de sa peau…

Là, devant elle. Des lumières ! Aussi vite que le lui permettaient les vents contraires, elle mit le cap sur les feux et ne Mua qu'au dernier instant, à quelques encablures du quai.

Elle se matérialisa sous l'auvent d'une maisonnette aux volets noircis, où elle se laissa tomber à genoux, le souffle court et les membres rompus par l'effort.

Un groupe d'hommes passa non loin d'elle sans même la remarquer. Elle attendit qu'ils se soient éloignés et, ayant Mué en vapeur, prit la direction de Grosvenor Square.

Far Perch était littéralement illuminé par d'innombrables bougies, dont l'éclat se déversait par les fenêtres, projetant dans la nuit leurs lueurs vacillantes.

Que se passait-il ? Interdite, Tess se matérialisa dans l'un des arbres qui longeaient la demeure en s'accrochant aux branches de toutes ses forces pour ne pas être emportée par les rafales.

Dans le hall d'entrée, une ombre passa devant une vitre. Un homme. Un *drakon*, plus exactement. Un autre le rejoignit et ils discutèrent quelques instants. Manteaux sombres, perruques blanches… elle reconnut les gardes de Christoff.

Les cinq hommes dont il avait parlé étaient arrivés de Darkfrith. Tess se figea, stupéfaite. Combien de temps s'était-il écoulé depuis cet après-midi pluvieux dans la salle du conseil de Chasen Manor ? Une éternité, lui semblait-il.

Elle laissa échapper un soupir de soulagement. Elle n'était plus seule ; elle allait pouvoir demander de l'aide ! Il suffirait de leur dire où se trouvait Christoff, et… Tiens ? Trois autres silhouettes venaient d'apparaître derrière une fenêtre à l'étage. Plus deux autres, un peu plus loin. Et là, une encore, dans le petit salon.

Ce qui portait leur nombre à neuf.

Le grand salon, par où Zane était entré, semblait être leur quartier général. Par ses hautes baies vitrées serties de plomb se déversait une lumière dorée qui donnait à la façade l'air d'un décor de théâtre.

Seulement, il y avait bien trop d'acteurs sur les planches pour son goût. En quelques minutes, Tess en compta au moins douze.

Alors qu'ils ne devaient être que cinq.

Un homme portant une longue perruque s'approcha de l'une des fenêtres, mains dans le dos, regard tourné dans sa direction. Tess tressaillit. Parrish Grady ? Que faisait-il ici ?

Il ne pouvait y avoir qu'une seule explication : ce n'étaient pas cinq gardes qui étaient venus à Londres, mais tout le conseil.

À cet instant lui revint en mémoire une phrase que Christoff avait prononcée, quelques jours plus tôt.

J'avais envisagé de le confier au conseil dès l'arrivée de celui-ci pour qu'il le garde en sécurité.

Ses mains se serrèrent avec force sur la branche détrempée. Comment avait-elle pu être aussi naïve ? Il n'avait pas parlé de remettre *Darko* aux gardes. C'était Grady qu'il attendait, Grady, et tous les autres. Il l'avait dit à voix haute, et elle n'avait rien entendu !

Parce que, tout en lui mentant, il l'avait enveloppée de ce regard charmeur auquel elle n'avait jamais su résister...

Il n'avait jamais eu l'intention de lui rendre sa liberté.

Tess laissa échapper un gémissement de colère et de déception. Le fourbe ! Elle s'était laissé berner comme une gamine. Que faire, maintenant ? Que décider ?

Impossible d'entrer seule dans Far Perch, de prendre le diamant et de s'en aller en expliquant que lord Langford était enfermé dans l'entrepôt sur les quais de la Tamise, rongé par une mauvaise fièvre. On lui rirait au nez ! Pire, on l'accuserait d'avoir tout manigancé pour s'emparer de la pierre sacrée du clan et échapper à sa promesse d'épouser le marquis… N'était-ce pas ce qu'elle croirait, si elle était l'un de ces conseillers obtus et imbus de leur pouvoir ?

Elle devait s'en aller. Il était encore temps ; seul Christoff savait où elle vivait.

Elle frotta sa joue contre l'écorce rugueuse d'une branche et ferma les yeux pour retenir une larme.

Clarissa Tess Hawthorne… Je vous aime.

Il délirait. Il ne savait plus ce qu'il disait, mais il l'avait dit, pourtant, et elle lui avait donné sa parole de rester avec lui.

Parce que, tout au fond de son cœur, une petite fille prénommée Clarissa l'avait aimé à la folie. Parce qu'elle l'aimait toujours.

La vitre brisée de la chambre avait été réparée, sans élégance mais avec efficacité. Tess se dirigea vers le dôme. Au moins ce passage-là n'avait-il pas encore été découvert.

Une fois dans l'étroit habitacle, elle Mua et souleva doucement la trappe d'accès. La tourelle était plongée dans l'obscurité. N'osant prendre le risque de Muer, Tess descendit l'escalier sur la pointe des pieds. Les *drakons* percevraient immédiatement sa présence.

Gardes et conseillers devaient se trouver au rez-de-chaussée ; elle entendait leurs voix dans le grand salon. Tout semblait tranquille. Pour l'instant…

Ils ne devaient pas être arrivés depuis bien longtemps, et n'avaient pas encore eu le temps de s'alarmer de l'absence de Christoff.

Avisant un garde en faction sur le palier, elle fit halte. L'homme s'était tourné vers la plus proche fenêtre, le regard fixé sur le ciel zébré d'éclairs. Retenant son souffle, elle se glissa derrière lui, sous le regard impassible des ancêtres du maître des lieux qui posaient pour l'éternité dans leurs cadres aux dorures rutilantes.

Le vigile ne l'avait pas vue. Elle réprima un soupir de soulagement et poursuivit sa prudente progression, franchissant à pas prudents les deux étages qui la séparaient de son but.

Alors qu'elle était sur le point d'entrer dans la chambre de Christoff, une nouvelle angoisse l'étreignit. Et si, parmi les gardes et les membres du conseil, il s'en trouvait un capable de déceler la présence du diamant sacré ? Si celui-ci ne se trouvait plus sous le lit ? Elle poussa la porte d'une main tremblante et laissa échapper un soupir de soulagement.

Darko était toujours là. Elle sentait sa présence dans la pièce, aussi vivante et douce qu'une caresse.

Elle courut jusqu'au matelas, le souleva et referma ses doigts sur la pierre précieuse avant de se relever, indécise. Comment faire, à présent ? Elle ne pouvait ni Muer ni prendre le risque de retourner jusqu'au dôme. Le vigile ne passerait pas la nuit entière à observer le ciel !

Elle traversa la pièce pour ouvrir la fenêtre. Aussitôt, un vent glacial envahit la chambre. Derrière elle, la porte claqua avec fracas. Maudissant son imprudence, Tess se pencha et regarda les nuages.

Un soudain appel d'air la fit sursauter. Elle se retourna, prête à bondir. Un homme portant des lunettes rondes se tenait dans l'encadrement de la porte, une main sur la poignée, sa veste agitée par le courant d'air.

Le clerc du conseil. Il avait les yeux rivés sur elle mais ne faisait pas mine d'appeler les autres. Tess plongea ses yeux dans les siens, lui sourit, et, sans un mot, posa son index sur ses lèvres.

Puis, en moins de temps qu'il n'en faut pour le dire, elle pivota sur ses talons, se pencha à la fenêtre, lança le diamant vers le ciel aussi haut qu'elle le put, Mua en vapeur, s'élança dans les airs, se transforma en dragon et rattrapa la pierre précieuse entre ses dents à l'instant exact où celle-ci atteignait le point culminant de sa course.

D'un vigoureux battement d'ailes, elle s'éloigna de Far Perch sous une pluie battante. En se retournant, elle eut le temps de croiser le regard ébahi du clerc qui s'était précipité à la fenêtre et la regardait, muet de stupeur.

La tempête semblait avoir redoublé d'énergie, si c'était possible. Cette fois, Tess ne se risqua pas à franchir la montagne de nuages fuligineux qui roulaient au-dessus de la ville, déversant un déluge sur les toits, transformant la moindre rue en torrent. Les rares passants ne songeraient pas à lever les yeux, se dit-elle, mais plutôt à regarder où ils mettaient les pieds !

Le diamant fermement serré entre ses dents, elle se laissa donc glisser au-dessus de Londres, plissant les yeux pour ne pas être aveuglée par les rafales de pluie qui l'assaillaient telles des myriades d'aiguilles glacées, contournant les colonnes de feu et de lumière qui zébraient l'espace dans un fracas de fin du monde.

Enfin, elle reconnut l'entrepôt parmi la masse de hangars grisâtres et luisants qui jalonnaient les quais de la Tamise. Soulagée, elle traversa le toit éventré et atterrit maladroitement parmi les éclats de bois. Elle laissa tomber le diamant sur le sol, Mua, le rafla d'un geste précis et courut à la chambre scellée.

À l'intérieur, la lanterne brûlait toujours. L'odeur de la pluie et des nuages se mêlait à celle, sensuelle et puissante, qui émanait de l'occupant de la crypte.

À vrai dire, Tess n'avait pas d'idée précise sur la conduite à adopter : elle n'avait pas eu le temps d'y réfléchir. Elle leva les yeux au plafond, où le nuage de vapeur tourbillonnait toujours. Rêvait elle, ou avait-il perdu de l'épaisseur ? Il était à présent diaphane, presque transparent.

Elle tendit la main vers lui et ouvrit ses doigts. Sur sa paume, *Darko* était froid et dur. Elle resta immobile, guettant la moindre modification de la nuée de brume qui s'agitait au bout de son bras.

Un frisson la parcourut. Elle tenta de le réprimer mais le diamant trembla sur sa main, projetant sur les murs une gerbe d'éclats de toutes les couleurs de l'arc-en-ciel.

— S'il te plaît, implora-t-elle, les dents serrées par l'effort. Sauve-le. Sauve-le !

Incrédule, elle cligna des yeux. Avait-elle bien vu ? Il lui semblait qu'au-dessus d'elle le nuage ralentissait sa course. Il s'épaississait. Ses contours se faisaient plus nets !

Tess se figea, n'osant croire encore au témoignage de ses yeux. Pourtant, le fait était là. Le nuage de vapeur descendait lentement vers sa main. Il s'enroulait autour de son bras, gagnait son épaule, enveloppant peu à peu tout son corps d'une brume fraîche et soyeuse.

Le miracle s'accomplissait ! À moins que ce ne soit une malédiction ? Qu'allait-il advenir de cette étrange métamorphose ? Tess ferma les yeux et demeura parfaitement immobile, effrayée à l'idée de rompre le charme par un mouvement malencontreux.

Au creux de sa main, *Darko* était froid et brûlant comme de la glace. Elle rejeta la tête en arrière et prit une prudente inspiration. Christoff l'enserrait à présent de toutes parts, caresse aérienne, soie vivante, flamme mystique…

Tu es en moi, songea-t-elle, *et je suis une part de toi, maintenant et à jamais*.

Peu à peu, la spirale parut s'écarter d'elle, la vapeur se solidifier. Tess rouvrit les yeux. Un dragon de brume et de feu tournoyait autour d'elle, parcouru de flammèches émeraude.

Très lentement, elle laissa retomber sa main et effleura le dos du dragon avec la pierre sacrée. Christoff ralentit sa course et s'étendit sur le sol. Avec un frémissement, il s'enroula sur lui-même. Tess l'enjamba puis, après s'être agenouillée près de sa tête, entoura son cou de ses bras tout en prenant soin de placer le diamant dans son dos, contre son cœur.

— Guéris ! le supplia-t-elle. Reviens-moi !

Christoff poussa un soupir si profond que la lanterne bascula. Lorsque Tess la remit d'aplomb, la flamme bondit. Dans la lueur ambrée qui baigna la chambre pendant quelques instants, elle crut voir que Christoff respirait plus régulièrement. Puis elle remarqua qu'il la suivait du regard, comme s'il recouvrait peu à peu ses esprits.

Elle se leva pour prendre la couverture, qu'elle posa sur lui. Puis, s'apercevant qu'elle était toujours nue et qu'elle grelottait, elle remit ses vêtements, avant d'enrouler son châle sur sa tête et ses épaules, à la façon des paysannes des pays slaves.

Christoff somnolait à présent paisiblement. L'avait-elle sauvé ? Elle n'en avait aucune idée. Désœuvrée, elle s'assit à ses côtés et se blottit contre lui pour se réchauffer.

Peu après, elle sombra dans un sommeil agité de rêves étranges, où elle courait dans la neige bleutée des montagnes alpines.

Il était étourdi. Il avait froid. Combien de temps avait-il dormi ? Il était seul, sans défense, au milieu d'un désert de glace. Tiens ? Il y avait quelque chose contre lui. Ou quelqu'un. C'était doux. Vivant. Féminin.

Il ouvrit les yeux. Il faisait sombre, ici. Non, il y avait des couleurs. Le rouge des murs de brique. Le gris de la pierre qui dallait le sol. Et le bleu de la robe que portait la fille roulée contre lui.

Ses longs cheveux noirs ruisselaient sur ses épaules, dissimulant à demi son visage. Elle était enveloppée d'un châle couleur de neige.

Un prénom flotta à la lisière de sa conscience.

Tess.

Ma colombe.

Ma fiancée !

Non loin d'elle, une lanterne posée à même le sol projetait son halo de lumière. Dans l'éclat mourant de la flamme, il pouvait voir le rose nacré de ses lèvres, la courbe délicate de ses cils qui ombrait sa joue, et la finesse de ses doigts fuselés.

C'était la créature la plus merveilleuse qu'il eût jamais vue.

Malgré la fatigue qui alourdissait ses membres, il était empli d'un extraordinaire bien-être. Tout, ici, était paisible. Il aurait pu dormir une éternité d'un sommeil bienheureux…

Peu à peu, l'obscurité reculait vers les coins de la chambre, chassée par une clarté qui provenait de derrière lui. Il pouvait maintenant discerner les moindres détails de son visage à l'ovale parfait, ses mèches où jouaient des reflets acajou, ses ongles couleur de coquillage.

Il fronça les sourcils en posant les yeux sur ses pommettes, où sa peau se marbrait de bleu et de jaune. Elle était blessée. Qui l'avait frappée aussi violemment ?

Tout d'un coup, une ombre se dessina sur le sol. Kit tenta de lever la tête, mais en vain. Son cœur se mit à battre sourdement. Elle avait besoin de lui, il devait la protéger.

Et il en était incapable.

L'ombre barrait à présent les plis de sa robe. Plusieurs ombres. Des hommes. Combien étaient-ils ? Il pouvait entendre leurs murmures étonnés, leurs pas prudents autour d'eux.

À ce moment, elle ouvrit les yeux. Il fallait la prévenir ! Rassemblant toute son énergie, il souleva sa tête et déploya une aile. Trop tard. Les hommes s'étaient déjà rués vers eux pour s'emparer d'elle. Elle laissa échapper un faible cri lorsqu'ils l'entraînèrent loin de lui, puis quelqu'un noua un bandeau derrière son crâne pour l'aveugler.

Kit tourna la tête, mâchoire ouverte. Il faillit tuer l'homme le plus proche, mais celui-ci eut le réflexe de se jeter en arrière au dernier moment. Kit le vit rejoindre les autres, là-bas, hors de l'ombre protectrice, puis il ferma les yeux, blessé par la lumière trop vive.

Une bouffée de colère monta en lui. Il voulut se lever pour suivre Tess, mais ses pattes ne le portaient pas. Il enrageait. Pourquoi son corps ne lui obéissait-il plus ? Il fallait pourtant protéger Tess, abattre ceux qui la lui avaient arrachée !

Avec un ahanement de douleur, il roula sur lui-même et se redressa. Il resta debout quelques secondes, mais la tête lui tournait. Un bourdonnement vibra à ses oreilles, un voile rouge s'abattit devant ses yeux. Une fois de plus, il fut englouti par les ténèbres.

On l'avait fait monter de force dans une voiture fermée pour la ramener. Sans doute comptait-on sur l'aspect banal, pour ne pas dire miteux, du véhicule pour traverser la ville en toute discrétion. Tess ne l'avait pas vu, mais elle avait entendu le grincement de la roue gauche mal huilée, et senti sur son visage le courant d'air glacial et humide qui se glissait par les fenêtres. Elle n'avait vu que du coton noir, et n'avait entendu que la pluie.

Le déluge n'avait pas cessé. Maintenant encore, alors qu'elle était assise sur une chaise dans l'un des salons de Far Perch, Tess entendait le crépitement des gouttes qui s'abattaient contre les carreaux. En écho résonnaient les sourds battements de cœur des six *drakons* – elle avait compté – qui l'entouraient en silence.

Lorsqu'ils avaient quitté l'entrepôt, elle avait d'abord craint qu'ils ne la renvoient à Darkfrith malgré la tempête qui faisait rage. Apparemment, il leur restait un peu de bon sens puisqu'ils s'étaient contentés de l'emmener ici. À Far Perch, les membres du conseil savaient qu'elle ne leur échapperait pas.

On lui avait lié les mains dans le dos, avec une corde qui lui faisait l'effet d'un filin d'acier. Elle avait si mal qu'elle devait se tenir le plus droit possible sur son siège pour que ces maudits liens ne lui scient pas les poignets.

À défaut de voir, elle pouvait entendre. Aussi tendait-elle les oreilles, à l'affût de toute bribe d'information qui aurait pu lui être utile.

Inutile de se demander qui l'avait trahie : ce ne pouvait être que le clerc. Quant à savoir qui avait ordonné qu'on l'attache et qu'on lui bande les yeux, elle n'avait pas de doute non plus. Parrish Grady !

Justement, il venait d'entrer. Elle reconnaissait son pas méthodique – le talon se posant d'abord, puis le reste du pied – et son odeur de naphtaline et de poudre à perruque.

Il fit le tour de sa chaise avec une lenteur étudiée avant de s'immobiliser devant elle sans un mot. Tess pouvait presque voir son visage aux paupières fripées et ses lèvres minces étirées en un sourire sans joie.

Elle releva le menton d'un air bravache.

— Eh bien, monsieur Grady ! Vos marguerites poussent-elles bien ?

En dépit de sa gorge sèche – depuis combien de temps n'avait-elle pas bu ni mangé ? – elle était parvenue à teinter sa voix d'une pointe d'ironie qui, elle le savait, ne manquerait pas de l'irriter.

Elle réprima un sourire de triomphe en l'entendant suffoquer.

— Le conseil vous a octroyé une liberté sans précédent dans l'histoire du clan, mademoiselle Hawthorne, dit-il d'une voix très calme. Vous avez reçu des droits que même nos Alpha se sont vu refuser – celui d'aller et venir dans la cité, celui de chasser. Seulement, c'était dans un but bien précis. Et qu'avez-vous fait du temps qui vous a été si généreusement offert ?

— La fête, bien entendu ! J'ai particulièrement apprécié la nuit passée à danser en compagnie de Bonnie Prince Charlie, dans la Tour de Londres. Il m'a promis de m'épouser dès qu'il aurait conquis le trône.

Un bruit de papiers que l'on remuait résonna dans la pièce.

— Je suppose que vous êtes fière de votre petite séance de voltige aérienne ? demanda Grady d'un ton où couvait la colère. Grâce à vos exploits, l'existence des dragons ne sera bientôt plus un secret pour personne !

— Je ne sais pas de quoi vous parlez.

— Eh bien, je vais vous le rappeler. Je suis sûr que vous allez adorer cet article ; il vient de l'édition de lundi dernier de l'*Evening Standard*. Je cite. « *Un terrifiant dragon blanc, aux pattes griffues et aux ailes dorées, a capturé un malheureux dans ses serres et s'est envolé dans le ciel, pour le plus grand effroi des bonnes âmes qui assistaient à ce spectacle d'apocalypse. Cinq témoins ont affirmé qu'il a soufflé le Feu de l'Enfer sur l'église Saint-Augustin.* »

Tess entendit le froissement du journal que Grady repliait.

— Que dites-vous de cela ? reprit-il.

— Que le *Standard* est un torchon. Je suis incapable de cracher du feu.

— Six autres journaux ont signalé le même phénomène.

— Très bien, admit Tess avec un soupir de lassitude. Je reconnais que c'était moi, mais je n'étais pas seule. Puisque vous voulez tout savoir, j'essayais de rattraper le marquis de Langford pour lui venir en aide. Tout est arrivé à cause de lui. Je n'ai pas pris de tels risques pour le seul plaisir d'admirer Londres depuis le ciel.

— Je crains de ne pas goûter votre humour, mademoiselle Hawthorne. Cette affaire est une catastrophe pour le clan, et vous en êtes l'unique responsable. N'espérez pas vous en sortir aussi facilement.

— J'espère surtout, répliqua Tess, que lorsque Christoff verra comment vous me remerciez de l'avoir sauvé, il vous le fera payer très cher.

— Monsieur le marquis est indisposé, comme vous le savez probablement mieux que moi. Il n'est pas certain qu'il s'en remette. Sa jambe est gravement blessée.

Jusque-là, les rodomontades de Grady avaient laissé Tess parfaitement indifférente. En revanche, ses allusions à l'état de santé de Christoff faillirent lui faire perdre sa belle contenance.

— Où est-il ? s'entendit-elle demander d'une voix blanche. Que lui avez-vous fait ?

— Il est toujours dans l'entrepôt, en sécurité. Et quant à ce que nous avons fait, la réponse est : rien. Il reste à l'état de dragon, et nous n'avons pu le convaincre de Muer.

Tess réfléchit rapidement. Avaient-ils découvert *Darko* ? Si elle parlait du diamant, que feraient-ils ? Elle chercha dans ses souvenirs. Où se trouvait la pierre sacrée au moment où les *drakons* étaient entrés dans la chambre ? Il lui semblait qu'elle était encore sous Christoff...

— Quoi qu'il en soit, vous serez expédiée à Darkfrith aux premières lueurs du jour. Vous avez amplement démontré qu'on ne pouvait se fier à vous. Vous resterez à Chasen Manor pour y attendre votre époux. Quel que soit le désir de la plupart d'entre nous de vous infliger la punition que méritent vos exactions, nous ne pouvons nous débarrasser de vous. Vous avez trop de valeur en tant que reproductrice.

— Flattée de l'apprendre ! répliqua Tess avec une légèreté qu'elle était loin de ressentir.

Elle entendit les pas de Grady qui s'éloignait, puis s'arrêtait un peu plus loin.

— Si le marquis de Langford ne devait pas survivre à cette épreuve, ajouta le conseiller, vous seriez mariée au prochain Alpha sur la liste. Quel qu'il soit.

Un coup de poing en pleine poitrine ne lui aurait pas coupé le souffle avec une telle violence. Pourtant, Tess s'obligea à prendre une profonde inspiration.

Pour rien au monde elle n'aurait montré sa faiblesse à l'arrogant personnage qui devait la toiser d'un air suffisant, se réjouissant déjà de son triomphe.

— Je vous souhaite bien le bonsoir, mademoiselle Hawthorne.

Tess ne ferma pas l'œil de la nuit. Si seulement elle avait eu des nouvelles rassurantes de Christoff ! Et même en admettant que cela eût été le cas, comment trouver le repos dans son inconfortable position ? Elle tenta désespérément de dégager ses poignets, sans autre résultat que d'entailler sa peau jusqu'à la chair. Il faudrait pourtant qu'elle se libère !

Deux hommes avaient été laissés en faction dans la pièce, elle pouvait entendre leurs pas, ainsi que les mots qu'ils échangeaient parfois à mi-voix. Les plis de sa jupe tire-bouchonnée la gênaient douloureusement, ses bras immobilisés dans son dos étaient tétanisés par les crampes, et le bandeau qui lui couvrait les yeux dégageait une désagréable odeur de linge mal séché.

Elle se sentait épuisée, et la tête commençait à lui tourner. Peu à peu, elle sombra dans une pénible torpeur. Des coups discrets furent soudain frappés à la porte. Tess se figea en entendant une troisième voix.

— Le conseil convoque une réunion urgente, dit le nouveau venu.

— Encore ? s'étonna l'un des gardes.

— Maintenant ? maugréa l'autre.

— *Aye*. Grady m'envoie vous chercher.

— Et la fille ?

— J'ai reçu l'ordre de la surveiller. Vous n'en aurez pas pour longtemps.

— Je ne sais pas si… commença le premier garde.

— C'est urgent, l'interrompit l'homme d'une voix tendue. Il y aurait du nouveau, pour Langford. Dépêchez-vous, Grady n'est pas dans un de ses bons jours.

— C'est bon, on y va, marmonna le second vigile.

Un bruit de pas sur le plancher confirma ses paroles, suivi du déclic de la porte qui se refermait.

— Qui que vous soyez, dit Tess d'un ton calme, c'est le plus mauvais prétexte que j'aie jamais entendu. Ils seront de retour dans moins d'une minute.

— Cela devrait suffire.

Des mains se posèrent sur les siennes. Tess se pencha vers l'avant pour aider son sauveteur providentiel à la débarrasser de ses liens. Le bandeau lui fut ensuite retiré. Clignant des yeux pour s'habituer à la lumière, pourtant faible, qui provenait des chandeliers, elle vit un homme s'agenouiller devant elle pour défaire la corde qui entravait ses chevilles.

Des cheveux blonds qui dépassaient à la lisière de sa perruque, une paire de lunettes rondes... Elle reconnut immédiatement le clerc du conseil.

— Je suis désolé, dit-il avant qu'elle n'ait eu le temps de lui poser la moindre question. S'il n'avait tenu qu'à moi, je ne vous aurais jamais trahie, mais je n'étais pas seul dans le couloir. Quelqu'un d'autre vous a vue, et...

— Peu importe, l'interrompit-elle en se levant.

Elle s'étira pour détendre ses muscles engourdis.

— Ouvrez-moi une fenêtre, s'il vous plaît.

Le clerc hocha la tête et se dirigea vers la plus proche croisée. Tess le suivit. À peine avait-il fait pivoter les battants qu'une bourrasque chargée de pluie s'engouffra dans la pièce. Tess n'avait jamais été aussi heureuse de sentir la pluie sur son visage !

À ses côtés, le clerc s'agita. D'un geste nerveux, il retira ses lunettes, qui s'étaient couvertes de buée, pour les essuyer sur sa manche.

— Ils ne vous pardonneront pas facilement, fit-elle observer.

— C'est probable.

Elle lui sourit.

— Merci.

— Je vous en prie. Je…

Il rougit et n'acheva pas sa phrase. Des pas résonnèrent au loin, se rapprochant rapidement.

— Filez à l'entrepôt, dit Tess, et voyez ce qu'ils ont fait au marquis. S'il est enfermé dans la chambre, libérez-le. D'accord ?

Le clerc hocha la tête.

— Ensuite, faites-vous oublier pendant quelque temps.

— *Aye*.

— Quel est votre nom ?

— Nicholas Beaton, mademoiselle.

— Merci, Nick.

Elle se pencha vers lui pour déposer un baiser léger sur sa joue.

— Bonne chance ! ajouta-t-elle.

Elle Mua, aussitôt imitée par son nouvel allié. Tous deux s'élevèrent dans le ciel sous forme de brume, avant de prendre des directions opposées, lui vers les quais, elle vers la ville.

Tess ne rentra pas chez elle. Elle avait suffisamment tenté le sort ! Elle se réfugia dans l'une de ses retraites secrètes, la flèche d'une cathédrale gothique ornée de mille dentelles de pierre audacieusement sculptées. C'était l'une des plus hautes et des plus anciennes de Londres.

Depuis son promontoire ouvert aux quatre vents, Tess pouvait voir toute la ville à ses pieds. Ses seuls compagnons, ici, étaient les pigeons qui voletaient autour d'elle en poussant des cris étonnés.

Elle s'assit à côté d'une gargouille de plomb et laissa son regard dériver vers les lumières qui vacillaient dans la nuit. L'aube poindrait bientôt. La tempête semblait à présent se diriger vers le nord.

Avec un peu de chance, Nick mènerait à bien la mission qu'elle lui avait assignée. Il ne restait plus qu'à espérer que Christoff serait suffisamment rétabli pour comprendre la menace qui pesait sur elle, et agir en conséquence…

Elle entoura d'un bras une colonne de pierre et se pencha dans le vide aussi loin qu'elle le pouvait, une main tendue vers le fleuve qui scintillait faiblement au loin.

Une prière muette monta en elle.

Trouve-moi !

17

Tess attendit toute la journée. Elle choisit des vêtements chauds dans le sac de déguisements caché au sommet de la cathédrale, s'habilla, puis descendit à l'étage au-dessous – un réseau complexe d'énormes poutres en chêne courant au-dessus du vide, auquel étaient suspendues deux gigantesques cloches de bronze.

Elle l'arpenta longuement, ses jupes battues par les vents glacés, avant de s'y asseoir, jambes ballantes, pour observer le ciel à travers les interstices du toit. Peu à peu, le firmament s'éclaircit, l'aube envahit la voûte céleste. Chassées par de violentes bourrasques, les nuées devinrent de plus en plus fines et transparentes. Celles-ci, comme elle s'en assura avec soin, étaient d'authentiques formations nuageuses, et non des vols de *drakons* quadrillant l'espace à sa recherche.

Tess se garda bien de se réjouir trop vite. Les gardes et les conseillers devaient déjà être en chasse. Nul doute qu'ils remueraient ciel et terre pour la retrouver !

La matinée passa, puis vint l'après-midi. Chaque fois que les cloches sonnaient, répercutant à des dizaines de pieds à la ronde une insoutenable vibration sonore, Tess se réfugiait au sommet de la flèche en se bouchant les oreilles.

Matines, prime, tierce… sexte…

Le ciel était à présent d'un bleu délavé, tout juste strié par quelques nuages de haute altitude, et par les fumerolles d'innombrables cheminées qui étiraient leurs panaches grisâtres poussés par la fin de la tempête.

Tess s'était réfugiée sur les poutres supportant les cloches, relativement plus abritées que la plate-forme supérieure de la flèche. Assise sur l'une d'elles, les pieds dans le vide, retenant ses jupes dans lesquelles le vent s'engouffrait par rafales, elle comptait les heures en observant les rares allées et venues, loin au-dessous d'elle.

Soudain, un bruit ténu, à peine perceptible, se fit entendre juste au-dessus de sa tête. Elle se redressa, les yeux fixés sur la trappe d'accès. Celle-ci s'ouvrit avec un léger craquement, puis un carré de lumière vive se découpa dans le toit. Aveuglée, Tess porta une main à ses yeux et tressaillit. La silhouette d'un homme se découpait à contre-jour.

Dans un halo de lumière dorée, elle vit une crinière blonde qui encadrait un visage à la grâce angélique. Une main se tendit vers elle. À peine avait-elle répondu à ce geste qu'elle fut à l'étage supérieur.

Sans un mot, Christoff l'attira à lui et s'empara de ses lèvres. Il ne s'embarrassa ni de douceur ni de préliminaires ; ce fut un baiser sauvage, impérieux... le baiser d'un homme fou d'amour.

Tout en dévorant sa bouche, il la plaqua au pilier le plus proche et pressa ses hanches contre les siennes, ne lui laissant rien ignorer de son désir, tandis que ses mains la parcouraient en un ballet sensuel. Il l'embrassait avec passion, comme s'il était déjà en elle et qu'ils étaient nus, enlacés au sommet de cette tour vertigineuse, caressés par les vents d'altitude.

Si elle ne réagissait pas, songea Tess, elle se laisserait bientôt gagner par la passion qui le consumait. Déjà, sa résolution faiblissait...

D'un mouvement plus brusque qu'elle ne l'aurait voulu, elle le repoussa et s'essuya les lèvres en s'efforçant de maîtriser le tremblement qui agitait sa main.

À son grand soulagement, Christoff ne tenta pas de profiter de son avantage. Au contraire, il s'écarta légèrement d'elle pour la libérer.

— Vous allez mieux, dit-elle en maudissant le trouble qui l'avait envahie.

— Oui. Je peux Muer et voler, je ne tombe plus lorsque j'essaie de me tenir debout, et je n'ai plus l'impression que mon crâne est sur le point d'exploser. Grâce à vous.

Sa voix se fit douce.

— Je vous dois la vie, ma colombe.

Mal à l'aise, Tess baissa les yeux.

— C'est *Darko* qu'il faut remercier. Pas moi.

— Vous avez tout de même eu l'idée de me l'apporter.

— Simple question de chance. J'aurais aussi bien pu accélérer votre fin.

Kit détourna le regard et se plongea dans la contemplation de la ville.

— Vous m'avez guéri, insista-t-il. Sans vous, rien n'aurait été possible.

Du coin de l'œil, il constata qu'elle le regardait.

— C'est vous qui m'avez sauvé, Tess.

Comme elle ne répondait pas, il resta immobile, pensif. Que signifiait son comportement ? Cette inexplicable retenue, ces lèvres closes, ces mains nouées dans le dos dans une attitude presque hostile ? Elle ne semblait pas heureuse de le voir. D'ailleurs, à présent qu'il y pensait, elle avait accepté son baiser mais ne le lui avait pas rendu.

Pourtant, il l'aurait juré, elle avait choisi cet endroit de façon délibérée. Afin qu'il puisse la retrouver. Depuis cette hauteur, son odeur avait été portée par les vents jusqu'à lui, aussi sûrement qu'un carton d'invitation en bonne et due forme !

Il n'avait qu'une envie, la prendre dans ses bras pour la faire sienne, mais il devait à tout prix refréner la passion qui incendiait ses reins. La seule façon de vaincre l'incompréhensible résistance de Tess était de ne la brusquer sous aucun prétexte.

Depuis qu'il avait retrouvé ses esprits, elle avait accaparé toutes ses pensées et son cœur, à chaque battement, avait répété le même prénom. Tess, Tess… Tess, Tess… Dans la chambre fermée à double tour de l'entrepôt, quand il s'était réveillé. Tess, Tess… Lorsqu'une voix l'avait appelé de l'autre côté de la porte pour lui proposer de l'aide. Tess, Tess… Pendant qu'il rentrait à Far Perch, puis lors des explications houleuses avec ses hommes, qui s'étaient soldées par les plates excuses d'un conseil penaud. Tess, Tess…

Cette sourde pulsation – comment était-il possible que personne d'autre que lui ne l'ait entendue ? – avait rythmé de bout en bout les heures de fureur et de vengeance qu'il venait de vivre.

Il se souvenait de la rage qui le faisait frémir de la tête aux pieds lorsque, encore nu, il avait poussé la porte du cabinet de travail de Far Perch, et des regards effarés des gardes et des conseillers en le voyant entrer.

Il se souvenait de la mine hautaine avec laquelle Parrish Grady l'avait toisé de derrière le bureau de son père – *son* bureau ! – et du sermon que celui-ci lui avait débité sur les risques qu'il avait fait courir à tout le clan.

Il se souvenait, surtout, de la folle envie qu'il avait eue d'égorger sur-le-champ l'arrogant personnage. L'espace d'un instant, il avait vu les dentelles de son jabot se couvrir d'un épais flot rouge, senti dans sa bouche le goût métallique du sang du vieux conseiller, et cru percevoir sa tiédeur visqueuse sur ses mains.

Il s'en était fallu d'un rien que le doyen n'expire là, à ses pieds, sur l'épais tapis aux élégantes arabesques turquoise et or, sous les yeux des conseillers…

Au prix d'un effort de volonté dont il ne se serait pas cru capable, Kit l'avait longuement regardé, jusqu'à ce que l'autre blêmisse, puis il lui avait suggéré avec une parfaite courtoisie de quitter Far Perch dans la seconde. Grady n'avait pas tenté de discuter.

Ensuite, George et Rufus avaient fait leur entrée dans le cabinet de travail pour lui confirmer ce qu'il craignait. Aucun d'entre eux n'avait la moindre idée de l'endroit où Tess pouvait se trouver.

— Avez-vous rendu *Darko* au conseil ? demanda celle-ci, l'arrachant à ses sombres méditations.

Il leva les yeux vers elle. La brise de la fin d'après-midi s'éleva, étonnamment tiède pour un début de printemps. Sous son regard insistant, Tess rougit. Avec une charmante modestie, elle ramena ses cheveux sur son épaule en les roulant entre sa main.

— Oui, répondit Kit. Je l'ai remis à George Winston.

— Parrish Grady devait être content !

— Il n'en a pas eu le temps. À l'heure qu'il est, Grady est en route pour Darkfrith.

Il s'approcha d'elle et souleva son menton d'un geste tendre.

— Il était un peu trop pressé de mettre la main sur ma fiancée, ajouta-t-il. Il vous convoite depuis le premier jour où il a posé les yeux sur vous. Il fallait que je le punisse pour son effronterie.

— Oh… Et Nick ?

— Le clerc ?

Avec douceur, il posa le dos de sa main dans le cou de Tess, là où il pouvait sentir son cœur battre tel un oiseau en cage.

— Celui-là ? La seule façon dont il prononce votre prénom me donne des envies de meurtre !

— Vous ne l'avez pas…

— Non. Vu qu'il a été l'instrument de votre libération – et, par voie de conséquence, de la mienne – il m'était difficile de céder à la tentation de l'étriper. Entre parenthèses, cette situation risque de vite devenir lassante. Je ne vais tout de même pas occire mes hommes les uns après les autres sous prétexte qu'ils sont amoureux de vous ! Bref, j'ai remercié votre ami Nick, et lui ai assigné la tâche d'escorter Grady.

Si Kit avait espéré lui arracher un sourire, il en était pour ses frais. Pour toute réponse, elle se contenta de lui jeter un long regard méditatif. Il caressa sa pommette tuméfiée.

— Est-ce moi qui vous ai fait cela, ou mes hommes ?

— Je ne sais pas. Je ne sais plus...

Il aurait voulu lui dire qu'il était désolé, mais le mot était si faible pour exprimer tous les sentiments qui bouillonnaient en lui !

Je m'en veux terriblement de ce que je vous ai fait subir. Mon cœur se serre lorsque je vous vois ainsi. Je n'avais aucune intention de vous faire du mal. Si vous saviez comme je vous aime !

Oui, voilà ce qu'il aurait fallu lui dire. Pourtant, les paroles ne parvenaient pas à franchir ses lèvres – à cause, peut-être, de cet air distant, pour ne pas dire buté, qu'elle affichait depuis qu'il l'avait retrouvée.

Ne sachant comment lui montrer sa bonne volonté, il s'écarta d'elle le plus possible.

— Jolies gargouilles, commenta-t-il en désignant d'un coup de menton les sculptures autour d'eux.

— Oui. Bienvenue dans mon repère.

— Très cosy.

Tess croisa les bras. Son mouvement attira le regard de Kit sur sa gorge ronde. Elle portait une robe grise à la coupe toute simple, un châle de laine sagement noué sur sa poitrine, et un large tablier de coton blanc.

Une tenue de fille de ferme.

À grand-peine, Kit retint un sourire de triomphe.

— Je vous offrirais bien une tasse de thé, dit-elle, mais j'ai peur que le service ne soit pas irréprochable.

— Vous devriez congédier votre bonne.

— En effet. Il est si difficile de trouver des gens honnêtes, de nos jours !

Kit tressaillit.

— Vous êtes fâchée.

— Vous m'avez menti.

Elle le regarda droit dans les yeux, l'air dur, avant de reprendre :

— Vous n'avez pas respecté notre accord. Que vous récupériez le diamant ou non, vous n'avez jamais eu l'intention de me rendre ma liberté !

C'était donc cela ! Kit s'adossa à un pilier.

— Est-ce le conseil qui vous l'a dit ?

— Il n'en a pas eu besoin. J'ai compris quand ils sont tous arrivés ici, avec de quoi me bander les yeux. Aviez-vous au moins prévu d'attendre que les quatorze jours se soient écoulés avant de me ramener de force à Darkfrith ?

— Moi, oui.

— C'était très généreux de votre part. Il est rassurant de savoir que l'on a affaire à un homme de parole.

— Voulez-vous des excuses ?

— De nouveaux mensonges ? Non merci.

— Très bien. Puisque vous y tenez, je vais vous dire la vérité. Je vous ai menti, ma colombe, et je ne regrette rien. Si c'était à refaire, je recommencerais... sauf peut-être l'épisode avec les crocodiles.

Il fit un pas vers elle et la prit par la taille.

— Je n'ai fait que suivre mon instinct. J'ai besoin de *Darko*, et j'ai besoin de vous. Le destin vous a liés et vous a mis sur mon chemin ensemble. Même si je le voulais, je ne pourrais pas vous rendre votre liberté. C'est mon sang qui parle. Traitez-moi de menteur, ou de brute, ou de franche crapule si cela peut vous soulager, c'est sans importance. De toute façon, c'est exactement ce que nous sommes, nous autres *drakons*. Même vous. Des êtres égoïstes, prêts à tout pour assouvir leurs désirs.

— Lorsque je donne ma parole, je la tiens, répliqua Tess d'une voix tendue.

— C'est tout à votre honneur.

Il se pencha vers elle pour humer le parfum de sa peau.

— Tout à *notre* honneur, devrais-je dire…

Avec délicatesse, il lui mordilla le lobe de l'oreille.

— … puisque vous êtes à moi.

Puis il déposa un baiser au creux de son cou, là où sa chair se faisait tendre à souhait.

— Nobles intentions, pieux mensonges… La médaille et son revers. Ainsi, tout le monde est satisfait.

— En ce qui me concerne, je suis loin d'être satisfaite ! répliqua-t-elle avec un soupir agacé.

Kit ne put retenir un sourire.

— Si ce n'est que cela, je peux y remédier.

Il l'embrassa sur la tempe, puis sur la joue, et enfin à la commissure des lèvres, se grisant des fragrances de fleur et d'orage qui montaient d'elle.

— Tout de suite… et pour l'éternité.

Prenant son visage entre ses doigts, il l'obligea à le regarder. Elle referma sa main sur son poignet pour l'immobiliser. Sa bouche était presque sur la sienne.

— Je vous ai sauvé la vie, dit-elle dans un souffle. Vous me devez une faveur.

— À savoir ?

— Ma liberté.

Son sourire s'élargit. Kit ferma les yeux et posa ses lèvres sur les siennes.

— J'ai peur de ne pas être en mesure d'exaucer votre souhait, ma douce. Je ne conçois plus ma vie sans vous.

— Épargnez-moi vos complaintes à deux sous !

— Je suis donc si mauvais poète ? demanda-t-il en lui retirant son châle qu'il éleva au-dessus d'eux avant de le laisser s'envoler au gré des vents. Donnez-moi des leçons !

— C'est peine perdue, rétorqua-t-elle.

Tout, dans son attitude, démentait la rudesse de son ton. Comme le soleil qui se dévoile et luit lorsque les nuages se déchirent, le visage de Tess s'était soudain éclairé. Sa résistance faiblissait… Réprimant un petit cri de victoire, Kit fit courir ses doigts sur sa gorge blanche. Sa peau, tiède et parfumée, était la plus tendre des invitations

— Je vous promets d'être un élève assidu, murmura-t-il. Tenez, lorsque je fais ceci…

Du pouce, il effleura ses lèvres en une lente caresse.

— … ou cela…

Il enfouit son visage au creux de son cou et referma les dents sur sa chair, assez fermement pour y imprimer sa marque. Avec un soupir de bien-être, elle renversa la tête en arrière.

— … ne suis-je pas à la hauteur de vos espérances ?

Pour toute réponse, Tess referma ses mains sur les bras de Kit. Il se redressa pour la regarder. Qu'elle était belle, avec ses yeux mi-clos sur ses iris voilés de désir, ses joues rosies par l'impatience et ses lèvres entrouvertes en une muette supplication !

Il la voulait, ici, maintenant. Il n'aurait pas la patience d'attendre plus longtemps.

— Laissez-moi vous aimer, chuchota-t-il à son oreille. S'il vous plaît. Je vous promets de vous rendre heureuse.

Elle tourna la tête de droite et de gauche, telle une dormeuse au réveil.

— Pourquoi suis-je aussi faible ? l'entendit-il murmurer d'une voix à peine audible. Pourquoi avez-vous un tel empire sur moi ?

— Vous le savez très bien.

D'un geste tendre, il lui ferma les yeux. Il ne voulait pas qu'elle se réveille. C'était ainsi qu'il la désirait, brûlante de désir, flamme vivante dans un ciel d'azur.

Il posa ses lèvres sur les siennes pour prendre ce qu'elle ne lui offrait pas encore. Elle resta immobile quelques instants, le corps raidi puis, avec un soupir tremblant, elle l'attira à elle.

Fou de désir, Kit la serra dans ses bras.

Il la prit là, debout contre le pilier.

Soulevant ses jupes d'une main impatiente, il trouva les replis les plus tendres de sa chair, qu'il caressa quelques instants. Elle était prête à le recevoir. Déjà, de petits sons impatients montaient de sa gorge, plus érotiques que les paroles les plus crues.

C'en était trop ! Dans un froissement de lin et de mousseline, il plongea entre ses cuisses sans pouvoir retenir un gémissement de volupté. Où avait-il trouvé la force d'attendre si longtemps ? Déjà, les prémices du plaisir se formaient au creux de ses reins.

Tout en allant et venant en elle, il prit ses cheveux à pleines mains pour l'obliger à lever la tête vers lui. Il ne voulait rien perdre de l'extase qui l'envahissait, accélérait son souffle, faisait briller ses yeux... Elle était à lui, tout à lui, et il entendait bien rester le maître.

Des gémissements impatients montèrent de ses lèvres roses, qui ne firent qu'accentuer son envie de la posséder davantage encore. Nue. Comme pour mieux s'assurer de sa domination sur elle. Il songea un instant à lui arracher sa robe, mais il n'avait plus le temps...

Balayés par les rafales, ses longs cheveux noirs s'enroulaient autour du pilier en liens de soie. Sous la modeste étoffe de coton, ses seins se soulevaient au rythme de ses poussées en elle, toujours plus profondes, toujours plus rapides.

Puis elle leva une jambe en se cambrant pour mieux s'offrir à lui. Étouffant un râle de bonheur, Kit referma ses mains sur ses hanches pour la presser contre lui.

Sa jouissance fut immédiate, intense, presque violente.

À peine avait-il repris ses esprits qu'un spasme de plaisir fit trembler sa compagne. Elle s'arc-bouta et sombra à son tour dans l'extase, avec un cri de plaisir qui le transperça jusqu'à l'âme.

Que c'était étrange… Elle se sentait seule. Pourtant, elle ne l'était pas vraiment. Elle était allongée dans les bras de Christoff, la tête sur sa poitrine, les jambes contre les siennes. Ils avaient fait l'amour sur la plus haute plate-forme de la flèche aux ornements gothiques, parmi les gargouilles et les pigeons, et elle n'en éprouvait aucune honte. Il lui semblait qu'en tendant la main, elle pourrait caresser les nuages…

Elle se pelotonna frileusement contre le corps chaud et musclé de son amant, s'enivrant encore de sa puissante odeur d'homme.

— Est-ce que tu m'aimes ? s'entendit-elle lui demander, le regard perdu dans le ciel.

La pression de son bras autour de ses épaules se fit plus forte.

— Oui, répondit-il en déposant un baiser sur ses cheveux.

Elle garda le silence un instant.

— Je crois que je peux te mener au fuyard, dit-elle enfin.

Christoff ne répondit pas tout de suite. Elle ferma les yeux pour mieux savourer le rythme paisible de sa respiration et les battements réguliers de son cœur.

— C'est trop risqué, dit-il finalement. Tu es bien plus précieuse que lui à mes yeux. N'en parle pas au conseil ; je reviendrai plus tard pour le capturer.

— Il n'y a pas de temps à perdre. Zane est en danger.

— Zane ?

Mal à l'aise, Tess se redressa et s'assit. Elle avait appréhendé ce moment, mais l'heure d'affronter ses craintes était venue. Sa décision était prise. Pendant toute la journée, elle s'était interrogée, sans parvenir à se déterminer. Pouvait-elle ou non faire confiance à Christoff ?

À présent, il était trop tard pour revenir en arrière. Elle écarta les mèches qui voilaient son visage et chercha son regard.

— Te souviens-tu de la conversation que j'ai eue avec le fuyard au bal masqué ? Il m'a dit qu'il n'avait pas voulu du diamant. Comme si quelqu'un le lui avait proposé.

— En effet…

— Pourquoi se serait-il donné la peine de voler quelque chose dont il ne voulait pas ? À quoi bon courir tant de risques pour finalement jeter son butin dans une fosse pleine de crocodiles ?

— Ce n'est pas lui qui a fait le coup… murmura Christoff, songeur.

Tess secoua la tête.

— C'est ce Zane… ton apprenti !

— Il savait que le diamant devait venir à Londres. Il savait que je le convoitais. Il m'avait même montré l'annonce de l'exposition au musée Stewart dans les journaux.

Elle marqua une pause.

— Zane ne manque ni de courage ni d'astuce, mais il n'avait jamais tenté un coup aussi audacieux.

— Jusqu'à présent.

Christoff se leva et ramena ses cheveux en arrière d'un geste plein de grâce. Son corps nu et musclé se découpait contre l'azur du ciel. Tess sourit. Si elle avait jamais eu un doute à ce sujet, elle était fixée, désormais : les anges avaient bien un sexe…

— Il l'a volé pour toi, reprit-il d'un ton accusateur. Pour te l'offrir.

— J'en ai peur. Je crois que c'est ce qu'il voulait me dire, l'autre jour, lorsqu'il est venu à Far Perch.

— Le stupide petit vaurien ! Si le conseil l'avait attrapé, il l'aurait écorché vif.

— Disons qu'il est assez téméraire. Mais c'est aussi la personne la plus loyale que je connaisse. Il a suivi ma piste après mon séjour forcé à Darkfrith ; il a guetté mon retour nuit et jour.

Un sourire acerbe se dessina sur les lèvres de Christoff.

— Bref, un vrai toutou.

— Il est facile de se moquer de lui, rétorqua Tess en se levant à son tour et en rajustant ses jupes. Zane, au moins, m'accepte comme je suis. Il est d'une fidélité et d'une honnêteté absolues. Je ne le laisserai pas à la merci du conseil, du fuyard… ou de toi.

Christoff lui jeta un regard surpris.

— Moi aussi, je t'accepte comme tu es.

— Maintenant, peut-être…

— Tu parles d'autrefois ?

— Je parle de Zane, c'est tout.

Manifestement, Christoff n'était pas dupe.

— Je t'aime comme tu es, Tess. Comment faut-il te le dire ? J'adore tout en toi. La petite fille que tu étais, la femme que tu es devenue…

— Garde tes flatteries, tu perds ton temps.

Elle voulut se détourner. Vif comme l'éclair, il la rattrapa par le poignet. Puis, caressant sa pommette meurtrie d'un geste tendre :

— Tess… murmura-t-il. La première fois que j'ai vraiment posé les yeux sur toi, c'était l'année de tes douze ans. Depuis ce jour, j'ai toujours fait attention à toi. Tu étais si calme que j'avais du mal à croire que le même sang que le nôtre coulait dans tes veines. Tu étais discrète, mais très jolie. Pourtant, tu n'étais jamais coquette. Et tu ne faisais pas de quartier à tes adversaires !

Il prit ses mains entre les siennes et plongea ses yeux dans les siens.

— Les autres filles brillaient comme des étoiles. Toi, tu étais la nuit. Silencieuse, mystérieuse… et infiniment plus intéressante. Je t'accepte comme tu es, ma colombe. Je l'ai toujours fait.

Plus émue qu'elle ne voulait le laisser paraître, Tess détourna les yeux.

— C'est bien ce que je disais, railla-t-elle. Tu es le pire poète que j'aie jamais entendu !

— Cruelle ! Aucune parole ne saura donc attendrir ton cœur ? déclama-t-il, faussement dramatique.

Tess réprima un sourire. Le moment n'était pas aux plaisanteries.

— Aide-moi à sauver Zane.

— En a-t-il vraiment besoin ? La mauvaise herbe a la vie dure !

— Je le soupçonne d'avoir proposé *Darko* à Mim, après avoir été éconduit par le fuyard.

Elle se souvenait très bien des prudentes révélations de la courtisane. *J'ai effectivement reçu une proposition.* Mim maîtrisait l'art de répondre sans donner plus d'informations que nécessaire...

— Zane est né dans cette ville, il y a grandi. Elle fait partie de lui, d'une certaine façon, et il la connaît bien mieux que je ne la connaîtrai jamais. Je suis persuadée qu'il sait depuis longtemps où est le fuyard, et ce qu'il est réellement. Quand il a compris qu'il ne pourrait pas revendre le diamant, ni même l'abandonner, et qu'il s'est aperçu que nous recherchions *Darko*...

— Il l'a jeté aux crocodiles, poursuivit Christoff. Le sale gosse !

— M'aideras-tu, oui ou non ?

— Je suppose qu'il n'y a aucun moyen de te convaincre de renoncer ?

— Aucun.

— Même si je te donne ma parole d'épargner ton morveux ?

Tess éclata d'un rire hautain.

— Ta parole ? Je sais ce qu'elle vaut.

Christoff ne parut pas se formaliser de son ironie. Sous ses paupières mi-closes, ses yeux jetèrent des éclats émeraude.

— Je te promets de le protéger.

— Très bien, mais je viens avec toi.

— Bon sang, ne me feras-tu jamais confiance ?

— Et toi ?

Un silence s'abattit entre eux, à peine troublé par le sifflement du vent entre les piliers de pierre. Avec un soupir, Christoff l'attira contre lui.

— Décidément, je n'aurai jamais le dernier mot avec toi. Je ne connais personne d'aussi contrariant.

— Si tu regrettes tes chères étoiles, il est encore temps de changer d'avis, dit-elle en posant son front contre son épaule nue.

— Non, ma douce. Malgré ses mystères et ses dangers, ou peut-être à cause d'eux, j'ai toujours préféré la nuit.

Elle trouva Zane près de la cage aux singes. Appuyé contre la barrière, il lui tournait le dos et lançait des cacahuètes aux animaux, qui les attrapaient dans un concert de glapissements. À ses pieds, le gravier était constellé de coques vides.

De l'autre côté de la grille, les primates se bousculaient pour saisir ces friandises, et c'était à qui serait le plus rapide, le plus agile ou le plus fort. Ils n'avaient pas encore remarqué sa présence, dans l'ombre d'un arbre un peu plus loin sur le sentier.

Tess regarda Zane se baisser pour ramasser un fruit qui avait rebondi sur les barreaux de fer et le déposer avec douceur dans une petite main brune.

Lorsqu'elle s'approcha de l'enclos, les singes reculèrent et se mirent à pousser des cris inquiets. Zane tourna la tête. Lorsqu'elle posa une main sur son épaule, il sursauta comme s'il venait de se brûler.

— Viens, dit-elle en haussant la voix pour être entendue par-dessus le vacarme. Je ne peux pas m'attarder ici.

Sans attendre son assentiment, elle remonta le sentier jusqu'à une cage vide. Dans un angle, il restait un tas de paille.

JAGUAR. L'UN DES PLUS CRUELS PRÉDATEURS DES AMÉRIQUES.

Tess se souvint du félin roux tout en muscles qu'elle y avait vu autrefois. Manifestement, l'animal avait été changé de cage.

Elle se retourna vers Zane, qui l'avait suivie.

— Tu as pris des risques considérables, lui dit-elle d'un ton de reproche. J'ai peur que tu n'aies même pas idée de la gravité de la situation.

— Ça, c'est *lui* qui le dit, maugréa le gamin.

— Non, c'est moi. Tu as réveillé des démons qu'il aurait mieux valu laisser en paix. Et je ne parle pas de la police qui risque de s'intéresser à nous, et qui pourrait bien exhumer un certain élément de mon passé…

— Langford, maugréa Zane.

— Lord Langford n'est rien, à côté des ennuis qui nous attendent.

Elle se tut en voyant s'approcher une femme qui tenait un petit garçon par la main. Une fois qu'ils furent passés, elle reprit :

— Nous avons tous une famille, Zane. Une histoire. Un passé… et le mien est en train de me rattraper. Il y a des gens qui voudraient me le faire payer et ils sont prêts à tout pour venger le vol du diamant. Car c'est toi qui l'as dérobé, n'est-ce pas ?

Zane ne se donna même pas la peine de nier.

— Je ne l'ai plus, dit-il en écrasant une cacahuète entre ses doigts.

— Je sais. Où est l'homme à qui tu l'as donné ? Celui qui est… comme moi ?

Zane se figea.

— Tu peux tout me dire, insista-t-elle avec douceur. Je ne suis pas fâchée contre toi.

— Lui non plus, il ne l'a plus.

— Cela aussi, je le sais. C'est moi qui l'ai. Enfin, qui l'avais. Je l'ai rendu à ses propriétaires.

— Vous l'avez trouvé ?

En guise de réponse, Tess désigna d'un mouvement du menton la fosse aux crocodiles, tout au bout du chemin. Le gamin parut hésiter. Il l'observa d'un regard méfiant, puis détourna les yeux.

— Je croyais vous faire plaisir, murmura-t-il.

Pour la première fois depuis qu'elle le connaissait, il paraissait son âge.

— Avec un diamant de quatre-vingt-dix-huit carats ? Et comment ! s'exclama-t-elle. Crois-moi, tu feras un mari idéal pour celle que tu choisiras. La malchance a voulu que ce diamant-là ait été en lien direct avec mon passé.

À ces mots, Zane leva de nouveau les yeux vers elle.

— S'il te plaît, insista-t-elle. J'ai besoin de savoir où est cet homme. C'est très important.

Il laissa tomber le fruit sec sur le sol et l'écrasa d'un coup de talon rageur.

— Il va vous emmener avec lui, hein, Langford ? Il va vous obliger à retourner là-bas, avec ces gens qui vous veulent du mal, et il va vous garder pour lui ?

— Oui.

Il y eut un silence.

— C'est ma faute ?

— Non. Cela serait arrivé, tôt ou tard.

Elle regarda vers la cage vide, mais c'est Chasen Manor qu'elle vit. Ses hautes fenêtres, ses toits austères, sa crypte aux murs couverts d'inscriptions…

— Ce n'était qu'une question de temps, ajouta-t-elle, songeuse.

— Je suis désolé.

Elle lui sourit et le prit par les épaules pour l'attirer contre elle. Il lui semblait tenir un moineau entre ses mains, tant il était maigre.

— Ce n'est pas ton fardeau, mon enfant. Tu n'as été que l'instrument du destin, et si ce n'avait pas été toi, crois-moi, quelqu'un d'autre s'en serait chargé. Je suppose que c'était écrit…

À sa surprise, il se dégagea brusquement de son étreinte.

— Je ne suis pas un enfant ! s'exclama-t-il en rougissant.

— Très bien, Zane. Maintenant, dis-moi où je peux trouver cet homme.

Il se tenait immobile, les cheveux en désordre, son torse efflanqué se soulevant au rythme saccadé de sa respiration. Le sac de cacahuètes lui échappa des mains. Au lieu de le ramasser, il le piétina avec fureur.

— Zane. S'il te plaît.

— Lambeth. L'amphithéâtre.

Tess connaissait l'endroit. Avec ses jardins magnifiques, ses fontaines, ses miroirs et ses jeux pyrotechniques, l'amphithéâtre Collins était un lieu de promenade très apprécié des Londoniens.

Elle recula d'un pas et regarda son protégé. Celui-ci avait pris un air renfrogné.

— Parole d'homme, ajouta-t-il d'un ton crâne. Il paraît qu'il aime les feux d'artifice.

— C'est bon. Rentre à la maison, maintenant, tu as l'air épuisé. Et quoi que tu fasses, ne t'approche pas de Far Perch ! Je reviendrai quand il n'y aura plus de risque.

— Avec *lui*.

Zane tourna les yeux vers le sentier, où Christoff, d'une élégance tout aristocratique dans une longue veste en satin gris ardoise, attendait à l'ombre d'un arbre. Le regard fixé sur elle, il tapotait sa cuisse avec son chapeau d'un geste impatient.

— Oui, dit-elle. Avec lui. La vie est une longue suite de changements, Zane. Mais sois certain d'une chose : il y aura toujours une place pour toi dans mon existence. Quel que soit l'endroit où je me trouve.

Elle lui sourit et posa une main sur son cœur.

— Nous sommes liés, toi et moi.

— Je sais, dit-il d'un ton maussade.

Il était temps de rejoindre Christoff. Tess s'éloigna de l'enfant. Après quelques pas, elle s'arrêta et se retourna.

— Au fait, Zane… Il y a plein de jolies forêts autour de la ville. Peu m'importe que tu réalises ou non le projet idiot que tu as en tête, mais soyons clairs : je ne veux pas trouver une horde de singes dans mon salon quand je reviendrai.

18

Ils avaient prévu d'arriver les uns après les autres à l'amphithéâtre Collins. D'abord les gardes, qui s'introduiraient dans les jardins par groupes de deux ou trois, déguisés en marins, commerçants ou valets de pied. Puis les membres du conseil, qui investiraient Delilah House, la taverne à la réputation sulfureuse située dans le périmètre du parc, comme un groupe de compagnons venus boire une bière ou un gin pour se détendre vers la fin de la journée.

Enfin, Tess et le marquis. À la différence des autres, ils garderaient leur apparence habituelle.

Du moins était-ce le cas de Christoff, songea Tess en descendant du fiacre qui les avait amenés. Pour sa part, engoncée dans un flot de soie et de dentelle, perchée sur de vertigineux escarpins à la mode italienne, elle n'était pas certaine de l'identité qu'elle était censée assumer.

Assurément pas celle du Voleur de Brume, ni celle du comte de Lalonde… et encore moins celle de la discrète veuve Hilliard, se dit-elle en regardant sa tenue. Avec ses larges jupes vert jade à paniers, superposées sur d'épais jupons ouatinés, son mantelet de crêpe ivoire et sa longue perruque dont les boucles claires cascadaient sur ses épaules, elle était aussi élégante qu'une dame de la meilleure société.

À une petite différence près : elle ne portait pas le moindre bijou, pas même une bague. Sa seule parure était un ruban de velours noir autour de son cou.

Christoff l'avait noué lui-même lorsqu'ils étaient dans le fiacre. Il s'était penché vers Tess et avait caressé sa gorge avec une exquise lenteur, éveillant en elle une brûlure familière. Elle lui avait offert ses lèvres… qu'il n'avait pas prises. Déçue, elle l'avait vu se réinstaller confortablement sur la banquette face à la sienne, tout en dardant sur elle un regard indéchiffrable.

Lui non plus ne manquait pas de prestance. Veste de brocart doré, chemise à jabot, souliers à boucles précieuses… un prédateur en habit de soirée ! Il l'avait aidée à descendre du fiacre et n'avait plus lâché son bras, tout en l'entraînant vers le parc.

À présent qu'ils avaient franchi les grilles finement ouvragées, il marchait à ses côtés, d'un pas si tranquille que plusieurs promeneurs faillirent piétiner la robe de Tess.

Du coin de l'œil, elle vit des éventails s'ouvrir sur leur passage, des têtes se tourner. Christoff ne parut pas s'en émouvoir. Sans se départir de sa nonchalance, il la guida vers les profondeurs ombragées des jardins.

L'amphithéâtre, situé au point le plus bas du parc, consistait en une excavation doublée de pierres romaines, entourée d'arbres et de fleurs, offrant d'innombrables recoins propices aux amoureux comme aux pickpockets.

Les jardins Collins étaient cependant surtout connus pour leurs innombrables fontaines, leurs miroirs aux mille reflets, et leurs boissons alcoolisées. Ici, moyennant un *shilling*, chacun pouvait déambuler parmi les jeux d'eau et de lumière, un verre à la main. De temps à autre, une dame laissait échapper un petit cri de surprise et se jetait dans les bras de son cavalier pour éviter d'être éclaboussée par un jet d'eau intempestif.

L'endroit était parfois aux limites des convenances et des bonnes manières. Toutefois, comme en ce dernier vendredi soir d'un mois d'avril particulièrement pluvieux on donnait des feux d'artifice après le coucher du soleil, la bonne société n'aurait pas voulu rater l'événement.

Tess connaissait bien le parc. Lors de ses années d'apprentissage, il lui avait fourni un terrain de chasse idéal, surtout les soirs comme celui-ci, lorsque le fracas des fusées explosant dans les airs couvrait efficacement le bruit de ses pas sur les allées de gravier.

Sans doute le fuyard l'appréciait-il pour les mêmes raisons…

Ils atteignirent l'enceinte extérieure du théâtre romain. Leurs pas les menèrent devant des camélias et des acacias en fleurs éclairés par des torches, puis sous un dais de cerisiers du Japon dont les branches aux boutons tout juste éclos formaient au-dessus d'eux de féeriques arceaux de guirlandes roses et blanches.

— Redresse la tête, ordonna Christoff à mi-voix, tout en saluant d'un sourire affable un couple qu'ils croisaient. Je veux qu'on te voie.

— Cela ne marchera jamais, répondit-elle sur le même ton.

Sous ses pas, le gravier soigneusement ratissé était jonché d'un tapis de pétales froissés dont montaient d'enivrantes senteurs.

— J'aurais préféré plus de discrétion, reprit-elle. Il va nous reconnaître immédiatement.

— Exact. Les Autres, en revanche, n'y verront que du feu.

C'est exactement ce qu'il voulait. De son unique rencontre avec le fuyard, Kit avait surtout retenu la faiblesse de ses qualités de *drakon*. Comme Tess le lui avait expliqué, il ne l'avait pas remarquée parmi les valets de pied qui s'activaient à la préparation du bal costumé du comte de Marlbroke. Pour sa part, il avait été très surpris, ce même soir, du peu de puissance des vibrations qui émanaient du voleur.

Aussi avait-il résolu de lui montrer ce que ses sens déficients risquaient de ne pas remarquer : Tess et lui-même étaient en chasse, ce soir.

Le piège, bien que grossier, était destiné à détourner son attention, tandis que les gardes et les conseillers resserreraient le filet autour de lui.

Il connaissait aussi le nom du fuyard : Tamlane Williams. Le père de Kit l'avait rattrapé à deux reprises, autrefois, avant qu'il ne se « noie » dans les eaux de la Fier.

Exactement comme Tess…

S'il avait communiqué à celle-ci les détails du plan destiné à capturer le Voleur de Brume, il avait omis de mentionner un petit détail : dans le piège qu'il tissait autour du *drakon* en fuite, Tess jouait aussi un autre rôle.

Il comptait sur sa radieuse beauté, et sur la séduction qu'elle exerçait inévitablement sur tous les hommes, pour attirer les regards vers elle… et par conséquent vers lui, qui ne la lâchait pas d'un pouce.

Le message qu'il désirait faire passer à Williams et à tous les autres *drakons* était simple : elle et lui étaient inséparables.

Parce qu'elle était à lui.

Par ailleurs, il n'était pas question de lui laisser prendre la moindre initiative ce soir. Il ne savait pas ce qu'il craignait le plus – qu'elle le trahisse, ou qu'elle se mette inutilement en danger – mais dans tous les cas de figure, elle serait sous l'étroite surveillance des plus forts d'entre ses hommes.

— Ce plan est de la folie, murmura-t-elle.

— Tu es trop impressionnable, ma chère. La nervosité te fait perdre tes moyens.

— Vraiment ? Je crois pourtant me souvenir de m'être assez facilement échappée du musée Stewart.

— Uniquement parce que je suis un gentleman. Je ne pourchasse pas une dame.

Un petit rire échappa à sa compagne.

— Comme c'est étrange ! Je n'avais pas vu les choses ainsi.

Kit eut un geste évasif.

— Disons que ton éblouissante beauté t'a donné un avantage sur moi.

— Cela, répliqua-t-elle d'un ton moqueur, et les dizaines de badauds qui te bloquaient le passage.

— Je dois reconnaître qu'ils ne m'ont pas aidé.

— Oui, tu avais l'air d'un saumon essayant de remonter un torrent. C'était très drôle.

Ils firent halte devant un bassin au milieu duquel s'élevait un groupe de sirènes et de dauphins en marbre s'ébattant sous un jet qui jaillissait d'un énorme coquillage. Dans la lueur des torches, les gouttes d'eau prenaient des nuances chaudes et nimbaient les corps et les visages de reflets fantastiques.

Kit regarda Tess à la dérobée. Elle semblait soudain perdue dans la contemplation des créatures marines, comme si celles-ci étaient bien vivantes, et qu'elle voulait percer leur mystère.

Avec son profil pur qui se détachait avec netteté sur les eaux mouvantes et sa peau d'albâtre, elle aurait pu être la reine de cet aréopage enchanteur, songea Kit en laissant ses yeux dériver vers son décolleté enchâssé dans son écrin de dentelle.

Ce soir, aucune modestie ne venait voiler sa gorge blanche. Les rubans de son mantelet, noués à la base de son cou, retombaient entre ses seins, rehaussant avec sensualité leurs rondeurs nacrées. Une fleur de cerisier, prise dans les plis du crêpe de soie, se soulevait au rythme de sa respiration.

Peu à peu, le souffle de Kit ralentit pour prendre le même rythme tranquille. Qu'on était bien, au bord de ce bassin, dans la douce lueur des torches et le chant des milliers de gouttes d'eau qui retombaient en pluie autour d'eux !

Un peu plus loin, les insectes de la nuit lançaient leurs stridulations mélodieuses. Une femme éclata d'un rire léger. Le paradis devait ressembler à cela...

— As-tu l'intention de te comporter en gentleman, ce soir ? demanda soudain Tess.

— Non.

Il cueillit la fleur sur son épaule et froissa ses pétales entre ses doigts pour en humer les fragrances.

— Ce soir, reprit-il, je suis quelqu'un d'autre.

Elle tourna son visage vers lui, une question suspendue à ses lèvres. Au moment où elle allait la formuler, une voix aiguë résonna derrière eux.

— Langford ! Bonté divine, mais c'est bien vous ! Nous vous croyions reparti pour vos collines et vos marais du bout du monde !

Kit laissa tomber la fleur et prit Tess par la main avant de se retourner. Il reconnut aussitôt celle qui venait de s'adresser à lui et s'approchait, entourée d'un cortège de dandys.

Letitia de Monfield. Où se trouvait donc le mari de la duchesse ?

Il l'avait croisée à plusieurs reprises dans la société huppée de Londres. Au début, il l'avait trouvée piquante, à la façon d'un vin nouveau. Elle lui avait accordé quelques baisers sans conséquence, et cela lui avait suffi.

À leur troisième rencontre, il s'était déjà lassé de son incessant babillage où il n'était question que de robes, de bals et de quartiers de noblesse. À la quatrième, il l'avait franchement éconduite. Peu après, il avait appris qu'elle venait d'épouser un aristocrate.

Pauvre Monfield ! Kit ne le connaissait que de vue, mais il plaignait de tout cœur l'homme enchaîné par les liens du mariage à cette écervelée.

— Madame la duchesse, dit-il en lâchant momentanément la main de Tess pour baiser celle de la belle Letitia. Vous devriez savoir qu'il ne faut pas écouter les rumeurs.

— Certes ! répliqua celle-ci avec un rire de gorge. Mais qui n'a pas un faible pour les bonnes anecdotes ? J'en ai récemment entendu une des plus savoureuses sur votre compte et celui de Cynthia, la fille de lord Marlbroke.

Elle tourna vers Tess un regard brillant de curiosité. L'espace d'un instant, Kit vit son sourire se figer et son front se plisser comme si elle cherchait dans sa mémoire. Elle voulait du nouveau ? Elle allait être servie !

— Madame, j'ai l'honneur de vous présenter Clarissa, la nouvelle marquise de Langford.

Imperturbable, Tess la salua d'un bref hochement de tête. Les élégants qui entouraient la duchesse comprirent avant elle. Aussitôt, un concert de *Oh !* et de *Ah !* admiratifs s'éleva de leurs rangs. Avec un temps de retard, la belle Letitia se décida à sourire à son tour.

— Toutes mes félicitations ! s'exclama-t-elle en prenant les mains de Tess avec emphase. Si l'on m'avait dit... Kit, vous n'êtes qu'un vilain cachottier ! Alors vous nous avez rapporté une jolie fleur des champs dans vos bagages ?

— En quelque sorte, répondit-il, le regard fixé sur Tess qui restait obstinément muette.

— Comme c'est charmant ! susurra Letitia.

Puis, se tournant de nouveau vers Tess :

— Vous êtes la plus adorable petite fiancée campagnarde que l'on puisse imaginer ! ajouta-t-elle d'un ton mielleux.

Un sourire carnassier apparut alors sur les lèvres de Tess.

— Quel splendide collier, madame ! J'ai rarement vu d'aussi beaux rubis. Ils s'assortissent à merveille à votre robe.

Rose de plaisir, Letitia de Monfield porta une main à sa gorge.

— Ma foi, je...

— Langford ? poursuivit Tess à son adresse en imitant les accents extatiques de la duchesse. Il me faut *exactement le même*.

Un rire nerveux échappa à la duchesse.

— Oh ! mais c'est un joyau de famille, lady Langford.

— Comme c'est intéressant ! Vous permettez que je le regarde de plus près ?

— Très chère, nous allons être en retard, l'interrompit Kit en la retenant d'une poigne ferme. Nous sommes attendus.

Les admirateurs de la duchesse n'avaient pas encore fini leurs révérences que Kit entraînait Tess à l'écart du petit groupe.

— Comme ma vie serait plus tranquille si tu étais un peu moins cabocharde ! grommela-t-il, une fois certain que l'on ne pouvait les entendre.

— Il fallait y songer avant de m'épouser… monsieur mon époux.

D'un coup de pied maussade, elle fit voler quelques graviers alentour.

— Maintenant, ajouta-t-elle, tout le monde va m'appeler Clarissa !

— Seulement les gens que tu n'aimes pas. Cela ne peut que simplifier les choses, non ?

Devant eux, un marin sortit des fourrés, une chope de bière à la main. Au moment où il portait le récipient à ses lèvres, son regard croisa celui de Kit, qui répondit par un imperceptible hochement de tête. Aussitôt, l'homme retourna vers les buissons.

Voyant que Tess le suivait des yeux, il lui demanda, saisissant le premier prétexte pour faire diversion :

— Ce collier te plaît vraiment ?

— La duchesse de Monfield voue une véritable passion aux pierres précieuses et ne sait pas résister au plaisir d'exhiber les siennes. C'est pour cette raison que le comte de Lalonde lui fait la cour, à l'occasion. Et le marquis de Langford ?

— Que veux-tu savoir exactement ?

— Ce qui vous a rapprochés, elle et toi. Une tendre amitié, peut-être ?

Kit réprima un mouvement d'humeur.

— Je ne suis pas son ami.

— Je vois. Il me semble que je comprends mieux Mélanie, maintenant.

— Je serais curieux de savoir pourquoi.

— Ce doit être très déplaisant de savoir que l'on peut être remplacée aussi facilement.

Kit frémit sous le coup mais répondit d'un ton désinvolte :

— Bref, tu me prends pour un goujat. J'ignorais que tu avais une si piètre opinion de moi.

— Je n'ai aucune opinion sur toi.

Ils passèrent devant une fontaine entièrement recouverte de miroirs. L'eau en jaillissait en étincelles aveuglantes, dans lesquelles la lumière se décomposait pour éclairer la nuit de multitudes de points de toutes les couleurs du prisme.

— Aucune, insista Tess en poursuivant son chemin. Tout ce que je sais de toi, ce sont des rumeurs, quelques souvenirs, et de très vieux rêves. Alors quand je t'entends me présenter comme ta légitime épouse...

Kit regarda autour de lui. Ils avaient à présent atteint l'un des points les plus sombres du parc. Au loin, il pouvait entendre le ruissellement des fontaines et des éclats de rire joyeux.

Avisant un obélisque qui dressait non loin d'eux sa masse de marbre blanc, il prit Tess par le coude pour l'y mener, sans souci des branches de lierre qu'il écrasait sur son passage.

Une fois sûr qu'on ne pouvait les voir, il lâcha le bras de sa compagne.

— Je commence à me lasser du rôle de brute que tu veux à tout prix me faire endosser, mon amour. Je suis ce que la vie a fait de moi, rien de plus. Ni un saint ni un monstre. Peu de chose compte à mes yeux – mon clan, mon nom, mon honneur. Et toi. Si cela ne te plaît pas, tant pis pour toi. Au moins, je connais mon âme, aussi noire soit-elle. Je n'ai pas d'excuses à te présenter pour ce que j'ai été dans le passé, Tess, alors n'en attends pas de moi. En ce qui me concerne, je ne t'en demanderai pas.

Dans l'obscurité qui régnait ici, il pouvait à peine voir son visage. En revanche, il percevait son souffle saccadé, ainsi que la tension qui montait en elle, presque palpable.

— Noire ? Le mot est faible.

— Tu sais qui je suis, ma colombe, répondit Kit d'un ton radouci. Ce que tu vois peut ne pas te plaire, et tu refuses peut-être de l'admettre, mais tu me connais aussi bien que je te connais. Nous sommes ainsi. Avec ou sans église, avec ou sans bans, avec ou sans témoins, nous sommes unis. Parce que nous sommes identiques. Même âme, même nature, même puissance infernale. Je ne peux rien y changer. Quant à toi, tu n'es ni Mélanie, ni Cynthia, ni Letitia. Tu es la nuit entre les étoiles. Unique. Irremplaçable.

À présent que ses yeux s'habituaient à l'obscurité, il lui semblait distinguer un peu mieux ses traits. Il devinait ses orbites sombres, l'ovale clair de son visage. Son expression, par contre, lui restait indéchiffrable. Tendresse, surprise, dédain ? Il n'en savait rien !

Il se pencha vers elle et prit ses lèvres avec toute la douceur dont il était capable. Elle avait un goût de fard, de lis et de nuit. Il s'écarta d'elle avant de ne plus se maîtriser et fit courir ses paumes sur ses bras nus. Ce n'était pas le moment de céder à la tentation. Plus tard, se promit-il. Plus tard !

— Ne le combats pas, murmura Tess en levant les yeux vers lui. Le fuyard… Je ne veux pas qu'il te fasse du mal.

— Là, tu me vexes. Me crois-tu incapable de me défendre ?

— Au contraire, dit-elle d'une voix inquiète. Je te crois capable de tout pour l'emporter.

— Tu vois ? Tu me connais mieux que tu ne le penses.

— Christoff ! le supplia-t-elle en le prenant par la manche d'un geste fiévreux.

— Nous sommes ainsi, répéta-t-il. Nous n'avons pas le choix. Tu es Alpha et, comme je te connais, ma douce colombe, comme je connais ta noblesse d'âme, je sais que tu me comprends.

Sans un mot, elle referma ses bras autour de son cou et lui offrit ses lèvres pour un baiser brûlant de passion. Elle avait bien appris sa leçon ! Elle le mordillait, le léchait, l'aspirait avec douceur, tout en se frottant contre lui, déjà impatiente, déjà vaincue...

Kit réprima un tremblement de frustration. Si seulement il pouvait prendre ce qu'elle lui proposait avec tant d'innocente provocation ! La soie et la mousseline de ses vêtements se déchireraient comme du papier entre ses mains...

Il en mourait de désir. Il sentait déjà sous ses doigts la chaleur de sa peau, la ferme rondeur de ses seins et, entre ses cuisses, la moiteur de sa féminité...

Une lueur traversa l'espace au-dessus d'eux, le ramenant à la réalité. Kit ouvrit les yeux. Le visage de Tess baignait dans la lueur d'un soleil de feu qui se dissolvait en fumerolles bleuâtres dans le ciel nocturne.

Elle leva la tête pour suivre du regard les cendres qui se dispersaient au gré du vent. Déjà, une autre fusée s'élevait dans les airs avec un sifflement aigu, avant d'exploser en éclats de lumière. Depuis le cœur du parc montèrent des applaudissements et des vivats.

Kit sourit à sa compagne et passa le bout de son doigt sur ses lèvres pour lisser son rouge.

— Il est l'heure d'entrer en scène, lady Langford, murmura-t-il.

Tess était jalouse. Jalouse de la stupide et jolie Letitia, qui avait avalé goulûment tous les compliments dont l'avait abreuvée le comte de Lalonde ! Elle connaissait pourtant la vaniteuse, superficielle et avide duchesse de Monfield. Que pouvait-elle donc lui envier ? Pourquoi le fait que le marquis ait autrefois goûté à ses charmes lui faisait-il si mal ?

Parce qu'elle l'aimait.

Parce que Letitia était tout ce qu'elle ne serait jamais : jolie, brillante et effrontée.

Parce que, dans les tréfonds de son âme, elle était effrayée à l'idée que Christoff s'aperçoive un jour que celle-ci était exactement le genre de femme qu'il désirait, et qu'il ne se lasse de ce qu'elle, Tess, avait à lui offrir en comparaison.

Il affirmait la connaître, mais elle ne le croyait pas. Comment l'aurait-il pu, alors qu'elle-même se connaissait si mal ?

Elle avait œuvré sans relâche pour se hisser au rang qui était à présent le sien ; elle avait misé gros et gagné plus encore. La perspective de quitter Londres, sa maison, sa vie, lui était insupportable, mais celle de vivre sans Christoff représentait un tourment sans pareil.

Il se tenait à son côté parmi la foule qui assistait au feu d'artifice, la main sur son coude et les yeux levés au ciel, très convaincant dans son rôle d'aristocrate venu se divertir pour la soirée, et n'ayant rien de plus urgent à faire que d'admirer les explosions de lumière qui emplissaient le ciel dans le fracas et l'odeur de la poudre.

Elle s'efforça d'imiter sa nonchalance, de feindre de ne pas remarquer les autres *drakons* qui se pressaient parmi l'assistance. Plus que leurs visages, c'était leur odeur si caractéristique, leurs vibrations sauvages, leur puissante énergie qu'elle devinait.

Un éclair embrasa le ciel, éclairant le visage de son compagnon. L'espace d'un instant, il lui sembla revoir le garçon d'autrefois, le regard perdu dans les étoiles. Troublée, elle détourna la tête juste à temps pour éviter son coup d'œil curieux.

Les unes après les autres, les fusées explosaient, illuminant le ciel de soleils, de roues, de cascades que le vent dispersait aussitôt en fumées aux senteurs âcres.

Un peu plus loin, un quartet de cordes jouait un air entraînant. Tess examina les musiciens qui se tenaient dans le kiosque. Le fuyard ne se trouvait pas parmi eux.

Dans la fosse de l'amphithéâtre, les artificiers s'activaient, le visage luisant de sueur et noir de fumée. Combien de fois avait-elle assisté, admirative, à ce ballet parfaitement huilé ? Les explosifs passaient de main en main jusqu'à la butte d'argile qui tenait lieu de pas de lancement, puis on approchait la torche destinée à mettre à feu le mécanisme. Dire que cinq hommes seulement suffisaient à créer une telle magie ! Tiens… Ils n'étaient que quatre, ce soir. Où était passé leur camarade ?

Elle observait les alentours d'un regard intrigué lorsqu'un petit visage familier apparut dans son champ de vision. Là, de l'autre côté du cercle de la foule… Zane ! Que faisait-il là ?

Un homme se tenait juste derrière lui, une main sur son épaule, parcourant l'assistance d'un regard attentif. L'enfant, lui, avait les yeux fixés sur Tess avec une telle intensité qu'elle fut saisie d'un désagréable frisson. Il se passait quelque chose d'anormal.

Les traits décomposés par l'angoisse, Zane était livide. Il esquissa un mouvement, mais l'homme le retint d'une poigne ferme. Ce n'est qu'à cet instant qu'elle vit briller quelque chose dans sa main. Un couteau ? Une arme à feu ?

Williams ! Ce ne pouvait être que lui. Tess fouilla frénétiquement dans ses souvenirs. Avait-elle croisé Tamlane Williams, autrefois, à Darkfrith ? Avait-il été bon ? Cruel ?

Tess leva les yeux vers Christoff, mais il était absorbé par le spectacle. Elle fit mine de rajuster son mantelet. Aussitôt, son attention se tourna vers elle.

Elle hésita. Christoff avait promis de protéger Zane, mais elle le savait prêt à tout pour capturer le fuyard. Il n'aurait pas d'états d'âme.

— Il faut que j'aille à la taverne, murmura-t-elle.

C'était un peu embarrassant, mais elle n'avait pas le temps d'improviser un meilleur argument.

— J'en ai pour un instant, ajouta-t-elle en se détournant.

Si elle avait espéré se libérer de la présence de Christoff, c'était raté. Sans un mot, il commença à leur frayer un passage dans l'assistance. Elle fut bien obligée de le suivre.

La taverne était dangereusement proche de Zane, songea-t-elle en peaufinant son plan d'attaque, mais c'était le seul moyen d'échapper à la cohue. Moins il y aurait de témoins, mieux cela vaudrait.

À mesure qu'ils fendaient la foule, elle compta les *drakons* postés sur leur passage. Une bonne quinzaine, estima-t-elle lorsqu'ils parvinrent à l'allée couverte menant à la taverne. Au-dessus de sa tête, accrochés aux traverses de bois, dansaient des lustres en cristal qui projetaient sur le sol des éclats de lumière irréels.

— Il vaut mieux que tu restes visible pour tes hommes. Au cas où il se passerait quelque chose, précisa-t-elle en faisant halte. Je te rejoins ici dès que possible.

— Tu ne me rejoins pas, mon amour, parce que je ne te quitte pas.

— N'as-tu donc aucune confiance en moi ?

Un sourire féroce éclaira son visage.

— Ce soir, je ne me fie à personne.

— Tu ne vas tout de même pas me suivre… là où je dois aller ? fit-elle mine de s'indigner.

— Pourquoi pas ? Tu serais surprise de voir tout ce qu'on peut acheter avec une guinée.

— Christoff, sois raisonnable. Je reviens tout de suite.

— Non, ma chérie. Où tu iras, j'irai !

Tess réprima une exclamation agacée. Pas moyen de lui échapper ! Elle allait devoir Muer à la vue de tous... Hochant la tête d'un air faussement docile, elle se remit en marche. À cinq, elle s'évaporait en fumée ! Un... Deux... Trois...

— Monsieur le marquis ! chuchota une voix essoufflée derrière eux.

Elle se retourna d'un bloc, imitée par Christoff. L'un des conseillers se dirigeait vers eux, aussi rapidement que le permettait la discrétion.

— Rufus pense avoir identifié notre homme, ajouta le nouvel arrivant. Il ne l'a pas très bien vu, mais il a perçu sa présence, et il affirme que c'est bien l'un des nôtres.

— Où ? demanda Christoff.

— Près du kiosque, mais il s'est déplacé. Il a quelqu'un avec lui. Un enfant.

Zane ! Il avait besoin d'elle.

Tess entendit s'ouvrir les portes de la taverne. En se retournant, elle vit un groupe de buveurs sortir de Delilah House en titubant. C'était le moment ! Elle se plaça entre Christoff et le conseiller pour qu'ils lui fassent écran de leur corps... et Mua.

Elle entendit les exclamations de colère des deux *drakons* qui, sous le regard des Autres, ne pouvaient Muer à leur tour et la regardèrent s'élever, impuissants, dans les fumerolles grisâtres et l'odeur de la poudre à canon.

de
d'
T

r
c

19

Par jets successifs, les fusées fendaient la nuit dans des chuintements aigus, avant d'exploser en myriades d'éclats de lumière. C'était pire que la foudre, songea Tess en se frayant à travers les airs un chemin entre les roues de feu et les retombées de fumée sentant la poudre calcinée.

Enfin, elle reconnut le visage de Zane parmi les centaines de têtes levées vers le ciel. L'enfant était entraîné de force par le fuyard, qui venait de quitter des rangs des spectateurs pour se diriger vers un bosquet d'eucalyptus.

Au moment où Williams s'engouffrait dans l'ombre avec son otage, il regarda au-dessus de lui. Il l'avait vue, se dit Tess. Ou plutôt, il avait vu un nuage de brume.

Avait-il compris qu'il s'agissait d'elle, et non de Christoff ou de l'un des gardes ? Elle se rassura en songeant que si elle était capable de reconnaître son odeur, il devait pouvoir identifier la sienne.

Elle se laissa descendre entre les arbres sous lesquels Williams avait trouvé refuge et examina les alentours. Personne n'était en vue, ni *drakons* ni humains, à l'exception du fuyard et de Zane.

Elle se matérialisa juste derrière Williams, qui se retourna vivement. Il avait un bras passé autour du cou de l'enfant et ne lâcha pas prise.

— Votre manteau !

— Quoi ?

— Donnez-moi votre manteau, répéta-t-elle en tendant la main.

Par-dessus le bosquet, des fusées s'élancèrent dans un miaulement sinistre. Le ciel s'illumina un bref instant, éclairant le visage congestionné de Zane. Si elle ne faisait rien, cette brute allait l'étouffer !

— Il ne se sauvera pas, assura-t-elle avec tout le calme dont elle était capable. N'est-ce pas, Zane ?

Ce dernier hocha la tête.

— J'ai besoin de votre manteau, Tamlane. Vite !

L'autre parut hésiter. Tess perdit patience.

— Dépêchez-vous, bon sang ! Voulez-vous que Langford et ses sbires nous voient ainsi ? Il vous égorgera avant que vous n'ayez fait un geste !

Williams glissa son arme – un pistolet – dans sa ceinture et ôta son manteau pour le donner à Tess. Aussitôt, elle s'en enveloppa pour cacher sa nudité.

— Tout ce que je voulais… commença le fuyard d'une voix brisée.

Il marqua une pause, toussa, et reprit :

— Tout ce que je voulais, c'était qu'on me laisse tranquille. Je n'ai fait de mal à personne.

— Je suis désolée, répondit Tess avec sincérité.

— Vous m'avez trahi ! Pourquoi ?

Il semblait désespéré. Et qu'il paraissait jeune ! Jamais elle ne l'avait remarqué. Il avait disparu du clan peu après son propre départ, mais c'était la première fois qu'ils se rencontraient et se parlaient librement.

Pourtant, il était à Londres depuis presque aussi longtemps qu'elle, songea Tess, le cœur serré. Il ne devait pas être bien plus âgé que Zane à l'époque où il avait fui Darkfrith.

Williams reprit son arme et referma les doigts sur sa crosse brillante. Maintenant qu'il ne portait plus son manteau, la raideur de sa main droite, gantée de velours, était plus apparente.

— Nous sommes ainsi, murmura-t-elle, navrée, en refermant le manteau sur elle. Nous n'y pouvons rien.

J'ai vécu neuf ans ici avant qu'ils ne me trouvent, Tamlane, mais j'ai toujours su qu'un jour ou l'autre on me reprendrait. Vous aussi, vous deviez le savoir.

— Non.

Elle ne tenta pas de discuter. À quoi bon essayer de le convaincre ?

— Vous n'avez pas besoin de cet enfant. Laissez-le s'en aller, et nous discuterons, vous et moi.

Un rire sans joie lui répondit.

— Je ne retournerai pas là-bas. Ils me tueront.

— Je ne les laisserai pas faire. Je vous donne ma parole de plaider votre cause.

— Vous ? Que pourriez-vous dire ? J'ai tout essayé. Ma mère les a suppliés ; ils ne l'ont pas écoutée.

Sa voix se brisa de nouveau. Son arme trembla entre ses doigts.

— Pourquoi avez-vous fait cela ? répéta-t-il.

Zane leva vers Tess des yeux brillant de détermination. Elle ne savait pas ce qu'il pensait, mais elle le connaissait assez pour comprendre une chose : il était prêt à se battre. Elle fit un pas vers Williams en priant pour que Zane ne prenne aucune initiative.

— J'ai cru acheter ma liberté, répondit-elle. Le conseil réclamait l'un d'entre nous. Sur le moment, j'ai préféré que ce soit vous... Je le regrette à présent, mais je ne peux plus rien y changer.

Tout en parlant, elle se rapprocha encore.

— Vous ne pouvez pas rester ici, poursuivit-elle. Ne voyez-vous pas que vous en êtes réduit à menacer un enfant pour vous protéger ? Vous êtes un danger pour vous-même, et pour tout le clan. Il faut que vous rentriez à la maison.

Une explosion de lumière éclaboussa de blanc le ciel, les arbres et le sol autour d'elle, puis l'obscurité se referma sur eux.

— Il n'en est pas question ! répliqua Williams. Vous ne comprenez pas.

— Je crois que si, au contraire.

— C'est tellement facile, pour vous ! Regardez-vous ! Mais là-bas, si on n'est pas comme les autres, si on est né différent, ou pauvre, ou si on ne pense pas comme eux, on n'a pas de place !

— Expliquez-leur en quoi ils se trompent.

Un nouveau rire sans joie monta de ses lèvres.

— Ne soyez donc pas si naïve ! À tout prendre, je préfère mourir ici.

— S'il n'y a que cela pour vous satisfaire, dit soudain Christoff en s'approchant à pas de loup, je peux y remédier sans délai.

Zane sursauta, Williams se figea et Tess hésita. Devait-elle protéger Christoff ? Zane ? Le second était plus près d'elle. Si elle Muait, c'est lui qu'elle atteindrait en premier, mais Christoff l'aurait vite rejointe…

— Eh bien, mon garçon, je vous écoute. Que choisissez-vous ?

Avec ses vêtements en satin luisant et ses souliers ornés de boucles d'or, le marquis, adossé avec désinvolture à un tronc d'arbre, ressemblait à une apparition fantastique.

— Vous me faites l'effet d'un jeune homme plein de résolution. Pour ma part, je respecterai votre décision à la lettre, ajouta-t-il.

Pour toute réponse, le fuyard braqua son pistolet sur Tess. Sans trembler, elle le regarda poser son pouce sur le percuteur et le tirer en arrière.

— Mauvais choix, commenta Christoff en s'écartant de l'arbre.

Williams plongea son regard brillant de rage et de frustration dans celui de Tess. Puis il ferma les yeux, tourna la tête vers le ciel, et Mua en une pâle vapeur qui s'éleva à travers les frondaisons. Aussitôt libéré, Zane se jeta à terre et, s'étant emparé du pistolet, tourna plusieurs fois sur lui-même en cherchant sa cible dans les airs.

— Toi, ne bouge pas ! tonna Christoff en fusillant Tess du regard, avant de disparaître dans un nuage de brume qui monta dans la nuit à la poursuite du fugitif.

— Je suis désolé, murmura une petite voix près d'elle.

En baissant les yeux, Tess vit Zane, immobile, l'arme toujours dans sa main. Il laissa échapper un soupir de désespoir, et ses lèvres se mirent à trembler.

— Je vous demande pardon. J'étais venu pour vous aider, mais il m'a trouvé avant que j'aie eu le temps de comprendre qu'il...

Elle franchit d'un pas l'espace qui les séparait, posa une main sur sa bouche pour le faire taire et fouilla la nuit d'un regard acéré. Les feux de Bengale continuaient de crépiter dans les applaudissements de la foule. Sous le kiosque, le quartet avait entamé une gaillarde endiablée.

Tout en intimant à Zane l'ordre de rester silencieux, Tess l'entraîna jusqu'à la lisière des arbres, en prenant soin de rester à couvert. Là, ils regardèrent en direction des spectateurs qui commentaient le feu d'artifice avec animation, force rires et tintements de chopes de bière. Le finale était sur le point de commencer.

Puis elle leva les yeux au ciel. Là-haut ! Ce nuage aux contours nets était Christoff, elle le reconnaissait. Et cet autre, plus pâle et plus flou, était Tamlane. Ils tourbillonnaient dans les airs, virevoltaient furieusement, se cherchaient et se fuyaient, sans jamais se mélanger.

Puis Tamlane Mua en dragon.

Au sol, l'assistance se tut, bouche bée.

Il était turquoise et jade, d'une extravagante beauté, comme tous ceux d'entre eux. Tess le vit bondir vers le firmament, traversant le nuage de brume qu'était Christoff.

Une fusée fendit l'air au même instant et explosa en plein ciel, éclairant l'espace d'une froide lumière blanche... et révélant un second dragon aux yeux émeraude qui déployait ses ailes pourpres.

De la foule fusèrent des cris de stupéfaction et, çà et là, quelques timides applaudissements.

Sans ménagement, Tess ramena Zane dans l'ombre du bosquet.

— Va-t'en d'ici, chuchota-t-elle. Rentre à la maison, vite !

— Je ne peux pas vous laisser.

— Fais ce que je te dis !

Le gamin la regarda d'un air buté.

— Vois-tu ces créatures ? reprit-elle, impatiente. Je suis comme elles. Crois-moi, je peux me défendre. Alors maintenant, obéis, et ne parle à personne de ce que tu as vu. À personne, tu m'entends ?

Le pistolet tomba dans l'herbe.

— Mais... je...

— File !

Sans un mot de plus, elle Mua en vapeur, laissant le manteau s'affaisser, vide, aux pieds du gamin. Le petit recula d'un pas, effaré, avant de pivoter sur ses talons et de s'enfuir comme s'il avait vu le Diable en personne.

Tess s'éleva entre les branches des arbres et observa le ciel. Elle n'était pas la seule. Des centaines de regards suivaient, incrédules et ravis, les évolutions des deux dragons. Toutes griffes dehors, Christoff et Tamlane tournaient l'un autour de l'autre, battant l'air de lents et puissants claquements d'ailes grenat ou céladon, en une danse guerrière d'une sauvage splendeur.

Tout à leur affaire, les artificiers n'avaient rien remarqué. Comment auraient-ils pu entendre les exclamations des badauds, avec les bandeaux qui leur couvraient les oreilles pour les protéger des déflagrations ?

Ils avaient encore accéléré la cadence, si cela était possible, car l'apothéose finale venait de commencer. Déjà, ils avaient aligné sur le pas de tir les dix fusées qui devaient clore la représentation. Celles-ci furent allumées dans une traînée de lumière orange, si rapidement qu'elles bondirent vers le ciel en un seul jet de lumière dans un crissement assourdissant, avant d'exploser en millions de flèches d'or et d'argent qui s'abattirent sur les deux fabuleuses créatures ailées.

Christoff esquiva habilement les traits de feu. Tamlane, qui ne possédait pas ses réflexes, fut touché par l'un d'entre eux. Tess le vit tournoyer sur lui-même, puis tomber droit sur la foule. Aussitôt, Kit plongea sous lui pour le soutenir, dans un tourbillon de reflets diaprés qui arracha des cris d'admiration à l'assistance.

La dernière roue de feu s'éteignit dans un indescriptible fracas. Lorsque la fumée se dissipa, il ne restait plus rien du duo ailé qui avait enchanté la foule. Les étoiles déployaient leur scintillement argenté sur un ciel d'encre dans lequel se levait la lune, à son premier quartier. Un tonnerre d'applaudissements s'éleva de l'assemblée.

— Ça, c'est du spectacle ! s'écria un badaud enthousiaste à l'adresse de son voisin. Mais comment font-ils donc cela ?

Tess se laissa flotter au-dessus des jardins, vapeur parmi les vapeurs qui montaient des fontaines et des jeux d'eau. La foule refluait lentement vers la taverne ou se dispersait dans les allées ombrageuses. Un homme avec un chapeau de paille ramassa sa robe et l'emporta.

En revanche, elle ne voyait nulle trace de Christoff ni des autres *drakons*. Elle eut beau explorer le parc, fouiller les bosquets, scruter les clairières qui déployaient leurs ondulations dans la lueur spectrale de la lune, il n'y avait là que des humains, ainsi que les menues créatures de la nuit, vaquant à leurs activités habituelles.

Le parc de l'amphithéâtre Collins était ceint, sur presque toute sa périphérie, d'un mur de brique. La partie nord semblait particulièrement obscure. Tess la survola, laissant derrière elle les bassins, les jets d'eaux et les couples déambulant main dans la main.

Elle glissa sans bruit vers le sol, nappe de brouillard planant au-dessus des herbes folles, franchit une barrière en bois vermoulue surmontée d'une pancarte indiquant PRIVÉ – NE PAS ENTRER et se trouva dans une cour.

Le sol était jonché de feuilles mortes et les parterres de fleurs envahis de liseron. Sur l'un des côtés, un abri de jardin aux murs branlants, grossièrement étayé, paraissait sur le point de s'effondrer. Quant aux poteaux de bois qui autrefois avaient marqué les limites de cet espace, ils se délitaient en pourriture verdâtre.

Enfin elle perçut des voix, à peine audibles. Ici, l'obscurité était plus dense que dans le parc ; les rayons de la lune, qui peinaient à percer l'épais feuillage des arbres alentour, n'éclairaient le sol que par endroits, créant des taches de lumière fantomatique.

Ayant Mué, elle les contourna pour se diriger à pas légers vers un bosquet de chênes centenaires. Là, elle fit halte et tendit l'oreille.

Oui, c'étaient bien des voix d'hommes. Où pouvaient-ils se cacher ? Avec précaution, elle reprit sa progression silencieuse, d'arbre en arbre, jusqu'à l'extrémité de la rangée de fûts.

Les *drakons* se tenaient là, à quelques pas d'elle, rassemblés en cercle parmi les buissons et les herbes hautes. Tous étaient habillés, à l'exception de Christoff. Il lui fallut un certain temps pour distinguer, au milieu du groupe, la silhouette de Tamlane Williams, soutenu par deux gardes.

— … la voiture ici, le long du mur, disait le marquis. Il n'y aura plus qu'à le hisser à bord.

— Bien, *milord*.

— Et ne le malmenez pas ; il a eu son compte pour aujourd'hui. Je m'occuperai personnellement de son cas, et je veux qu'il soit en état de me répondre.

Appuyée contre le tronc d'un chêne, Tess laissa échapper un soupir de soulagement. Christoff leva la tête.

— Et la fille ? demanda l'un des gardes à mi-voix. Elle est du voyage ?

— Je me charge d'elle.

— Il y a un autre bandeau dans le coche, proposa le *squire*.

— *Aye*, répondit Christoff en fouillant le bosquet de chênes d'un regard intrigué.

Tess recula dans l'ombre, revint sur ses pas aussi vite que le lui permettait la discrétion et se fondit dans la nuit.

L'une des vitres du 17, Jassamine Lane, était brisée. Plus surprenant encore, la fenêtre était ouverte, laissant entrer la brise du petit matin.

Une invitation ? se demanda Kit. Il était hautement improbable que Tess ait oublié de fermer !

Il la trouva assise sur son lit, entourant de ses bras ses jambes repliées, la couverture à ses pieds. Ses longs cheveux ruisselaient autour d'elle en lourdes cascades d'ébène.

Elle ne portait qu'une chemise dont l'étoffe s'étirait, transparente, sur les rondeurs de ses épaules, et dont les plis s'étalaient en douces ondulations sur les draps de lin.

Le visage grave, elle le regarda se matérialiser. Son regard le parcourut rapidement, puis se détourna. L'odeur d'un bouquet de roses posé sur un petit secrétaire embaumait l'air, sensuelle et capiteuse.

— Je n'ai pas préparé mes affaires, dit-elle.

— Je vois cela.

— Et tu me dois une robe, ajouta-t-elle, les yeux toujours baissés. La verte était ma préférée, je voudrais pouvoir commander la même ici.

Ses lèvres se pincèrent en une moue désabusée.

— Je ne trouverai pas une seule modiste digne de ce nom, à Darkfrith.

— Je dois reconnaître que nous vivons un peu à l'écart de la civilisation.

— C'est le moins que l'on puisse dire.

Kit s'approcha du vase. Les fleurs, aux subtiles nuances de rose et de corail, lui rappelaient la bouche de Tess. Il effleura un pétale du bout des doigts. Il avait le même velouté que ses lèvres...

— Tu penses donc être si malheureuse, là-bas ?

Comme elle ne répondait pas, il chercha ses yeux. Elle avait posé son front sur ses genoux, et ses doigts aux jointures blanchies se serraient convulsivement sur ses coudes.

— J'ai épargné Williams, dit-il.

— J'ai vu.

Elle ouvrit les mains et frotta ses bras pour se réchauffer.

— Son arme n'était pas chargée, ajouta-t-elle. J'ai vérifié.

— Il t'a menacée, lui rappela Kit qui tremblait encore à ce souvenir.

— Qu'aurais-tu fait, à sa place ?

— Je n'en sais rien. Je n'ai jamais pu m'offrir le luxe de m'attarder à de telles considérations.

Tess chercha une réponse et n'en trouva pas. Irritée, elle tira la chemise sur ses jambes. Elle garda les yeux obstinément baissés, de peur que sa résolution ne fonde comme neige au soleil.

Qu'elle le regarde seulement, et elle était perdue ! Christoff l'enroberait de ses sourires enjôleurs, de ses paroles mielleuses, de ses baisers auxquels elle ne savait pas résister.

Il aurait le triomphe bien trop facile. Elle secoua la tête, agacée. S'il lui avait ouvert les portes d'un paradis jusqu'alors inconnu, cela ne lui donnait pas pour autant tous les droits sur sa personne !

— Tess, ma colombe... murmura-t-il de sa voix aux inflexions feutrées. Je ne te mettrai jamais dans une cage.

Il fallut quelques instants à Tess pour saisir le sens de ses paroles.

— Pardon ?

— Je te libère de ta parole, Clarissa Tess Hawthorne. Et je te rends ta liberté.

Incrédule, elle leva les yeux vers lui. Il lui lança un regard indéchiffrable, avant d'ajouter :

— Tu ne me dois plus rien.

Le silence s'installa entre eux, à peine troublé par les aboiements d'un chien, dans l'un des jardins voisins.

— Si c'est une plaisanterie, elle est de mauvais goût.

— Je n'ai jamais été aussi sérieux.

— Alors je suis libre ? Je peux rester ici ?

— Oui.

Un rire sans joie lui échappa.

— Si tu t'imagines que le conseil sera d'accord, tu...

— Le conseil, l'interrompit-il d'un ton calme, fera ce que je lui demanderai. Aucun de ses membres ne sait où tu vis, et je ne le leur dirai pas.

— Et Zane ?

— Eh bien, qu'y a-t-il à son sujet ?

— Le libères-tu, lui aussi ?

— Mon tendre amour, aussi incroyable que cela puisse te paraître, je n'ai que faire de ce morveux. Tout ce que je veux, c'est son silence. De cela, il reste comptable. Pour le reste, il peut bien devenir le pire des bandits de grand chemin du pays, peu me chaut !

— Il ne nous trahira pas.

Christoff esquissa un sourire désabusé.

— Je commence à penser que cela n'aurait guère d'importance, s'il le faisait... Après notre petite démonstration de cette nuit, j'ai compris un certain nombre de choses. Des centaines de gens nous ont vus, et il n'y a pas eu le moindre mouvement de panique.

Il secoua la tête d'un air à la fois incrédule et amusé.

— Quel spectacle nous avons dû offrir...

Tess sourit à son tour.

— J'ai entendu des gens affirmer que Williams et toi étiez une nouvelle sorte d'ombres chinoises en couleurs, projetées sur le ciel.

Elle haussa les épaules, fataliste.

— Les Autres trouveront toujours une explication rationnelle...

D'un air pensif, Christoff prit une rose dans le vase, en secoua l'eau qui gouttait de la tige et se dirigea vers le lit. Là, il s'assit en prenant garde de ne pas la toucher.

— Je vous ai entendus parler du comté, Williams et toi, hier soir. As-tu vécu la même chose que lui ? As-tu eu le sentiment que tu n'appartenais pas au clan, que tu étais une étrangère parmi nous ?

— Toujours.

Sauf lorsque tu posais les yeux sur moi, eut-elle envie d'ajouter.

Ses longs cheveux d'or tombaient sur ses épaules, ses yeux émeraude étaient fixés sur elle, insondables. Levant la main vers lui, elle caressa doucement ses mèches soyeuses.

Christoff arracha un pétale et le laissa tomber sur le tapis.

— Ce ne sera pas une tâche facile, murmura-t-il, de changer les habitudes du clan.

— En effet.

Un autre pétale tomba à ses pieds nus.

— Tu pourrais m'écrire. Me donner des idées.

— Peut-être.

— Tess...

Il la fixa soudain d'un regard qui la crucifia.

— Ne surestime pas mes forces, dit-il. Je n'ai pas la noblesse d'âme que tu as la bonté de m'attribuer.

— Un peu d'ambition ne vous ferait pas de mal, lord Langford.

— Un peu, répéta-t-il en fermant les yeux.

On aurait dit qu'il était au supplice, songea Tess, le cœur serré.

— Tu as ouvert des fenêtres dans mon cœur, reprit-il. Tu m'as montré des horizons insoupçonnés… et j'ai fini par croire que j'avais peut-être une chance de devenir l'homme que j'ai toujours rêvé d'être.

Il baissa les yeux sur la rose et, d'un geste, arracha les derniers pétales qu'il laissa tomber en une pluie de velours.

— Tess, ma douce… pour le meilleur ou pour le pire, tu m'as sorti d'un long sommeil, mais j'ai peur de ne pas être bon à grand-chose si tu n'es pas à mes côtés pour me guider. Je suis une sacrée tête de mule, au cas où tu ne t'en serais pas aperçue…

Elle ne répondit pas. Christoff jeta la tige sur le tapis et tourna son regard vers la chemise tendue sur ses genoux. Elle le vit froncer les sourcils d'un air contrarié, après quoi il lui prit la main, déposa un baiser au creux de son poignet, puis un autre un peu plus haut, et encore un autre, jusqu'à ce qu'il atteigne le creux de son coude.

Tess laissa échapper le soupir qu'elle retenait depuis une éternité.

— Si tu ne m'épouses pas, reprit-il, je deviendrai exactement comme eux. Un vieux fou aigri. Sauve-moi !

— Très bien, marmonna Tess. Mais pour ma robe ?

Christoff lui jeta un regard surpris.

— Il y en a pour des mois, poursuivit-elle, entre le choix du modèle, des tissus, les essayages… Une robe comme celle-là ne se bricole pas aussi vite qu'un tablier de poissonnière !

— Oh… Je crois que je commence à comprendre.

Il s'approcha d'elle.

— S'il faut tant de temps pour la coudre, je pourrais rester ici pour te tenir compagnie ? Je pourrais aussi assister aux essayages. Il serait dommage qu'elle ne tombe pas à la perfection… d'autant qu'en ce qui concerne tes formes, je suis un expert.

— Vraiment ? demanda-t-elle avec un soupir de bien-être.

Elle s'étendit sur les oreillers et lui tendit les bras. Il lui sourit, cette fois plus franchement, et posa une main sur le cordon de soie qui fermait sa chemise.

— Oui. Je dirais même que je suis un expert… passionné, répondit-il en tirant sur le lien.

— Et si je te disais que…

Elle laissa échapper un gémissement lorsque ses lèvres se posèrent sur sa gorge.

— … que je pourrais bien désirer plusieurs robes chaque année ? acheva-t-elle, le souffle court.

— Excellente idée ! Cela nous donnerait l'occasion de profiter des agréments de Far Perch. Avoue qu'il serait dommage de se priver d'un séjour aussi confortable…

— Tout à fait de ton avis. Et il est indispensable de le protéger des voyous, des voleurs en tout genre…

Toute réserve oubliée, il s'étendit sur elle et referma les mains sur ses poignets.

— Qu'ils y viennent, murmura-t-il en parcourant sa gorge de baisers. Il n'y a rien là-bas qui vaille la peine d'être volé. Tout ce qui est précieux pour moi est là, dans tes yeux.

L'aube se leva, suivie d'un jour aux reflets d'or et de rose, mais Tess ne le vit pas. Le cœur étreint par une émotion qu'il ne connaissait pas, Kit effleura son front pur d'un geste plus léger qu'une plume. Réveillait-on un ange endormi ?

Il lui fallut un long moment pour comprendre que ce qu'il ressentait n'était rien d'autre que du bonheur – un bonheur fou, absolu, qu'il avait presque peur de voir s'évanouir en fumée. Cet état lui semblait aussi fugace que les lueurs de paradis perdu qui baignaient la chambre…

Tess ouvrit alors les paupières. Elle le regarda longuement de ses yeux sombres encore emplis des brumes du sommeil.

— Crois-tu que tu pourras encore m'aimer ? demanda-t-il d'une voix tremblante qu'il reconnaissait à peine.

Un sourire éclaira son beau visage – un sourire de femme aimée, rayonnant de mystère et de volupté.

— Je t'ai toujours aimé, Christoff. Ne l'avais-tu pas compris ?

Il enfouit son visage dans ses cheveux pour cacher son soulagement.

— Un véritable gentleman n'aime pas paraître immodeste.

Elle éclata d'un rire léger.

— Trop tard, mon ami !

Il roula sur le côté, s'étendit derrière elle et passa un bras autour de sa taille pour la plaquer contre lui.

— Veux-tu m'épouser, Tess ? murmura-t-il à son oreille. Pour de bon, devant les nôtres ?

— Oui, dit-elle dans un souffle.

Kit ferma les yeux et laissa échapper un soupir de joie. Il était l'homme le plus heureux de la création !

Puis une idée s'imposa à son esprit... ou, plus exactement, à son corps. Pour que son bonheur soit à son comble, il ne manquait qu'un petit détail.

Un petit détail qui faisait tout.

Dans ses mains, les seins de sa bien-aimée étaient fermes et ronds, ses reins se cambraient contre lui en une troublante invitation, et ses cheveux de soie, sous sa joue, étaient le plus doux des oreillers.

Brûlant de désir, il s'approcha d'elle pour chuchoter :

— C'est comme cela que je veux le faire.

— Quoi donc ?

En guise de réponse, il planta tendrement ses dents dans la chair de son épaule.

— Oh...

— Cette nuit. Dans le ciel.

Elle tourna la tête vers lui, un sourire sensuel aux lèvres, et le regarda d'un air malicieux.

— Pourquoi attendre jusqu'à ce soir ? demanda-t-elle en l'attirant à elle.

Vendredi 20 juillet 1751
La ménagerie déménage !

Le marquis de L. a récemment fait l'acquisition de la ménagerie Graham, à Chelsea, pour un montant qui n'a pas été révélé. Son but, a-t-il expliqué, était de restaurer la paix dans notre cité. Nos aimables lecteurs se souviennent peut-être encore de la mystérieuse disparition d'un groupe entier de singes capucins en juin dernier, lesquels avaient par la suite été découverts dans la forêt de Rollingbrook. Retournés à l'état sauvage, les primates avaient commis de nombreux dégâts dans les cultures alentour. Le marquis s'est engagé à ce qu'aucune nuisance supplémentaire n'advienne. En effet, il veillera à ce que les animaux soient installés dans un endroit isolé, ou bien renvoyés dans leur pays d'origine, quel qu'en soit le coût.

Le marquis s'est marié au mois d'avril. D'après nos informations, lady Langford serait une fervente admiratrice des bêtes sauvages.

The London Town Crier

Épilogue

Le secret des pierres est celui-ci : elles altèrent la composition chimique du sang des dragons.

À l'instar d'une drogue pour les mortels, un diamant, un rubis, voire un simple éclat de jaspe, possède le pouvoir de provoquer des visions de bonheur, de tourment, de chagrin ou de violent désir.

La structure de toute pierre trouve son écho dans le cœur d'un dragon, dans la substance même de son être, car tous deux, pierre et dragon, sont d'authentiques créatures de la terre. Ils se nourrissent l'un de l'autre, reflets jumeaux d'un plus vaste ensemble, d'où la passion des *drakons* – et de quelques mortels – pour les gemmes.

Voilà pourquoi, si la pierre peut changer le dragon, la réciproque est vraie...

En l'an 1751, pour la première fois depuis des siècles, deux Alpha unirent leurs cœurs. La vibration de leur chant, subtile et infiniment puissante, se propagea dans l'ensemble de la communauté des *drakons*. Les âmes s'éveillèrent, comme animées par d'invisibles fils. Des destinées basculèrent. Des liens immémoriaux vibrèrent de nouveau.

Cette année-là, *Draumr*, le diamant qui rêve, modifia sa chanson. Depuis les profondeurs telluriques des Carpates où il attendait son heure, son appel s'élança vers le ciel.

Ni les aléas de la fortune ni les vastes étendues ne peuvent longtemps séparer ceux qui sont unis. La voix du sang est la plus forte.

Une princesse dragon allait s'envoler d'Angleterre pour partir à notre recherche. Ce n'était plus qu'une question de temps...

Découvrez les prochaines nouveautés de nos différentes collections J'ai lu pour elle

AVENTURES & PASSIONS

Le 17 août :

La fiancée offerte ⚭ Julie Garwood (n° 3346)

La cour de Guillaume le Conquérant. Lady Nicholaa, la fière captive saxonne, s'avance dans sa robe blanche. Le roi a promis sa main au vainqueur du tournoi. Soudain, un cri perçant déchire le silence et l'assemblée, ahurie, découvre Nicholaa sauvant une fillette des flammes. Pour la gratifier de son courage, le roi lui permet de choisir son époux. Ce sera Royce ! Voilà l'occasion idéale de se venger de ses humiliations… et de ses caresses un peu trop osées !

Le seigneur de la brume ⚭ Ann Lawrence (n° 8415)

Angleterre, XIIIe siècle. Durand de Marle revient dans son château après une longue absence. Sa femme est morte en couches en ayant mis au monde une petite fille dont il sait qu'il n'est pas le père. Décidé à trouver le traître qui a abusé de sa femme, il croise le chemin de la belle Christina, une guérisseuse…

Nouveau ! 2 rendez-vous mensuels aux alentours du 1er et du 15 de chaque mois.

Si vous aimez Aventures & Passions,
laissez-vous tenter par :

Passion intense

Quand l'amour vous plonge dans un monde de sensualité

Le 24 août :

Pris au jeu ☙ Nicole Jordan (n° 8416)

Angleterre, 1810. Damien Sinclair est riche et séduisant, pourtant les femmes l'ennuient. C'est alors que la belle veuve Vanessa Wyndham vient lui demander de ne pas prendre l'argent de son frère qui a tout perdu au jeu. Mais Damien veut se venger du garçon qui s'est enfui avec sa sœur, désormais blessée. Ou Vanessa devient sa maîtresse, ou il ruine sa famille...

Nouveau ! 1 rendez-vous mensuel
aux alentours du 15 de chaque mois.

Romance d'aujourd'hui

Le 24 août :

Le jour se lève ☙ Lorraine Heath (n° 4476)

États-Unis, après la guerre de Sécession. Clayton Holland, qui a refusé de combattre, est de retour dans son village. Tout le monde, même au sein de sa famille, le prend pour un lâche alors qu'il n'a fait que suivre ses convictions d'antimilitariste. Megan Warner, dont le mari Kirk, un ancien ami de Clay, est mort au combat, voue une haine tenace pour le « couard ». Elle désire se venger en lui demandant de construire un monument à la mémoire des disparus, afin qu'il reconnaisse sa lâcheté. Mais leur relation va prendre des chemins plutôt inattendus...

Nouveau ! 1 rendez-vous mensuel
aux alentours du 15.

SUSPENSE

Le 17 août :

Quand vient la nuit ☙ Mariah Stewart (n° 8414)

Kendra Smith, un agent du FBI, vient de vivre un douloureux divorce. De plus, elle se pose de nombreuses questions sur le suicide de sa mère. L'arrivée de l'agent spécial Adam Stark la plonge dans une enquête de tueur en série. Malgré le manque de preuves, Kendra est déroutée par les liens entre l'affaire et sa propre vie. Le tueur chercherait-il à attirer son attention ?

Nouveau ! 1 rendez-vous mensuel
aux alentours du 1er de chaque mois.

MONDES MYSTÉRIEUX

Le 17 août :

Une aventure de Vicky Nelson — 3, Frontière sanglante ☙
Tanya Huff (n° 8417)

Toronto. Après avoir défait un démon et séjourné auprès de loups-garous, Vicky pensait qu'elle avait tout vu. Mais une momie va semer la panique et la mort de façon insidieuse. Au service d'un dieu cruel, elle vampirise les gens et les corrompt. Seuls Celluci, flic et petit ami de Vicky, et son autre amant, le vampire Henry, sont conscients de ce qui se passe : la momie veut offrir Vicky comme ultime sacrifice à son dieu...

Nouveau ! 1 rendez-vous mensuel
aux alentours du 1er de chaque mois.

8377

Composition Chesteroc Ltd
Achevé d'imprimer en France (La Flèche)
par Brodard et Taupin
le 8 juin 2007. 42104
Dépôt légal juin 2007. EAN 9782290354797

Éditions J'ai lu
87, quai Panhard-et-Levassor, 75013 Paris
Diffusion France et étranger : Flammarion